Kerstin Westerbeck
NESSELGIFT
Psychothriller

Kerstin Westerbeck
NESSELGIFT

Leif freut sich auf erholsame Tage in Ligurien, zusammen mit seiner Freundin Liz und dem befreundeten Paar Roger und Noemi. Strand, Meer und Gespräche unter Freunden zeigen sich jedoch schon bald als *vergiftet*. Liz sorgt mit ihrer übertriebenen Eifersucht für Konflikte, und das nicht nur, weil Noemi offensichtlich ein doppeltes Spiel zu treiben scheint ...
Auf der Suche nach Ablenkung, streift Leif nachts allein durch die mittelalterlichen Gassen des Urlaubsortes, wird dabei unerwartet Zeuge eines Mordes. Rätselhaft: Bei Tageslicht scheint der Tatort unauffindbar. Eine nächtliche Begegnung am Hotelpool nährt den absurden Verdacht, in eine Zeitreise verwickelt worden zu sein. Realität? Fiktion? Beim Versuch die Grenzen zwischen Erleben und Vision auszuloten, wird Liz zum spontanen Versuchsobjekt – als sie ihrem Freund nichtsahnend in die vermeintlich andere Zeit folgt. Und prompt dem Mörder in die Arme läuft ...

Kerstin Westerbeck, Jahrgang 1968, geboren in Ostwestfalen. Studium der Romanistik, Lateinamerikanistik, Historischen Ethnologie, Soziologie und Kulturmanagement in Mainz, Frankfurt am Main, Hagen, Mexico D. F. und Madrid. Hotelausbildung und Tätigkeit im internationalen Tourismus. Ökotourismus in Chile, Übersetzertätigkeit für Lateinamerikanachrichten und Weiterbildung zur ADM-Lektorin. Die Autorin liebt das Reisen, verfügt über familiäre Verbindungen nach Lateinamerika und arbeitet bei einem Zeitschriftenverlag in Frankfurt am Main. Mit ihrer Familie lebt sie im Main-Kinzig-Kreis.

Weitere Titel der Autorin:

»Guerilleras« (2019)
»Wegkreuz in den Anden« (Neuauflage 2018)
»Joanna im freien Fall« (2017)
»Tagebuch der verlorenen Erinnerung« (2015)
»Absturz überlebt!« (2015)
»Oxossis Farben« (2008)

Auch als Ebook
www.kerstin-westerbeck.de

Kerstin Westerbeck
NESSELGIFT

Psychothriller

Neuauflage (Stand: Januar 2020)

Bibliografische Information der Deutschen
Nationalbibliothek: Die Deutsche Nationalbibliothek
verzeichnet diese Publikation in der Deutschen
Nationalbibliografie; detaillierte bibliografische Daten sind im
Internet über www.dnb.de abrufbar.

Coverbild: Schwimmerin
Dmytro Sheremeta/Depositphotos

Design mit Quallen
Kerstin Westerbeck

© 2019 Kerstin Westerbeck
Herstellung und Verlag:
BoD- Books on Demand,
Norderstedt

ISBN 9783750421486

Lektorat
Christiane Saathoff
www.lektorat-saathoff.de

Solange wir noch immer nicht alles wissen
und nicht alles erklären können,
solange wir frei in unseren Gedanken sind,
lebt die Fantasie!

Leicht konnte ich aus der Ferne mächtige Wellen erzeugen,
auf dem Rücken des Mysteriums.
Monsterwellen, die zur Küste stürmten,
über alles hinwegschwappten, was sich dort bewegte ...

PROLOG

(Aus: Le Parisien, Ressort »Vermischtes/Kulturelles«)
Der Flughafen Charles-de-Gaulle verschwand unter einer Dunstglocke. Aus dem Frühnebel über dem Rollfeld schimmerten die Lichter der Rollbahnbefeuerung wie multiple Miniatur-Sonnenaufgänge. Sie begleiteten das metallische Einsaugen und Verbrennen der Turbo-Strahltriebwerke einrollender Jumbo-Jets.

In der Ankunftshalle von Terminal 2E roch es nach frisch aufgebrühtem Kaffee, nach buttrigen Croissants, Orangen und fernöstlichem Tee. Menschen hasteten mit ihren Rollkoffern und Taschen an den wenigen bereits besetzten Schaltern vorbei. Mit dem Handy oder einem To-go-Getränk in der Hand war man mit sich selbst beschäftigt, nahm keine Notiz von ihr.

Auffallend schmal war sie, ging in dem fleckenartigen Gewimmel fast unter. Ihr graues Haar trug sie am Hinterkopf verknotet, dazu einen hellen Trenchcoat mit breitem Gürtel und pinkfarbene Glitzerschläppchen. Die gelben Gummihandschuhe stachen nicht gleich ins Auge, weil ihre Ärmel etwas zu lang waren. Eine Spur von Hellblau lugte über ihren nackten Beinen unter dem Mantel hervor. Nur ein Zipfel. Es sah aus wie ein Bademantel. Unter dem Arm transportierte sie ein Gefäß. Wasser schwappte darin. Salzwasser. Das Gefäß selbst war aus Glas, kugelig und etwa von der Größe eines Medizinballs, eine Art Aquarium. Sie hatte es mit einem Handtuch bedeckt. Immer wenn jemand sie versehentlich anrempelte, schwappte etwas von dem Wasser über, befeuchtete das Handtuch und lief in ihre Ärmel; von dort herunter bis zu ihren Beinen und über ihre mageren blassen Knie – bis es auf den Boden tropfte und dort kleine Pfützchen bildete.

Der Rent-a-Car-Schalter war noch nicht besetzt. Die

beiden Angestellten, eine schmale Blonde und eine kräftige Rothaarige, unterhielten sich in einiger Entfernung zum Counter. Die Blonde betrachtete ihre Fingernägel, während die andere mit verschränkten Armen in eine undefinierbare Richtung redete.

Keine von ihnen, nicht einmal die anderen Angestellten registrierten ihre Gegenwart. Und wenn man sie doch bemerkt hatte, dann nur unterschwellig, aus dem Augenwinkel; sie würde schon wieder verschwinden.

Das »Nicht besetzt«-Schild stand im Weg. Sie schob es etwas beiseite, zog das Handtuch von ihrem Aquarium und setzte es vorsichtig auf den Schaltertisch. Die dumpfen Hintergrundgeräusche in der Halle übertönten das leise Plätschern, das ihre in das Aquarium tauchende behandschuhte Hand verursachte. Sie griff nach dem Glitschigen, das darin schwamm, brauchte eine Weile, bis sie es einigermaßen festhalten konnte, aber auch dann wollte es ihr immer wieder entgleiten. Die Waffen des Tiers spürte sie nicht, schien resistent. Ihre Hand unter dem Gummi war knöcherig – blutleer, verkalkt. Vielleicht war sie bereits infiziert …

Endlich gelang es ihr. Tropfend schwenkte der Gummihandschuh in die Höhe, bewegte sich über den Schaltertisch und senkte sich langsam wieder ab. Auf den letzten Zentimetern ließ sie das Glitschige los, worauf ein leises Platsch zu hören war, als es auf die Computertastatur klatschte.

Das wars, dachte sie.

Leise bedeckte sie ihr Aquarium wieder, schob es vorsichtig vom Schaltertisch herunter und nahm es unter den Arm. Es erweckte den Eindruck, sie wüsste nicht, was sie tat. Sie schien gewissermaßen verwirrt.

Als sie sich herumdrehte, fiel ihr Blick geradewegs auf die Anzeigetafeln.

Flug 318 aus Genua war soeben gelandet.

Da war er.

Angekommen.

Er war ihr auf den Fersen, und er würde sich an ihr

rächen. Ob tot oder lebendig, sie wusste, dass sie den Dämon von jetzt an nie wieder loswerden würde.

Die Sonne kämpfte sich durch den Nebel, fiel in langen Streifen auf die breite Fensterfront.

Sie saß an einem der Tische, rührte in ihrem Kaffee – während irgendwo in der Ankunftshalle ein greller Schrei zu hören war. Vermutlich kam er vom Rent-a-car-Schalter. Dort, wo die rothaarige Angestellte gerade gedankenverloren zu ihrer Computertastatur gegriffen hatte. Es war ein schriller, schmerzerfüllter Schrei, der die Aufmerksamkeit der Reisenden in der Halle kurzzeitig bündelte.

Ligurien

Wie ein Palazzo thronte das Hotel Aurelia über der Via Vernazza, einer Palmenallee, die nach zwei Biegungen und einer lebhaften Flaniermeile in die Strandpromenade überging. Italienischer Neoklassizismus vermischt mit einem Hauch von Taggiasca Olive und ligurischem Lavendel. Der ideale Ort, wie wir dachten, als wir die Bilder in sozialen Netzwerken teilten, zehn Tage buchten und noch nicht ahnten, was uns erwarten würde.

Nein, wir ahnten es tatsächlich nicht. Der erwartete Urlaubstraum blendete mit hochglanzpolierter Ansicht: das Paradies, unweit einer malerischen Bucht. Unsere zwei Doppelzimmer versprachen Ruhe und Meerblick, wenn auch Letzteres nur bedingt zutraf. Man musste schon an den Häusermauern vorbeisehen, um den tiefblauen Streifen des Ligurischen Mittelmeers zu entdecken, der wie ein Abziehbild auf der Straßenansicht klebte. Das aber war das geringste Übel – wenn es denn überhaupt eines war.

Wir, das waren zwei Paare. Roger und Noemi. Liz und ich. Leif. Alle vier Mittdreißiger, kinderlos. Liz, Roger und ich kannten uns seit der Schulzeit. Damals war Liz zwischen Roger und mir hin- und hergependelt, letztlich aber bei mir hängengeblieben. Was bedeutete: Seit mehr als dreizehn Jahren hingen wir jetzt aneinander. Und der Begriff umschreibt durchaus – recht treffend – jenen angedeutet ausgeleierten Zustand. Wobei Liz schon immer etwas mehr an mir »hing« als ich an ihr.

Die Liaison zwischen Roger und Noemi war noch ganz frisch, lief erst ein paar Wochen. Die zwei waren ein echtes Gegensatzpaar. Die attraktive, stolze Künstlerin und der krisenfeste, weltweit engagierte Mediziner. Noemis Aura

13

verwirrte mich bereits am ersten Tag. Dieses betörende Kaffeebraun ihrer Augen mit dem geheimnisvollen Schimmer. Roger hätte vermutlich eher das, was sie auf Leinwand kleckste, als verwirrend bezeichnet, er ist nicht eben ein Kunstkenner. Aber Kunst muss man auch nicht verstehen. Man darf sie kaufen, sich aufhängen/hinstellen – und bewundern, wenn sie einem gefällt.

Ähnlich ist es mit den Frauen. Dazu muss ich bemerken, dass Roger kein Mensch ist, der faule Kompromisse mag. Schon als Schüler bewunderte ich die Entscheidungsfreude und Zielstrebigkeit, mit der er durchs Leben schritt. Allein deshalb, weil es mir an beidem mangelt. Ich bin der Aus-dem-Bauch-heraus-Typ. Sehr zum Leidwesen von Liz, denn diese wenig Verbindlichkeit sichernde Eigenschaft beeinflusste die Gestaltung unserer Zukunftspläne. Roger dagegen steckt sich ein Ziel und steuert es geradewegs an. Um nicht zu sagen, manchmal rast er regelrecht darauf zu.

Die Frage, die ich mir also stellte, als ich Noemi kennenlernte, war die: Wollte sie das? Würde sie sich auf das ganze geregelte Drumherum einlassen? Oder konkreter ausgedrückt: Konnte das gutgehen?

Aus eben diesem Grund betitelte ich die Sache zwischen den beiden zunächst als Affäre. Noemi hätte es damals sicher ähnlich gesehen. Und wir alle wussten ja noch nicht, was die Zukunft uns bringen würde, in welche Katastrophe wir in diesem Doppelgeflecht hineinschlittern sollten …

Aber ich will nicht vorausgreifen. Ich werde diese Geschichte der Reihenfolge nach erzählen. Tag für Tag. So, wie alles begann.

🌴 Urlaubsbeginn

Den ersten Tag unseres Urlaubs überspringe ich. Es war das typische Ankommen, auf Urlaubsmodus Umschalten. Im Urlaub ist alles anders. Langsamer, heller, beherzter. Weniger festgefahren. Wir akklimatisierten uns natürlich schnell. Zwei Tage Strand zur Einstimmung, Relaxen, die Seele baumeln lassen. Im Anschluss daran klügelten wir eine Mischung aus Kultur- und Aktivprogramm aus. Das Hotel Aurelia bot auf vier Etagen genug Fläche und ligurischen Flair. Es besaß diesen typisch italienisch-mediterranen Einschlag: efeugrüne Klappfensterläden mit kleinen Balkonen davor, eingerahmt von verspielten Eisengeländern. Drinnen antikes Mobiliar neben modernem Design. Glaskunst, Terrakotta, Stuck und Stein. Vor allem in Pastell. Holzbänke, verträumt unter Platanen. Korbstühle neben Palmen. Ein Hinterhof mit zwei Restaurants – eins davon ausschließlich für das Frühstück. Ein großzügiger Pool und eine nicht weniger einladende Dachterrasse, von welcher der Blick in die Ferne schweifen durfte.

Das war der Rahmen unserer Ausgangslage.

Und genau hier beginne ich.

Roger saß auf der Dachterrasse, sah über die engen Gässchen mit dem Streifen Blau dazwischen hinweg in besagte Ferne.

Liz gab unserem Zimmer den letzten Schliff, nachdem sie wie gewohnt über mein Chaos gestolpert war und sich natürlich darüber geärgert hatte. Ich bin kein Ordnungsfanatiker, kein übermäßig strukturiert denkender Mensch. Noch weniger bin ich es im Urlaub. Da lasse ich den Genießer raus. Ein ausgedehntes Frühstück, das Erkunden von Umgebung und Menschen, ihrer kleinen Gewohnheiten und

15

Rituale. Nebensächliches wie Ordnung konnte warten. Liz sah das natürlich anders. Sie konnte quasi nicht ohne. Nur die blasse Vermutung, Dinge willkürlich an unpassenden Orten zu finden, weil sie kurzzeitig keinen festen Platz besaßen, belastete sie. Zu allem Überfluss verfügte meine Freundin noch dazu über das seltene Talent, aus kleinen Dingen etwas unfassbar Großes zu machen. Ein Fleck auf einer Hose wurde zu einem Ölteppich. Eine nicht verschraubte Tube zu einem Schiffsleck. Liz studierte Betriebswirtschaft. Einundzwanzigstes Semester. Ich bezweifelte, dass sie jemals fertig würde. Der Job in einer Buchhandlung hielt sie seit x Jahren über Wasser, warum sollte sich das durch einen Universitätsabschluss ändern? Weder träumte sie von der großen Karriere noch von einem Leben in wilder Freiheit. Das Betriebswirtschaftsstudium war nichts weiter als ein Polster, eine Notreserve für magere Zeiten. Sie wartete auf den Mann, der ihr die Welt zu Füßen legte – wofür ich mich im Prinzip nicht einmal eignete. Nein, ich war tatsächlich der denkbar ungeeignetste Kandidat für diese Rolle.

Aber zurück zur Hotelterrasse …

»Leif, hier!« Roger gab mir ein Handzeichen, während er gleichzeitig an seinem Espresso nippte.

Ich näherte mich dem Tisch, an dem er saß.

»Setz dich her.« Er zog mir den Stuhl zurecht, sodass wir beide – nebeneinander – den Blick über die Dächer des verträumten ligurischen Dorfes schweifen lassen konnten, dessen Namen ich gerade vergessen habe. Steile Felsformation. Das Meer spritzte gegen diese natürliche Barriere und war dabei so bestechend blau, dass man sich kaum vorstellen konnte, die Natur wäre in der Lage, dieses Blau hervorbringen.

»Alles okay?«, fragte er. Vermutlich wirkte ich noch immer etwas lädiert, wegen Liz' Nörgelei. »Lass sie mal wettern. Sie ist nie mit was zufrieden. Du kennst sie doch.«

Ja, ich kannte sie.

16

Wie aus dem Nichts tauchte die junge Bedienung auf.
»Signor? Was darf ich bringen?«

Zum knielangen, lilafarbenen engen Rock trug sie eine kurze weiße Bluse, in den offiziellen Farben des Hotels. Sie blinzelte gegen das Sonnenlicht.

»Du trinkst Espresso?«, fragte Roger, beantwortete sich die Frage aber gleich selbst: »Natürlich trinkst du Espresso. Due caffè espresso, per favore.«

Ich war es gewohnt, dass Roger den Dingen vorausgriff. Es störte mich nicht weiter, hatte es doch gewisse Vorteile. Die Bedienung verschwand wieder, und mein Blick schweifte Richtung Meer. Wie viele Schiffe hatten dieses traumhafte Fleckchen schon umkreist und dabei die Idylle unterschätzt. Das Schiffsunglück vor Genua kam mir in den Sinn.

»Was ist mit Noemi?«, fragte ich. »Wo ist sie?«

Ich war Noemi erstmals im Taxi bei unserer Ankunft begegnet. Sie war mit dem Trenitalia aus Mailand angereist.

Wie gesagt, Noemi fiel auf. Ihr graziler Gang, das Klackern ihrer Pfennigabsätze. Die langen wohlgeformten braunen Beine. Das stufig geschnittene, schulterlange dunkle Haar. Und ihre Augen ... Man sah ihr gerne etwas länger hinterher.

Auffallen allein aber reichte natürlich nicht, um davon auszugehen, dass sie die Richtige für Roger war. War sie die Richtige?, fragte ich mich.

»Sie ist in irgendeiner Galerie. Moderne ligurische Kunst.«

»Und das ist nichts für dich?«

»Sehe ich so aus, als würde es mir Spaß machen, bei vierunddreißig Grad in abgedunkelten Räumen skurrile, neonbeleuchtete Kunstwerke zu studieren? Nee, lass mal.« Er deutete auf seinen Espresso. »Das ist italienische Lebensart.«

»Würde ich unterschreiben. Was steht denn für den Abend an? Fürs Essen, meine ich.«

»Lass dich überraschen.«

»Solange es keine bösen Überraschungen sind«, lachte ich heiser und sah dabei zu meinen Füßen, die bereits dunkel gebräunt waren. Unter den Riemchen der Sandalen leuchteten weiße Streifen.

»Böse Überraschungen.« Roger räusperte sich. Dabei veränderte sich sein Gesichtsausdruck. »Apropos. Es gibt da noch ein Thema. Du erinnerst dich, wir wollten über etwas reden.«

»Worum gehts?«

»Ich denke, du weißt, worum es geht.«

»Weiß ich das?«

Ich wusste es in dem Moment, als er mich mit dieser Schwere im Blick ansah. Die Worte begannen an meinem glasierten Gewissen zu kratzen, ich wusste, was er meinte. Dennoch versuchte ich weiterhin gelassen und gutgelaunt zu klingen. Bella Italia um uns herum verblasste, wurde mit einem Mal zur schönen Nebensache. Man konnte sogar noch weiter gehen, sich vorstellen wie die Umgebung zur heimlichen Gegenspielerin wurde und meinem Freund den Rücken stärkte. Kleine Gewitterwölkchen zogen durch meine Gedanken. Ja, ich wusste, worauf er anspielte. Und der Urlaub war eine gute Gelegenheit, diese Geschichte aus der Welt zu schaffen.

»Da seid ihr ja!«, hörte ich plötzlich ihre Stimme hinter uns. Ich fuhr herum.

Liz. Sie platzte völlig unerwartet in die Szene. Vielleicht zu meiner Entlastung. Ich empfand ihre Gegenwart jedoch nicht als entlastend. Und das, ungeachtet der Tatsache, dass ich dank ihres Auftauchens gerade um ein unangenehmes Gespräch gebracht worden war.

Roger schien sogar verärgert.

»Hallo, Schatz«, brummte ich mehr vor mich hin, während sie bereits neben uns stand. Sie trug hautenge Leggins und hatte ihre blonden Locken zu einem Knoten am Hinterkopf befestigt. Ein luftiges hellblaues Hemd flattert um ihre Hüften, die seit ein paar Wochen, meiner Meinung nach,

18

deutlich Speck angesetzt hatten. Aber vielleicht war ich kleinlich.

Oder gereizt, weil sie ungebeten zu uns stieß.

»Wolltest du nicht das Zimmer umräumen?«, fragte ich bissig.

»Sollte ich? Störe ich?«

Sie zog sich einen Stuhl heran und ließ sich zwischen Roger und mir auf den Sitz fallen.

Es war immer so. Immer wählte sie einen Platz exakt zwischen uns. Das war Liz. Sie brauchte ihre Extraportion Aufmerksamkeit, musste immer und in jeder Situation bemerkt werden.

»Ist schon okay. Leif und ich reden später«, beschwichtigte Roger, worauf er ein charmantes Lächeln erntete. Ebenso ein beiläufiges Tätscheln seines Oberarms. Liz geizte nicht mit flüchtigen Zärtlichkeiten gegenüber ihrem Ex, vor allem nicht in meiner Gegenwart, zudem war Noemi gerade nicht da und konnte somit keine Einwände erheben. Was sie ohnehin nicht getan hätte.

Ich hatte es bereits erwähnt: Liz war vor mir mit Roger liiert gewesen, es lag bereits einige Jahre zurück. Im Nachhinein ist es mir schleierhaft, warum sie sich schließlich für mich entschied. Er wäre zweifellos die bessere Partie gewesen.

»Wo steckt denn Noemi?«, wollte auch sie natürlich wissen.

»Sie sieht sich eine Galerie an.«

»Allein? Ohne dich?«

Roger konnte jetzt der Einfachheit halber das wiederholen, was er vorhin schon auf meine Frage geantwortet hatte.

»Ich bevorzuge den Blick aufs Meer.«

»Recht hast du«, stellte sie fest und schob sich ihre Sonnenbrille, die sie gerade noch im Haar stecken hatte, auf die Nase. »Bist du sicher, dass das gutgeht? Ich meine, wie wollt ihr euch denn sehen, wenn sie in Mailand ist und du in Wiesbaden oder in der Welt unterwegs?«

»Du meinst, ob wir eine Fernbeziehung führen wollen?«

»Liz, das geht dich nichts an«, mischte ich mich ein.

»Sie zieht zu mir«, antwortete Roger bereits.

»Ach, so weit seid ihr schon?«, wunderte sie sich.

»Sie nicht, aber ich schon.«

»Du willst sie also mit deiner Entscheidung überrumpeln«, deutete ich seine Aussage.

»Überrumpeln würde ich das nicht nennen. Zwei Wochen italienische Sonne und eine tolle Zeit zusammen. Wir vier hier. Ich werde sie ganz einfach überzeugen.«

»Ganz einfach«, murmelte Liz. Wenn man sie kannte, hörte man den skeptischen Unterton heraus. Und natürlich kannte ich Liz.

»Noemi ist für spontane Ideen zu haben«, erklärte er.

»Deshalb geht sie auch lieber auf eine Ausstellung als mit dir hier Kaffee zu trinken. Spontan muss man sein.«

Roger antwortete nicht, nippte stattdessen an seinem Espresso. Dann wechselte er abrupt das Thema. »Die Küste hier hat seit kurzem ein Quallenproblem. Das ist übrigens auch das Thema der Ausstellung.«

»Quallen? Am Strand? In der Galerie? Es gibt hier Quallen?!«

»Natürlich gibt es hier Quallen. Quallen gibt es überall«, belehrte ich sie.

»Warme Strömungen, Klimawandel«, fuhr Roger bereits fort. »Das beschäftigt hier eine ganze Reihe Meeresforscher. Ein Kollege auf dem letzten Kongress hat mir mehr darüber erzählt. Unter anderem hat sich eine giftige Quallenart sehr stark vermehrt. Einige Touristen hatten böse Quallenstiche. Das müssen wir Mediziner zu behandeln wissen.«

»Quallenstiche?!« Liz war entsetzt.

Ich verfluchte Roger für sein meeresbiologisches Interesse. »Die Strände werden in solchen Fällen abgeschirmt«, beschwichtige ich und sah ihn tadelnd an. »Ich habe das mal in Südfrankreich gesehen. Dort spannen sie Netze im Meer, um die Quallen abzufangen.«

Liz neigte dazu, aus derartigen Informationen die Dramatik herauszufiltern, und mir war nicht nach irgendeinem Hysterieanfall.

»Quallen sind etwas völlig Natürliches. Es ist für uns Mediziner interessant, wenn die Natur es übertreibt. Ich wollte den Kollegen hier mal besuchen, er ist Meeresbiologe.« Liz starrte auf ihre Fingernägel. Das interessierte sie weniger. »Tolles Motiv für deine Noemi. So eine Ausstellung. Aber sag das noch mal mit den Stichen. Wie war das?«

»Die sind nicht lebensgefährlich«, erklärte Roger. »Es sei denn, es verirrt sich mal eine Würfelqualle oder eine Portugiesische Galeere unter die heimischen Arten.«

Das war absolutes Gift in Liz' Ohren.

»Aber das wird hier kontrolliert, wie Leif schon sagt. Keine Sorge.«

»Danke, du bist auf dem besten Weg mir den Badeurlaub zu vermiesen. Ich werde keinen Fuß mehr ins Wasser setzen. Auf gar keinen Fall!«

»Na, das Aurelia hat notfalls noch einen Pool«, bemerkte ich.

Bevor sie etwas erwidern konnte, erschien die Bedienung mit einem Tablett, stellte dieses – etwas ruppig – vor uns ab und servierte zwei Espresso.

»Grazie, Paola«, hauchte Roger in ihre Richtung. Er kannte bereits ihren Vornamen.

Sie lächelte. »Signora?«

Liz tippte mit dem Bügel ihrer Sonnenbrille gegen ihre weißen Zähne, während sie überlegte. »Ein Wasser und einen Latte Macchiato.«

»Prego.« Paola dackelte wieder davon, nahm den kürzesten Weg, quer über die Terrasse. Liz sah ihr nach, wartete, bis sie hinter der Glastür verschwunden war.

»Ich sage euch, da läuft was mit dem Hotelchef. Sie und er«, flüsterte sie hinter vorgehaltener Hand, als die Tür hinter ihr zugefallen war.

Noch so eine (typische) Liz-Eigenschaft. Sie dichtete

Leuten gerne alles Mögliche an, las zwischen den Zeilen – und entdeckte dabei »Unglaubliches«. Manch einer war von ihren Geschichten genervt oder bezeichnete ihre Art als biestig – was nur halb stimmte. Im Prinzip war Liz jemand, der sich nichts mehr als Harmonie wünschte. Nur brachte sie das oft etwas ungeschickt zum Ausdruck.

»Schreib ein Buch drüber«, zog Roger sie auf. »Anregungen kannst du dir bei Leif holen.«

»Na, recherchiert hast du ja bereits, was hier läuft. Wer mit wem«, ergänzte ich.

Trotzig zog sie sich eine Haarsträhne von der Sonnenbrille. Anschließend setzte sie die Brille ab, hielt sie in einer Hand und klapperte damit auf dem Tisch.

Was mir damals in der Schulzeit so gut an Liz gefallen hatte, waren ihre himmelblauen Augen und ihre Sommersprossen. Beides zusammen hatte für mich etwas von einem klaren Sommertag, war gleichbedeutend mit Ferien, Strand und Meer. Wenn ich sie jetzt ansah, fiel es mir fast nicht mehr auf, dass ihre Augen blau waren. Insbesondere dann nicht, wenn sie die gewohnte Art an den Tag legte, jederzeit alle Aufmerksamkeit für sich zu beanspruchen. Ich registrierte dies als einen Teil von Liz, der mich nervte.

»Denk lieber mal über deine Ordnung nach. Glaub nicht, dass ich den ganzen Urlaub hinter dir herräume«, giftete sie in meine Richtung. »Ich habe den Dreck auf *deine* Betthälfte geschaufelt. Kannst du später mal aufräumen, falls dir nicht wieder was Wichtigeres dazwischenkommt.«

Roger fing lauthals an zu lachen. »Das ist unsere Liz!«

Unsere Liz, dachte ich bitter.

In diesem Moment ließ uns das laute Klackern von Noemis Pfennigabsätzen nahezu gleichzeitig herumfahren.

Da war sie, die Künstlerin. Sie trug ein hautenges, limettengrünes kurzes Kleid, das ihre schöne Figur glanzvoll betonte. Dazu ihre gebräunte Haut, ihre schmalen Füße, die in roten Absatzsandalen steckten. Zugegeben, ich konnte nicht anders, als sie ansehen. Schöne Frauen faszinierten mich, auch wenn ich deshalb nie auf die Idee gekommen wäre, Liz zu betrügen. Nein, irgendwie war das mit uns (noch) halbwegs in Ordnung. Dachte ich.

»Ciao! Habe ich was verpasst?«, flirtete Noemi uns entgegen.

»Bisher nicht.«

Clever wie sie war, ging sie zuerst zu Liz, drückte ihr rechts und links einen angedeuteten Kuss auf die Wange. Liz hatte sich gerade wieder ihre Sonnenbrille ins Gesicht gezogen, was sie auch nicht rückgängig machte, als Noemi sich über sie beugte. Stattdessen stand sie auf. »Möchtest du hier sitzen?«, bot sie ihr an.

»Ach, lass nur. Ich setze mich zu Leif.« Sie zog sich einen Korbstuhl neben mich, stellte ihre Tasche auf den Boden und schlug im nächsten Augenblick ihre wunderbaren Beine übereinander. Noemi war jedoch entschieden zu intelligent, um einfach nur ihre Reize sprechen zu lassen. Ich bildete mir ein, dass sie es nicht einmal bewusst tat. Wunschdenken? An sich hatte ich ein anderes Bild von einer Künstlerin im Kopf: chaotisch, unbeständig, aus dem Bauch heraus handelnd. Dem entsprach sie weiß Gott nicht. Noemi beobachtete ihre Umwelt, studierte sie minutiös, manchmal auffallend lange schweigend. Dann erst schlug sie zu.

»Was gabs denn so Spannendes in meiner Abwesenheit?« Über den Tisch ausgestreckt, hielt sie Roger ihre Hand hin, der diese sofort ergriff und in seine legte. Sie wartete ab, bis er ihr einen Kuss in die Handfläche gehaucht hatte. Dann lächelte sie und entzog ihm ihre Hand wieder.

»Quallen«, gab Liz einsilbig Auskunft.

»Und Bedienungen, die sich an ihre Chefs ranschmeißen«, ergänzte Roger, in Liz' Richtung blinzelnd – was diese mit einem giftigen Seitenblick quittierte.

»Oh, das interessiert mich. Letzteres insbesondere«, ging Noemi augenblicklich auf das Thema ein.

»Liz ist der Meinung, unsere Bedienung hätte eine heimliche Affäre mit dem Hotelchef«, erklärte Roger. »Wie sieht du das?«

»Oh, das haben Bedienungen grundsätzlich.«

»Wir haben gerade überlegt, ob Liz ihre Beobachtungsgabe nicht ausbauen könnte«, witzelte ich. Derartige Kommentare meinerseits stufte meine Freundin in der Regel als Kritik ein.

Noemi pfriemelte etwas aus ihrer Tasche, einen Ausstellungsprospekt. Auf dem Titel war eine Qualle abgebildet. Rogers Blick folgte jeder ihrer Gesten. Es war fast nicht zu übersehen, wie es in seinen Fingern kribbelte; wie er das Bedürfnis unterdrückte, das Kleid, das bei der Bewegung etwas hochgerutscht war, unauffällig wieder über ihr Knie zu ziehen. Was Roger liebte, teilte er ungern. Nachvollziehbar in Noemis Fall. Diese aber bot keine Angriffsfläche. Anspruchsdenken jener Art schien ihr fremd.

»Vielleicht ist was dran an der Affäre«, ergriff sie unerwartet Partei für Liz. »Aber Gio ist auch ein Verführer. Der hat Leidenschaft im Blut. Ich sage nur: Bella Liguria, das färbt ab. Wartet nur, wir werden dem alle noch verfallen.«

Noemi funkelte mit den Augen. Ihre vollen Lippen schimmerten hellrosa. Die Fältchen um ihre Mundwinkel gaben ihrem Gesicht etwas Sinnliches und zugleich Geheimnisvolles. Dazu ihre bis in ungeahnte Tiefen forschenden kaffeebraunen Augen. Eine äußerst reizvolle Mischung.

Roger gab wortlos Zucker in seinen Espresso und fing an, ihn langsam umzurühren.

Liz starrte durch ihre Brillengläser und sagte kein Wort.

Ich war amüsiert und angeregt durch die Szene, lehnte mich wieder zurück. Mein Blick streifte den Tisch, streifte weiter ... Ich konzentrierte mich auf das, was in der Ferne lag. Vielleicht konnte man es bereits riechen; das, was auf uns zuschwappte.

 **Tag 3**

Unter dem Meer liegt eine geheimnisvolle, fremde Welt. Das Mysterium, dachte ich als Kind. Im Italienurlaub schwamm ich immer möglichst weit hinaus. Wenn es unter mir schwarz-violett wurde, fühlte ich buchstäblich, wie ich dem Geheimnis auf die Spur kam. Menschen im Wasser wurden zu Spielzeugfiguren. Leicht konnte ich aus der Ferne mächtige Wellen erzeugen, auf dem Rücken des Mysteriums. Monsterwellen, die zur Küste stürmten, über alles hinwegschwappten, was sich dort bewegte.

Mit meinem Schulwechsel zur weiterführenden Schule erlag ich der zivilisatorischen Zähmung. Diese Fantasien hörten auf.

Noemi lag neben mir auf einer Strandmatte. Die Sonne wärmte ihr Gesicht, von dem ein Teil hinter ihrer großen Sonnenbrille verschwand.

Die Strandmatte zwischen uns war leer. Liz suchte gerade den Strand nach seltenen Muschelexemplaren ab.

Und Roger? Ja, wo war eigentlich Roger? Ich richtete mich etwas auf, blinzelte Richtung Meer, wo ein einziger Kopf aus dem Wasser ragte.

Wir hatten uns eine relativ einsame Bucht gesucht. Kiesstrand, wie er überwiegend an diesem Küstenabschnitt vorkam. Der Strand war nur ein schmaler Streifen und die Wellen plätscherten bis kurz vor unsere Füße.

Oberhalb der Felsen erkannte man die rot-weiße Markise des Fischrestaurants Cap d'Ole. Der Weg hinauf führte über steil ansteigende schmale Gässchen. Abends war es dort sehr lebhaft. Die Musik klang bis auf die Straße hinunter. Menschen hockten vor Hauseingängen, lauschten den Klängen oder hielten ein Schwätzchen mit den Nachbarn. Liebespaare kuschelten auf Mauervorsprüngen. Touristen flanierten über das mittelalterliche Kopfsteinpflaster. Ich freute mich auf das Abendessen dort.

»Cremst du mir mal den Rücken ein?« Noemi hielt mir ihre Sonnencreme hin.

»Ich … äh.« Zögerlich nahm ich die Flasche, hielt sie, als wäre sie aus ultradünnem Glas. Noemi richtete sich derweil auf, drehte ihren göttlichen Körper herum und sank gleich wieder auf ihre Strandmatte.

»Worauf wartest du.« Sie zwinkerte mir zu.

Zugegeben, ich fühlte mich überrumpelt in dieser Situation. Zumal ich wusste, dass Roger, was das Thema Eifersucht betraf, in der ersten Liga mitspielte.

Aber gut. Ich versuchte den Gedanken auszublenden und meinen Freund, der gerade in den Wellen trieb, für einen Moment zu vergessen. Daher klappte ich entschlossen den Deckel der Flasche auf, verteilte großzügig Sonnencreme auf ihrem herrlichen Rücken.

»Was ist das mit Liz und dir?«, fragte sie, während ich die Sonnencreme – mit beiden Händen – auf ihrem Rücken verteilte.

»Was meinst du?«

»Seid ihr so ein *echtes* Paar?«

Was sie unter »echt« verstand, konnte ich mir gerade nicht erklären und ich hatte auch keine Lust, über Liz und mich zu sprechen. Daher fiel meine Antwort kurz und bündig aus: »Ja, klar.«

Sie drehte ihren Kopf zu mir.

Ich überlegte, ob ich ihr eine Gegenfrage in dieselbe Richtung stellen sollte, entschied mich jedoch dagegen. Meine Hände fuhren derweil über ihren Rücken, streichelten ihre Schultern, Hüften und den Bereich kurz über ihrem Po – mit Sonnencreme. Das alles ganz legal, denn sie hatte mich darum gebeten.

»Hast du dir schon einmal überlegt, was passieren würde, wenn unsere Partner plötzlich nicht zurückkämen? Liz würde mit einem anderen durchbrennen und Roger im Meer ertrinken?«

Ich hielt abrupt in meiner Tätigkeit inne und sah skeptisch auf das, was ich gerade getan hatte. Vielleicht hatte ich sie zu zärtlich berührt. Hastig verschloss ich die Flasche und reichte sie ihr. »Hier.«

»Du bist schon fertig?« Sie richtete sich auf. »Schade. Das war so schön entspannend.«

Noemi drehte sich um, zog die Knie an, umfasste sie locker mit ihren Armen. Eine Weile saßen wir schweigend da. Ich war noch immer irritiert durch ihre Frage. »Was sollte das gerade?«, fragte ich schließlich.

»Was?«, gab sie sich ahnungslos.

»Das mit dem Ertrinken.«

»Ein Gedankenspiel. Ich musste an etwas denken. Eine Freundin hat ihren Mann im Meer verloren.« Sie zog ihre Sonnenbrille nach oben, sah mich prüfend an. »Ist nicht wahr«, bemerkte sie mit einem Lächeln, »du hast meine Frage ernst genommen. Ich wusste gar nicht, dass du so sensibel bist. Roger hat dich als lockeren, etwas chaotischen Typen beschrieben.«

»So, hat er das?«

»Ja. Und er sagte, du wärst nicht mein Typ.« Sie tat so, als hätte sie gerade etwas vollkommen Belangloses gesagt, als wäre es lediglich ums Wetter gegangen. Dabei wusste sie, was sie tat. Wollte sie Streit zwischen uns schüren oder worauf lief das hier hinaus?

Aber natürlich tappte ich in die Falle, stellte die Frage, die sie erwartete: »Und was bin ich in deinen Augen? Bin ich …?«

»… mein Typ?«, führte sie das Angefangene zu Ende. Dabei rückte sie ihre Sonnenbrille wieder zurecht und stützte ihre Ellenbogen auf. »Darüber habe ich noch nicht nachgedacht.«

Sie hatte den Moment exakt abgepasst. Roger kam gerade aus dem Wasser. Ich konnte also nicht noch mal nachhaken.

»Super, das Wasser. Keine Quallen, nicht eine.«

Er trocknete sich ab und ließ sich neben Noemi auf seine Strandmatte fallen. Sie wälzte sich gleich an seine Seite und drückte ihm einen Kuss auf den Mund, wie sie es häufig tat. Eine Art Spielerei Verliebter. Gerade aber nervte es mich. Roger machte das Spielchen mit, ging auf ihre zärtliche Annäherung ein. Anschließend rutschte sie wieder beiseite. Er fing an, seine Füße vom Kies zu säubern. »Wie sieht's aus, Leif, Lust auf was Kühles? Wollen wir uns eine Strandbar suchen?«

»Aber wir alle zusammen«, mischte Noemi sich ein. »Liz ist dort drüben.« Sie deutete zu den Felsen. »Ich hole sie.«

Der Tag zwischen Strand und Strandbar verging angenehm entspannt. Zwischendurch hatte ich das kurze Geplänkel mit Noemi fast vergessen.

Gegen acht machten wir uns auf den Weg zum Cap d'Ole. Wir ließen uns Zeit, um die steil ansteigenden Gässchen zu erklimmen, bewunderten unterwegs die mittelalterlichen Steinhäuser mit ihren Holztüren, die blumigen Ornamente vor Fenstern und Hauseingängen.

Beim Restaurant angekommen, hielten wir Ausschau nach einem Platz am Rand der Terrasse, um idealen Ausblick aufs Meer zu haben und aus nächster Nähe den Moment zu verfolgen, wenn die rotschmelzende Sonne in das sich langsam braun-violett verfärbende Meer eintauchen würde.

Liz klärte uns schnell darüber auf, dass Fels und Meer natürlich nicht nur Romantik kannten. Nein, sie offenbarten auch zahllose tragische Schicksale. Eifrig gab sie für Noemi eine Story nach der anderen zum Besten. Ihr Wissen hatte sie sich kurz vor der Reise angelesen, ausgiebig in verstaubten Bibliotheken und der Buchhandlung, in der sie arbeitete, gestöbert. Noemi hörte aufmerksam zu. Gelegentlich blinzelte sie mir dabei zu, was ich mir aber möglicherweise auch nur einbildete.

Roger erzählte vom Kongress in Mailand und welche interessanten Fragen dort aufgeworfen worden seien. Ehrlich gesagt, interessierte mich dieser rein medizinische Kram nicht sonderlich und meine Aufmerksamkeit war auf etwas anderes gerichtet; auf Noemi? Wenn es so war, war es mir nicht wirklich bewusst.

»Eine Frau hat dort oben vor ein paar Jahren ihre Kinder ins Meer gestoßen, habe ich gelesen«, fing Liz gerade mit einer neuen Story an, auch Roger hörte ihr jetzt zu. »Stellt euch das vor. Sie hat sie gezwungen, zu springen. Dabei waren die beiden noch klein. Unschuldige Kinder. Was treibt eine Mutter dazu?«

»Vielleicht hatte sie Probleme, war verzweifelt«, mutmaßte Roger. »Man müsste die ganze Familiengeschichte kennen, um darüber zu spekulieren.«

»Sie war manisch-depressiv.«

»Kein Geisteszustand der Welt rechtfertigt es, sich an Kindern zu vergreifen. Kinder sind Schutzbefohlene«, äußerte ich meine Meinung dazu.

»Das sehe ich auch so«, stimmte Roger mir zu.

»Wollt ihr Kinder?«, fragte Noemi plötzlich, und lenkte damit das Thema absichtlich oder unabsichtlich in eine andere Richtung.

»Klar wollen wir Kinder«, antwortete Liz sofort mit Nachdruck. »Aber wir haben ja noch Zeit. Man kann Kinder auch noch mit Ende dreißig bekommen.«

Sie hoffte, dass ich widersprach. Und wie sie es von mir gewohnt war, hoffte sie vergeblich.

Noemi kam ihr zu Hilfe: »Kinder sind eine Bereicherung. Absolut. Man wird mit ihnen selbst noch mal zum Kind.«

Roger legte den Arm um ihre Schultern, was Liz vermutlich als ein unverkennbares Zeichen der Zustimmung deutete.

Ich dagegen …

»Wer möchte Nachschub?« Ich deutete auf die Weinflasche.

Sämtliche Gläser waren schnell wieder gefüllt. Und die Unterhaltung floss diskret in eine andere Richtung.

Nach einer Weile, wir tauschten uns über vergangene Urlaube aus, spürte ich etwas unter dem Tisch. Liz erzählte gerade über Barcelona, weshalb der Verdacht zwangsläufig auf Noemi fiel, die mir schräg gegenübersaß und so tat, als hörte sie Liz aufmerksam zu.

Ich stellte mein Weinglas ab und suchte den Blickkontakt. Ihr Fuß streifte mich erneut, und es schien mir kein Zufall. War das ein Annäherungsversuch? Sie hatte es auf irgendetwas abgesehen, und ich fragte mich, ob tatsächlich auf mich oder doch einfach nur auf die pure Provokation.

»Also, was machen wir morgen?«, lenkte ich mit einer Frage ab.

Noemis Fuß war jetzt ruhig. In ihrem Gesicht zeigten sich keinerlei verdächtige Anzeichen.

Liz fummelte an ihrem Handy herum, blätterte Urlaubsfotos durch. Dann tippte sie eine Nachricht. Vermutlich an ihre Mutter.

»Ich dachte, wir biken. Eine Tour ins Landesinnere. Wir könnten uns Mountainbikes ausleihen«, schlug Roger vor. »Es gibt ein paar sehr schöne sehenswerte Bergdörfer ganz in der Nähe.«

»Hmn, und was haltet ihr davon, wenn wir uns irgendein malerisches Örtchen im Gebirge suchen und ich euch male?«, fragte Noemi.

Liz warf mir einen raschen Blick zu, als erwartete sie eine bestimmte Reaktion meinerseits. Irgendein Zeichen, was ich darüber dachte und ob Noemi das Gesagte tatsächlich ernst meinte.

Doch ich hielt mich zurück.

»Du willst uns malen?«, hakte sie daher selbst nach.

»Ja, warum nicht.«

»Wie willst du uns denn malen?«, interessierte sich jetzt auch Roger für das Thema.

»In Acryl. Ich male euch vor der Kulisse der Ligurischen Natur, ganz so, wie Gott euch erschaffen hat.«

Entsetzt starrte Liz Rogers Freundin an.

Ich wusste nicht, was ich sagen sollte, erinnerte mich aber plötzlich an die Szene von heute Nachmittag am Strand, und fing laut an zu lachen. »Ihr habt es gar nicht gemerkt. Sie nimmt euch auf den Arm!« Mein Lachen klang vielleicht ein wenig aufgesetzt, was aber niemanden erregte. Einzig Liz strafte mich mit stummer Zurechtweisung.

Noemi spielte mit der Situation. Dabei profitierte sie in gewisser Weise von meiner Komplizenschaft, die sie vorhin am Strand clever eingefädelt hatte. Was wollte diese Frau? Versuchte sie uns aus der Reserve zu locken? Sah sie in uns die verstockten Touristen, die ganz dringend eine Portion Spaß nötig hatten?

»Ich wollte euren Abenteuergeist testen. Außerdem halte ich uns für ein erstklassiges Motiv. Aber ihr könnt auch noch mal drüber nachdenken. Solange biken wir. Also, ich bin dafür«, animierte sie uns zu einer Entscheidung.

Vielleicht hatte ich Noemis ersten Vorschlag gerade schon heimlich favorisiert, dennoch sagte ich: »Ich buche die Räder nachher an der Rezeption.«

Liz seufzte erleichtert.

Ich reservierte die Räder für den nächsten Tag, zehn Uhr.

Nachdem das erledigt war, schlenderte ich weiter Richtung Lobby. Ich war noch nicht müde genug, um ins Bett zu gehen. Es war erst kurz vor Mitternacht und draußen wartete eine ausgesprochen schöne laue Sommernacht. Die anderen drei verweilten bereits auf den Zimmern. Ich hatte noch Lust mir die Füße zu vertreten, Liz würde ohnehin nur wieder über ihr Lieblingsthema Ordnung referieren. Das ersparte ich mir.

Ich schlenderte über den Korridor, passierte den Frühstücksraum und das hoteleigene Restaurant, wo wir am ersten Tag zu Abend gegessen hatten. Hinter dem Restaurant folgte ein üppig bepflanzter Garten, durch den ein von Platanen gesäumter Kiesweg verlief. Ab hier wurde das Licht dezenter, es kam aus Solarkugeln und spielte sanft mit der

Umgebung. Ebenfalls im Garten auf der Rückseite des Hotels, eingekreist von ein paar stämmigen Kanarischen Dattelpalmen, lag der Hotelpool. Wir hatten ihn bis zu diesem Moment noch nicht benutzt. Während ich dorthin schlenderte, erkannte ich, dass das Wasser noch in Bewegung zu sein schien. Jemand schwamm darin. Eine ungewöhnliche Uhrzeit für ein Bad.

Ich erkundete die Umgebung mit meinen Blicken. Vor den Palmen reihten sich Liegestühle aneinander. Ein ähnliches Bild wie an den öffentlichen Stränden. Das gedämpfte Licht der Solarkugeln tunkte die Umgebung in milchigen Nebel, was dem Ganzen eine mystische Atmosphäre verlieh. Ich zog mir einen Liegestuhl heran und ließ mich darauf nieder.

Die Person, die dort im Pool schwamm, hatte mich nicht bemerkt. Mit gleichmäßigen Zügen bewegte sie sich durchs Wasser – offensichtlich eine Frau. Sie trug irgendetwas Buntes auf dem Kopf. Vermutlich eine Badekappe. Eine Weile verfolgte ich die Bewegung, ließ meine Gedanken mit ihr schwimmen. Ich dachte an nichts. Nicht an den Nachmittag am Strand; nicht an morgen, gestern, und noch viel weniger an irgendeinen Alltag. Ich hatte das tiefe Bedürfnis nach Leere.

Ich behielt die Schwimmende im Auge, dabei baute meine Aufmerksamkeit langsam ab. Ich träumte mit offenen Augen.

Das Gespräch mit Roger war noch nicht zustande gekommen, weil wir kein zweites Mal allein gewesen waren. Immer hockten die Frauen dabei. Bei der morgigen Radtour würde sich eventuell eine Gelegenheit finden …

Schlaftrunken kippte mein Kopf zur Seite, wodurch der Pool wieder in mein Blickfeld rückte. Verlassen wirkte er auf einmal. Die Schwimmerin war gegangen, oder auch nur aus dem Becken gestiegen. Ich hatte es nicht bemerkt.

Etwas benommen richtete ich mich auf, sah mich suchend um.

Dann entdeckte ich sie auf der anderen Seite des Pools, mit einer Hälfte ihres Körpers im Schatten der Palmen. Deutlicher als alles andere sah man ihren Badeanzug, der in Pastellorange leuchtete. Da eines der Lichter ihren Kopf streifte, erkannte ich jetzt auch ihre Kopfbedeckung. Sie trug eine altmodische Badekappe mit bunten Gummiblumen. Der Figur nach zu urteilen, war sie etwa in den späten Fünfzigern. Vielleicht sogar Anfang sechzig. Sie war sehr schlank. Ihre Bewegungen verrieten jedoch, dass ihre Jugend bereits vorbei sein musste. Langsam trocknete sie jeden Zentimeter ihres Körpers ab, nahm erst zum Schluss ihre Badekappe ab. Darunter kam ein Bündel graublonder, erstaunlich voller Haare zum Vorschein.

Überrascht stellte ich als Nächstes fest, wie sie vor meinen Augen eine Art Verjüngung erfuhr, ihre Bewegungen wurden runder, fast jugendlich.

Ich rieb mir die Augen. Beobachtete ich nicht doch eine junge Frau? Der Art nach, wie sie den Kopf bog und ihre Arme betrachtete, musste sie Anfang zwanzig sein. Es schien mir ein Widerspruch in sich.

Dann jedoch kam der Bademantel, und die Zeit lief plötzlich wieder rückwärts. Hatte sie ihn gerade noch schwungvoll ergriffen und war nahezu lässig hineingeschlüpft, drehte sie sich jetzt in einer Weise zu mir, als wäre sie kurz vor dem Zerfall. Tattrig schlüpfte sie in ein Paar hellrosa Badeschlappen. Das Handtuch legte sie sich um die Schultern. Als sie fertig war, setzte sie sich in Bewegung. Sie kam in meine Richtung, geradewegs auf mich zu.

Mit zunehmender Nähe bewahrheitete sich mein erster Eindruck. Ich erkannte das Gesicht einer reiferen Frau, etwa Anfang sechzig.

»Bonsoir«, grüßte sie zu meiner Überraschung auf Französisch, als sie meine Höhe erreichte.

»Bonsoir, madame«, grüßte ich zurück, wobei ich mich immer noch fragte, was ich gerade gesehen hatte und ob meine Sinne mir einen Streich spielten.

»Vous êtes français?«, fragte sie.

»Je suis allemand. Leif Piel de Wiesbaden.« Mein Französisch war dank eines längeren Aufenthalts in Paris recht flüssig. Überhaupt wage ich von mir zu behaupten, dass ich ein Gefühl für Fremdsprachen habe.

»Wo haben Sie so gut Französisch gelernt? Ich höre fast keinen Akzent«, schmeichelte sie mir auf Französisch.

»Ich habe eine Zeitlang in Paris gelebt.«

»Ô joie! Ich bin Lucienne. Lucienne Dulac aus Lyon.« Sie reichte mir ihre schmale blasse Hand. Ich nahm sie. Unerwartet zog sie mich zu sich, hauchte mir links und rechts einen angedeuteten Kuss auf die Wange.

»Ich verbringe meinen Urlaub mit ein paar Freunden hier.«

»Ja, das habe ich schon gesehen. Die Blonde ist deine Freundin?«, ging sie unkompliziert zum »Du« über.

»Liz, ja.«

»Liz, très charmante. Und die andere ...« Sie lüftete ihren Bademantel, als litte sie unter plötzlichen Hitzewallungen.

»Vor der musst du dich in Acht nehmen.«

Ich war einigermaßen überrascht. Sie wollte mich vor Noemi warnen?

»Sie meinen Noemi, die Freundin meines Freundes.«

»Lass das Sie weg. Nenn mich Lucienne. Du bist etwas älter als mein Enkel. Félix studiert Jura. Er möchte einmal Anwalt werden, ein Staranwalt. Alles Flausen! Aber in dem Alter hat man die noch.« Sie schüttelte den Kopf. Ich befürchtete schon, sie würde mich mit Familienklatsch langweilen, doch es kam anders.

»Diese *Freundin* ist eine kapriziöse Person, das sehe ich. Der Mann an ihrer Seite tut sich wohl in der Schar der Bewunderer hervor, sonst würde sie ihn stehenlassen. Gestern erst habe ich sie mit einem anderen Kerl gesehen.«

»Was denn für ein anderer Kerl? Sie ... du meinst Roger, ihren Freund?«

»Nein, ihr Freund war das nicht. Sie hat sich mit

jemandem in der Bar unterhalten.«

Ich überlegte fieberhaft, mit wem sich Noemi getroffen haben könnte. Eine flüchtige Hotelbekanntschaft. Möglicherweise ein Kunstinteressent. »Sicher ein geschäftliches Treffen. Sie ist Künstlerin.«

»Ach ja. Künstlerin also. Na, das kommt hin.«

Lucienne machte wieder eine dieser Bewegungen, die sie deutlich jünger erscheinen ließen, während sie sich durchs Haar fuhr. Es hatte etwas von einer kindlich verlegenen Geste, als hätte sie ihr wahres Alter kurzzeitig vergessen. Oder auch, als wäre sie im Gespräch mit einem Mann, der sie interessierte. Dieser Mann war jedoch nicht ich. Ihr Gegenüber war unsichtbar.

»Lass uns einen Piccolo in der Hausbar trinken«, forderte sie mich auf.

Einen Augenblick lang war ich skeptisch. Dann aber siegte die Neugier. Sie hatte vielleicht etwas zu erzählen. Eine interessante Lebensgeschichte, ein lang gehütetes Familiengeheimnis. Frauen ihres Typs konnten sich durchaus als unterhaltsam entpuppen. Dachte ich. Vielleicht war das naiv, aber dummerweise war ich ganz einfach zu wach, um ins Bett zu gehen. Ich hätte ihr auch aus dem Weg gehen können, dann wäre vielleicht alles anders gekommen. Ich entschied mich jedoch zum Bleiben.

Die Bar des Aurelia war nur noch spärlich besucht. Der Hotelbesitzer hatte den Posten hinter dem Tresen bezogen und bediente nur einen einzigen weiteren Hotelgast außer uns. Das restliche Personal war bereits gegangen. Als Chef des Hauses übernahm er oft die Spätschicht und schickte sein Personal ins Bett, wie er uns am ersten Abend erklärt hatte.

»Zwei Piccolo«, bestellte ich.

Lucienne war mir mit etwas Abstand gefolgt, hockte sich lautlos in ihrem Bademantel ganz ans Ende der Bar, derweil ich das Bestellte in Empfang nahm.

Mit einer Flasche und zwei kleinen Sektgläsern kehrte ich

zu ihr zurück.

»Du wirst dich sicher fragen, was eine alte Frau wie ich in einem Hotel wie diesem hier alleine treibt«, fing sie an.

»Na, so alt bist du nicht«, versuchte ich es mit einem Kompliment.

»Ich bin dreiundsiebzig.«

»Nein! Donnerwetter!«, entfuhr es mir tatsächlich überrascht. Ich hätte ihr nach reiflichem Überlegen maximal sechzig gegeben.

»Ja, das hättest du nicht gedacht. Mein Mann ist vor Jahren gestorben. Wir haben uns sehr geliebt. Er war die Liebe meines Lebens. Jetzt vertreibe ich mir die Zeit mit Reisen.«

Sie zog ein Silberdöschen aus der Tasche ihres Bademantels und fingerte ein schlankes Zigarillo heraus. »Du rauchst?« Sie bot mir an, mich zu bedienen.

»Nein, danke.«

»Das ist vernünftig.«

Ich griff zu ihrem Feuerzeug, erzeugte damit eine Flamme. Zittrig hielt sie ihr Zigarillo daran. Anschließend nahm sie einen langen Zug, als hätte sie den ganzen Abend auf nichts anderes gewartet, als auf dieses Zigarillo. Ich fragte mich, wie sie so aussehen konnte, wie sie aussah, wenn sie Raucherin war. Möglicherweise rauchte sie nur zum Genuss bei seltenen Gelegenheiten.

»Ich will dich gar nicht mit meinem Leben langweilen«, fuhr sie fort, »auch wenn das gute Unterhaltung böte.« Sie lachte. »Ich habe etwas anderes für dich: Jeder Ort kennt irgendeine Geschichte. Willst du wissen, was die Geschichte dieses Ortes hier ist?«, fragte sie.

»Warum nicht. Geschichten interessieren mich.«

»Du bist neugierig. Das ist gut. Bewahre dir das. Die Bilder müssen immer in deinem Kopf bleiben. Pass gut auf sie auf. Es gibt schwarze Löcher, die sie dir wegnehmen könnten.« Sie deutete auf ihren Kopf. »Die sind böse, saugen alles auf. Kennst du die schwarzen Löcher?«

Ich verstand den Zusammenhang nicht. »Du meinst das

Universum?«

»Ach was, das Universum. Das Meer! Ich rede doch vom Meer. Du hast mich nicht verstanden, was?« Sie lachte. Nein, ich verstand tatsächlich nicht, wie sie von schwarzen Löchern zum Meer kam.

»Das Meer ist giftig. Hochgiftig. Das kannst du mir glauben. Das Gift muss da raus. Aber das hat er nicht geschafft. Er hat nicht …« Sie hielt den Kopf etwas schräg, studierte etwas an der Decke. Eine Weile starrte sie ins Leere. Dann führte sie ihr Zigarillo hektisch zum Mund.

»Wer? Wer ist *er*?«, fragte ich.

»Er.« Sie gestikulierte, zog die Stirn in Falten. »Er hat das Meer vergiftet.« Sie sprach plötzlich in Rätseln und reagierte kaum auf meine Fragen. Sie schien mir zunehmend merkwürdig.

»Wer?«

Offensichtlich zusammenhangslos redete sie weiter. »Er hat sie umgebracht – diese Frau.« Sie verzog das Gesicht, als würde sie sich vor etwas ekeln. »Er hat sie ins Meer geworfen. Ich weiß es. Die Leute dachten, sie wäre ins Meer gegangen, sie hätte sich das Leben genommen. Aber das hat sie nicht. Er wollte sie loswerden. Er wollte eine andere … Eine *andere*.« Sie betonte das letzte Wort, dabei grinste sie etwas schräg.

»Ein Mann hat seine Frau umgebracht und die Leute dachten, es wäre Selbstmord gewesen?«

»Man hat sich hier etwas zuschulden kommen lassen.« Sie sah konzentriert auf die glühende Asche, die sie in den Aschenbecher kippte. »Wenn er *diese Dinge* nicht getan hätte. Dann hätte er es erkannt. Das Meer ist ein Verräter.«

»Das Meer?« Ich fragte mich, was sie ständig mit dem Meer hatte.

»Sie war ein Flüchtling aus Nordafrika. Aber es war eine ganz andere Zeit damals, ganz anders als heute. Damals waren die Flüchtlinge anders, die Frauen. Die wollten die Männer hier ausbeuten.«

Ich hatte den Eindruck, sie übertrieb etwas. Vielleicht stand sie politisch ziemlich weit rechts, war gegen Flüchtlinge. Aber ich wollte ihr nicht ins Wort fallen.

»Das war die sexuelle Befreiung. Freiheit, ha-ha!«, lachte sie mit der rauchigen Stimme alter Damen. »Eine Befreiung nannten sie das. Dass ich nicht lache! Es war genau das Gegenteil.«

Sie meinte vermutlich die Siebzigerjahre. Mein Blick streifte ihre Blümchenbadekappe, die neben ihr auf dem Barhocker lag und mir ein flüchtiges Lächeln entlockte.

»Es war ein Paradies für Hippies, die Blumenriviera. Dazu ein guter Joint – et bon, la révolution sexuelle!«

Ich rechnete zurück. Sie musste damals Mitte zwanzig gewesen sein.

»Warum heiratet er ein Flüchtlingsmädchen, fragte man sich. Warum? Und warum hat er sie dann nicht gehen lassen?!« Sie gestikulierte mit der Hand, in der sie das Zigarillo hielt. »Das Meer hätte sie ihm genommen, denkt er. Er hat sein ganzes Leben lang auf dieser Lüge gesessen, sich damit die Existenz ruiniert. Dabei … LÜGEN! Alles nur LÜGEN!« Ihre Stimme wurde lauter.

Ich sah mich kurz erschrocken um, prüfte die Reaktion meiner näheren Umgebung. Niemand schien sich jedoch für uns zu interessieren.

»Was nutzt es da noch, am Ende die Wahrheit herauszuschreien. Späte Reue. So was gibt es nicht. Wir leben nur in diesem Moment. Jetzt. Danach ist die Vergangenheit tot. Jawohl, tot ist sie!«

Ich war nicht sicher, ob ihre Vergangenheit wirklich tot war. Vielmehr schien es mir, dass sie sie mit aller Gewalt neu zum Leben erwecken wollte.

»Das Leben bestraft dich, wenn du la nature betrügst. La vie. La mer. La mer n'excuse pas.«

Das Meer verzeiht nicht. Was sie damit meinte, konnte ich mir zu diesem Zeitpunkt noch nicht zusammenreimen.

Nach diesem kleinen Ausbruch wurde sie mit jedem Satz

wieder klarer, sie schien auch körperlich verjüngt, ihre Gesten wurden flüssiger. Es war offensichtlich die Zeit, die unmittelbar aus ihr heraus sprach, die Zeit, in der sie jung gewesen war. »Sie hatten Streit. Nicht nur einmal, nein, sie haben ständig gestritten. Wie sollte es auch anders sein, wenn man sich nicht versteht. Sie kam ja aus einer anderen Kultur. Ich weiß nicht, woher er sie hatte, aber *das hier* war ihr sicher nicht recht. Angeblich ist er allein am Strand aufgewacht, sie war weg. Wie er aber an den Strand gekommen ist, daran erinnerte er sich nicht. Du kannst es dir nicht vorstellen. So ein Idiot.« Sie schüttelte den Kopf und zog dabei an ihrem Zigarillo, als könnte der Tabak sie vor dem Ersticken retten. »Sagt er, er erinnert sich nicht?! Ist das zu fassen! Nein, wer soll das denn glauben?! Ihr Kleid lag neben ihm. Es war voller Blut.«

Sie redete von ihm, als würde sie ihn persönlich kennen. Als hätte er selbst ihr die Geschichte erzählt, und sie dachte erst jetzt darüber nach, ob sie denn stimmte. »BLUT! Und es war *ihr* Blut. Natürlich war es ihr Blut.«

»Klingt unheimlich«, bemerkte ich und führte mein Glas zum Mund, zögerte jedoch mit dem Trinken.

»In Wirklichkeit hat sie nur so getan als ob. Ich weiß es. Sie hat es ihm in die Schuhe schieben wollen. Sie wollte sicher mit einem anderen durchbrennen. Mit so einem Araber.«

Ich war nicht sicher, ob ihre Geschichte gerade in einen phantastischen Teil überging.

»Dann haben sie den Strand abgesucht. Mehrere Tage. Aber es gab keine Spuren. Außer diesem Kleid. Und das machte ihn natürlich verdächtig.«

»Man hielt ihn für den Mörder?«

Sie nahm einen weiteren Zug von ihrem Zigarillo, diesmal weniger gierig. Anschließend blies sie den Rauch aus und sah gedankenverloren den Fädchen nach, die sich über ihrem Kopf verloren. Ihre Verfassung wechselte von verwirrt über klar bis hin zu verträumt.

»Natürlich«, sagte sie. »Er *war* der Mörder. In gewisser Weise war er ein Mörder. So oder so. Er sagte, dass er nichts damit zu tun hätte. Er schwor es hoch und heilig. Er erinnere sich zwar an nichts, aber auf keinen Fall habe er ihr etwas angetan, das versicherte er. Er sei zu betrunken gewesen. Man hat ihm geglaubt. Und man konnte ihm natürlich nichts nachweisen.«

»Aber so war es nicht. Er war schuldig?« Die Geschichte wurde langsam greifbarer, und sie fing an, mich zu interessieren.

»In Genua dann, später, gab es diese Leiche. Eine Frauenleiche. Am Hafen, in einem der Container. Dort fand man sie.« Luciennes Finger legten sich um den schlanken Hals ihres Sektglases, aus dem sie bis jetzt nicht einen Tropfen getrunken hatte. Dabei schwankte sie, als hätte sie bereits eine ganze Flasche geleert, blickte halb verträumt ins Leere, durch den prickelnden Schaumwein in ihrem Glas hindurch.

Ich schenkte mir nach, wartete ungeduldig darauf, dass sie weitererzählte. »Konnte man sie identifizieren?«, fragte ich.

»Identifizieren?« Sie schien mit einem Mal wieder hellwach. »Na ja, was wollte man da identifizieren, wenn ein lebloser Körper wochenlang auf dem Meer unterwegs gewesen ist. Ein Gerippe war die. Irgendeine, die sie in Marokko umgebracht haben. *Sie* war es nicht. Er wollte nur nicht, dass sie ihn noch länger für schuldig hielten.« Sie starrte auf ihr Glas, wirkte wie ein Kind, das mit einer erfundenen Märchenfigur mitfiebert.

»Man hat ihm recht gegeben?«

»Ach, was weiß ich. Vielleicht haben sie die Akten verschlampt.«

»Und die Angehörigen dieser Frau, haben die nie Fragen gestellt?« Ich gab nicht auf.

»Natürlich. Sie schickten einen Anwalt. So einen kleinen Dicken mit Vollbart, aus Agadir, aber der konnte nichts ausrichten. Wo keine Leiche, da keine Spuren. Sie war doch verschwunden. Wie vom Erdboden verschluckt.« Erneut gestikulierte sie etwas übertrieben und riss dabei die Augen auf, als wäre sie von irgendetwas besessen.

Ich trank auch mein zweites Glas leer, behielt es in der Hand und starrte vor mich hin. Als ich wieder zu ihr sah, schien sie vollkommen unbeteiligt. Wie jemand, der überhaupt nichts mitbekommen hat. Als wäre unser komplettes Gespräch an ihr vorbeigegangen und sie würde sich mir gleich erneut vorstellen. *Ich bin Lucienne aus Lyon. Habe ich das schon gesagt?* Keine Ahnung, warum sie diesen Eindruck erweckte; warum sie mir überhaupt diese Geschichte aufgetischt hatte. Ich fragte mich, ob sie komplett erfunden war, oder doch ein Fünkchen Wahrheit darin steckte.

»Der Mann lebt noch?«, fragte ich, was mich die ganze Zeit schon brennend interessierte.

Lucienne drückte ihr Zigarillo in den Ascher. Sie nippte an ihrem Piccolo und ließ sich Zeit für ihre Antwort – wenn sie mir überhaupt eine geben würde.

»Sicher«, sagte sie schließlich, »er hat sie alle überlebt. Irgendwo steckt er. Der! Der lässt sich nicht einschüchtern. Der hat sich vorbereitet.«

Ich konnte ihr nicht folgen. »Du kennst seinen Namen?«

»Oh ja, was denkst du.« Sie klang, als wäre alles, was sie sagte, völlig selbstverständlich.

»Wer ist er?«, bohrte ich, wobei ich bereits ahnte, dass ich keine Antwort bekommen würde. Es war so ein Gefühl.

Lucienne sah mir in die Augen und durch mich hindurch.

»Diese Fragen darfst du nicht stellen«, erwiderte sie endlich. »Ich kann ihn doch nicht verraten. Nein.« Sie schüttelte entschieden den Kopf. »Wir beide, wir sind ein Paar. Verstehst du?«

Ich verstand nicht. Mein Blick brachte meine Irritation wohl unmissverständlich zum Ausdruck, denn sie schien es zu bemerken. Sie lachte. Es war offensichtlich ein klarer Moment. Dann aber schwenkte es gleich wieder ins Gegenteil. »Ich verrate ihn doch nicht. Er könnte sich an mir rächen.« Wieder lachte sie. Ein sehr dunkles Lachen. Dabei wurde ihr

Blick ernst, fast düster. »Er ist unberechenbar.« In ihren Augen wohnte in diesem Moment etwas Unerbittliches, wie bei jemandem, der mit dem Finger eine zappelnde Fliege langsam zerdrückt.

»Dieses Gespräch hier hat nie stattgefunden, mein Lieber. Du solltest mit niemandem darüber reden. Mit niemandem! Die Leute hier geht das nichts an. Es bleibt unser Geheimnis.« Sie glättete ihren Bademantel. »Und ich muss jetzt auch gehen«, verkündete sie fast im selben Atemzug.

Ich war verwirrt, unbefriedigt, aber ich akzeptierte ihre Entscheidung – notgedrungen –, wenn sie mich auch verstimmte. Ich wollte nicht riskieren, dass sie erneut laut würde.

Ich machte dem Hotelbesitzer ein Zeichen, den Betrag auf die Hotelrechnung zu setzen. »Zimmer Nummer 23«, rief ich ihm zu. Sie hatte kaum etwas getrunken.

»Gehst du jeden Abend hierher zum Schwimmen?«, unternahm ich noch einen letzten Versuch.

Ihre Hände steckten in den Bademanteltaschen, als sie sich erhob. Plötzlich wirkte sie wieder um ein paar Jahre gealtert. Ihre Stirn war faltig. Von der Seite erkannte ich einen verbitterten Zug um ihren Mund.

»Wir werden uns wiedersehen. Das Leben ist voller Überraschungen. Man weiß nie, wann man sich als Nächstes trifft und unter welchen Umständen.« Sie zwinkerte mir verschwörerisch zu, wobei die Verbitterung augenblicklich aus ihrem Gesicht bröckelte wie bei einer getrockneten Gesichtsmaske. »Schlaf gut, mein Lieber« war das Letzte, was sie mir dahinhauchte, mit etwas Süßlichem in der Stimme, als wollte sie mich bezirzen.

Sie bückte sich, ergriff eine recht große Tasche, die sie vorhin an der Bar abgestellt hatte, klemmte sie sich umständlich unter den Arm und ging.

»Gute Nacht«, sagte ich, mehr zu mir selbst, nachdem ich ihrer schlanken Gestalt eine Weile nachgesehen hatte.

Als sie verschwunden war, schenkte ich mir

gedankenverloren den Rest aus der Flasche ein. Es war nur noch ein Tropfen darin.

Ich nahm das Glas, das Lucienne fast nicht angerührt hatte, und schüttete den Inhalt in mein Glas. Anschließend leerte ich es hastig. Ein amüsiertes Lächeln spielte um meine Lippen. Die alte Dame hatte sich einigermaßen sonderbar verhalten und zeitweise mehr als skurril gewirkt.

Als ich das Sektglas abstellte und zu Boden sah, fiel mir etwas ins Auge. Sie war nicht ganz spurlos von der Bildfläche verschwunden. Kleine Wasserpfützchen zeichneten die Richtung nach, in die sie gegangen war. Wassertropfen, die vielleicht aus ihrer Blümchenbadekappe getropft waren.

Ich sah auf mein leeres¹ Glas. Der Sekt wirkte nach, schmeckte sonderbar salzig, hinterließ ein anhaltendes Kribbeln auf der Zunge. Insbesondere die letzten Tropfen. Sie hatte doch kaum an ihrem Sekt genippt?

Ich schob das Glas von mir weg, starrte am Tresen vorbei, fixierte irgendeinen Punkt in der Ferne. Dabei verlor ich für einen Moment fast das Gleichgewicht. Es war die Müdigkeit, die mich ganz plötzlich überfiel. Ich kämpfte kurz dagegen an und berappelte mich jedoch. Mein Körper verlangte nach einem langsameren Rhythmus, zwang mir diesen regelrecht auf.

Als ich mich schließlich erhob, um auf mein Zimmer zu gehen, fiel mir auf, dass die Wasserpfützchen, die Lucienne hinterlassen hatte, verschwunden waren.

🌴 Tag 4

Liz saß aufrecht im Bett, als ich erwachte.

»Wo hast du gesteckt?«, war die erste Frage, die sie in meine Richtung formulierte.

Ich war nicht gleich auf der Höhe, verstand nicht sofort, was sie meinte. Der Schlaf und der zurückgelassene Traum steckten noch in mir.

»Was?«, stammelte ich schlaftrunken.

»Letzte Nacht. Ich habe noch bis Mitternacht auf dich gewartet. Dann bin ich eingeschlafen. Wann bist du zurückgekommen?«

Etwas ungelenk richtete ich mich auf. »Keine Ahnung. Ich habe nicht auf die Uhr geschaut. Ich war schwimmen«, log ich.

»Ohne Badehose? Du wolltest doch die Fahrräder bestellen.«

»Hab ich. Die sind für zehn Uhr bestellt.«

»Und danach warst du schwimmen, in Klamotten? Interessant.«

»Nein, ich wollte mir das Schwimmbad ansehen, war nur mit den Füßen im Wasser. Ich bin dann noch in die Bar. Kurz.«

»Aha«, war alles, was sie dazu sagte. Liz kannte meine Alleingänge. Es kam öfter vor, dass ich spontan alleine loszog. Ohne ihre Begleitung und Dauerbeschallung. Liz konnte so unglaublich viel reden, dass sie den Raum vollkommen für sich einnahm.

Meine Antwort hatte sie nicht befriedigt. Das spürte ich. Sie sagte jedoch nichts weiter dazu. Vorerst hatte ich mich vor einer Diskussion gerettet. Vorerst.

»Wenn du die Räder schon für zehn bestellt hast, solltest du langsam aufstehen. Wir wollen noch frühstücken.«

Nachdem sie das gesagt hatte, tappte sie mit ihren Klamotten unterm Arm ins Bad und schloss die Tür hinter sich. Kurz darauf hörte ich die Dusche.

Wir brachen unmittelbar nach dem Frühstück auf. Roger und Noemi erschienen in Sportklamotten mit der guten Laune frisch Verliebter. Roger trug dunkelgraue Radlerhosen, Noemi eine grasgrüne Dreiviertelleggins und ein schwarzes Spaghettitop. Erneut fand ich sie ungemein sexy. Liz daneben, in Shorts und mit einer Laune, die sich schon bald als weniger als mittelmäßig herausstellte, wirkte nicht ganz so sportlich. Das Mysterium meines gestrigen Aufenthalts war für sie nicht gänzlich geklärt, weshalb sie vorerst auch keinen Grund hatte, den Zustand ihrer Laune zu ändern.

Die ersten beiden Stunden radelten wir bei angenehmen Temperaturen über holprige Radwege und durch wunderschöne gebirgig-mediterrane Landschaften. Mal bergauf, mal bergab. Gegen Mittag erreichten wir ein kleines Dorf und nahmen dort ein Mittagessen zu uns. Anschließend ließen wir uns auf einer Grünfläche unterhalb einer Felswand für ein spontanes Sonnenbad nieder.

Roger, Noemi und ich breiteten uns auf dem Boden aus, während Liz die Gegend erkundete, Fotos schoss. Noemi hatte ihre Leggins abgestreift und lag nur in Slip und mit einem Top bekleidet neben Roger in der Sonne. Er dekorierte ihren Rücken und ihr Hinterteil mit kleinen Kieselsteinchen. Sie lachten wie Kinder. Manchmal sah ich verlegen weg, obwohl ich alles, was sie trieben ganz genau mitbekam.

Irgendwann drehte ich den Kopf zur anderen Seite, schloss die Augen, und ließ das Meer in der Ferne in meinen Ohren rauschen.

Ich musste eingeschlafen sein. Ein Insekt im Ohr weckte mich. Als ich mich benommen aufrichtete, war ich allein. Ein Klecks Meeresblau schimmerte durch die Äste, die mir die Sicht versperrten. Der Wind übertrug irgendein Geräusch. Es klang wie Kichern.

Ich drehte mich halb herum, sah zu unseren Fahrrädern. Sie standen unterhalb einer Terrassenlandschaft. Obstplantagen sonnten sich auf Berghängen. Ein schmaler Pfad führte zu dem Radweg, über den wir hierhergekommen waren. Noemi und Roger mussten irgendwo dort sein.

Kurz überlegte ich, ob ich sie suchen sollte.

Leicht gerädert, richtete ich mich auf, sah abwechselnd in alle Richtungen. Wieder hörte ich das Geräusch. Es war wie ein Säuseln. Ich steckte mir einen Finger ins Ohr, zog ihn gleich wieder heraus und prüfte anschließend, ob das Geräusch noch da war.

Es war noch da. Allerdings in Begleitung des Windes, und somit klang es eher dumpf.

Ich rappelte mich auf und schlug den Pfad ein, der zu den Terrassen führte.

Nachdem ich einige Schritte gegangen war, umgab mich erneut die Stille. Ich hörte nur meinen eigenen Atem, der stetig schneller wurde, jedoch hatte ich nicht das Gefühl, derart aus der Puste zu sein, wie das Geräusch es mir weismachen wollte. Daher blieb ich stehen.

In der entgegengesetzten Richtung lag ein Feldweg, er führte von unserer Radelstrecke weg.

Während ich durch das Gras streifte, dachte ich nicht weiter darüber nach, ob ich mich vielleicht zu weit von unserem Rastplatz entfernte. Ich folgte einfach stur der neu eingeschlagenen Richtung. Der Weg stieg nach einer Weile an und führte zu einem Aussichtspunkt. Möglich, dass die beiden dort oben waren. Zumindest versprach ich mir eine schöne Aussicht. Über mir brannte die Sonne.

Keine hundert Meter weiter, kurz vor dem Ziel, das ich mir gerade gesteckt hatte, entdeckte ich plötzlich etwas am Boden. Einen Gegenstand, der das Sonnenlicht reflektierte. Ich bückte mich, um ihn aufzuheben, und wunderte mich als ich erkannte, was dort lag.

Liz' Mobiltelefon. Sie hatte es ganz offensichtlich verloren. Dabei war sie gerade noch auf Fotosafari gewesen. Es konnte ihr, bei was auch immer, aus der Hosentasche gerutscht sein. Wie um mich noch einmal zu vergewissern, dass es tatsächlich ihr Telefon war, strich ich über die Bildschirmfläche – worauf ein Foto erschien. Es zeigte Liz und mich in unserem Sommerurlaub ein Jahr zuvor in Barcelona.

Um etwas über den Ort zu erfahren, wo sie das Handy verloren hatte, öffnete ich ihre Bildergalerie, ging die letzten Aufnahmen durch. Bilder vom Frühstück. Wir mit den Rädern; wir beim Mittagessen; ein Bild von unserem Rastplatz hier, Himmel, Natur. Ich überlegte. Weit konnte sie nicht sein.

»Liz?«, rief ich in der Hoffnung, von irgendwoher eine Antwort zu erhalten.

Es war jedoch so still, dass man meinte, dieser Ort wäre abgeschnitten vom Rest der Umgebung. Nicht einmal Vogelgezwitscher war zu hören.

Ich widmete mich wieder dem Mobiltelefon, durchblätterte erneut die Fotos, ging im Datum weiter zurück. Sicher, es war nicht logisch, dass ich mir Liz' ältere Fotos ansah. Was ich hier tat, hatte etwas Verbotenes. Ich schnüffelte in ihrer Privatsphäre, verschaffte mir unbefugterweise Zugang zu Dingen, die persönlich waren.

Ich wollte die Galerie gerade schließen, als ich auf eine merkwürdige Szene stieß. Irritiert vergrößerte ich die Aufnahme.

Das Foto war in der vergangenen Nacht geschossen worden. Es zeigte mich in der Bar – mit Lucienne! Liz hatte mich tatsächlich beobachtet, sie war mir gefolgt. Ich war irritiert. Warum hatte sie am Morgen so getan, als wüsste sie von nichts?

In der Erwartung, eventuell noch mehr zu entdecken, blätterte ich weiter zurück. Sie hatte so einiges fotografiert. Vieles mehrfach oder aus unterschiedlichen Perspektiven.

Aber das war nicht das einzige. Ich entdeckte eine weitere entlarvende Aufnahme. Ich war fassungslos. Sie spionierte mir tatsächlich nach! Besagtes Bild zeigte mich mit Noemi am Strand. Liz hatte uns aus der Ferne fotografiert. Und natürlich war ihr genau der Moment vor die Linse gekommen, als ich Noemi den Rücken eincremte. Zufall oder Absicht; es war mehr als verwirrend, es war irrational! Wütend darüber, dass Liz ihre gewohnte Zwanghaftigkeit an den Tag legte, steckte ich das Mobiltelefon weg. Innerlich kochte ich. Was erlaubte sie sich?!

Wenig motiviert, meine Suche fortzusetzen, sah ich mich dennoch nach ihr um. Vermutlich hatte sie den Verlust ihres Mobiltelefons noch gar nicht bemerkt.

»Liz?!« Meine Stimme hatte einen aggressiven Unterton bekommen.

Zielstrebig ging ich weiter, blieb aber gleich wieder stehen. Weiter unten hörte ich Stimmen. Mehr als die Stimmen konnte ich jedoch nicht herausfiltern. Bäume versperrten die Sicht. Spontan änderte ich meine Laufrichtung, hastete bergab.

Mit jedem Schritt wurden die Stimmen deutlicher. Ich hörte Roger und Noemi. Der Pfad mündete in eine Kurve.

»Leif!« Noemi war die Erste, die mich entdeckte. Ich war mittlerweile ziemlich außer Atem. Schließlich tauchten alle drei vor mir auf. Neben Noemi und Roger auch Liz.

»Leif, wo hast du gesteckt?« Roger schien erleichtert.

»Wo habt *ihr* gesteckt?«

Liz sah mir entgegen, sie wirkte angekratzt.

Ich dachte an die Fotos, die ich gerade gesehen hatte. Ich ging davon aus, dass sie zu diesem Zeitpunkt bereits alles gründlich dokumentiert hatte, gar eine Strichliste führte, wie oft sie versucht hatte, mit mir zu reden; alles, damit sie ihre Bombe irgendwann hochgehen lassen könnte.

Im Nachhinein weiß ich natürlich, wo die Ursachen lagen. Für das, was sich später daraus entwickeln sollte. Aber zurück zu der gerade beschriebenen Szene.

»Liz hat ihr Mobiltelefon verloren«, erklärte Roger.

Sie bestätigte kopfnickend. Ihr Gesichtsausdruck wurde augenblicklich zu einer einzigen Leidensmine. »Es muss dort oben gewesen sein, beim Aussichtspunkt. Da war irgendwas im Gebüsch. Ich bin zurück, weil ich nachsehen wollte. Es muss mir aus der Tasche gefallen sein. Vielleicht beim Laufen.«

»Sag nicht, du fühlst dich verfolgt?« Ich stand breitbeinig da, allerdings nicht, um mich als überlegen aufzuspielen. Es war eher das Gefühl, mich gegen den Sturm wappnen zu müssen.

»Da sind alle meine Daten drauf. Fotos, Adressen. Einfach alles«, ignorierte sie meine Anspielung und jammerte weiter.

»Hier«, ich zog meinen Fund aus der Hosentasche, »nimm! Es lag dort unten.«

Sie wischte sich ihre Tränen aus dem Gesicht, nahm das Gerät entgegen. »Du hast es gefunden?! Gott sei Dank!«

Für den Moment schien sie vergessen zu haben, welcher Art ihr Fotohobby war; dass sie ihr Mobiltelefon dafür nutzte, meine vermeintlichen Alleingänge zu dokumentieren. Ihre Freiheit vor meiner.

Liz steckte das Mobiltelefon zügig weg, ohne es zu überprüfen. Hätte ich bis zu diesem Moment auch nur die Spur eines Zweifels gehabt und geglaubt, die Fotos wären nicht mehr als ein dummer Zufall gewesen oder es gäbe sie gar nicht, war dieser Gedanke jetzt wie weggefegt. Natürlich war sie schuldig.

Noemi hatte alles stumm verfolgt. Sie schien als einzige im Bilde zu sein, worauf das hier hinauslaufen würde; mehr noch: Sie wirkte, als wäre sie bereits einen Schritt weiter, als könnte sie gar in die Zukunft schauen …

»Lasst uns weiterfahren«, schlug ich vor.

Das Abendessen nahmen wir in einer Taverne ein, die nur wenige Schritte von unserem Hotel entfernt lag. Müde und ausgelaugt von der langen Tour, verspürte niemand noch große Lust, weite Strecken zu laufen.

Roger kam wieder auf das Thema Quallen zurück, erklärte uns das Phänomen aus biologischer Sicht. Bis auf Liz hörte niemand wirklich zu. Noemi studierte ihre Umgebung. Und ich gab nur vor, bei der Sache zu sein – was ich in Wirklichkeit nicht war. Ich überlegte bereits, ob ich später erneut zum Pool gehen sollte in der Hoffnung, Lucienne dort zu treffen. Ich wollte mehr über die Geschichte erfahren, die ich in der Nacht zuvor gehört hatte.

Nach dem Essen schlenderten wir zurück zum Hotel, und kurz darauf machte sich jeder auf den Weg zu seinem jeweiligen Zimmer.

Liz war bereits drinnen. Ich kam etwas später nach, weil ich noch ein paar Worte mit Roger auf dem Flur gewechselt hatte. Ihre Reaktion auf mein Erscheinen war ungewohnt kühl. Sie setzte sich auf den Stuhl neben der geöffneten Balkontür, schlug die Beine übereinander und legte eine Hand aufs Knie. Wenn sie diese Haltung einnahm, gab es etwas zu klären.

Ich streifte an ihr vorbei und schloss die Balkontür. Dabei fiel mein Blick auf das Tischchen, auf dem ihr Mobiltelefon lag. Sie ahnte, dass ich die Bilder gesehen hatte. Weshalb sie es ahnte? Ich hatte ihr ein stummes Zeichen gegeben – auf meine Art.

»Setz dich, Leif«, fing sie an.

»Du möchtest über etwas reden?«, spekulierte ich, während ich mich setzte. »Über heute Nachmittag.«

»Ja. Wir sollten reden. Sag mal«, fing sie an, »liebst du mich eigentlich?« Bei dieser Frage sah sie mir tief in die Augen, forschte darin, als hätte sie soeben eine unbekannte Insel mit dem Fernglas erspäht. Was sie mit ihrer Entdeckung vorhatte, war mir nur allzu bekannt.

»Natürlich«, antwortete ich. Was sollte ich auch sonst antworten. Fragen dieser Art waren tückisch.

»Warum sagst du es mir dann nie?«

»Muss man das denn immer sagen? Reicht es nicht, wenn ich es zeige?«

Ich hatte keine Lust auf eine Diskussion dieser Art. Es drängte mich zum Wesentlichen. Aber natürlich sprach ich meinen Gedanken nicht aus. Es hätte sie verletzt. Stattdessen sah ich zu ihrem Mobiltelefon. Sie hatte ihre Hand schützend daraufgelegt. Ihren eigenen Reflex bemerkend, zog sie die Hand weg. Es glich einem indirekten Schuldeingeständnis – es war so ziemlich das Letzte, wozu sich Liz hinreißen lassen wollte, so gut kannte ich sie.

Mir lag jedoch bereits eine Frage auf der Zunge, die ich mir verkniff. Noch verkniff. Und tatsächlich kam sie mir zuvor.

»Du hast dir die Fotos angesehen, stimmts?«, fragte sie.

»Ja.«

»Und jetzt denkst du, ich spioniere dir nach?«

»Wie würdest du das bezeichnen?«

»Dasselbe könnte ich von dir behaupten. Aber vermutlich war es Zufall, dass du das Handy gefunden hast.«

»Das war es.« Ich war nicht derjenige, der hier eine Erklärung schuldig war.

»Ich wollte unseren Strandplatz fotografieren«, rückte sie mit der Sprache heraus. »Das war ganz harmlos. Ich konnte ja nicht ahnen, dass du ausgerechnet in diesem Augenblick ihren Hintern betätscheln würdest.«

»Ich habe ihr den Rücken eingecremt, weil sie mich darum gebeten hat.«

»Ach, den Rücken?! Sie schaut dich doch schon die ganze Zeit so an. Immer dann, wenn Roger gerade nicht dabei ist. Denkt sie, ich bin blöd?!«

»Das ist absoluter Quatsch.«

Liz hatte noch nicht alles gesagt. »Und diese Frau in der Bar? Wer ist sie?«

»Lucienne meinst du. Sie ist aus Frankreich. Ich habe sie am Pool getroffen. Und vom Alter her könnte sie meine Großmutter sein. Du hättest übrigens ruhig dazukommen können und mich nicht heimlich fotografieren müssen.«

Liz wäre nicht Liz, wenn sie an dieser Stelle bereits eingelenkt hätte. Nein, sie kam nun erst richtig in Fahrt.

»Jetzt lässt du mich wieder wie die hysterische Zicke dastehen. Ich habe dich nicht heimlich fotografiert. Ich hätte dir das Bild schon gezeigt und dich gefragt, wer sie ist. Das habe ich ja gerade auch getan.«

»Jetzt komm mir nicht so, Liz. Tu nicht so, als hättest du mich in netter Absicht fotografiert, fürs Familienalbum. Und unter dem Bild hätte dann gestanden: Leif und sein Urlaubsflirt.«

»Warum nicht. Hättest du auch so gemacht. Wäre doch ganz dein Stil. Dein Humor.«

»Jetzt ist es wieder mein Humor, den du nicht verstehst.«

»Dein Humor ist mir egal. Aber dass du dich lieber mit anderen Frauen beschäftigst als mit mir, das nicht.«

»*Du* wolltest alleine Muscheln sammeln gehen. *Du* wolltest Fotos machen. Und *du* wolltest lieber auf dem Zimmer bleiben, als ich mir den Pool angesehen habe. Kann ich ahnen, dass du die Gunst der Stunde nutzt, um mir nachzuspionieren? Und abgesehen davon: Eigentlich geht es hier doch um keine der beiden Frauen.« Oh, wie ich sinnlose Diskussionen dieser Art hasste.

»Es geht um uns, ja!«, bestätigte sie prompt. »Ich würde diese Dinge nicht allein machen, wenn du mir nicht jedes Mal signalisieren würdest, dass es dir lieber ist, wenn ich sie alleine mache.«

Ich war in die Falle getappt. Blauäugig auf den Zug aufgesprungen, mit dem sie reisen wollte – wohin auch immer. Nur ging die Reise definitiv in die falsche Richtung. Ich hatte mir einen angenehmen Ausklang des Tages vorgestellt. Keine tiefschürfenden Gespräche über Beziehungsprobleme.

»Lassen wir das. Ich möchte jetzt nicht den Tag mit einer Diskussion beenden. Es war ein schöner Tag. Lass uns einfach schlafen gehen.«

»Schlafen? Einfach nur schlafen. Immer dann, wenn es etwas zu bereden gibt, willst du schlafen. Womit wir auch gleich beim nächsten Thema wären.«

Wenn sie jetzt über Sex reden wollte oder, noch schlimmer, über das Thema Kinder, ging das *gar* nicht. Aus diesem Grund stand ich auf. Womit ich ein unmissverständliches Zeichen setzte.

Sie funkelte mich an. Das war nicht die Liz, die ich mir an einem Abend wie diesem wünschte. Dabei hatte mich in unserer Anfangszeit genau das magisch zu ihr hingezogen: ihr Biss, ihre Fähigkeit, Dinge zur Sprache zu bringen. Sie war nicht konfliktscheu, betrieb das, was jeder Beziehungsratgeber empfiehlt: Sie wollte reden. Es war jedoch das Quäntchen zu viel für mich. Insbesondere in diesem Augenblick, wo es mir schlichtweg zu erzwungen schien. Urlaub bedeutete für mich in den Tag hineinleben, mir Geschichten anhören, wie die von Lucienne. Auf Alltagsprobleme hatte ich hier definitiv keine Lust. Aber ich wusste, dass Liz es nicht verstehen würde, sollte ich versuchen, es ihr zu erklären.

Ich stand noch immer da, während ihr Blick stumm forderte: *Setz dich gefälligst wieder hin!*

»Ich vertrete mir noch etwas die Füße«, widersprach ich ihrem unausgesprochenen Gedanken. »Sorry, aber ich kann das jetzt nicht.«

»Du kannst das nie. Es ist immer dasselbe. Jedes Mal weichst du aus, wenn es ums Reden geht.«

Sicher, da war was dran. In ihren Augen musste ich ein Schwächling sein. Jemand, der jedem Konflikt aus dem Weg geht. Simpel gestrickt, mit einem Hang zur Bequemlichkeit.

Aber so war es nicht.

»Ich möchte jetzt gerade einfach etwas anderes als du.«

»Ja. Klar. Hab ich erwartet. Dann geh doch!« Sie machte eine betont abfällige Geste in Richtung Tür.

Ich schlug bereits die angedeutete Richtung ein, zögerte jedoch kurz. Es würde erneut nach Flucht aussehen. Ich drehte mich noch einmal zu ihr rum.

»Geh!«, schrie sie jetzt. Ihr Gesicht hatte sich rot gefärbt. Ich entdeckte Wut und Enttäuschung darin. Aber sie würde sich zusammenreißen und nicht weinen. Lieber knallte sie Türen; lieber stieß sie einen lauten Fluch aus.

Als die Tür hinter mir zufiel und ich allein auf dem Flur stand, war ich einen Augenblick lang wie betäubt, unfähig, die Richtung auszumachen, in die ich gehen sollte. Unfähig zu realisieren, auf welcher Seite des Ganges der Ausgang lag. Eine Weile noch starrte ich auf die geschlossene Tür. Möglicherweise bildete ich es es mir ein, aber ich hörte keine Wut dahinter. Kein Krachen oder Scheppern von Gegenständen, die sie wütend gegen die Wand warf. Ich hörte wie Liz weinte. Ihre Tränen aber berührten mich nicht auf die Art, wie sie mich vielleicht hätten berühren sollen. War ich ihr gegenüber tatsächlich so gleichgültig?

Ich setzte mich in Bewegung. Raus hier, dachte ich. Ich brauchte einen klaren Kopf, andere Gedanken, auf die ich hier drinnen nicht kam.

Draußen empfing mich erneut eine dieser lauen Sommernächte. Verliebte Pärchen tingelten vor mir über die Gasse in Richtung Piazza. In den Bars und Restaurants wurden gerade die letzten Gäste abkassiert.

Ich folgte der Straße, die von der Piazza weg zur Strandpromenade führte. Hier wurde es ruhiger. Eine schmale Treppe schlängelte sich zwischen zwei mächtigen Felswänden hinab zum Strand. Unter mir klatschte das Meer gegen die Klippen.

Ich erkannte Stapel von Liegestühlen. Zwei oder drei standen noch unmittelbar am Ufer. Menschen hockten dort, unterhielten sich oder sahen aufs Wasser, in die dunkle Ferne. Ein Hund tobte im Sand. Die Sichel des Mondes schwebte wie das Segel eines Wikingerschiffs über dem Meer.

Ich blieb oberhalb der Klippe. Die Menschen dort unten waren wie Spielzeugfiguren für mich. Ich beobachtete sie eine Weile, dachte dabei an nichts. Weder an den Streit mit

Liz noch an das noch immer nicht geführte Gespräch mit Roger. Der Wind vom Meer fegte durch mein Haar. Ich genoss es, fühlte mich frei. Zumindest für diesen Augenblick.

Dann wandte ich dem Meer den Rücken zu, lehnte mich gegen das Holzgeländer. Dabei hörte ich es kurz knacken. Das Geländer hatte etwas nachgegeben. Erschrocken drehte ich mich wieder um. Eines der Bretter war so sehr verwittert, dass sich eine Schraube gelöst hatte. Es war nur ein knapper Meter bis zum Abgrund. Nicht mehr als ein Meter. Ein leichtfertig gewählter Aussichtspunkt. Wie unfassbar nah Freiheit und Ende beieinander lagen.

Wenig später war ich auf halbem Weg in die Altstadt. Einige Restaurants waren bereits geschlossen. In anderen herrschte Aufbruchstimmung. Kellner räumten übriggebliebene Stuhlkissen und Gläser ab. Lichter wurden gelöscht.

Die Bewegung tat mir gut, das milde mediterrane Klima.

Die Altstadt wurde zu einer einzigen langen Gasse, es war wie eine Zeitreise: Via Botticelli. Via Bellini. Ich konnte mir gut vorstellen, wie man damals Diebe durchs Dorf geschleift hatte; wie Pferdehufe über das Kopfsteinpflaster klackerten. Etwas von dieser Zeit existierte noch, auch wenn es nur ein Stück Mauer oder ein Straßenname war.

Immer wieder blieb ich stehen, sah hoch zu den Wäscheleinen, die manchmal quer über der Gasse baumelten, von einer Hauswand zur anderen. Dazu ein Hauch von Lavendel und Vanille, parfümierter Weichspüler oder Kräutersäckchen. Im Hintergrund hörte ich hier und da eine dumpfe Stimme, wenn eine Balkontür oder ein Fenster nur angelehnt waren.

Meine Gedanken hatten sich mittlerweile von der Szene von vorhin entfernt – von meinem Streit mit Liz. Ich befand mich wieder im Urlaub, auf der Suche nach dieser besonderen Atmosphäre, nach bleibenden Eindrücken, die Urlaube lange im Gedächtnis haften lassen.

Mittlerweile war ich in einer Gegend angekommen, in der

es überwiegend Wohnhäuser gab. Ich studierte verwitterte Hauswände, Holzrahmen und Eisenbeschläge von Türen und Fenstern, genoss die sich allmählich abkühlende Abendluft.

An einer Stelle plötzlich erfuhr die Stille eine Unterbrechung. Aus einer undefinierbaren Richtung hörte ich Stimmen. Ein Mann und eine Frau. Sie diskutierten, vielmehr stritten sie. Die Gasse formte vor mir eine Kurve. Was dahinter folgte, war nicht einsehbar. Vermutlich würde ich aber auf die beiden Streitenden treffen. Ich würde also unverhofft in etwas hineinplatzen können, wonach mir ganz und gar nicht der Sinn stand. Nach dem Streit mit Liz hatte ich keine Lust, auch noch einer fremden Auseinandersetzung beizuwohnen. Also drehte ich vorsorglich um.

Nach wenigen Schritten blieb ich wieder stehen. Ich kann nicht genau sagen, was mich dazu veranlasste. Vermutlich war es der unerwartet aggressive Ton, den hier jemand anschlug; es klang bedrohlich.

Zögerlich trat ich ein paar Schritte rückwärts, nahm die Kurve und versteckte mich, etwa auf der Hälfte, hinter Bäumen, um die Szene unbemerkt beobachten zu können.

Ein Paar stand dort. Sie, geschätzt Ende zwanzig, dunkles, sehr krauses Haar, klein. Er, vielleicht Mitte dreißig. Ein großer, bäriger Typ. Dank meiner sehr guten Italienischkenntnisse konnte ich dem Wortwechsel weitestgehend folgen.

»Was denn, warum machst du jetzt so ein Theater?«, hörte ich ihn. »Wir hatten das abgemacht!«

»Gar nichts hatten wir abgemacht. Ich habe nur ›Ja, ja‹ gesagt, damit du mich in Ruhe lässt. Aber ich will das nicht. Und ich lasse mich nicht von dir erpressen. Wir wollten das Geld meinen Eltern schicken. Was soll ich denn auf einer Insel?! Das ist langweilig, ich mag es nicht. Ich will nicht mit dir wegfahren. NEIN. Nein, auf keinen Fall! Ich will das nicht!«, erregte sie sich.

Er versuchte sie zu bändigen, sie in den Arm zu nehmen, worauf sie nur noch widerspenstiger reagierte. »LASS

56

MICH! Fass mich nicht an! Ich will nicht, dass du mich anfasst, hörst du. Ich mag deine Hände nicht. Deine riesigen, klebrigen Pranken. Sie sind so hässlich. Abstoßend und hässlich. Ich mag es nicht, wenn du mich anfasst. Es ekelt mich. Alles. Du, dieses Haus ...«

»Schrei nicht so!«, mahnte er. »Du weißt ja nicht, was du sagst.«

»Aber du weißt es?! Ich sage dir was: Du weißt gar nichts. Du bist kein Mann. Ein riesiger Fleischklumpen bist du, ein Tier. Das bist du. Ich kenne dich nicht, aber du willst Kinder mit mir. Das geht nicht. Hörst du, DAS GEHT NICHT! Ich hasse diese Art, wenn du so trottest, diese Dinge, mit denen du dich beschäftigst. Du bist schrecklich! Du weißt gar nichts vom Leben. Du möchtest eine Familie. Den Rest meines Lebens mit dir? Lieber sterbe ich.«

»Sei still!«, fuhr er sie an und wollte sie erneut packen. Er befürchtete wohl, dass sie noch mehr sagen könnte, und presste ihr die Hand auf den Mund. Sie zappelte, wehrte sich, worauf er mit der anderen Hand ihren Kopf an sich drückte. Sie schlug wie wild um sich, hatte jedoch keine Chance gegen diesen Mann, der ihr körperlich weit überlegen war. Brutal ergriff er ihr Haar, zog so heftig daran, als wollte er sie damit zu Boden zwingen. Sie schrie auf.

»Hast du nicht gehört, was ich dir gerade gesagt habe?! Du sollst deinen Mund halten!«, drohte er. Sie zappelte, strampelte und trat um sich. Mir war sofort klar, wenn ich eingriffe, hätte ich keine Chance. Der Kerl war auch mir körperlich überlegen.

Ich beugte mich etwas vor, sah hilfesuchend zu den Häusern. Nirgendwo brannte ein Licht hinter den Fenstern. Niemand hatte bis jetzt auf die Szene reagiert.

Kalte Panik stieg in mir hoch. Ich spürte, hier würde etwas passieren. Ich sah jedoch die Szene nicht voraus, die sich daraus ergeben sollte. In gewisser Weise passte das alles zu diesem Tag. Dörfer sind verborgene Nester. Und manchmal sind Dörfer Orte, an denen hinter verschlossenen Türen fürchterliche Dinge passierten. Unfassbar fürchterliche Dinge. Man bekommt es nicht immer gleich mit.

Ihr Zappeln hatte nachgelassen. Die Kräfte gingen ihr aus, oder es war pure Überlebensstrategie und sie simulierte. Er presste seine Hand noch immer auf ihren Mund. Für einen Moment kam es mir so vor, als blickte sie in meine Richtung. Sie hatte mich entdeckt. Der Schreck darüber lähmte mich nur noch mehr.

Im nächsten Augenblick drückte er ihren Kopf bereits weg. Ihr Gesicht verschwand aus meinem Blickfeld.

Sie war verdammt jung. Im Normalfall hätte ich nicht einfach stumm zugesehen. Hier jedoch … Ich konnte die Frau nicht aus seinen Fängen befreien. Sie war wie ein Papierschiffchen auf dem Ozean – angesichts der Gewalt, die von ihm ausging. Darüber hinaus hatte die Szene etwas Unwirkliches. Sie passte nicht zu Strand, Meer und einer netten lauen Sommernacht mit Freunden. Sie war wie eine falsche, aufgeklebte Realität.

Der Mann stand nun mit dem Rücken zu mir und ich sah nur einen Bruchteil der Szenerie. Was tat er? Hatte er ihr etwas gespritzt? Vielleicht zur Beruhigung. Ich erkannte gerade noch, wie er eine Kanüle in seine Hemdtasche steckte. Mein Gott, was hatte er …?! Es war wie in einem schlechten Film, einem Horrorstreifen. Mit angehaltenem Atem verfolgte ich, wie sie zu Boden sank.

»Du hörst SOFORT auf!«, herrschte er sie noch immer an, obwohl sie längst nicht mehr antworten, geschweige denn reagieren konnte.

Der Schrecken lähmte mich. Ihre stumme Bitte, ihr Blick war zu spät gekommen. Er hat sie getötet, wiederholte sich der eine Satz fortwährend in meinem Kopf.

Noch immer reichlich benommen, realisierte ich erst nach und nach, was passierte. Der bärige Typ bewegte sich jetzt in die entgegengesetzte Richtung, drohte aus meinem Blickfeld zu verschwinden. Durch die Äste erkannte ich, wie er sie über den Boden schleifte. Als wäre sie eine Puppe, zog er sie über das Kopfsteinpflaster hinter sich her. Dabei steuerte er ein Haus an, das nur wenige Schritte entfernt lag. Er ging rückwärts und sah in meine Richtung. Ich machte mich klein, biss die Zähne aufeinander, zählte in Gedanken die Sekunden.

Nachdem er sich weit genug entfernt hatte, richtete ich mich wieder auf. Ich wartete noch etwas ab, bevor ich mein Versteck aufgab. Mit sicherem Abstand folgte ich ihm.

Das Haus lag am Ende der Straße, versteckt hinter dicken Palmen. Das dazugehörige Grundstück war durch eine Hecke von der Straße getrennt. Eine Eisenpforte mit spitzen Stäben bildete den Zugang. Ich erkannte einen Hof mit Garten dahinter. Alles wirkte recht vereinsamt. Wohnte er dort allein? War sie seine Frau?

Das Haus fiel durch sein schönes Sandsteingemäuer auf, es hatte hellgelb gestrichene Klappfensterläden. Die Blätter der Palmen vor der Eingangspforte bewegten sich sanft im Wind. Im Garten vor dem Haus wucherte das Unkraut. Ein paar lose Gehwegplatten bröckelten hier und da; eine altmodisch gestreifte Markise überdachte die provisorische Terrasse, auf der ein einsamer hellgrüner Plastiktisch mit zwei Holzstühlen stand.

Mittlerweile war der Mann auf dem Grundstück verschwunden. Ich bewegte mich entlang der Hecke, wollte möglichst sichergehen, dass er mich nicht entdecken konnte. Wo war er? Im Haus hielt sich offensichtlich niemand auf, denn es brannte kein Licht. Hatte er mich bemerkt? Lauerte er mir auf? Von irgendwo hörte ich Geräusche. Vielleicht aus einem Schuppen; wühlte er in seinem Schuppen, suchte nach etwas, womit er mich erschlagen könnte?

Das Geräusch brach ab und ich hörte Schritte. Ich konnte nicht viel erkennen, die Hecke versperrte mir die Sicht. Sie duftete auffallend intensiv nach Jasmin; als hätte jemand zusätzlich Parfüm versprüht. Die einzige Frau in der Nähe aber war gerade – alles deutete darauf hin – ermordet worden.

Während ich meine Möglichkeiten auslotete, eine bessere Sicht auf den Garten zu erhalten, konzentrierte ich mich weiter auf die Geräusche.

Ich war mir sicher, dass er sich ganz in der Nähe aufhielt. Vielleicht suchte er nach etwas, worin er sie einwickeln könnte, einen Teppich? In Kriminalfilmen wurden Leichen oft in Teppiche eingewickelt. – Wenn sie denn tatsächlich tot war. Er könnte sie natürlich auch zu seinem Fahrzeug schleifen und im Kofferraum verstauen, um sie anschließend dem Meer zu übergeben. Sicher gab es auf dem Grundstück auch eine Garage. Sie lag vermutlich auf der anderen Seite.

Plötzlich hörte ich ihn dicht neben mir, unmittelbar hinter der Hecke. Er war hier. Hier, nur wenige Schritte von mir entfernt. Was, wenn er mich atmen hörte oder meine Körperwärme spürte?

Er schien jedoch anderweitig beschäftigt, bewegte sich hastig hin und her. Er grub. Grub er ein Loch, um sie darin verschwinden zu lassen? Ich hörte ihn Erde aufhäufen. Er wollte sie tatsächlich auf dem eigenen Grundstück vergraben! Es konnte nur ein Traum sein, ein Albtraum. Ich würde gleich aufwachen, die Augen öffnen und Liz … Nein, an Liz wollte ich lieber nicht denken. An ihre Panik, wenn sie diese Geschichte hören würde.

Vielleicht aber vergrub er auch etwas anderes. Schwerlich konnte ich mir vorstellen, dass er ein Tierliebhaber war. Rein optisch – mit seiner grobschlächtigen Aura – schien er mir ganz der Holzfällertyp.

Ich ließ die Zeit verstreichen, hockte bewegungslos da und lauschte auf jedes kleine Geräusch.

Mit einem Mal war es still auf der anderen Seite. Nichts mehr, kein Ton. Ich hörte weder sein Schaufeln noch den Atem des Mannes.

Kurz darauf ging im Haus ein Licht an.

Es war ein günstiger Moment.

Vorsichtig ertastete ich die Pforte und öffnete sie – in

Zeitlupe. Ich musste jedes noch so kleine Geräusch vermeiden.

Hof und Garten waren tatsächlich vereinsamt. Der Mann war ins Haus gegangen. Ich erkannte seine Gestalt hinter einem erleuchteten Fenster. Es war die Küche. Ich streckte mich etwas, um besser sehen zu können. Da saß er, am Küchentisch. Er starrte vor sich hin. Unmittelbar auf eine vor ihm stehende Weinfasche. Ich wandte den Blick ab, beschäftigte mich wieder mit der näheren Umgebung. Langsam gewöhnten sich meine Augen an die Dunkelheit. Ich erkannte allmählich mehr als bloße Schatten. Das Licht aus der Küche half mir – mehr als der schwächliche Schein der Außenlaterne. Ich musste mich in unmittelbarer Nähe der Stelle befinden, wo er gegraben hatte.

Behutsam tastete ich mich vor, versuchte dabei so lautlos wie möglich vorzugehen. Nur keine Aufmerksamkeit erregen.

Schließlich stand ich vor dem Grab. Hier war es. Die ausgehobene Erde lag in kleinen Haufen da. Ich tastete in die Tiefe und erschauderte im selben Moment, als ich sie berührte. Da lag sie! Die Leiche. Leblos. Kaltblütig ermordet. Er musste wahnsinnig sein. Ein Wahnsinniger! Vor wenigen Minuten noch war Blut durch ihre Adern geflossen. Sie war noch lauwarm.

Ich wagte es nicht, sie noch einmal anzufassen, strich ihr Haar lediglich etwas beiseite, um sie ansehen zu können. Ihre Augen waren geöffnet. Ein erstaunlich friedlicher Ausdruck lag darin. So als wäre sie einverstanden gewesen mit allem, was er getan hatte. Ich erinnerte mich jedoch deutlich an ihren Widerstand. Vom Typ her war sie dunkel. Ein südländischer Typ. Südlicher als er. Vermutlich kam sie aus Nordafrika. Der Ring an ihrem Finger schien ein Ehering zu sein. Sie war mit ihm verheiratet gewesen.

Im nächsten Augenblick wurde es dunkel hinter mir. Er hatte das Licht in der Küche gelöscht. Die Leiche verschwand augenblicklich in der Schwärze der Nacht. Jeden Moment konnte er zurückkommen. Natürlich, er war hier noch nicht fertig. Ich musste weg, und das möglichst schnell.

In meiner Eile stieß ich gegen den Tisch, worauf dieser einen der beiden Stühle in Bewegung setzte, der zu meinem Entsetzen heftig zu wackeln anfing.

Jetzt würde ich auffliegen. Verflucht! Ich stürzte mein Gesicht in die Hände, versuchte in Gedanken zu verschwinden.

Der Stuhl stand noch, als ich wieder hinsah. Nichts war geschehen. Die Gelegenheit schien günstig; kurzentschlossen nutzte ich den Moment und tastete mich bis zur Pforte vor, schlüpfte zügig hindurch.

Zu spät stellte ich fest, dass ich sie in meiner Eile offengelassen hatte, ich konnte nicht noch einmal zurückgehen. Er war bereits im Hof, und mir blieb nichts anderes übrig, als mich vor dem Haus hinter dem nächsten Strauch zu verstecken, um nicht auf offener Straße entdeckt zu werden. Von dort hörte ich seine Schritte. Er näherte sich der Pforte, trat einen Schritt hindurch.

Im schwachen Schimmer der Außenlampe sah ich ihn nun zum ersten Mal klar und deutlich. Er stand nur wenige Meter entfernt, schräg über mir, er trug ein kariertes Hemd, dazu eine altmodische Frisur im Siebzigerjahre-Look. Sein Haar kastanienbraun, ein angedeuteter Schnäuzer, Koteletten. In seiner Hand hielt er die Weinflasche, die er in dem Moment abstellte, als er die geöffnete Pforte bemerkte. Unglücklicherweise hatte der Wind sie noch ein kleines Stück weiter geöffnet. Er konnte also gar nicht anders, als es zu bemerken.

Ich presste mich in die Tiefe.

Die gespenstische Stille, die sich für eine halbe Ewigkeit über mir ausbreitete, schien mir kein gutes Omen, und ich rechnete mit dem Schlimmsten; dass es zum Zweikampf zwischen ihm und mir kommen würde; dass er mich mit einem Messer angriffe.

Aus dem Augenwinkel registrierte ich, wie sein Schatten auf einmal vollständig über mir lag. Ich starrte verkrampft auf den Asphalt. Die Situation zwang mich dazu. Ich durfte ihn keinesfalls ansehen. Kalter Schweiß bildete sich unter meinen Achseln; eisige Perlen liefen mir den Rücken herunter. Ich sah seine Pranke bereits nach mir greifen und mir ebenfalls den Hals umdrehen oder irgendeine Todesspritze verabreichen.

Es war vorbei.

Dachte ich.

Im Nachhinein ist mir vollkommen schleierhaft, wie er mich übersehen konnte und weshalb sich sein Schatten plötzlich wieder entfernte.

Ich wartete sicherheitshalber noch etwas ab, denn ich traute dem plötzlich wiedergekehrten Frieden nicht.

Als ich aufsah, konnte ich ihn nirgendwo entdecken.

Er war aber noch in der Nähe. Leise Geräusche kamen aus dem Garten. Weinte er? Trauerte er über das, was er angerichtet hatte?

Wenn ich mich an die erschreckende Brutalität erinnerte, mit der er vorgegangen war, konnte ich es kaum glauben. Vielleicht begriff er jedoch erst jetzt, was passiert war.

Ich entfernte mich von der Szene. Was sollte ich auch länger hier tun. Ich musste die Polizei verständigen. Morgen, gleich nach dem Frühstück. Wenn die Welt wieder übersichtlicher wäre; wenn ich mich vergewissert hätte, dass die durchlebte Nacht nicht bloß ein Albtraum gewesen war.

Liz würde bereits schlafen, wenn ich das Hotel beträte. Das gesamte Hotel Aurelia würde schlafen.

🌴 Tag 5

Gegen sieben wurde ich von Geräuschen geweckt, die aus dem Gang vor unserem Zimmer kamen. Das Zimmermädchen hatte offensichtlich einen Disput mit einem weiblichen Gast. Der Stimme nach zu urteilen, konnte es sich sogar um Noemi handeln, mit der sie diskutierte. Ich hörte die beiden nur dumpf, weshalb ich nicht verstand, worum es ging.

Benommen richtete ich mich im Bett auf. Die Tür zum Bad war geschlossen. Dahinter hörte ich Wasserrauschen. Liz stand bereits unter der Dusche.

Ich stieg aus dem Bett, streifte mir Shorts und T-Shirt über und schaffte ein wenig Ordnung im Zimmer, um Liz zu versöhnen und ihr keinerlei Angriffsfläche für einen neuen Streit zu bieten.

Es blieb allerdings ein Gefühl der Unzulänglichkeit. Die heimliche Befürchtung, meine Ordnung reiche nicht aus. Hastig räumte ich auch noch meine Schuhe beiseite, stellte sie ordentlich nebeneinander unters Bett, damit sie nicht über sie stolperte.

Vielleicht sollte ich etwas aufs Zimmer bestellen, überlegte ich, sie überraschen.

Spontan wählte ich die Nummer der Rezeption, orderte zwei Gläser frisch gepressten Orangensaft. Ich wusste nicht, wie lange Liz schon unter der Dusche stand. Wenn das Wasser einmal lief, konnte man davon ausgehen, dass sie eine Weile brauchte.

Ich hatte das dringende Bedürfnis, in meiner näheren Umgebung so etwas wie Harmonie herzustellen. Wieder-herzustellen, um genau zu sein. Das war untypisch für mich und hing womöglich mit dem gestrigen Erlebnis zusammen. Meine innere Balance war gestört.

Natürlich würde ich zur Polizei gehen müssen – wäre da

nicht dieses Gefühl, dass das Ganze nur im Traum stattgefunden hatte. In Wirklichkeit war ich früh zu Bett gegangen, wir hatten nicht gestritten, und ich war nie in der Altstadt gewesen.

Aber so war es nicht. Die Bilder wirkten noch nach. Beständiger als jeder Traum.

Ich konnte Liz jedoch nicht einweihen. Es war besser, sie aus dieser Geschichte rauszuhalten.

Nur, irgendjemanden musste ich einweihen. Möglicherweise meine Bekanntschaft vom Pool, Lucienne. Eine neutrale Person, wenn sie auch etwas schrullig war.

Oder doch besser Roger? Nein, der würde mir vermutlich nicht glauben. *Du hast einen Mord gesehen? Leif, das hast du dir eingebildet.* Roger bezeichnete mich manchmal als liebenswerten Schaumschläger. Jemand, der dazu neigte, sich in Dinge hineinzusteigern oder zu übertreiben. Wenn ich eine Idee im Kopf hatte, war ich oft regelrecht davon besessen.

Noemi kannte ich noch zu wenig, um sie einzuweihen. Sie schien mir grundsätzlich etwas undurchsichtig. Außerdem fing sie bereits an, mir zu gefallen. Irgendwie.

Jemand klopfte.

Das Zimmermädchen stand mit einem Tablett in der Tür. »Buongiorno, signor, Ihr Orangensaft.«

»Grazie, hierher bitte.« Ich deutete ihr, wo sie die Gläser abstellen sollte. Dabei schaffte ich etwas Platz.

Sie lächelte. Sicher über mich und meine Zerstreutheit. »Prego, signor.«

Ich suchte nach ein paar Euros in meiner Geldbörse. »Grazie.«

Als sie wieder verschwunden war, hockte ich mich auf den Stuhl und richtete alles so her, wie es Liz gefallen könnte.

Die Dusche war inzwischen abgestellt und ich wartete nur darauf, dass die Tür sich öffnete. Liz verbrachte jedoch noch weitere Minuten im Bad damit, sich abzutrocknen. Dann erst ging die Tür auf und sie betrat im Bademantel das Zimmer.

»Guten Morgen, Schatz«, flirtete ich ihr entgegen. Ihr Blick streifte erst mich und dann das Tischchen, auf dem der Orangensaft stand. »Guten Morgen«, entgegnete sie reserviert.

Jetzt durfte ich kein Thema anschneiden, das eine Diskussion losbrechen würde.

»Ich habe mir die Freiheit genommen uns einen kleinen Aperitif vor dem Frühstück zu bestellen.«

Liz kleidete sich in aller Ruhe an, sie gab sich große Mühe, mich wie Luft zu behandeln.

»Und, wo warst du gestern wieder?«, fragte sie irgendwann, nachdem sie mich lange genug ignoriert hatte.

»Ich bin noch etwas durch den Ort gelaufen. Ich konnte nicht schlafen. Du weißt doch, dass ich manchmal noch etwas Bewegung brauche.«

Sie setzte sich mir gegenüber, griff zu einem der beiden Gläser O-Saft. »Glaubst du, es wird besser mit uns, wenn das jedes Mal so ist und du einfach wegläufst?«

»Keine Ahnung.« Ich verkniff mir, was ich eigentlich in Situationen wie dieser sagte. Es war der gewohnte Spießrutenlauf. »Hast du denn gut geschlafen?«, lenkte ich das Thema stattdessen in eine andere Richtung.

»Hmn«, wich sie aus, wobei ihr Leid deutlich mitklang. »Ich habe noch eine Stunde auf dich gewartet. Dann bin ich eingeschlafen. Ich habe mich ziemlich über dich geärgert – aber ich hatte keine Lust, dir *nachzuspionieren*, falls du das jetzt denkst. Ich habe auch beim letzten Mal nicht *spioniert*.«

»Ich weiß«, räumte ich zähneknirschend ein, obwohl ich anderer Meinung war. »Es war einfach ein ungünstiger Moment, der zu vielen Missverständnissen geführt hat. Sie hat mir lediglich irgendeine Geschichte erzählt. Lucienne, meine ich. Diese alte Dame.«

»Ihre Lebensgeschichte? Klingt interessant.«

Das Klopfen an der Tür half mir aus meiner misslichen Lage.

Roger steckte den Kopf durch den Türspalt. »Wo bleibt

ihr? Fällt das Frühstück heute aus? Noemi ist schon ganz hungrig. Sie hat sich gerade beim Zimmermädchen beschwert, weil die Minibar zu wenig hergab.«

Als wir nach dem Frühstück zum Strand schlenderten, ergriff ich spontan die Gelegenheit und nahm mir Roger vor, wir gingen auf eine Höhe.

»Hör mir kurz zu«, fing ich an. Noemi und Liz waren schon ein ganzes Stück weitergegangen. Die Sache brannte mir unter den Nägeln, denn ich war unsicher, was ich unternehmen sollte.

»Die Frauen brauchen das nicht mitzubekommen. Ich will sie nicht beunruhigen.«

»Was gibts denn?«

»Ich habe letzte Nacht etwas beobachtet.«

»So. Was denn?«

Liz und Noemi liefen stumm nebeneinander her. Liz sah zu ein paar Kindern, die hinter einem Ball herrannten. Noemi war damit beschäftigt, ihren Sonnenhut gegen den Wind zu verteidigen.

»Es war …«

»Ich bin ganz Ohr.«

Tatsächlich brauchte ich Rogers Rat, um mir über meine nächsten Schritte klarzuwerden. »Ich habe einen Mord beobachtet.«

»Bitte?! Du willst mich hochnehmen.«

»Ich habe es nur zufällig gesehen. Die zwei haben gestritten, ein Paar. Dann ist die Situation plötzlich eskaliert und er hat … er hat ihr den Hals umgedreht oder etwas gespritzt – ich habe es nicht ganz genau gesehen. Anschließend hat er sie auf seinem Grundstück vergraben. Ich habe ihn dabei beobachtet.«

»Erzähl keinen Mist. Warum hast du nicht die Polizei verständigt? Du hast einen Streit gesehen.«

Ich grübelte, versuchte die Bilder der Nacht zurückzuholen. Sie hatten etwas an Schärfe verloren, fühlten sich jetzt

67

tatsächlich fast wie ein Traum an. Dennoch war ich mir meiner Sache sicher.

»Oder *hast* du die Polizei verständigt?«

»Nein.«

»Lass mich raten, warum.«

»Es war kein Traum. Ich habe alles deutlich gesehen.«

»Ein Mord auf der Straße. Einfach so? Und du mitten drin.«

»Die beiden haben mich nicht bemerkt. Ich bin zufällig in die Szene geplatzt.«

»Du warst gestern Nacht allein unterwegs? Deine einsamen Nachtspaziergänge, die Liz so sehr liebt«, bemerkte er ironisch. »Oder habt ihr gestritten?«

»So was in der Art. Aber du lenkst vom Thema ab.«

Er zog sich die Sonnenbrille aus dem Gesicht, musterte mich von der Seite. »Erwartest du tatsächlich, dass ich dir deine Geschichte glaube? Immer diese Geschichten. Bring das in Ordnung mit Liz. Du flüchtest dich in eine Fantasiewelt, merkst du das nicht?«

Er setzte seine Sonnenbrille auf und ging einen Schritt schneller. Ich verstand nicht, weshalb er plötzlich so eindeutig Liz' Partei ergriff. Vor ein paar Wochen noch hatte er mir nahegelegt, mich nicht von ihr in die Enge treiben zu lassen. Hatte sie sich bei ihm ausgeheult?

Ich ließ mich nicht abwimmeln. »Ich möchte später noch mal dort nachsehen. Ich meine, bevor ich es der Polizei melde. Ich muss das noch mal bei Tag sehen, um es besser schildern zu können. Für die Tatortbeschreibung. Die werden mich doch befragen und ein Protokoll erstellen. Ich muss das alles für mich rekonstruieren. Gestern ging das so schnell, es war dunkel.«

Roger ignorierte mich. Er wollte nichts hören. Seine Reaktion war eindeutig.

»Wir haben auch noch etwas zu besprechen«, erinnerte er mich. »Aber das machen wir später. Nicht hier zwischen Tür und Angel.«

Mittlerweile hatten wir die beiden Frauen fast eingeholt.

»Warum glaubst du mir nicht? Ich meine …«

»Sag du es mir. Kann ich dir glauben? Kann ich dir, was das betrifft, vertrauen?«

Ich sah ein, dass es im Moment nicht viel Sinn hatte, weiter zu insistieren. Es war der falsche Zeitpunkt. Ich musste mein Problem vorerst allein lösen. Daher schob ich es auf. Nicht zuletzt, um die Situation mit Liz zu entschärfen.

Unser Badeplatz lag etwas außerhalb des Ortes, Noemi hatte einen der wenigen Sandstrände ausfindig gemacht. Das Meer breitete sich vor uns aus wie ein zweiter Himmel. Man fand die Linie nicht, die Wasser und Horizont voneinander trennte.

Wenige Meter von unserem Strandplatz entfernt, verkaufte ein nordafrikanischer Händler Tücher und Sonnenbrillen, flirtete mit den Touristinnen.

Liz hatte die ganze Zeit über noch kein Wort mit mir gewechselt. Weiterhin schmollend, vegetierte sie auf dem Rücken liegend auf ihrem Liegestuhl, stütze sich mit angewinkelten Armen ab und bohrte gelegentlich mit ihren Zehen im Sand.

Noemi und Roger turtelten wie frisch Verliebte. Sie waren wie das Prickeln der italienischen Sonne auf der Haut; ganz im Gegensatz zu der polaren Kälte, die zwischen Liz und mir herrschte.

Roger verdiente das Glück. Wenn jemand es verdiente, dann er. Roger hatte bereits die eine oder andere bittere Enttäuschung hinter sich und auch beruflich ging er oft ans Äußerste. Dreimal schon war er für Ärzte ohne Grenzen im Einsatz gewesen, hatte in Krisengebieten gegen Tod und Krankheiten gekämpft. Nigeria, Sudan, Jemen. Wenn er zurückkam, nahm er oft selbst psychologische Hilfe in Anspruch.

Die Anforderungen in Krisengebieten mochte ich mir kaum vorstellen. Innerhalb von Sekunden über

Menschenleben entscheiden, Trauer, Panik und den Horror der Realität überwinden; zupacken und handeln, bevor der Tod dir die Entscheidung abnimmt. Nein, das wäre kein Job für mich. Ich könnte das nicht. Ich war weiß Gott kein Held, und in diesem Punkt hatte er meine volle Anerkennung, meinen ganzen Respekt. Er tat etwas, was wertvoll war. Er machte diese Welt ein kleines bisschen besser. Auch wenn es nur ein Tropfen auf den heißen Stein war angesichts des Meeres der Bedürftigen.

»Kommst du mit ins Wasser?«, unterbrach Liz meine Gedanken. Sie hatte sich anscheinend dazu durchgerungen, eine Annäherung zu wagen. Es war ein erster Schritt in Richtung Versöhnung. Eine Versöhnung, die mir, wenn ich ehrlich war, gerade egal wurde.

»Warum nicht«, ging ich dennoch darauf ein.

Noemi beobachtete uns von der Seite, oder sie sah nur zufällig hin.

Liz eilte bereits vor. Vor den auslaufenden Wellen blieb sie jedoch stehen, setzte anschließend zaghaft einen Fuß vor den anderen und wagte sich zunächst nur bis zu den Knien ins Wasser. Sie testete die Temperatur.

»Du musst mit einem Mal rein.« Ich ließ mich neben ihr ins Wasser fallen und spritzte sie absichtlich nass.

»He!«

»Denk an die Quallen«, erinnerte ich sie.

»Ha-ha, sehr witzig.« Sie zog eine Grimasse. Das Eis schien für einen Moment gebrochen.

»Du schwimmst wie eine lahme Ente«, zog ich sie auf. Liz strampelte wild mit Armen und Beinen im Wasser.

Es waren nicht viele Menschen im Meer. Ein paar Kinder spielten mit Eimern und Förmchen im Sand. Ein kleiner Junge schlug nach den kleinen Wellen, rannte aber jedes Mal weg, wenn sie zu schnell kamen.

Ich schwamm ein ganzes Stück raus, während Liz noch immer damit beschäftigt war, sich mit der Wassertemperatur anzufreunden. Ich beachtete sie eine Weile nicht, ließ mich treiben und sah nur hin und wieder zum Ufer zurück.

Mittlerweile hatte Liz tatsächlich ein paar Schwimmzüge unternommen. Sie schwamm ein kleines Stück in meine Richtung. Dann aber stand sie wieder im Wasser.

Ich kraulte, schloss nach ein paar Zügen die Augen und döste eine Weile im Wasser treibend.

Als ich die Augen wieder öffnete und zum Ufer zurücksah, war Liz aus meinem Blickfeld verschwunden. Ich suchte die Küste nach ihr ab und meinte bald, sie entdeckt zu haben. Ein blonder Lockenkopf lag ruhig im Wasser.

Ich schwamm noch ein Stück weiter, ließ mich erneut treiben. Schließlich drehte ich doch um und kraulte zurück Richtung Küste. Dabei behielt ich den Lockenkopf im Auge. Es schien mir merkwürdig, Liz so ruhig im Wasser schwimmen zu sehen. Meistens hielt sie es nie lange aus. Sie war eher der wasserscheue Typ.

Im Hintergrund erkannte ich unseren Strandplatz. Ich entdeckte Noemis Rücken. Sie lag auf dem Bauch, redete mit Roger.

Der blonde Lockenkopf war mittlerweile fast am Strand angekommen; gerade tauchte auch der Rest des Körpers aus dem Wasser auf – und ich musste erschrocken feststellen, dass es nicht Liz war. Die Frau trug einen bronzefarbenen Badeanzug und war deutlich schlanker als meine Freundin.

Beunruhigt überprüfte ich jetzt jeden Kopf in unmittelbarer Nähe. Wo war Liz? Verflucht, sollte sie schon wieder auf Abwegen unterwegs sein oder war ich ganz einfach paranoid?

Es fehlten nur noch wenige Meter bis zum Ufer. Als ich wieder stehen konnte, hatte ich einen besseren Überblick.

Nach kurzer Orientierung entdeckte ich Liz in der Nähe der Felsen. Sie war offensichtlich noch immer im niedrigen Wasser unterwegs und wohl abwechselnd geschwommen und gegangen.

Ein erleichterter Seufzer entglitt mir, nachdem ich mich noch einmal versichert hatte, dass alles mit ihr in Ordnung war.

Ich ging zu unserem Strandplatz zurück, schüttelte mir im Gehen die nassen Haare.

Noemi lag noch immer auf dem Bauch. Roger halb auf ihr. Er hatte sein Handtuch etwas über sie gezogen. Da der Strand an dieser Stelle recht einsam war, hatte er den Moment unserer Abwesenheit genutzt. Ich hörte Noemi leise stöhnen, worauf ich meine Schritte verlangsamte. Die beiden hatten mich nicht bemerkt. Kurzentschlossen schlug ich einen kleinen Bogen um sie, um den Weg zu verlängern.

Dann aber blieb ich abrupt stehen. Was war das? Ein Schrei mischte sich unter das Rauschen der Wellen. Ein greller Schrei, der schnell schrill wurde. Er kam eindeutig aus einer bestimmten Richtung – und hörte sich verdächtig nach Liz an.

Ich drehte mich um, sah zu den Felsen.

Da stand sie, bis zu den Knien im Wasser, die Schultern eingezogen, Arme und Oberkörper verkrampft – und schrie. Sie schrie wie am Spieß.

Noemi und Roger waren mittlerweile aufgeschreckt. Roger stand bereits neben mir. »Was ist los, Leif? Was hat sie denn?«

»Ich hab keine Ahnung.«

Da rannte er auch schon los.

Nach kurzem Überlegen folgte ich ihm.

Roger hatte Liz schon bald erreicht und zog sie aus dem Wasser. Sie kreischte, rieb sich über ihre Beine.

Noemi war mittlerweile ebenfalls dazugekommen. »Was ist denn los?«, fragte sie besorgt. »Was hat sie?«

Liz' Augen waren weit aufgerissen. Sie klammerte sich an Roger.

Keiner von uns begriff, was geschehen war, weshalb sie so vollkommen aus dem Häuschen war. Auch waren keine äußerlichen Verletzungen zu erkennen.

»Jetzt beruhig dich, Liz«, redete Roger auf sie ein.

Langsam löste sie sich von ihm, hockte sich in den Sand

und umklammerte ihre Beine. Sie starrte Richtung Meer – als läge etwas Bedrohliches dort draußen. Dann ließ sie ihren Kopf auf die Knie sinken. Ihre Haare bedeckten ihr Gesicht, sodass wir es eine Weile nicht sehen konnten. Als sie wieder aufsah, verformte sich ihre Mimik. Die Panik war weg. Erst lächelte sie nur. Dann erschien ein Grinsen auf ihren Lippen – was schließlich in Lachen überging. Sie lachte. Sie lachte uns ganz offensichtlich aus.

»Findest du das lustig?!«, fuhr ich sie an, mit dem sicheren Instinkt, dass alles nur ein Spiel gewesen war.

»Habe ich dir einen Schrecken eingejagt, ja?«, fragte sie in meine Richtung. »Hast du Angst um mich gehabt; dass mich die ligurische Riesenqualle holt und mich in die Tiefen zerrt? Dann wärst du mich losgewesen.«

»Liz!« Noemi hatte die Hand auf ihren Arm gelegt. »Sag so was nicht. Siehst du nicht, wie du Leif erschreckt hast?«

»Ja, aber er war nicht der Erste bei mir. Er hat mich nicht aus dem Wasser gezogen. Roger wars.«

»Roger ist Arzt«, beschwichtigte Noemi. »Natürlich wäre er dir auch hinterhergesprungen.

»Und er?!«, sie deutete auf mich. »Warum nicht er?«

»Leif steht unter Schock«, verteidigte mich Roger. »So schnell kann man nicht reagieren. Du hättest damit nicht spaßen dürfen. Das ist ganz und gar nicht lustig, was du hier abziehst«, wies er sie barsch zurecht. »Stell dir vor, er wäre dir hinterhergesprungen und hätte sich in seiner Panik schwer verletzt. Wenn du ein Problem hast, ihm zu vertrauen, ist es die denkbar schlechteste Lösung, Situationen wie diese zu provozieren. Das ist kindisch, unreif und nebenbei absolut unverantwortlich!« Roger war so sehr in Rage, dass er sich augenblicklich abwandte. Er schüttelte den Kopf und ging, Liz ignorierend, festen Schrittes zu unserem Strandplatz zurück.

Noemi und ich blieben mit ihr zurück. Ich half Liz auf, sagte jedoch kein Wort. Ich wusste nicht, was mir den größeren Schrecken eingejagt hatte, ihr Geschrei oder die

Tatsache, dass alles nur fingiert gewesen war. Ich konnte nicht einmal wütend sein, ich war einfach nur aufgewühlt.

Als wir kurz darauf wieder auf unseren Handtüchern hockten, Liz mit ihrem Klappliegestuhl kämpfte, schließlich aber zur Ruhe fand und sich setzte, sagte sie irgendwann kleinlaut zu mir: »Es war nicht so schlimm.« Sie fühlte sich offensichtlich schuldig. Rogers Zurechtweisung hatte gewirkt. »Dort bei den Felsen war aber wirklich etwas«, fuhr sie fort. Ich reagierte nicht, wollte gar nicht wissen, was sie gesehen hatte. »Es gibt dort jede Menge, ein halbes Dutzend; sie sind unheimlich, aber auch irgendwie faszinierend schön. Quallen«, schwärmte sie.

Quallen? Offensichtlich hatte sie ihre Ängste vor den glitschigen Meeresbewohnern plötzlich im Griff. Aber so war es mit ihr. So war Liz.

Der Vorfall schien schnell vergessen und der Nachmittag verging mit Nichtstun. Ich tauchte in eine Strandlektüre ab. Roger trug Kopfhörer und schlief. Noemi sonnte sich. Liz sammelte mal wieder Muscheln.

»Was liest du da?«, fragte Noemi, nachdem sie einige Zeit in den Himmel gestarrt hatte.

Ich zeigte ihr die Titelseite meines Buches.

»Ein Roman«, stellte sie fest. »Roger liest eher Sachbücher. Solche über Entdeckungen, Medizin und Naturphänomene mag er besonders.«

»Ich weiß.«

»Und? Ist es spannend?«

»Geht so«, gab ich einsilbig Auskunft.

Sie drehte sich auf den Bauch, legte eine Wange auf ihren angewinkelten Ellenbogen und sah mich an.

»Du schreibst, hat er erzählt.« Sie deutete in Rogers Richtung. »Ich meine, du schreibst Romane. Du bist Schriftsteller. Ist *sie* deine Inspiration?« Sie spielte wohl auf Liz' kleine

Einlage von vorhin an.

»Hmn«, antwortete ich noch einsilbiger. Ich mochte es nicht, wenn man mich auf meine schreibende Tätigkeit ansprach, wenn ich davon erzählen sollte, was ich tat und wie ich es tat. Was dann jedes Mal kam, waren Fragen nach Verkaufsrängen oder -zahlen. Es schien vielen unerheblich, was in meinen Büchern stand. Wieviel Intimes darin steckte. Oder eben auch nicht. Natürlich dachte Noemi wie andere. Ich sah ihr an, dass sie so dachte. Aber immerhin stieg sie nicht mit der Frage nach meinem Verkaufsrang ein. »Was schreibst du denn so?«, wollte sie stattdessen wissen. Dabei stützte sie ihr Kinn auf die Faust. Die Sonnenbrille steckte auf ihrem Kopf. Ich durfte einen Augenblick lang ihre kaffeebraunen Augen bewundern.

»Nein, sag es nicht! Ich werde raten.« Sie tat so, als überlegte sie. »Krimis sind es nicht. Auch keine Liebesromane. Ich schätze, dein Stil geht in Richtung Mystery, Science-Fiction.«

»So, glaubst du.«

»Du hast so eine Aura.«

»Was denn für eine Aura?«

»Wie jemand mit einem dunklen Geheimnis. Oder ...«

»Oder?«

Sie suchte nach einer Formulierung. »Mit einer Begabung fürs Spezielle.«

»Aha. Und was verstehst du unter ›Speziellem‹?«, fragte ich tatsächlich neugierig.

»Du suchst den extremen Plot.«

»Interessant, dass du mich so einschätzt.«

»Liege ich denn richtig?«, wollte sie wissen.

»Im Ansatz. Vielleicht.«

»Benutzt du ein Pseudonym?«

»Ja.«

»Ich wusste es! Und was war dein letzter, dein markantester Charakter, den du erschaffen hast?«, bohrte sie weiter.

Ich überlegte. »Ein Händler aus einer industriellen

Unterwelt.«

»Einer, der mit Menschen handelt? Oder Maschinen?«

»Mit industriell gefertigten Seelen.«

»So in etwa habe ich mir das vorgestellt.« Sie war mit ihrer Menschenkenntnis zufrieden, blinzelte mir zu, als wären wir jetzt Verbündete.

»Willst du wissen, wo ich mir Inspiration für meine Bilder hole?«, fragte sie.

Roger hatte mir ein paar ihrer Werke gezeigt. Sie malte größtenteils abstrakt. Ihre Körper waren nur Silhouetten, die sich auf Gegenständen spiegelten.

»Du hast normalerweise lebende Modelle, nehme ich an.« Ich erinnerte mich an ihren Vorschlag von vor zwei Tagen. Sie hatte uns malen wollen.

»Oft sind es Studenten. Ich schaue mir einen Menschen an und beobachte ihn eine Weile. Wenn ich ihn interessant und ausdrucksstark finde, frage ich ihn, ob er mir Modell steht. Würdest du mir Modell stehen?«

»Ich? Du findest mich also ausdrucksstark.«

»Möglich. Du bist fotogen. Aber mein Typ bist du nicht.«

Kurz verschlug es mir die Sprache. Was wurde das jetzt?

Ich schielte zu Roger. Er hatte die Augen noch immer geschlossen, und auch der Kopfhörer klemmte unverändert fest auf seinem Kopf.

Noemi war meinem Blick gefolgt. »Denkst du, ich mache dich an?«, fragte sie plötzlich ungeniert.

»Könnte ich annehmen.«

»Ich habe dir gerade gesagt, dass du nicht mein Typ bist.«

»Eben. Deshalb. Das müsstest du nicht. Du bist mit meinem Freund zusammen.«

»Und du mit Liz. Glaubst du an Liebe und Treue? Außerdem, wir führen hier lediglich eine Unterhaltung.«

»Das siehst du relativ locker. Das erste Thema, meine ich.«

Sie legte sich auf den Rücken, zog sich ihre Sonnenbrille ins Gesicht. »Nein, gar nicht. Du wirst es nicht glauben, aber ich bin ein sehr eifersüchtiger Typ.«

Jetzt war ich komplett verwirrt. »Du malst irgendwelche Typen, die du ausdrucksstark findest, sagst aber über dich, du wärst eifersüchtig?«

»So habe ich das nicht gemeint.« Sie drehte sich etwas zur Seite; sodass sie mir unmittelbar in die Augen sah.

»Liebst du sie?«, fragte sie plötzlich.

»Natürlich.« Es war ein Reflex. Ein Ball, der auf einen zu hüpft und den man ganz einfach zurückspielt, ohne sich zu überlegen, wo er möglicherweise aufschlägt.

»Du bist tatsächlich Feuer und Flamme für sie, verzehrst dich vor Leidenschaft nach ihr, möchtest sie keinen Moment missen? Dein Blick sucht sie jederzeit sehnsüchtig und du wünschst dir in ihren Gedanken zu sein?«

»Na, das ist vielleicht ein bisschen viel. Und … was ist denn Liebe?«, fragte ich. »Es gibt viele Arten davon.«

»Diese Art ist es nicht.«

»Was willst du hören?«

»Gar nichts. Ich beobachte nur.«

Ihre Worte arbeiteten eine Weile in mir. »Und was beobachtest du?«

»Dass ihr kaum etwas zusammen macht. Ich sehe kein Feuer, keine Leidenschaft. Weder bei dir noch bei ihr. Du warst nicht wirklich geschockt – vorhin.«

Mir fiel dazu keine Antwort ein.

»Warum seid ihr zusammen?«

Es wäre mir vermutlich leichter gefallen, auf ihre Frage zu antworten, wenn sie mir irgendetwas hingeworfen hätte. Eine Art vorgeformte Lösung. Ein Modell dessen, was ich hätte antworten können. Aber das tat sie nicht. Sie wusste, dass ich in der Lage war, meine eigenen Formulierungen zu finden.

»Ich weiß es nicht«, gab ich dennoch die wohl einfallsloseste aller Antworten.

»Leif, Leif«, sie schüttelte den Kopf, »oh Mann, du enttäuschst mich.«

Wieder sah ich zu Roger. Der döste noch immer.

»Ich enttäusche dich? Hast du erwartet, ich würde dir hier mein Liebes- oder Seelenleben offenlegen, einfach so? Wie steht es mit dir?«

»Du bist loyal, das ehrt dich.« Sie legte sich wieder auf den Rücken, verschränkte die Arme im Nacken und tat so, als hätte sie den zweiten Teil meiner Frage überhört.

Irgendwie fühlte ich mich im Regen stehengelassen. Oder wie ein Hund, der gerade noch die Chance gehabt hatte, einen Knochen zu bekommen.

»Und was ist mit dir und Roger?«, wiederholte ich meine Frage.

»Du meinst, ob ich ihn liebe?«

»Genau. Aber … warte. Nein, sag es nicht«, überlegte ich es mir plötzlich anders, bevor sie etwas antworten konnte. »Ich will es gar nicht wissen. Das geht mich nichts an.«

»Doch, du willst es wissen. Du willst wissen, ob dein Freund glücklicher ist als du.«

»Es freut mich, wenn er glücklich ist.«

Sie antwortete nicht und ich brannte plötzlich darauf, ihre Antwort zu hören. »Also. Liebst du ihn?«, flüsterte ich ganz nah an ihrem Ohr, mich daran erinnernd, dass Roger unmittelbar neben mir lag.

»Es gibt Fragen, die darf man stellen. Aber man darf nicht erwarten, dass man sie beantwortet bekommt«, sagte sie.

Ich tauchte mein Gesicht in die Handflächen. Was war ihre Strategie? Rächte sie sich jetzt dafür, dass ich ihr eben mit meiner Antwort ebenfalls ausgewichen war?

Ich ertappte mich dabei, wie die Unterhaltung anfing mich zu reizen. Die Art, wie Noemi agierte. Sie ließ sich von keiner Abfuhr aus der Ruhe bringen.

»Schaut mal!«, wurden wir unerwartet unterbrochen.

Liz stand plötzlich unmittelbar neben uns. Sie war wie aus dem Nichts dazugestoßen. »Ich habe ein paar wunderschöne Exemplare gefunden.«

Noemi richtete sich auf, simulierte Interesse. »Wow! Was für Muscheln.«

Liz stupste Roger gegen die Schulter, worauf dieser sich schlaftrunken den Kopfhörer vom Kopf zog. Einen Augenblick lang fragte ich mich, ob er unser Gespräch nicht doch heimlich belauscht hatte.

Gegen vier streiften wir durch die Gassen des Nachbarortes. Liz wollte sich einen Bikini kaufen, und Noemi war auf der Suche nach einer Wanderkarte. Derweil erkundeten Roger und ich Liguriens Delikatessen: heimische Weine, Liköre, Öle, Käse, Pasta, Taggiasca Oliven. Ich nutzte die kurze Abwesenheit der Frauen, um einen erneuten Versuch zu unternehmen, Roger von meiner nächtlichen Beobachtung zu überzeugen. »Kommst du später mit?«

»Wohin?«

»Was ich dir erzählt habe. Wegen der Leiche.«

Roger drehte sich etwas weg. »Ja, ja, die Leiche. Was ist das für eine neue Story, die du da im Kopf hast?«

»Ich bin gerade völlig frei von Fantasie. Liz lässt mich auch keine Sekunde aus den Augen. Wo soll ich mir da Ideen holen?!«

»Ihr Kontrollzwang. Den hat sie also mit in den Urlaub genommen«, bemerkte er bissig.

»Könnte man so sagen. Wenn eine Unterhaltung mit einer alten Dame schon Grund genug ist – stell dir vor, sie hat mir nachspioniert. Macht Noemi das auch so?«

Roger konzentrierte sich auf das Etikett einer Weinflasche, die er gerade in Händen hielt, ein Roter. Es entging mir nicht, wie er heimlich zur anderen Straßenseite schielte. Dorthin, wo Noemi sich mit einem Verkäufer unterhielt.

»Verstehe, womit du derzeit beschäftigt bist. Da bist du natürlich nicht empfänglich für andere Themen«, erwiderte ich.

»Hmn … bitte?« Er bemerkte, dass ich seinem Blick gefolgt war.

»Dich hats richtig erwischt, was?«

»Ich habe dir gerade nicht zugehört.«

»Schon klar.« Ich schüttelte den Kopf. »Ist Noemi auch so eifersüchtig wie Liz?«, wiederholte ich meine Frage etwas direkter formuliert. Ich erwartete nicht, dass er mir antworten würde, weshalb ich mich den handgeblasenen Weingläsern im Regal neben mir zuwandte: bauchige, schmale, kelchartige und birnenförmige.

Manchmal erwischte die Eifersucht ihn auf kaltem Fuß. Aus einem intelligenten Mann wurde dann ein tapsiger Schuljunge, der sich auch mal selbst ein Bein stellte. Rogers Problem war: Er stand exakt auf den Frauentyp, der ihm in der Regel nicht guttat. Dass Noemi in diese Kategorie gehörte, hätte ich grundsätzlich nicht bezweifelt.

»Pass auf, dass du dich nicht zu sehr festbeißt«, gab ich ihm einen Hinweis.

»Wie meinst du das?«

»Sie ist Künstlerin. Künstler brauchen Freiheiten. Die musst du ihr lassen.«

Roger rieb sich am Hals. »Künstlerische Freiheit also.«

Ich wollte nicht zu sehr darauf herumreiten und wandte mich wieder den Gläsern zu. »Du hast mich schon verstanden.« Einen Moment lang fragte ich mich erneut, ob er unsere Unterhaltung am Strand doch mitverfolgt hatte. Aus dem Augenwinkel beobachtete ich ihn, wie er die Weinflasche behutsam zurück ins Regal stellte, sich anschließend in eine andere Richtung drehte, weg von der Straße.

Er war vollkommen ahnungslos, schlussfolgerte ich, gab sich alle Mühe, seine Empfindungen zu kontrollieren.

»Mir scheint, du brauchst etwas Ablenkung. Lass sie heute Abend schlafen gehen und wir drehen noch eine Runde durch die Altstadt. Dann kann ich Liz wenigstens sagen, dass ich mit dir unterwegs bin«, versuchte ich auf diesem Weg zu meinem ursprünglichen Anliegen zurückzukommen.

Roger hatte die Hände in die Hosentaschen gesteckt und starrte gedankenverloren irgendwohin.

»Also?«, hakte ich noch einmal nach, als er nicht reagierte.

»Mal sehen«, kam mit etwas Verzögerung seine Antwort.

Beim Abendessen saß Noemi mir schräg gegenüber. Liz hatte Roger gerade in eine Unterhaltung verwickelt, weshalb Noemi und ich außen vor waren und sich somit ideale Voraussetzungen ergaben. Voraussetzungen wofür? Ich erwischte mich dabei, dass es mich auf unbestimmte Art zu ihr hinzog. Ihre Fragespielchen am Strand hatten etwas in mir ausgelöst. Insgeheim war ich auf mehr aus, wovon ich ohne Frage hätte Abstand nehmen müssen. Sie war seine Freundin.

Liz ging zur Toilette. Roger unterhielt sich mit dem Kellner über Liguriens Küsten.

Die Bahn war frei. Ich bewegte meinen Fuß unter dem Tisch in ihre Richtung. Ich wollte es wissen. Ich wollte testen, ob sie wieder auf Tuchfühlung gehen würde.

Es geschah jedoch nichts. Noemi ignorierte mich – und meinen Fuß. Ihre Hand lag auf Rogers Knie, was mich irgendwie störte. Ich beobachtete, wie er geistesabwesend nach ihr griff. Ein Zeichen?

Liz kam von der Toilette. Etwas ruppig zog sie ihren Stuhl zurück und setzte sich wieder. Ich legte meinen Arm auf Liz' Stuhllehne, umarmte ihren Stuhl, ganz ohne sie selbst zu berühren. Vermutlich war auch das ein Zeichen.

Anschließend hockten wir noch auf der Dachterrasse des Aurelia und tranken Grappa. Es wurde spät. Liz' Kopf lehnte an meiner Schulter.

Noemi und Roger tanzten zur Musik, die irgendwo von der Straße kam. Es war ein langsamer Tanz. Ich folgte ihren Bewegungen, sah Roger zu, wie er Noemis Taille streichelte und sich von dort langsam weiter abwärts tastete. Mit seligem Gesichtsausdruck hielt er sie im Arm, ging bei jeder ihrer Bewegungen mit. Gelegentlich kam er aus dem Takt, was Noemi belächelte, sie bog ihn jedes Mal zurecht und legte seine Hände zurück an den Ursprungsort. In jenen

Augenblicken prostete er mir zu – mit seinem leeren Grappaglas.

Liz bekam von all dem nicht mehr viel mit.

Irgendwann entzog ich mich der Szene, blickte in die andere Richtung zum Meer, starrte in die Ferne. Meine Gedanken schweiften ab. Ich ertappte mich dabei, wie ich die Umrisse der Altstadt suchte.

Ich versuchte Roger nicht noch einmal zu überreden, mich bei meiner nächtlichen Tour durch die Altstadt zu begleiten. Er war ohnehin nicht mehr im Besitz seiner vollen geistigen Fähigkeiten. Grappa und Noemis Tanz hatten ihm die nötige Bettschwere verpasst. Das Thema hatte sich somit erledigt.

Nachdem ich Liz ins Bett gebracht und mich noch einmal vergewissert hatte, dass sie tatsächlich tief und fest schlief, legte ich mich neben sie und starrte eine Weile an die Decke. Verschiedenes ging mir durch den Kopf. Darunter auch das, was ich mit Noemi am Nachmittag geredet hatte.

Die Nacht war noch nicht vorbei. Sie begann gerade erst. Ich fühlte mich noch nicht müde genug, und als der Nachtmensch, der ich war, zog es mich nach draußen.

Ich richtete mich auf und warf einen kurzen prüfenden Blick auf die Schlafende, bevor ich auf leisen Sohlen zur Tür schlich. Vorsichtig schloss ich die Zimmertür hinter mir.

In der Hotellobby war alles dunkel. An der Rezeption saß eine junge Frau, in ein Buch vertieft. Eine Studentin, die nur ab und zu mal im Hotel arbeitete. Der Korridor war ebenfalls dunkel – bis auf die Beleuchtung für die Notausgangsschilder.

Ich schlug den Weg zum Pool ein in der Hoffnung, Lucienne dort anzutreffen. Ich hatte große Lust, mit ihr zu plaudern.

Als ich den Garten hinter mir gelassen hatte und über den Kiesweg streifte, erkannte ich bereits von Weitem, dass dort ebenfalls alles dunkel war. Die Liegestühle standen in

Stapeln neben dem Becken.

Also drehte ich um. Blieb nur noch die Bar. Ich schlenderte zurück, vorbei an dem ebenfalls geschlossenen Restaurant.

An der Bar hockten zwei Einheimische. Ein Tisch im Eck war ebenfalls belegt. Ein junges Paar saß dort. Lucienne konnte ich nirgendwo entdecken.

Ich setzte mich an die Theke.

»Buonasera, signor Piel. Noch nicht müde? Was darfs sein?«, fragte mich der Hotelbesitzer.

»Ginger Ale.« Ich bestellte etwas Alkoholfreies, schließlich konnte ich nicht wissen, wofür ich meinen Verstand noch brauchen würde.

Kurz darauf saß ich vor meinem Getränk. »Vielleicht können Sie mir helfen«, fragte ich Hotelbesitzer Giovanni.

»Prego?«

»Ich habe mich vorgestern hier mit einer älteren Dame unterhalten, einer Französin. Die Zimmernummer weiß ich nicht – aber … sie heißt Lucienne.«

»Lucienne«, wiederholte er.

»Ihren Nachnamen habe ich vergessen. Ich weiß nur, dass sie aus Lyon ist. Sie geht ab und zu abends im Hotelpool schwimmen.«

»Lucienne aus Lyon? Sagt mir nichts. Wir haben im Moment niemanden aus Frankreich im Haus. Nur ein junges Paar aus der französischen Schweiz.«

»Aber sie war vor zwei Tagen noch hier. Sie ist doch nicht abgereist? Ich habe einen Piccolo mit ihr getrunken. Wir saßen dort hinten.« Ich deutete ans Ende der Theke.

»Ach *die* Dame«, erinnerte er sich jetzt doch. »Nein, sie ist nicht Gast hier im Haus.«

»Aber sie hat den Pool benutzt.«

»Ja, das …« Er schüttelte den Kopf, während er einen Cocktail mixte, »das war eine Unachtsamkeit unsererseits. Sie hat sich unbefugterweise Zugang zum Hotel verschafft. Ein Problem, das wir hier häufiger haben, der Hotelpool.

Die Leute schleichen sich hier ein – zum Schwimmen. Meistens sind es junge Leute oder Paare.«

Lucienne schlich sich nachts ins Hotel um zu baden? Eine alte Dame? Wie absurd, dachte ich.

»Kürzlich erst hatten wir vermutlich deshalb auch diesen sehr merkwürdigen Vorfall, vielleicht sollte es ein dummer Scherz sein. Jemand hat eine Qualle im Pool ausgesetzt. Eine Feuerqualle.«

»Eine ... Unfassbar! Sie meinen, jemand hat eine Qualle aus dem Meer gefischt und sie in den Pool ...« Ich wusste nicht, ob ich lachen sollte.

Der Hotelbesitzer arbeitete still weiter. »Die Leute werden immer dreister.«

»Haben Sie die Polizei verständigt?«

»Wegen einer Feuerqualle? Nein.«

»Wissen Sie, wer es war?«

»Keine Ahnung.« Er wischte über die Theke, spießte anschließend ein paar Oliven auf ein Holzstäbchen.

»Diese Frau«, kam ich noch einmal auf Lucienne zurück. »Sie hat mir eine Geschichte aus diesem Ort erzählt. Vielleicht war es auch nur irgendeine Story. Wissen Sie ...«

»Sag Gio«, unterbrach er mich. »Giovanni. Meine Freunde nennen mich Gio.«

»Okay, Gio. Ich bin Leif.«

Ich musste an mein Versprechen denken, das Lucienne mir abgerungen hatte, allerdings fühlte ich mich nicht mehr verpflichtet, denn in gewisser Weise war auch ihre Ehrlichkeit gerade in Misskredit geraten.

»Was für eine Geschichte?«

»Eine Frau soll hier vor langer Zeit, vermutlich in den Siebzigerjahren, verschwunden sein. Angeblich ist irgendwas am Strand passiert. Ein Mord. Ihr Ehemann war darin verwickelt.«

Gio füllte Eiswürfel in ein Glas.

»Ehebetrug, Mord und Todschlag. Von solchen Geschichten gibt es hier genug. Ich bin aus Volterra. Mein Vater hat das Hotel gekauft. Vor zwei Jahren habe ich es übernommen. Die Leute hier reden nicht mit Fremden über das Interne, über Geheimnisse aus der Vergangenheit. Oder sie verzerren die Wahrheit, damit man nicht gleich darauf kommt. Anders ist es nur, wenn es etwas Größeres war. Ein Fall, der landesweit für Schlagzeilen gesorgt hat. Wie zum Beispiel das Schiffsunglück von Genua. Aber … Warum interessiert dich das?«

Ja, warum interessierte es mich? Sicher hätte mich das Ganze weniger bewegt, wäre nicht Lucienne die Übermittlerin gewesen.

»Ich mag geheimnisvolle Geschichten«, erklärte ich. »Es hat sicher Berichte darüber in den Zeitungen gegeben. Hat denn hier niemand was davon erzählt?«, bohrte ich weiter.

Er zuckte mit den Schultern. »Es wird viel erzählt, wie gesagt. Zu später Stunde ganz besonders. Wenn die Leute getrunken haben, sind sie redselig. Die besten Gespräche gibt es nach Mitternacht. Die puren, ungeschminkten Wahrheiten, die Ehekräche. Du glaubst nicht, was ich hier alles schon gesehen und gehört habe.« Er begann, mir das eine oder andere zu berichten. Lustiges, Haarsträubendes. Es hatte nur nichts mit meiner Geschichte zu tun.

Anfangs hörte ich interessiert zu. Irgendwann jedoch ertappte ich mich dabei, wie meine Gedanken abschweiften und ich nur noch Bruchstücke dessen aufschnappte, was er mir erzählte.

Die Nacht war noch immer nicht fortgeschritten genug, als dass es mich ins Bett gezogen hätte. Im Gegenteil. Das war, was mich seit dem Morgen beschäftigte, was ich jedoch nicht weiterverfolgt hatte, weil ich mittlerweile mit meinem Gewissen haderte. Ich hatte nichts unternommen. Da draußen lief ein Mörder frei herum und ich ignorierte es einfach. Ich ließ den Tag wie einen ganz normalen Urlaubstag verstreichen, obwohl seitdem alles anders schien. *Etwas* würde noch passieren, ich besaß bereits eine Vorahnung davon.

Nur wusste ich nicht, was es war, was da eventuell eine gefährliche Eigendynamik entwickeln würde. War es mein Konflikt mit Liz? War es Noemi? Oder ...

Ich befand mich bereits auf halbem Weg ins Dorf, streifte über die Via Vernazza und schlug den Weg Richtung Altstadt ein, folgte der Straße von gestern, die mich zu der verhängnisvollen Szene geführt hatte.

In den schmalen Gässchen mit ihrer spärlichen Beleuchtung hatte man immer wieder das Gefühl, in eine andere Zeit abzutauchen. Diesmal waren es die späten Neunzehnhundertsechziger Jahre, in die ich mich gedanklich versetzte. Ich sah einsame Motoroller an Hauswänden lehnen, bonbonfarbene VW-Bullis an der Bordsteinkante parken. Werbeplakate für Haushaltswaren mit Frauen in taillierten Einteilern. Das Dorf schlief. Die Altstadt verlor sich in ihren engen Gassen und Winkeln. Die Zweige gestutzter Platanen wirkten im spärlichen Licht der Nacht wie verstümmelte Arme. Tagsüber fand man hier nur vereinzelt schattige Plätzchen – ganz im Gegensatz zur Nacht, wo alles von Schatten überdeckt wurde.

Die Stelle, an der das Haus des Mörders lag, schien besonders düster. Eine Straßenlaterne war ausgefallen.

Ich näherte mich dem Grundstück wie ein Dieb. Haus und Garten fand ich noch so vor, wie ich es beim letzten Mal verlassen hatte. Auch wenn mich diesmal zusätzlich das Gefühl befiel, irgendwie aus der Zeit gefallen zu sein. Die Palmen wirkten gedrungen unter der Schwere ihrer Blätter. Es roch anders, und plötzlich erschien mir die Umgebung weniger belebt als gerade noch, als hätte man diesen Teil des Dorfes vom Rest abgeschnitten, als wären glanzvolle italienische Kulturepochen unbemerkt hier vorbeigezogen.

Was fraglos nur so ein Gefühl war.

Die Pforte zum Haus war angelehnt. Der Mann hatte wohl vergessen, sie zu schließen; wenn er denn zu Hause war. Ich schlich mich auf das Grundstück, dabei profitierte ich von den Büschen, die mich wie schon beim letzten Mal tarnten.

Schnell stach mir das Küchenfenster ins Auge. Es war erleuchtet und ich konnte vage den Raum dahinter einsehen. Er schien leer zu sein.

Ich drehte dem Fenster den Rücken zu, orientierte mich in der Dunkelheit und suchte nach der Stelle, an der er das Grab für seine Frau geschaufelt hatte. An den dunklen Umrissen erkannte ich, dass er den Tisch verschoben haben musste. Er stand jetzt in etwa dort, wo er gebuddelt hatte. Ich schob ihn etwas beiseite, kniete mich hin.

Aus dem Augenwinkel registrierte ich eine Bewegung in dem Raum über mir. Das Küchenfenster. Ich drehte mich um …

Da war er. Seine bärige Gestalt stand im Licht der Küchenlampe und füllte beinahe das komplette Fenster.

Zügig huschte ich an einen Platz, wo ich weniger Gefahr lief, entdeckt zu werden.

Er wühlte in einer Schublade, zog etwas heraus. Was es war, konnte ich zunächst nur unscharf erkennen. Anschließend setzte er sich damit an den Tisch. Ich konzentrierte mich auf den Gegenstand. Ein Messer? Was hatte er vor?

Eine Weile saß er nur da, starrte vor sich hin, trank Bier aus der Flasche. Er wirkte irgendwie leblos, lethargisch. Dann nahm er das Messer, spielte damit in der Hand, legte es ab. Wieder vergingen ein paar Minuten.

Ruckartig zog er schließlich etwas unter dem Tisch hervor, eine Stofftasche mit blumigem Muster. Er legte sie auf den Tisch, unmittelbar neben das Messer, lehnte sich zurück und griff zu seinem Bier. Er trank hastig.

Als er fertig war mit Trinken, wischte er sich den Mund ab und legte die Hände flach auf den Tisch. Sein Gesichtsausdruck blieb verschlossen. Eine Weile verharrte er so vor sich hin brütend.

Dann aber, aus einem Impuls heraus, ergriff er plötzlich das Messer und schlitzte die Tasche brutal auf – mit einem einzigen Schnitt. Er legte das Messer wieder weg, zog den

Inhalt heraus, verstreute ihn willkürlich auf dem Tisch. Für einige Sekunden wirkte er dabei wie von Sinnen, wie jemand, der nicht wusste, was er tat.

Ich konzentrierte mich, damit mir kein noch so kleiner Ausschnitt der Szene entging.

Schließlich hörte er auf, kauerte völlig ermattet auf seinem Stuhl, die Arme schlaff herunterhängend. Aus der Distanz betrachtete er das vor ihm Liegende.

Deutlich erkannte auch ich jetzt, was dort lag. Frauenkleider. Ein Rock, eine Bluse, Unterwäsche. Krampfhaft überlegte ich, was die Frau in jener Nacht getragen hatte. Ich erinnerte mich nicht. Es war sehr dunkel gewesen.

Ich fragte mich außerdem, wann er sie ausgezogen hatte. Nachdem ich gegangen war? Oder war es doch nicht die Kleidung aus dieser Nacht. Es ärgerte mich, dass ich tatsächlich so wenig gesehen hatte.

Der Mann öffnete eine weitere Bierflasche, trank gierig, leerte sie fast in einem Zug. Dann warf er sie gegen die Wand. Geräuschvoll zerschmetterte sie am Boden. Es interessierte ihn nicht. Scherben waren ihm offensichtlich egal.

Wieder griff er zum Messer, hielt den Griff in seiner zur Faust geballten Hand. Dann stach er zu. Er stach mit voller Wucht in die Tischplatte und die dort liegenden Kleidungsstücke. Das Ganze nahm an Intensität zu. Wie ein Wilder rammte er das Messer immer wieder in den Stoff und in das Holz darunter. Erst als er völlig außer Atem war, hörte er auf.

Was jetzt folgte, glich einem Zusammenbruch. Er sank mit dem Oberkörper auf die Tischplatte, stöhnte laut und heulte gleichzeitig wie ein schwerverletztes Tier.

Ich hatte genug gesehen. Was sich hinter dem Fenster abspielte, widerte mich an. Ich wollte kein Mitleid für einen Mörder empfinden. Auch wenn er vielleicht gerade erst erfasste, was er getan hatte.

Ich weiß nicht, wie ich in den Wirren der Gassen und mit der Szene vor Augen wieder ins Aurelia zurückfand. Wie ich es schaffte, unbemerkt ins Zimmer zu schlüpfen und mich, nur mit einer Boxershorts bekleidet, neben Liz ins Bett zu legen.

Das Geräusch neben mir klang regelmäßig. Liz schlief den Schlaf der Ahnungslosen.

🌴 Tag 6

Auf unserem Tagesprogramm stand die Besichtigung eines Klosters. Wir wollten gleich nach dem Frühstück aufbrechen.

Die vergangene Nacht hatte ich in weite Ferne verbannt. Dorthin, wo sie mir nicht den Tag verderben konnte – mit ihrer drückenden Forderung: Ich musste etwas unternehmen. Aus irgendeinem Grund jedoch scheute ich mich.

Dazu kam, dass meine heimlichen Beobachtungen und meine gleichzeitige Untätigkeit mir eine Art Komplizenschaft aufdrückten. Ein unerklärliches Gefühl suggerierte mir: Etwas war faul an der Sache. Etwas stimmte nicht.

Gegen halb neun hielt ein Bus vor dem Hotel. Er sollte uns zu unserem Tagesziel fahren. Mit uns stiegen noch weitere Touristen ein, der Bus war jedoch nicht vollständig besetzt. Es sollte ein heißer Tag werden und die Mehrzahl der Urlauber bevorzugte den Strand.

Liz saß neben mir, am Fenster. So konnte sie jederzeit ihre Kamera zücken. Roger war in einen Kulturreiseführer vertieft. Noemi unterhielt sich mit einer Touristin, und ich starrte einfach nur vor mich hin.

Nach einer knappen Stunde Fahrzeit erreichten wir einen Parkplatz. Er lag im Schatten alter Steineichen und Pinien. Unterhalb davon befand sich ein Dorf, das mit seinen baumwollweißen Mauern und terrakottafarbenen Dächern im Frühnebel schlummerte. Ein Schleier wie aus Pergamentpapier lag über der Landschaft, über Weinbergen, Olivenhainen, Palmen – bis zu dem Punkt, wo der blaue Küstenstreifen die Vegetation abtrennte. Irgendwo dort unten, hinter den Klippen, musste das Kloster liegen.

Ein etwa zweistündiger Fußmarsch zur Küste lag vor uns.

Hinweisschilder deuteten an, wo wir entlanglaufen mussten.

Wir reihten uns in den Touristenstrom ein, der bereits in eine Richtung strebte. Roger und Noemi gingen vorneweg. Liz und ich hinterher. Noemi trug ein kurzes Kleid zu ihren Wanderboots. Ihre gebräunte Haut schimmerte kupferfarben im noch milden Sonnenlicht. Ihre schlanke Figur und ihre grazilen Bewegungen, die Art wie sie sich den steilen Pfad hocharbeitete, waren mehr als einen flüchtigen Blick wert. Liz bemerkte, was nicht zu vermeiden war – dass ich sie ansah. Ob sie sich dabei bewusst machte, dass sie selbst einen weniger eleganten Anblick bot, wagte ich zu bezweifeln. Aber das war auch nicht der springende Punkt. Liz' tollpatschiger Gang hatte mich nie wirklich gestört. Im Gegenteil, ich hatte ihm lange Zeit jenen Liebreiz zugesprochen, der ihr jetzt schleichend abhandenkam. Mittlerweile reagierte ich auf manches anders und ich bezweifelte, dass es einzig an Noemis Gegenwart lag. Natürlich hätte ich mir meine Blicke verkneifen können, aber es war mir egal, was Liz dachte. Ich ertappte mich bei dem Wunsch, mit Roger zu tauschen und für diesen Augenblick neben Noemi durch den Frühnebel zu kraxeln. An ihrer Seite die Natur zu entdecken, vielleicht auf andere Art als diese touristische. Eher freizügig, wild. Ich bildete mir ein, sie hätte daran Gefallen gefunden.

Das Kloster, eine ehemalige Benediktiner-Abtei, lag in einer wunderschönen Bucht. Es gab keine Straße, die hierher führte. Wanderwege und Meer waren die einzigen Zugangsmöglichkeiten. Ausgerechnet heute aber hatten wir uns für die beschwerlichere Variante entschieden – das Wandern. Die Hitze wurde schnell mehr und die Temperaturen kletterten bereits auf 30 Grad, als wir das Kloster erreichten.

Am Meer streifte sich Liz T-Shirt und Shorts ab und sprang nur im Bikini ins Wasser. Sie planschte, genoss die Abkühlung. Noemi beobachtete amüsiert, wie sie sich vorsichtig ins tiefere Gewässer vortastete.

»Denk dran, Liz, du weißt, was du tust. Ich rette dich kein

zweites Mal«, zog Roger sie auf, wobei ein minimal vorwurfsvoller Ton mitklang. Er hatte die Szene am Strand noch nicht vergessen.

Noemi sagte nichts dazu. Hielt sie Liz für naiv und war es nur Diplomatie, dass sie nichts sagte – oder war sie eventuell anderer Meinung als Roger? Stumm hockte ich mich neben sie. Sie hatte ihre Wanderboots ausgezogen, tauchte die Zehen ins Wasser.

»Hier kann man es schon eine Weile aushalten«, bemerkte ich.

Liz ließ uns natürlich nicht lange allein. Vom Bad erfrischt, kam sie direkt auf uns zu, platschte wie eine tragende Hündin durchs Wasser. Ihre blonden Locken kräuselten sich noch mehr im nassen Zustand, tropften auf ihre rotbraunen Schultern. Ich kramte ein Handtuch aus ihrem Rucksack und reichte es ihr.

»Jetzt bin ich bereit«, verkündete sie so laut, dass wir unsere gerade begonnene Unterhaltung kaum fortsetzen konnten.

»Na bestens, dann schaffst du den Rückweg ja mit links.« Roger stand ebenfalls mit nackten Beinen im Wasser.

»Du willst nicht allen Ernstes noch mal wandern?! Bei der Hitze! Ich dachte, wir nehmen die Fähre?«

»Wir wandern, das war abgemacht«, bestimmte er. »Danach essen wir unten im Dorf zu Abend und fahren dann mit dem Bus zurück.«

Roger liebte das Wandern, worin er mit Liz ganz und gar nicht kompatibel war, denn sie hasste es. Überhaupt hasste sie zu viel Bewegung. Weshalb sie natürlich schon morgens über das heutige Programm genörgelt hatte. Sie war jedoch überstimmt worden und musste sich daher anpassen. Das allein aber war noch kein Grund für Liz, es aufzugeben, ihren Willen doch noch durchzusetzen. »Du kannst ja wandern, und wir nehmen die Fähre«, startete sie auch gleich einen Versuch.

»Keine Chance, Liz. Du hattest gestern deine Hilfe-ichertrinke-Show«, rieb Roger ihr die Strandszene erneut unter die Nase.

Schmollend hüllte sie sich in ihr Handtuch.

Je länger ich Liz und ihr Verhalten studierte, desto mehr stieß mir ihre Kleinkind-Attitüde auf. Heimlich verglich ich sie sogar mit Noemi, von der kein Wort des Protests zu hören war.

Liz war allein von ihrer Mutter Helga großgezogen worden, die dabei sicher einiges entbehrt hatte. Liz aber nahm, was sie kriegen konnte. Sie war es gewohnt, ihre Aufmerksamkeit mit niemandem teilen zu müssen.

»Also gut, aber dann musst du mich tragen«, verlangte sie mit kindlichem Charme von Roger.

»Kommt gar nicht infrage. Dafür bist du sportlich genug.«

»Sportlich? Hast du wirklich ›sportlich‹ gesagt?! Frag mal Leif nach meinem sportlichen Talent. Das sieht er komplett anders.«

Sie wartete darauf, dass ich etwas erwiderte, sie vielleicht sogar verteidigte. Sie lebte noch immer mit dieser Illusion.

»Wo sie recht hat, hat sie recht«, rang ich mir schließlich mit einiger Verzögerung einen eher bissigen Kommentar ab und streckte mich demonstrativ neben Noemi aus, verschränkte die Arme im Nacken und blinzelte in die Sonne. »Sportlich ist was anderes«, murmelte ich. »Aber Wandern war der Plan. Und wenn ich mich richtig erinnere, wolltest du ohnehin abspecken.«

Das traf ins Schwarze. Noemi stieß mich diskret mit dem Fuß an.

Liz zog ein Gesicht, als hätte ich ihr soeben einen Sack übergestülpt, durch den sie augenblicklich zur grauen, unscheinbaren Maus wurde.

»Abspecken hat sie nicht nötig«, kam Roger ihr zu Hilfe. »Liz, dein Freund hat noch nicht bemerkt, wie dir die italienischen Männer hinterherschauen.«

Ihre Reaktion machte die Situation auch nicht besser. »Danke, Roger. Und wenn es so wäre, Leif ist das egal. Leif ist alles egal.«

Mit gewissem Unbehagen stellte ich fest, dass Liz für mich nicht mehr wachsen konnte. Nicht durch Rogers Vermittlungsversuche; selbst ihr Körper im Bikini löste keinerlei Reaktion mehr in mir aus. Ich empfand sie als plump und durch und durch reizlos – was ich mir mit großem Unwohlsein eingestand.

Verstimmt rieb sie sich über den Arm, verkniff sich jede weitere Bemerkung.

Wir entfernten uns voneinander. Es war einfach nicht mehr aufzuhalten.

Nach der Besichtigung des Klosters legten wir eine weitere Pause am Strand ein. Die beiden Frauen sprangen noch einmal ins Wasser. Die Szene von eben war weitestgehend vergessen. Roger schoss Selfies mit Noemi im Arm. Sie alberten herum, lachten.

Ich hielt mich bei allem zurück und Liz gleichzeitig auf Abstand. Ich beobachtete, lachte – und fühlte mich nicht wirklich wohl dabei.

Gegen sechs machten wir uns auf den Rückweg, den wir diesmal in knapp einer Stunde bewältigten.

Das Dorf lag an der Küste und war weniger touristisch als der uns bereits bekannte Abschnitt. Außerdem näherte sich der Hochsommer dem letzten Drittel, wodurch zunehmend weniger Touristen täglich an die Küste strömten.

Beim Abendessen war die Stimmung diesmal entspannt.

»Habt ihr euch schon entschieden, was wir morgen unternehmen?«, warf Noemi fragend in die Runde. »Wieder Strand?«

»Hast du einen Vorschlag?«

»Ich würde gerne malen.«

»Malen?« Liz tat so, als hätte sie nicht richtig verstanden. »Und wo willst du malen? Am Strand?«

»Ich habe mir schon einen Ort ausgeguckt. Was haltet ihr

davon, wenn wir morgen mal einen individuellen Tag einlegen, jeder für sich. Jeder macht, wozu er Lust hat. Dann können wir uns am Abend erzählen, was wir erlebt haben.«

Noemi sah flüchtig zu Liz, während sie das sagte. Sie konnte es nicht wissen. Vermutlich befand sie es für angebracht, Liz eine Auszeit (von mir) zu gönnen. Sie meinte es gut. Liz aber tickte nicht wie Noemi. Derartige Vorschläge bewirkten das komplette Gegenteil. Ein Tag allein war für Liz die Hölle. Das war wie Toiletten putzen im Knast. Strafarbeit. Liz allein mit Liz – undenkbar. Darüber hinaus war der Effekt doppelt peinigend, denn sie wusste, dass Noemis Idee vor allem einer Person zusagte: mir.

Ich kannte Liz' Gedankengänge und wusste, was sich in diesem Moment in ihrem Kopf abspielte. Das Problem war: Sie konnte sich einfach nicht mit sich allein beschäftigen. Sie brauchte jemanden an ihrer Seite. Jemanden, mit dem sie sich austauschen konnte. Einen Zuhörer, einen Kommentator, ein Gegenüber. Eben definitiv mehr als den eigenen Schatten. Das Paradoxe aber war: Gerade weil der Vorschlag derart delikat war, gefiel er mir umso besser. Ich wollte Liz auflaufen lassen. Ich wollte, dass sie sich blamierte. Und das war gar nicht gut.

»Also ich bin dafür«, unterstützte ich prompt Noemis Idee.

»Und was ist mit euch?«, wollte sie von Roger und Liz wissen.

Roger zögerte. Noemi reichte ihm über den Tisch hinweg ihre Hand. Vertrau mir, schien diese Geste zu sagen. Es schmeckte ihm nicht wirklich, aber er hatte ohnehin schon etwas vorgehabt. Daher fiel es ihm nicht schwer, ihrem Vorschlag nachzugeben. Roger war eifersüchtig, aber er wusste sich, im Gegensatz zu Liz, mit sich selbst zu beschäftigen, dank seiner vielfältigen Interessen.

Aus Liz' Sicht war demnach augenblicklich klar, wer die tatsächlichen Profiteure des Ego-Tags – so will ich ihn mal nennen – waren: Noemi und ich.

So ähnlich unsere jeweiligen Paarkonstruktionen auch waren, so verschieden waren sie in ihrer Wirkung. Was Roger und Noemi zusammenführte, trieb Liz und mich unweigerlich auseinander. Wir ahnten es nicht, aber der bevorstehende Tag konnte uns zur Falle werden.

»Ich bin einverstanden«, stimmte Roger zu.

Liz hatte die Arme verschränkt. Die Zeichen standen auf Abwehr. »Also ich weiß nicht«, hielt sie dann auch mit ihren Zweifeln nicht lange hinterm Berg, dabei sah sie von einem zum anderen. Zuletzt landete ihr Blick bei mir. Dort verharrte er etwas länger.

»Ehrlich gesagt, ist das nicht so mein Ding. Wir sind doch hier, weil wir zusammen was unternehmen wollen.«

Sie hoffte auf ein Zugeständnis meinerseits: *Du und ich, wir können gerne etwas zusammen unternehmen.* Etwa in der Art. Aber ich schwieg. Ich ließ sie in ihrem Elend schmoren.

»Das machen wir doch auch«, ergriff Noemi an meiner Stelle das Wort. »Wir sind abends wieder zusammen. Dann wird es umso lustiger, weil jeder von seinem Tag erzählen kann.« Sie legte den Arm um Liz, um sie zu ermuntern, was Liz jedoch kaum beschwichtigte. Ich war nicht sicher, wie sie Noemi sah, ob sie sie als eine Art Freundin annahm. Liz war kein Mensch, der wahllos Freundschaften schloss. Zumindest in diesem Punkt schienen mir die beiden Frauen sich zu ähneln.

»Jetzt bin ich also die Einzige, die das nicht will«, erfasste sie das Ergebnis unserer Abstimmung.

»Jetzt schau doch mal, Liz«, bemühte sich Noemi weiter. »Du machst einen Tag lang wozu *du* Lust hast. Du musst auf niemanden Rücksicht nehmen. Du kannst dich an den Strand legen, der dir am besten gefällt. Oder ausgiebig shoppen gehen, wozu Leif sicher nicht so viel Lust hat.«

»Leif hat zu gar nichts Lust, was mir gefällt. Das wird nicht anders, wenn ich den Tag alleine verbringe.«

»Gib ihm doch die Chance, dich zu vermissen«, sagte Roger. »Und anschließend machen wir mal paarweise was zusammen. Ihr zwei und wir zwei.« Er zwinkerte, Noemis Hand lag in seiner.

Liz verstummte, starrte geistesabwesend auf den Tisch, dabei kaute sie nervös an ihrem Fingernagel. Ich hasste es, wenn sie so reagierte. Wenn sie das bockige Kind rausholte.

»Ich weiß nicht.«

»Dann überleg einfach mal«, schaltete auch ich mich jetzt ein. »Überleg dir mal, was du machen könntest. Wenn dir gar nichts einfällt, kannst du auch Karten schreiben.«

Dieser Vorschlag passte ihr schon gar nicht und noch viel weniger passte es ihr, dass er von mir kam. Sie hatte den genervten Unterton gehört.

»Karten schreiben?! Ist nicht dein Ernst! Wer schreibt denn heute noch Karten?! Außerdem brauche ich dafür nicht den ganzen Tag.«

»Das war nur ein Vorschlag. Du könntest auch Fotos vom Meer, vom Strand oder irgendwelchen Menschen schießen.«

Es war mir einfach herausgerutscht. Liz aber reagierte sofort.

»Soll das eine Anspielung sein? Du meinst, ich soll dir nicht auf die Pelle rücken oder nachspionieren – das war doch deine Wortwahl? Wenn man sich fragt, was der Grund dafür ist, weshalb der Partner einen nicht mehr anguckt, geschweige denn anfasst, dann nennst du das ›spionieren‹. Du findest es okay, dass du dich abends in der Bar mit älteren Frauen triffst, während ich mich auf dem Zimmer langweile. Du findest es okay, wenn du mit anderen Frauen flirtest, ihnen den Rücken eincremst, Scherze machst, während du die eigene seit Monaten abweist.«

Noemi hatte begriffen und verkniff sich jeden weiteren Kommentar.

»Liz«, schaltete Roger sich ein, »das solltet ihr vielleicht unter vier Augen besprechen.«

»Nein, sie möchte es lieber rausschreien«, giftete ich und sprach ihr damit vielleicht sogar aus der Seele.

»Aber ihr bekommt es doch alle mit! Wollt ihr mir sagen,

97

dass ihr noch nicht kapiert habt, was hier läuft? Er macht es doch längst öffentlich.«

»*Was* mache ich öffentlich?« Die diplomatische Taktik, wie Roger sie anschlug, lag mir nicht. Ich war durchaus für die offene Auseinandersetzung, auch wenn es mir in diesem Fall eindeutig zu weit ging.

»Das ging von mir aus«, ergriff Noemi unerwartet Partei für mich. »Er hat mir den Rücken eingecremt, weil ich ihn darum gebeten habe.«

»Es geht auch gar nicht um das verfickte Eincremen«, entgleiste sie verbal.

»Worum geht es dann?«, fragte Roger.

Zugegeben, diese Lage hatte ich ihr nicht gewünscht. Fast tat sie mir leid. Dabei hatte ich noch kurz zuvor gehofft, sie auflaufen zu lassen.

»Ich denke, wenn wir jetzt auch noch jeder alleine Urlaub machen«, argumentierte sie und zwang sich dabei zur Sachlichkeit, »wie wollen wir dann jemals unsere Probleme in den Griff bekommen?!«

Eine Weile war es still. Roger schenkte allen Wein nach, während Liz mit den Tränen kämpfte. Er versuchte zu vermitteln: »Etwas Abstand ist manchmal ganz gut, um die Dinge wieder nüchtern zu betrachten. Abends könnt ihr in Ruhe über alles reden.«

»Etwas Abstand tut euch beiden gut«, unterstützte Noemi seinen Vorschlag. »Zeit zum Nachdenken braucht jeder einmal.«

Vermutlich ahnte jeder, dass es fürs Reden längst zu spät war. Liz und ich befanden uns am Anfang vom Ende. Der nächste Halt würde die Endstation sein. Die Frage war nur, in welchem Zustand wir dort ankommen, ob wir uns nicht vorher gegenseitig zerfleischen würden.

Ich wusste nicht, warum ich Noemi in diesem Moment einen bittenden Blick zuwarf, warum ich mich intuitiv an sie wandte. Mir fiel nur auf, dass sie wegsah.

🌴 Tag 7

Tag sieben war ohne Frage der verflixte siebte Tag. Es fing mit einem (noch) harmonischen Frühstück an, auch wenn Liz' Laune zu diesem Zeitpunkt schon verdächtig um den Nullpunkt kreiste. Sie war zumindest noch im Ansatz kompromissbereit. Trotz aller Einwände hatte sie letztlich unserem Plan – jeder verbrachte einen Tag für sich – zugestimmt. Natürlich zähneknirschend. Und natürlich nicht ohne Folgen.

Aber noch waren wir beim Frühstück. Während Noemi sich gutgelaunt ihr Baguette mit Käse belegte, beobachtete ich Roger geistesabwesend, der auf seinem Smartphone einen Artikel durchblätterte.

Paola, Gios Frau, servierte Kaffee mit heißer Milch.

Ich fühlte mich etwas schäbig, weil wir es letztlich einfach durchzogen und über Liz' Kopf hinweg entschieden hatten.

»Was habt ihr denn so vor?«, erkundigte sich Noemi.

»Wird nicht verraten.« Roger zwinkerte Liz aufmunternd zu. »Das ist Überraschungsthema für das Tischgespräch am Abend.«

Möglich, dass es den beiden völlig egal war, wie es für unsere Beziehung ausging, ob wir auf direktem Weg ins Aus schlitterten. Aber konnte man es ihnen verübeln? Wir mussten in jeder Hinsicht ein abschreckendes Beispiel abgeben. Liz, dauerkeifend, und Leif, der Ignorant. So oder so ähnlich.

»Überraschungen brauch ich nicht. Die hab ich tagtäglich«, bemerkte Liz.

In der Anfangszeit hatten wir uns oft auf diese Art gekabbelt. Ich erinnerte mich an die Leichtigkeit von damals. Wo war sie hin? Es gab sie nicht mehr.

»Aber Leif mag Überraschungen«, fuhr sie fort. »Es

gefällt ihm, wenn ich mit etwas ein Problem habe. Dann findet er es umso spannender.«

»Liz, lass es«, griff Roger ein.

»Ich nehme eben nicht alles ganz so ernst. Aber mit dem Unterschied tust du dich schwer, schon klar«, konterte ich.

»He, ihr Streithähne«, versuchte Noemi die Richtung zu ändern, die wir eingeschlagen hatten, »kriegt euch mal wieder ein. Wir sind im schönen Ligurien.«

»Hmn«, brummte Liz.

Ich biss in mein Croissant, schluckte den Ärger herunter und zwang mich zu einem Lächeln in Liz' Richtung. Noemi zuliebe. »Alles eine Frage der Perspektive.«

Ich wusste, dass ich sie nicht würde umstimmen können, was ihre innere Haltung betraf. Es galt nur noch, das Beste draus zu machen.

Nach dem Frühstück zogen wir los, jeder für sich. Liz war die erste, die Richtung Strand verschwand. Roger und ich unterhielten uns noch kurz in der Lobby. Dann war auch er verschwunden.

Noemi warf mir ein kurzes »Arrivederci« zu, scherzhaft mit Kusshand. Natürlich interessierte es mich brennend, wo sie ihre Staffelei aufstellen und ob sie sich ein männliches Modell suchen würde.

Als ich allein vor dem Aurelia stand, genoss ich zunächst die Ruhe und den leichten Wind, der die letzten bitteren Gedanken an unseren Streit wegpustete. Ohne Zweifel würde es wieder ein heißer Tag werden. Ich war froh darüber, dass es keine feste Struktur gab, dass ich in den Vormittag hineintrödeln durfte, so viel ich Lust hatte.

Einerseits. Andererseits hatte ich natürlich bereits einen Plan.

Zunächst schlenderte ich Richtung Piazza, setzte mich in eines der Cafés dort und beobachtete eine Weile das Treiben. Es war Markttag. Die Händler der Region bauten ihre Stände auf. Frauen, Männer. Der eine oder andere mit gegerbter Haut. Kisten wurden gestapelt, Obst und Gemüse sortiert. Zwei Frauen diskutierten lebhaft miteinander. Ein Junge im Vorschulalter hüpfte um die Kisten herum und fummelte heimlich das Handy seiner Mutter aus einer am Boden liegenden Jacke, worauf er sich eine kurze Schelte einfing.

Am Kiosk auf der gegenüberliegenden Straßenseite lungerte Arm in Arm ein junges Teenagerpaar. Sie starrte auf ihre Turnschuhe, während er versuchte, mit dem Mopedhelm unterm Arm eine möglichst coole Haltung einzunehmen.

Ein älterer Mann mit straff nach hinten gekämmtem, zum Pferdeschwanz gebundenen Haar schob einen Ständer mit Ansichtskarten vor sein Ladenfenster. Eine Signora mit grauem Haarknäul am Hinterkopf und einem Pudel an der Leine verwickelte ihn in ein Gespräch.

Es war lebhaft auf der Piazza. Und man konnte ein halbes Dutzend unterschiedlicher Szenen einfangen. Wäre ich ein Schriftsteller mit Leidenschaft gewesen, hätte ich augenblicklich eine Idee aus all dem geschöpft und diese zu einer Story weitergesponnen. Aber meine Fantasie lag gerade brach und ich ließ mich lediglich berieseln.

Schnell wurde ich dann auch unruhig. Das eigentliche Ziel des Tages war nicht die Piazza; es lag in der Altstadt. Ich wollte mich davon überzeugen, dass meine nächtlichen Beobachtungen nicht nur ein Traum gewesen waren; dass ich nicht zwei Nächte lang phantasiert hatte, wie Roger behauptete. Ich brauchte einen Beweis. Etwas, das ich ihm unter die Nase halten konnte, damit er mir glaubte.

Eine Weile schlenderte ich dennoch eher orientierungslos durch die engen Gassen. Merkwürdigerweise sah bei Tag einiges anders aus, als ich es in Erinnerung hatte. Dabei natürlich nicht weniger pittoresk. Die Farben der Häuser waren pastelliger. Pflanzen und Blumenornamente noch ausufernder. Die Details lenkten ab, erschwerten mir die Orientierung. Eine Ecke glich der anderen. Also suchte ich nach dem Besonderen, dem Hervorstechenden; einem Detail, das mir irgendwie in Erinnerung geblieben war.

Aber nichts. Ich erinnerte mich nicht einmal mehr an den Straßennamen.

Eine Weile ließ ich mich treiben, irrte herum, lief hier und da im Kreis.

Dann aber änderte sich plötzlich etwas. Der Platz, auf den ich schon ein paarmal gestoßen war, kam mir entfernt bekannt vor. Der einzige Unterschied zur Nacht war das Treiben, das hier herrschte. Es gab Geschäfte, die ich in der Nacht übersehen haben musste. Die Touristen veränderten das Bild, weshalb es mir schwerfiel, mich wirklich auf die angrenzenden Gebäude zu konzentrieren, sonst wäre mir sicher aufgefallen, dass sie anders aussahen; dass sie aussahen, als hätte man einen Teil der Straße herausgeschnitten und durch einen anderen ersetzt. Eine moderne Variante. Hier war etwas zu viel, da fehlte etwas. Zu viel war zum Beispiel ein steinernes Engelsdenkmal. Mit nachdenklicher Miene sah der kleine Kerl in Richtung Meer.

Der Hintergrund des Denkmals spielte mir Fetzen der Erinnerung vor Augen. Die Palmen, das Kopfsteinpflaster. Hier musste es gewesen sein. Dort drüben hatten sie gestritten. Stimmen lagen mir plötzlich im Ohr, ihre Stimmen. Weiter hinten hatte er sie über das Kopfsteinpflaster geschleift. Ein paar hundert Meter. Man hatte das Haus bereits erkennen können. Hinter den Palmen.

Jetzt aber …

Das Haus mit den schönen Sandsteinmauern war nicht da. Es fehlte. An derselben Stelle stand ein anderes Haus, etwas versetzt, ein modernes Gebäude.

Ich rieb mir die Augen. Das konnte nicht sein. Vielleicht sah ich in die falsche Richtung.

Ich ging ein paar Schritte um die Engelsstatue herum, wechselte die Blickrichtung. Mittlerweile war ich mir ziemlich sicher, die Richtung bestimmen zu können, aus der ich gekommen war. Alles passte. Fast alles. Das Haus existierte einfach nicht.

Was war das hier? Merkwürdig. Es war komplett nicht nachvollziehbar. Ein paar Häuser ähnlichen Typs gab es schon, das Gebäude aber, das an der Stelle des Mörderhauses stand, war vom Stil her vollkommen anders. Das ist irre, dachte ich. Ich fühlte mich wie im Kino, starrte auf eine Leinwand, die mir eine irreale Kulisse darbot. Wie ein Geistesgestörter blickte ich stur geradeaus, rieb mir immer wieder die Augen.

Dann drehte ich mich um und hetzte zurück, ziellos. Als ich das Ende der Straße erreicht hatte, blieb ich stehen, sah mich erneut um.

Nein, das war es nicht. Da musste noch etwas sein. Ich versteifte mich auf den Gedanken, dass ich mich einfach nur geirrt hatte. Ich ging dieselbe Straße noch einmal ab. Auf Höhe des Engelsdenkmals blieb ich erneut stehen, versetzte das moderne Gebäude in Gedanken in die Nacht, riss es ab, betrachtete das verbleibende leere Grundstück, setzte das Sandsteinhaus an dieselbe Stelle.

Ich war fassungslos.

Nachdenklich trat ich ein paar Schritte zurück und stolperte. Bei der Gelegenheit fiel mir das Straßenschild ins Auge. Via d'Angeli. Engelsweg. So hieß die Straße also. Ich folgte ihr bis zu den Palmen. Das neue Gebäude trug die Hausnummer 18.

Es gab wohl niemanden, der in der Lage wäre, über Nacht ein Haus einzureißen und ein neues an Ort und Stelle aufzubauen. Was also war das hier?

Ich litt offensichtlich unter geistiger Verwirrung. Lucienne hatte mir in Gios Bar etwas in den Piccolo gemischt oder mich und meinen Verstand mit ihrer zusammengereimten Geschichte in eine andere Zeit versetzt. Die Szene der Nacht, die Leiche waren Fantasie, sie existierten nicht. Nicht mehr. Oder die Tote lag unter Tonnen von Beton. Dem Beton eines modernen Bürogebäudes.

Ratlos setzte ich mich auf eine Bank, etwas abseits der

Szene. Ich brauchte meinen Verstand, um mich auf das hier zu konzentrieren. Das, wofür ich ganz und gar keine Erklärung fand. Verständlicherweise.

Real und durchaus erklärbar war dagegen das, was ich als Nächstes entdeckte. Jemand kam aus dem blinden Winkel, schlenderte die Straße entlang, zielstrebig in meine Richtung. Roger. Er hatte mich nicht bemerkt.

Natürlich interessierte mich augenblicklich, was er hier trieb und ob es sich um bloßen Zufall handelte.

Er sah auf sein Handy, orientierte sich, hielt nach Hausnummern Ausschau. Er suchte tatsächlich ein Gebäude, *mein* Gebäude. Das ominös getarnte Mörderhaus, die Fake-Variante des Originals.

Im Vorbeigehen hatte ich bereits entdeckt, dass es außer Büros auch Arztpraxen beherbergte. Roger hatte sich folglich nicht ganz zufällig hierher verirrt. Er suchte nach der Praxis seines Kollegen.

Nachdem mein Freund fündig geworden und im Gebäude verschwunden war, hockte ich noch eine Weile unentschlossen da, verfolgte den Tanz der Fliegen, die um einen Hundekothaufen kreisten. Dann raffte ich mich auf.

Ein Schild neben dem Eingang klärte mich darüber auf, wen ich drinnen antreffen würde. Unter anderem fand ich dort den Namen Dr. Uttorino, Meeresbiologe und Mediziner. Sicher beschäftigte er sich mit dem Quallenphänomen, das Roger zurzeit so sehr fesselte.

Ich betrat das Gebäude, um irgendwo drinnen auf ihn zu warten. Dieser Zufall kam mir ganz gelegen, denn meine Pläne für den Tag hatten sich ohnehin gerade zerschlagen. Vielleicht würden wir endlich, in Abwesenheit der Frauen, unser Thema bereden können.

Das Erdgeschoss ergoss sich in einem breiten Korridor. Wässriges Blaugrau an den Wänden und modernes Akazienholzlaminat erzeugten eine unaufdringlich edle Atmosphäre. Etwa auf Augenhöhe hingen in sorgfältig aufeinander abgestimmten Abständen Fotoaufnahmen in Sepia an den Wänden, Bilder aus einer anderen Zeit.

Das Ende des Korridors mündete in einen gläsernen, rückwärtig angebauten Wintergarten, eine überaus großzügige Variante mit viel Licht und modernen Loungesesseln, glasüberdacht. Auf einem barocken Sockel thronte eine teure Edelstahlespressomaschine mit Tassen, die zur Selbstbedienung an Haken baumelten. Vermutlich traf man sich hier zum Nachmittagskaffee, tauschte sich aus und teilte die neuesten medizinischen Erkenntnisse miteinander.

Ich nahm auf einem der Loungesessel Platz. Eine Brise wehte vom Meer durch das geöffnete Fenster. Es roch nach Lavendel, der in kreisrund gestutzten Büscheln hinter der Glastür im Garten wucherte.

Mein Verstand arbeitete. Unaufhörlich bearbeitete er das, wofür es bislang keine Erklärung gab. Ich begriff noch immer nicht, welcher Wahrheit ich hier gerade auf die Spur kam; weshalb sich das Gebäude aus der Nacht in ein anderes verwandelt hatte und warum es meinen Freund Roger ausgerechnet hierher getrieben hatte – beziehungsweise warum sein Kollege …

Eine Weile schlug ich die Zeit tot, indem ich verloren in die Gegend starrte.

Bald schon fing ich an, mich zu langweilen, weshalb ich spontan entschied, mir die Füße zu vertreten.

Ich ging die Türen ab, die auf einer Seite des Korridors lagen, überlegte, an welcher Stelle des anderen Grundstücks ich mich wohl befand. Es sind falsche Türen, dachte ich, in einem falschen Haus. Völlig unerwartet öffnete sich plötzlich eine davon, wenige Schritte von mir entfernt. Reflexartig trat ich zurück, drehte mich etwas zur Seite.

Aus dem Augenwinkel sah ich die Person, die herauskam. Er hatte mich nicht bemerkt.

»Roger!«, rief ich, als er sich bereits Richtung Ausgang bewegte. Dabei streifte mein Blick die Sepia-Aufnahmen an der Wand.

»Leif? Mein Gott, hast du mich erschreckt. Was machst

du hier?«

»Ich saß drüben im Park und habe dich reingehen sehen.«

»Ach, was für ein Zufall. Alles okay mit dir?«

»Ja. Klar. Alles bestens.« Ich war abgelenkt. Eine der Aufnahmen an der Wand hatte unerwartet meine Aufmerksamkeit geweckt.

»Liz wird den Tag überleben. Sie kriegt sich wieder ein, keine Sorge. Heute Abend wird sie nur so vor Energie sprühen.«

Ich reagierte nicht. Mein Blick haftete an der Aufnahme, die ich eben im Vorbeigehen übersehen haben musste.

»Ja, ja«, erwiderte ich nur.

»Ich habe einen Kollegen besucht«, wechselte er das Thema. »Jemand, den ich auf dem Kongress kennengelernt habe. Du erinnerst dich? Ich habe dir davon erzählt.«

»Die Quallen«, murmelte ich, starrte dabei weiter auf das Bild.

»Richtig. Es geht darum, dass …«

»Warte«, unterbrach ich ihn. »Erzähl mir gleich davon. Das hier …« Ich deutete auf das Bild. »Das – das ist unfassbar. Sieh dir dieses Bild an; Scheiße, was …«, stammelte ich. »Du glaubst es nicht!«

Roger war irritiert. »Was denn? Was ist denn mit dem Bild? Eine Straßenansicht aus den Sechzigern«, stellte er nüchtern fest, »und?«

»Es ist diese Straße hier, erkennst du sie?«

»Möglich. Hat sich etwas verändert, aber was ist daran so unfassbar?«

»Das Haus dort. Ich kenne das Haus. Das …« Was sollte ich ihm erzählen? Er hatte mir schon einmal nicht geglaubt.

»Kindheitserinnerungen vom Italienurlaub?« Roger war genervt von meiner übertriebenen Reaktion auf ein simples Bild.

»Nein, ich spreche nicht von damals. Hey, das auf dem Bild sind die Sechzigerjahre, da war ich noch nicht auf der Welt, nein, ich meine, ich habe es *jetzt* gesehen. Hier. In unserem Urlaub. Gestern, vorgestern. Es ist das Haus des Mörders … Das …« Ich unterbrach mich. Mein Gestammel konnte ihn kaum überzeugen.

»Verstehe.« Er schüttelte den Kopf.

»Du hältst mich für irre?«

»Sollte ich nicht? Ich meine … demnach bist du dann wohl durch die Zeit gereist. Willst du mir das sagen? Und wo steht deine Zeitmaschine? Vor der Tür? Oder hast du sie im Wintergarten geparkt?«

Seine Reaktion war nachvollziehbar. Es hatte keinen Sinn, ihn zu überzeugen zu versuchen. Ich hörte es selbst heraus; meine Story klang vollkommen absurd.

»Apropos«, wechselte er dann auch das Thema, um nicht weitere Spinnereien von mir zu hören. »Jetzt klären wir erst mal unser Angelegenheit, bevor du mir von irgendeiner Zeitreise berichtest. Lass uns gegen fünf in der Strandbar treffen. Dann reden wir drüber. Ein Gespräch nur unter Männern, du und ich. Einverstanden?«

Ich fühlte mich überrumpelt, auch wenn ich seine Reaktion natürlich verstand. Es klang nicht gerade glaubhaft, was ich von mir gab, und ich traute mir nicht einmal selbst. Ich bezweifelte plötzlich alles, was ich gesehen hatte. Meine Beobachtungen auf der Straße, die vergrabene Frauenleiche. Nicht einmal meine Begegnung mit Lucienne schien mir noch real. Ich war ein Lügner. In vielerlei Hinsicht war ich es. Vermutlich lag hier der Grund, weshalb ich nicht zur Polizei ging, ich traute meinen Wahrnehmungen nicht. Menschen, die anfingen, ihr Leben auf immer neuen Lügen aufzubauen, verloren nach und nach den Bezug zur Realität. Schlimmer noch, sie verwechselten Lüge irgendwann mit Wahrheit – und umgekehrt. War es das, was mir hier passierte?

Im Prinzip wusste nicht einmal Roger sonderlich viel über mich als Schriftsteller. Er kannte meine Bücher nicht (mit Ausnahme von einem). Er wusste nicht, wie sie entstanden und was mich überhaupt dazu bewog, zu schreiben. Er fragte auch nicht. Vielleicht war es eine fremde, unwirkliche Welt für ihn. Im Gegensatz zu der bitteren Realität, in der er lebte, wenn er zu einem Einsatz in Länder wie den Jemen gerufen wurde, um Leben zu retten. Ein Bürgerkrieg oder eine Hungersnot waren alles andere als Fiktion, und als Arzt musste er sowohl körperlich als auch geistig zu hundert Prozent anwesend sein, durfte sich nicht einen Fehler erlauben.

Es war schon ein Geschenk, dass wir uns als Freunde bestens – quasi ohne viel Worte – verstanden; dass wir uns einander erklären mussten. Jeder von uns lebte ein anderes Extrem aus – sein ganz persönliches Extrem. Somit ergaben wir ein komplettes Ganzes.

Roger stand vor den Bildern an der Wand und drehte sich, in Erwartung einer Antwort, zu mir.

»Also, was ist jetzt?«

»Gut. Dann lass uns reden. Wir treffen uns gegen fünf«, willigte ich ein.

Pünktlich zum vereinbarten Zeitpunkt trafen wir uns in der Strandbar. Roger fing gleich, an über sein neues Lieblingsthema zu referieren. »Uttorino und ich sind einer Meinung, was den Klimawandel betrifft ...«, fing er an. Ich ließ ihn reden. Über schmelzende Eisberge, Golfstrom und Quallen.

Irgendwann aber unterbrach ich ihn, verschaffte damit seinen Ausführungen ein unerwartetes Ende. »Ja, so ist es. Wir haben es wohl irgendwie verpasst, uns mit der mentalen Verfassung unserer natürlichen Umgebung auseinanderzusetzen. Die Natur ist nicht passiv; sie lebt, reagiert und will sich ausbreiten. So wie wir. Wir sind nicht der Mittelpunkt auf diesem Planeten.«

Roger sah mich an, als hätte ich gerade eine tiefere Erkenntnis ausgesprochen. Etwas, was er hätte bedenken müssen. Und er hatte es nicht.

»Also«, fing er schließlich nach einer längeren

Schweigepause an. »Wir wollten reden. *Darüber*, meine ich.«

Mit einem Mal war die Luft raus. Das Feuer, das gerade noch in seinen Augen geflackert hatte, war erloschen. Er schob dieses Gespräch schon eine Weile vor sich her. Es war ihm unangenehm. Jetzt aber musste es raus. Jetzt war der Zeitpunkt gekommen. Er konnte es nicht länger aufschieben.

»Ich hatte es dir ja bereits angedeutet. Vor ein paar Wochen, als ich darauf gestoßen bin. Leif … Was hast du dir dabei gedacht? Ich meine …« Seine Gedanken formten zeitgleich die Worte. »Ich habe es jetzt gelesen. Vollständig gelesen, meine ich. Ich bin gerade durch – mit deinem Buch.«

»Und was denkst du darüber?«

»Lass mich versuchen, es irgendwie treffend zu formulieren. Ich habe im Prinzip keine Ahnung von dieser Art Lektüre. Es ist nicht schlecht, aber …« Da war noch etwas, was er zur Sprache bringen musste. »Aber wie konntest du meinen Namen als Pseudonym verwenden?«

»Rooger C. ist nicht dein Name. Es ist ein fiktiver Name, Roger mit zweimal o.«

»Fiktiv nicht ganz. Du weißt, dass der Mädchenname meiner Mutter Cooper ist.«

»Aber wer kommt denn dadurch auf dich?«

»Jemand, der deine Identität als Autor kennt.«

»Mit meiner Lektorin ist das so vereinbart. Bei jedem neuen Titel ein neues Pseudonym. Mich als Autor kennt niemand.«

»Was hast du davon, wenn du einmal berühmt bist? Wenn einer deiner Titel auf der Bestsellerliste landet?«

»Meine Ruhe.«

»Aber dann musst du in die Öffentlichkeit treten.«

»Muss ich nicht. Weshalb? Der Leser soll seine eigene Verbindung herstellen, die muss nicht über mich als Autor führen.«

»Aber du hast mich gerade nach meiner Meinung gefragt.«

»Du bist mein Freund.«

»Dieser Arzt, von dem du in deinem Roman schreibst, ist einer großen Sache auf der Spur und wird selbst darin verwickelt. Versteh mich bitte nicht falsch, aber viele der Informationen in deinem Roman hast du tatsächlich von mir. Du hast über das geschrieben, was ich dir erzählt habe. Vor allem: Du hast es getan, ohne mich vorher zu fragen. Du hast mich nicht um meine Erlaubnis gebeten, das veröffentlichen zu dürfen. Das ist der Punkt. Ich unterliege einer Schweigepflicht meinen Patienten gegenüber.«

»Es werden keine Namen oder Fakten genannt, die man eindeutig zuordnen könnte, die Story ist fiktiv. Wenn ich dich gefragt hätte …«

»… hätte ich Nein gesagt«, schnitt er mir das Wort ab.

Einen Augenblick lang herrschte Schweigen. Roger hatte die Arme verschränkt und sah stur geradeaus.

»Es ist das erste Mal überhaupt, dass du einen Roman von mir gelesen hast«, unterbrach ich sein Schweigen. »Du hast dich bisher nicht sonderlich für meinen Job interessiert.«

»Nein, Leif. Jetzt mach dich nicht klein oder werte dich ab. Ich habe nie über deine Qualität als Autor geurteilt. Das konnte ich gar nicht. Ich lese kaum Romane. Grundsätzlich nicht, das weißt du. Jetzt habe ich etwas gelesen – und ich sage dir: Es ist gut. Möglicherweise ist es mehr als das. Aber ich hätte dir das untersagt. Ich hätte dir nicht die Erlaubnis gegeben, meine Worte abzudrucken. Jetzt, wo ich es gelesen habe, merke ich allerdings, dass es okay ist; dass es sicher wert ist, aufgeschrieben und gelesen zu werden, eine Story daraus zu machen, die niemanden kalt lassen wird. Und das mit dieser Idee. Ich finde das gut, wirklich. Aber es wäre mir nicht in den Sinn gekommen.«

Im Prinzip war an dieser Stelle alles gesagt. Vielleicht hätte ich dennoch etwas hinzufügen wollen. Es war ein guter Zeitpunkt …

Von der anderen Straßenseite machte uns jemand ein Handzeichen. Noemi. Sie trug ihre Leinwand unter dem Arm.

»Also. Das wars. Thema abgehakt?«

Das Thema war nicht ganz abgehakt. Aber mir blieb keine Zeit, mehr vorzubringen; das, was ich noch dazu zu sagen hatte. Roger stand bereits, und ich war nicht wirklich zufrieden über den Ausgang dieses Gespräch. Zudem plagte mich der Gedanke, dass er sich insbesondere deshalb über Noemis Erscheinen freute, weil er damit das Gespräch beenden konnte.

Liz lag auf dem Bett, als ich das Zimmer betrat.

Sie sah nicht auf. Dennoch erkannte ich sie gleich, die Anzeichen einer sich anbahnenden Leidensgeschichte. Sie hatte den Tag gerade so überstanden. Ihre Körperhaltung spiegelte den in Gedanken in jeder Hinsicht ausdiskutierten Vorwurf wider: *Wie konntest du das durchziehen?!* Da sie meine Haltung kannte und darauf vorbereitet war, sprach sie es jedoch nicht direkt aus, wodurch die Spannung sich nur noch verstärkte und die Stimmung vergiftete.

»Hi, Schatz«, begrüßte ich sie möglichst neutral. »Wie war dein Tag?« Das war nicht mehr neutral. Noch aber zeigte sie sich eisern.

»Bestens. Deiner vermutlich auch?«

»Hmn, ja. Klar.« Ich stellte meinen Rucksack neben das Bett, fing an, meine Schuhe auszuziehen. »Was hast du denn Schönes gemacht?« Ich wollte ihr durchaus zuhören, war ehrlich interessiert zu erfahren, was sie erlebt hatte.

»Schönes, ja. Ich habe Schönes gemacht. Es war sicher nicht so *schön* wie bei dir, aber doch, es war ein super Tag! Richtig suuuper! Ich konnte mich in jeder Hinsicht mal voll selbstverwirklichen. Einen ganzen Tag lang! Wow, das hab ich echt gebraucht. Aber jetzt hab ich erst mal Selbstverwirklichungsvorrat. Danke, Leif, für den tollen Tag!«

Es schien mir etwas dick aufgetragen und Lust auf eine neue Runde Streit hatte ich nicht. Daher ließ ich das Gesagte einfach im Raum stehen und ging wortlos ins Bad.

»War das, was du hören wolltest?«, rief sie mir nach. »Oder

worauf zielte deine Frage ab?!«

Die Tür war zu und eine Weile blieb es auf der anderen Seite still. Ich wusch mir das Gesicht mit kaltem Wasser.

Dann hörte ich sie unmittelbar hinter der Badezimmertür: »Willst du es wirklich ganz genau wissen? Die Wahrheit? Ganz ungeschminkt? Es ist leider so, dass ich keinen Spaß hatte. Gar keinen. Einen ganzen Tag lang allein durch die Gegend tingeln und das, wo ich genau weiß, dass meine Freunde auch hier sind und ich eigentlich nicht allein sein müsste.«

Ihre Argumentation war stets so aufgebaut, dass man anfänglich geneigt war, ihr rechtzugeben. Schnell aber änderte sich dieser Eindruck und es wurde offensichtlich, dass sie eine echte Egonummer durchzog. Sie wollte bedingungslose Aufmerksamkeit. Weshalb zum Beispiel setzte sie sich immer demonstrativ zwischen Roger und mich; warum verfolgte sie mich derart mit Misstrauen und Eifersucht?!

Liz hatte jenen Punkt bei mir erreicht, an dem ich nur noch genervt war. Und das mit jedem Tag unseres Urlaubs mehr.

Nachdem ich mich in Ruhe abgetrocknet hatte, schloss ich die Badezimmertür auf und trat mit einem Handtuch über der Schulter aus dem Bad. »Kann schon sein, dass du keinen Spaß daran hast. Du versuchst es auch gar nicht erst. Beziehungsweise wusstest du natürlich schon vorher, dass du dich definitiv nicht amüsieren würdest – oder amüsieren wolltest. Mit was oder wie auch immer. Aber andere haben nun mal eigene Interessen, haben Lust dazu, einen Tag individuell zu gestalten. Dass das nicht dein Ding ist, ist schon klar. Aber kannst du dich nicht ein Mal unterordnen? Ist das ein so großes Opfer? Muss man sich denn immer nur mit dir beschäftigen?«

»Willst du mir sagen, ich habe ein Problem? Weil ich nicht die gleichen Bedürfnisse habe wie du, habe ich ein Problem?«

»Ja, das hast du! Du hast ein ECHTES Problem!«

»Und was ist mit dir?!«, schlug sie natürlich mit der ewig gleichen Waffe zurück. »Du meinst, wenn jemand sich ständig abseilt, sich bei jeder Kleinigkeit aus dem Staub macht, alles abblockt und lieber seine eigene Nummer durchzieht, DER hat kein Problem?!«

»Ich gebe dir immerhin den Raum, den du für dich brauchst, ich dränge mich nicht ständig in dein Leben, weil ich der Mittelpunkt davon sein muss und sein will – um jeden Preis. Über alles muss diskutiert werden. Auch über das, was man gar nicht diskutieren müsste. Das ermüdet. Ich möchte meinen Urlaub genießen und nicht das Gefühl haben, heimlich oder auch öffentlich unter Kontrolle zu stehen.«

»Fängt *das* schon wieder an. Ich dachte, wir hätten das durch. Ich habe dir das mit den Fotos doch erklärt.«

»Es geht nicht einzig um die Fotos. Es geht um das Gesamte.«

»Natürlich geht es um die Fotos. Ich bekomme keine Erklärung von dir, warum du mich nicht mehr anfasst, warum sich nichts mehr zwischen uns abspielt. Ich wünsche mir Kinder, eine Familie. Ich bin vierunddreißig – und ich habe ein Recht auf diese Wünsche!«

»Wünsche als Druckmittel? Das läuft doch nicht nach einem Plan. Zusammenziehen, heiraten, Kinder. Immer schön in der Reihenfolge.«

»Ich bekomme ja nichts so, wie ich es möchte. Du bist hier derjenige, der sein Ding durchzieht. Ich bin immer nur die nervige Liz. Das Leben besteht nicht nur aus reinem Vergnügen oder der Freiheit, immer nur das zu tun, wozu man Lust hat! Aber klar, eine Familie ist Verantwortung. Und Verantwortung, die willst du nicht.«

»Ich möchte vor allem entscheiden, wann es für mich der richtige Zeitpunkt ist. Eben weil es um Verantwortung geht, wie du sagst. Aber ich kann mit dir nicht diskutieren. Dann wirfst du mir wieder deine Vorstellungen hin, redest so lange auf mich ein, bis …«

»… bis? Es ist doch gar nicht so. Ich …« Sie suchte nach Worten. »Was willst du, Leif?«, fragte sie schließlich. »Willst du lieber alleine Urlaub machen? Willst du eine Frau wie Noemi?«

Das war die Frage, die mir gerade noch gefehlt hatte. Der Ärger erreichte augenblicklich einen Punkt, den ich nicht gelassen hinnehmen konnte. »Hier möchte ich jetzt nicht weiterdiskutieren.«

»Dann habe ich also ins Schwarze getroffen. Sie hat es dir angetan. Das sehe ich doch.«

Wenn ich mich auf diese Argumentation einließ, saß ich in der Falle.

»Also gut, Liz. Du hattest deine Chance auf ein Gespräch. Belassen wir es dabei. Wir sehen uns beim Abendessen«, entschied ich bitter. Vielleicht war ich tatsächlich ein bisschen ungerecht. Ich drehte mich zur Tür.

»Ja, lauf nur wieder weg«, keifte sie mir nach.

Die Tür fiel hinter mir ins Schloss, ohne ein weiteres Wort.

Das Abendessen verlief mehr als angespannt. Dass es zwischen Liz und mir zum Eklat gekommen war, konnte niemand übersehen. Mir war mittlerweile klar, dass alles auf eine Trennung hinauslief. Einzig die Frage, wie ich es ihr vermitteln sollte, ohne den Urlaub komplett zu versauen, stand noch im Raum.

Beim Essen hielt ich mich zurück.

Liz konnte es sich weiterhin nicht verkneifen, zu betonen, welch grässlicher Tag hinter ihr lag. Sie litt öffentlich, und es war ihr völlig egal, ob sie uns damit die Stimmung verdarb. Ohne Rücksicht auf Verluste, nötigte sie uns ihren Frust auf. Je später der Abend, desto ungefilterter ihre Laune. Den Rest ertränkte sie im Alkohol. Der Grappa gab ihr buchstäblich den Rest, was die Zügellosigkeit ihrer Zunge betraf. Ich erspare mir Einzelheiten.

Roger versuchte hier und da beschwichtigend einzugreifen, ihm wurde jedoch schnell klar, dass auch er einfach

keine Handhabe hatte. Liz saß in der Zwangsjacke ihrer Un-
zufriedenheit und versuchte sich mit aller Gewalt, daraus zu
befreien. In einer anderen Konstellation wäre ihr Konzept
möglicherweise aufgegangen, sie hätte Zuhörer oder jemanden, der ihr beigepflichtet hätte gefunden. In dieser jedoch,
mit mir, Roger und Noemi, sah es denkbar schlecht für sie
aus. Und das machte es umso schlimmer.

Gegen zehn kehrten wir auf unsere Zimmer zurück. Zwi-
schen Liz und mir herrschte zu diesem Zeitpunkt Eiszeit.
Keine Chance für irgendeine Form der Annäherung. Die
Waffen standen in Position, der Finger lag am Abzug.

Ich muss an dieser Stelle zugeben, dass ich Fehler gemacht
habe; dass ich mich in jemanden verwandelte, der ich – rück-
blickend – niemals hätte sein wollen. Die Sache lief komplett aus dem Ruder, und ich kann es nur aufrichtig bedau-
ern.

Aber dafür ist es jetzt zu spät.

Ich hatte also eine hochgradig alkoholisierte Liz aufs Zimmer geschleppt und hinter verschlossener Tür ging der Disput immer weiter. Sie jammerte, klagte darüber, dass ihr Leben nicht so verliefe, wie sie es sich wünschte. Hätte ich geahnt, welche Folgen der individuelle Tag nach sich ziehen,
welche Lawine er ins Rollen bringen würde – meine Entscheidung wäre womöglich anders ausgefallen. Dann aber
hätte uns die Katastrophe vermutlich zu einem anderen
Zeitpunkt erwischt. Vielleicht Jahre später, wenn der Schaden mehr als irreparabel gewesen wäre.

So aber passierte es im Urlaub. In dieser nicht ganz alltäglichen Konstellation, die völlig unerwartet eine explosive
Wirkung entfaltete. Ich dachte plötzlich anders, freier – und
mit meiner neuen Freiheit kam mir eine ganz und gar fatale
Idee.

»Leif, warum hörst du mir nicht zu?!«, lallte Liz hinter mir.
Ich hatte gerade die Türklinke zum Bad in der Hand und

nicht hingehört. Ich brauchte eine Abkühlung.

»Du bist betrunken. Du redest wirr.«

»Wirr? Ich weiß ganz genau, was ich sagen will. Hast du nicht gehört, ich habe dich gesehen. DICH und sie! Diese Nutte, diese Pseudo-Künstlerin. Am Strand, ihr habt da … vor Rogers Augen. Aber der hat ja geschlafen. Was meinst du, ob ich ihm davon erzähle?«

Ich drehte mich zu Liz. »Halt endlich DIE KLAPPE!«, fuhr ich sie an. »Was willst du ihm denn erzählen, WAS?«

Sie lachte hysterisch, fuhr sich dabei durchs Haar, sodass es kreuz und quer abstand. Ihre blonden Locken sahen aus wie ein verwüstetes Vogelnest.

»Du weißt, wie eifersüchtig er ist. Er würde dir die Freundschaft kündigen. *Was bist du für ein Freund, Leif, dass du dich an meine Freundin ranmachst*«, äffte sie Rogers Stimme nach. »*Du enttäuschst mich, mein Freund, das hätte ich dir nicht zugetraut.*« Wieder lachte sie bitter. »Und wenn er dann mit ihr Schluss macht, hast du sie für dich. Dann hast du, was du willst. Aber du hast einen Freund verloren.«

»Ich möchte nichts von Noemi«, erklärte ich ihr sachlich und versuchte dabei ruhig zu klingen. In mir brodelte es.

»Nein, natürlich nicht. Dein schmachtender Blick sagt was anderes.«

»Du bist ja komplett … gestört!!«, fuhr ich sie an. Ich war kurz davor, auf sie loszugehen, beherrschte mich jedoch. Stattdessen riss ich die Badezimmertür auf und zog sie scheppernd hinter mir zu.

Auf der anderen Seite der Tür gab Liz noch immer keine Ruhe. Sie redete gegen Wände und eine geschlossene Tür, lallte, lachte ihr künstliches Lachen.

Nachdem ich mich halbwegs beruhigt hatte, zog ich mich aus, stellte die Dusche an. Das laufende Wasser übertönte ihre Stimme. Für einige Minuten, in denen es lauwarm auf mich niederrieselte, war Liz aus meinem Leben verschwunden. Ich löste sie auf wie eine Kopfschmerztablette – hinein ins Wasser und weggespült.

Als die Dusche aus war, hörte ich sie wieder. Sie legte gerade nach: »LEEE-IIF …«, grölte sie, »was hast du gegen Kinder, sag es mir.«

Dann wurde sie wieder leiser: »Was hast du gegen Kinder, komm schon, sag …« bettelte sie. Sie musste die ganze Zeit geredet haben. Irgendwann brabbelte sie nur noch.

Dann war es plötzlich still hinter der Tür.

Nachdem ich mich abgetrocknet hatte, zog ich mich langsam an, schüttelte mein Haar und betrachtete mich im Spiegel.

Noemi hatte mich als ausdrucksstark bezeichnet, erinnerte ich mich. Tatsächlich? Mein Ego war angeschlagen. Liz hatte mich damals gutaussehend gefunden, was sie mehr als einmal gegenüber ihren Freundinnen betont hatte: *Schaut mal, wen ich mir geangelt habe, das ist meiner.* Später dann wurde daraus die gesteigerte Form der Besitzergreifung: *Wage es nicht, mich zu betrügen. Ich finde es doch heraus.* Damals hatte ich über ihre Sprüche gelacht. Ich war eingebildet gewesen, ein dummer Teenager, der sich als cooler Typ gefühlt hatte.

Dennoch war ich nie der Treulose, der Fremdgänger gewesen. Sie hätte mich nicht in Ketten legen, nicht das Band zwischen uns durch Misstrauen zersetzen müssen. Denn jetzt, wo sie es getan hatte, wollte ich nichts mehr als weg von ihr.

Auch wenn es für Liz und mich keine Zukunft mehr gab, war es keinesfalls meine Absicht gewesen, Interesse an der Freundin meines besten Freundes zu entwickeln. Wenn überhaupt passierte es völlig außerplanmäßig und war dabei noch nicht einmal in mein Bewusstsein vorgedrungen.

Aber eine unmögliche Liebe konnte natürlich keine unglückliche ersetzen. Und was ich am allerwenigsten wollte, war: Rogers und meine Freundschaft riskieren.

Gedankenverloren befühlte ich mein Haar, nahm etwas Haarwachs aus der Dose.

In der Schule hatte ich lange Zeit als schüchtern gegolten. Insbesondere in den Jahren vor der Pubertät. Was sich in der Oberstufe komplett ins Gegenteil verkehrte. Ich stellte den Lehrern provozierende Fragen, probierte mich aus und legte es hier und da absichtlich darauf an, meine Meinung durchzuboxen, egal wie irrig sie auch war. Manche hielten mich für einen Spinner. Bei den Mädchen kam ich immer gut an. Egal wie ich war. Auch wenn sich mein Status zwischendurch von merkwürdig in eigen oder auch speziell änderte. Ich war der Rebell, der Ungezähmte.

Viel blieb davon nach dem Abitur nicht übrig.

Liz ging damals mit Roger. Er war Schulsprecher, und klar, sie musste natürlich den haben, den die Freundinnen auch wollten. Den Kerl, der vorne auf dem Podest stand, wenn die Gewinner der Jahres-Wettbewerbe verkündet wurden. Sie wollte – damals schon – bewundert und beneidet werden. Als ich dann aber mit ihrer besten Freundin Emily zusammenkam, mussten sich ihre Interessen geändert haben.

Ich rückte noch etwas näher an mein Spiegelbild heran, suchte nach dem Ausdruck von damals. Diese eine querhängende Strähne, die mir immer ins Gesicht fiel, die dem Wachs trotzte. Sie strebte keine andere Richtung mehr an, als das restliche Haar. Vielleicht hatte Liz mich tatsächlich gezähmt. Ich hatte es zugelassen.

Dabei war mir oft danach, dieser Typ zu sein, für den mich manche hielten. Für den Aufreißer, den Macher; für jemanden, der sich nahm, was er wollte.

Aber der war ich nicht. Ganz und gar nicht. Im Prinzip hatten Liz und ich dieselben Vorstellungen: Kinder, eine Familie. Ja, das wollte auch ich – Kinder. Weshalb es dennoch nicht mit uns passte … es gab vielerlei Gründe.

Als ich wieder ins Zimmer trat, stellte ich fest, dass Liz eingeschlafen war. Sie lag vollständig bekleidet auf dem Bett und atmete gleichmäßig.

Eine Weile betrachtete ich sie stumm, dachte an unsere Anfangszeit, als ihre Art mich noch gereizt hatte. Ihre Schlagfertigkeit. Nachdem Roger wiederholt den Posten des Schulsprechers übernommen hatte, war sie

Klassensprecherin geworden. Und Klassensprecher, ob Junge oder Mädchen, waren damals begehrt. Ich fand es anziehend, wenn sie sich im Schulhof gegen die großen Jungs durchsetzen konnte. Wenn sie Lehrer mit ihrer Besserwisserei in die Enge trieb, während wir im Hintergrund kicherten. Damals wäre es mir nie in den Sinn gekommen, dass ich sie genau deswegen einmal hassen könnte; dass mir ihre Art so sehr über den Kopf wachsen könnte und meine Gefühle diese grausame Wende nehmen würden.

Ich hatte das Hotel bereits verlassen.

Die Via Vernazza lag bald hinter mir. Ich wusste, wohin es mich zog. Wie konnte es auch anders sein. Die Tür hatte ich nicht gerade leise hinter mir geschlossen. Ich musste also davon ausgehen, dass Liz möglicherweise wach geworden war. Es war Berechnung.

Ab diesem Moment steuerte mich eine fremde Hand mit unterschwelliger Berechnung. Kaltblütig. Sie steuerte mich und jeden meiner Schritte – ins Unglück.

Als ich die hinteren Gassen der Altstadt erreichte, fiel die andere Kulisse vor mir nieder. Die unsichtbare Leinwand spielte mir erneut eine Szene vor. Das Engelsdenkmal war verschwunden. Ich war wie ferngesteuert von meinen Gedanken. Ich wollte in die Vergangenheit, weshalb ich nicht gleich bemerkte, wie Liz mir mit einigen Metern Abstand folgte.

Dabei war es exakt das, was ich berechnet hatte. Ich brauchte meine Freundin als Alibi, als eine Zeugin. Ob sie auch sehen würde, was ich sah, fragte ich mich. Ob sie mir – darüber hinaus – Rückendeckung gäbe, wenn ich mich noch einen Schritt weiter in die Vergangenheit wagte?

Es sollte anders kommen. Und ich frage mich jetzt im Nachhinein, ob mir wirklich nicht bewusst war, was ich tat. Ob ich tatsächlich nicht realisierte, dass ich Liz in eine Falle lockte.

Der Abstand zwischen ihr und mir hatte sich verringert.

Ich hörte ihre Schritte nur noch wenige Meter hinter mir. Sie war unvorsichtig, was vielleicht an ihrem Alkoholrausch lag. Sie hatte kein Gefühl mehr für Distanz. Dabei durften ihr die Veränderungen ebenfalls nicht entgangen sein. Es war nicht wirklich eine Leinwand, die sich senkte und wieder hob. Es war wirklicher. Ich fühlte mich tatsächlich in eine andere Zeit versetzt. Eine Zeit, in der ich eigentlich noch nicht gelebt hatte.

Ich vermied es, mich umzudrehen, ging stattdessen zielstrebig in die Richtung, die ich mir vorgenommen hatte. Das Haus lag nur noch wenige Schritte entfernt. Hinter der nächsten Biegung wurde sie zur Gewissheit: die mysteriöse Präsenz der Vergangenheit. Da lag es, das helle, etwas fleckige Gemäuer des Mörderhauses.

Ich blieb stehen, drehte mich zur Seite. Liz war nur noch wenige Meter hinter mir. Es war ihr Schatten, den ich aus dem Augenwinkel erkannte. Sollte sie sich am Tage schon einmal in dieser Ecke aufgehalten haben, musste sie es ebenso bemerken. Das hier war anders als bei Tag.

Ich überquerte die Straße, zögerte anschließend nicht lange und schlüpfte leise durch das Gatter. Wie ein Dieb stahl ich mich auf das fremde Grundstück.

Das Küchenfenster über mir war dunkel.

Ich hockte mich etwas unterhalb davon auf den Boden und wartete ab, was Liz tat.

Eine Weile blieb es still. Ich hielt den Atem an. Dann suchte ich nach dem Grab. Ich schob den Tisch etwas beiseite; so weit, dass ich den freigelegten Bereich untersuchen konnte. Ich kniete mich hin und fing an, mit den Händen in der Erde zu buddeln.

Sie würde mich beobachten und sich zweifellos fragen, was ich tat. Welches dunkle Geheimnis ihr Freund hütete. Was für ein Monster sich hinter der freundlichen Fassade verbarg. In dieser Nacht durfte sie für jede Art von Gedanken empfänglich gewesen sein.

Aber das war sie nicht. Liz dachte völlig anders.

»Leif?«, fragte sie plötzlich durch die geschlossene Pforte hindurch. »Was machst du da?«

Ihre Stimme klang weder angespannt noch verängstigt. Ganz im Gegenteil, sie schien überrascht, fast amüsiert.

»Sag mal, tickst du noch ganz richtig? Du wühlst in fremder Leute Gärten? Hast du keine bessere Methode, um dich vom Streit mit deiner Freundin abzureagieren?!«

»Warum redest du von dir in der dritten Person? Meinst du ich habe nicht gemerkt, wie du mir gefolgt bist?!«, flüsterte ich in ihre Richtung. Worauf ich jedoch keine Antwort erhielt.

»Ach und dann ...«, fing sie nach einer Weile wieder an. Scheinbar zog sie erste Schlüsse. »Sag mal, was ist das hier? Sind wir noch im 21. Jahrhundert? Nee, oder?« Ich hörte sie kichern. »Mein Gott, was für eine schlechte Markise. Ich dachte, so was gibts gar nicht mehr. Meine Tante hatte so was. Ich glaube, das ist ein halbes Jahrhundert her.«

Im Haus ging auf einmal irgendwo Licht an.

Liz stand noch immer an der Pforte.

»Oh, da wohnt ja wer«, stellte sie überrascht fest, rührte sich jedoch nicht vom Fleck. Interessanterweise realisierte sie, dass etwas nicht mit rechten Dingen zuging, dass die Szene etwas Unwirkliches hatte. Wie gebannt sah sie zum Küchenfenster. Dorthin, wo jetzt eine Lampe brannte. Kurz darauf trat der Mann an die Fensterbank, starrte geradewegs in Liz' Richtung.

Da ich am Boden hockte, an einer Stelle, auf die wenig Licht fiel, hatte er mich nicht gesehen. Liz dagegen stand unmittelbar im (wenn auch schwachen) Licht der Außenlaterne.

»Wer ist der?«, fragte sie, noch immer mehr fasziniert als beunruhigt. »Sag mal, Leif, das ist doch alles nicht echt hier, oder?«

Sie verfügte natürlich nicht über mein Wissen, ahnte nicht, dass ihrer Umgebung eine düstere Seite innewohnte. Dennoch begriff sie erstaunlich viel. »Das ist ... Was ist das?

Wird hier irgendwas gespielt? Sind wir in eine andere Zeit gereist? Wie hast du das gemacht?« Sie fing laut an zu lachen, als hätte sie einen besonders originellen Witz gemacht. Mit dem Alkohol im Blut, neigte sie dazu die Realität zu verzerren. Oder aber: Sie entlarvte sie als genau das, was sie tatsächlich war.

»Ich habe nichts gemacht«, flüsterte ich.

Sie begriff und begriff wiederum nicht. Der siebte Sinn, den sie im Rausch ihres Zustands entwickelte, entglitt ihr, sobald sie handeln musste. Weshalb sie jenen gravierenden Fehler beging. Sie blieb stehen. Dort, wo sie stand, an der Pforte. Fasziniert abwartend, was geschehen würde, *übertrat* sie die Schwelle, an der das von ihr schwammig als Schauspiel Interpretierte, in eine unbekannte, mysteriöse Realität überging.

Der Mann kam jetzt nach draußen.

Erst stand er nur da, im Licht der Außenlaterne und starrte zu Liz, als wäre sie ein Geist.

»Du?«, stammelte er. »Was willst du?! Hast du es noch nicht kapiert? War ich nicht deutlich genug? Das mit uns wird nichts.« Er wischte sich über die Stirn. »Dabei hast du den Teufel aus mir herausgeholt.«

»Bitte?« Liz kicherte. »Das ist eine Verwechslung«, murmelte sie und erwiderte seinen Blick, halb fragend, halb neugierig. Sie ahnte nicht, worauf sie sich hier einließ.

»Also gut. Dann komm. Komm schon mit. Wir klären das jetzt gleich, drinnen.« Er deutete ihr mit einer Geste, ihm zu folgen. Offensichtlich verwechselte er Liz tatsächlich mit jemandem. Vielleicht hatte er eine frühere Freundin in ihr erkannt. Er wirkte auf einmal ruhig. Seine Stimme klang milder als gerade noch. Er würde ihr nichts tun, beruhigte ich mich und war gleichzeitig neugierig, was geschehen würde.

Ich sah erneut hin, rieb mir die Augen. Das konnte doch nicht sein. Ich musste die Szene wegwischen, meine Verantwortung. Die Tatsache abschütteln, dass ich sie einfach mit ihm gehen ließ, ohne mich darum zu scheren, wie das ausgehen würde. Die Begegnung ungeschehen machen, die so im Prinzip gar nicht stattfinden konnte. Das Haus lag in einer anderen Zeit. Wohin also ging Liz, wenn sie ihm folgte?

Was hier vor meinen Augen ablief, war komplett absurd; dass die Vergangenheit in die Gegenwart reiste, sich mit ihr auf fatale Weise mischte. Sicher, man fragt sich im Nachhinein oft, ob man das Schicksal hätte beeinflussen können. Wäre alles anders gewesen, hätte man anders gehandelt. Die Gegenwart resultierte ja aus der Vergangenheit. Wenn man aber die Vergangenheit neu schriebe, könnte sich unsere gesamte gegenwärtige Existenz mit einem Mal auflösen. Wir wären nicht mehr das, was wir zum gegenwärtigen Zeitpunkt waren.

Ich traute also meinen Augen nicht, als ich Liz hinter ihm hergehen sah. Ich traute ihnen tatsächlich nicht, ich hielt es für eine Art Wahnvorstellung. Liz folgte dem bärigen Typen ins Haus. Sie tat es einfach so, ohne mich weiter zu beachten. Was wollte sie mir damit beweisen? Oder hatte er sie hypnotisiert, weshalb sie ganz vergaß, dass ich dort am Boden hockte. Musste ich sie jetzt retten? Es widerstrebte mir. Wie sollte ich sie auch aus einer anderen Zeit retten, fragte ich mich. Ging es ohne Weiteres wieder zurück, wenn man einmal hier war? Das alles war verdammt unheimlich.

Immerhin schien er offensichtlich kein Serientäter zu sein, beruhigte ich mich. Im Gegenteil. Er hatte in Liz irgendeine Bekannte erkannt. Vielleicht würde er sie einweihen, ihr sein Herz ausschütten, fantasierte ich. Ich musste mein Gewissen beruhigen.

Als ihre Gestalten um die Hausecke verschwanden, war ich kurz versucht, ihr nachzurufen, beherrschte mich jedoch im letzten Augenblick.

Andererseits – Liz war unberechenbar und in ihrem Frust auf mich zu allem fähig. Sie könnte mich verraten, ihm davon erzählen, dass ich mich auf sein Grundstück geschlichen hatte …

Ich dachte das Ganze besser nicht weiter.

Die Pforte quietschte leise, als ich sie hastig hinter mir schloss.

Ich ließ meine Freundin zurück. In der Vergangenheit. Ich überließ sie ganz einfach ihrem Schicksal. Es fühlte sich beschissen an, doch ich ignorierte das Gefühl.

Wie ein Betrunkener schlenderte ich Richtung Straße.

Wind kam vom Meer auf. Ich spürte die unmittelbare Nähe tosender Wellen. Das Mittelmeer wurde zu einem jähzornigen offenen Ozean. Ich hastete die Straße weiter. Dabei fiel es mir zunehmend schwer, einen klaren Gedanken zu fassen. Das Zeitgefüge brach mit einem Mal auf, als wären Luciennes schwarze Löcher im Begriff, mich und meine Existenz augenblicklich verschwinden zu lassen. Ich war ein Nichts gegen die Launen der Natur und das monströse Zeitgedächtnis. Die unendlich vielen Momente und Erinnerungen der Menschheit. Einen Augenblick lang war ich auf der Flucht, was mich wieder mit dem Hier und Jetzt vereinte. Dann war ich aufgelöst, ein Nichts, ich kämpfte mit aller Kraft dagegen, dass meine Mutter mich geboren hatte. Ich gab alles, um die Straße nicht aus den Augen zu verlieren, sah nicht zurück. Man konnte nur in eine Richtung gehen, nicht in zwei gleichzeitig. Nicht zurück in die Gegenwart und gleichzeitig in die Vergangenheit. Ich konnte nicht in der Altstadt sein und gleichzeitig unten am Strand, wo ich das Meer auf mich zurasen sah – das Meer. *La mer n'excuse pas …* Ich rannte gegen eine unbekannte Größe an. Mein Gewissen, meine Angst. Ich ließ Liz in der Vergangenheit zurück. Verflucht, ich konnte nicht anders. Ich hatte keine Wahl und klammerte mich an den Gedanken, dass Liz längst zurück in der Gegenwart wäre. Dass sie bereits im Hotel auf mich wartete, oder sich dort nie wegbewegt hätte.

Der Himmel wurde derweil eins mit dem Meer. Der Vollmond tauchte darin ein, hinterließ eine Blutlache an der Wasseroberfläche. Bis die Wellen das Blut wegspülten; anschließend erhob sich der goldgelbe runde Mond wieder, war gefangen in einem dichten Netz giftiger Nesselfäden.

 **Tag 8**

Der Schlaf nach diesem Erlebnis wälzte mich durch ein Land bizarrer Träume. Sie setzten sich auch am Morgen fort, agierten in verzerrten Bildern. Albträume einer neuen Art. Bis ich irgendwann schweißgebadet aufwachte.

Schlagartig hielt die Welt wieder still, war frisch und unschuldig. Die Sonne blinzelte durch die Ritzen der Fensterläden. Ich durfte erleichtert sein. Vorerst.

Dann aber kam das wirkliche Erwachen.

Das Ergebnis der letzten Nacht lag unmittelbar neben mir, klebte in klammen Bettlaken. Das Grauen in Form von Liz' abwesendem Körper.

Sie war auch nicht im Bad, nicht draußen auf dem Balkon. Sie war nicht schon zum Frühstück gegangen. Natürlich nicht. Sie war Nichts, aufgelöst in der Vergangenheit. Als hätte es sie nie gegeben. Und das traf es irgendwie auf den Punkt.

Noemi und Roger saßen bereits am Frühstückstisch, als ich dazustieß. Nichtsahnend schlürften sie ihre erste Tasse Kaffee. Ich wusste, es würde nicht lange dauern, bis sie käme – die Frage.

»Leif!« Roger sah mir gutgelaunt entgegen.

Ich setzte mich ihm gegenüber.

»Was ist denn mit dir passiert?«, wollte Noemi wissen.

»Sieht aus, als hättest du in der Nacht Verbrecher gejagt«, lachte Roger.

»Ich hab einfach nur schlecht geschlafen«, gab ich kurz angebunden Auskunft.

»Hattet ihr schon wieder Streit?«, fragte sie.

»Alles gut.«

Ich bestellte Kaffee. Als die Kellnerin wieder

126

verschwunden war, schwiegen wir uns eine Weile an. Noemi tauchte ihren Löffel in die Marmelade. Roger rührte in seinem Kaffee, während mein Blick geistesabwesend zum Nachbartisch schweifte.

»Liz ist der Tag gestern nicht ganz so gut bekommen, was?«, ergriff Roger wieder das Wort.

»Kann man so sagen«, grummelte ich unverständlich.

»Vielleicht tut sie auch nur so, und die Story zu ihrem Tag kommt noch«, versuchte er mich augenzwinkernd aufzuheitern. »Wenn sie das alles mal hat sacken lassen.«

»Vielleicht ist das so.«

»Wo ist sie denn?«, hakte Noemi nach.

»Sie war eben nicht im Zimmer. Ich vermute, sie dreht bereits die erste Runde. Joggen. Hab sie heute Morgen noch nicht gesehen.«

»Warten wir noch auf sie«, schlug Roger vor. »Sie wird sicher gleich kommen.«

Nein, sie wird nicht kommen!, schrie es in mir. Ich weiß nicht, woher die Stimme kam und der Sturm, der mit ihr wütete.

»Sie ist vermutlich eingeschnappt. Das hatten wir schon.«

Ich fühlte mich elendig. Ich hatte keine Idee, wie es weitergehen sollte; wie ich mich den beiden würde erklären können.

Noemi verfolgte aufmerksam alles, was ich tat.

»Vielleicht geht sie davon aus, dass wir uns oben treffen?«, überlegte sie.

»Glaube ich nicht. Warum sollte sie.«

Der Kaffee schmeckte salzig und etwas bitter. Aber tatsächlich schmeckte alles an diesem Morgen irgendwie bitter, und ich zog es vor, nichts zu essen oder zu trinken.

»Soll ich mal nach ihr sehen?«, schlug Roger vor. »Vielleicht möchtest du heute Morgen neuem Stress aus dem Weg gehen.«

Er meinte es gut. Er wollte die Sache zwischen Liz und mir geklärt wissen. Er konnte ja nicht ahnen, dass es keine

Gelegenheit mehr dafür geben würde. Dass der Moment der Einigung unwiederbringlich und wahrscheinlich für alle Zeiten verpasst war.

»Wenn du möchtest.« Ich reichte ihm die Magnetkarte zu unserem Zimmer.

Noemi registrierte weiterhin mit großer Wachsamkeit jedes Detail, während ich angestrengt versuchte, mir nichts anmerken zu lassen.

Er würde nichts finden, keine Hinweise auf meine Schuld, beruhigte ich mich. Ich hatte nichts angefasst und alles so gelassen, wie es war.

»Hast du keinen Hunger?«, fragte sie auf meinen Teller deutend, nachdem Roger verschwunden war.

»Ich ... doch.« Ich nahm mir wie ferngesteuert ein Stück Baguette und eine Scheibe Parmaschinken.

»Bist du noch mal rausgegangen gestern, ohne sie?«

»Nur kurz, um Luft zu schnappen.«

»Ach so. Es war ein heftiger Streit, was?«

»Habt ihr uns gehört?«

»Sie hat ziemlich viel getrunken. Macht sie das öfter? Ich meine, dass sie sich so gehen lässt.«

»Manchmal.«

»Und du?«, fragte sie.

»Ich? Was meinst du?«

»Was machst du, wenn sie in dieser Stimmung ist?«

»Was soll ich machen?«

»Ich meine, gehst du darauf ein oder lässt du sie auflaufen?«

Ich überlegte, was sie hören wollte. »Keine Ahnung. Vermutlich lasse ich sie. In so einer Situation ist ohnehin alles falsch, was man sagt oder tut. Wenn ich darauf einginge, würde es nur schlimmer.«

»Verstehe«, war alles, was sie dazu sagte.

Was hinter ihrem »verstehe« steckte, wollte ich nicht weiter ergründen. Noemi wurde mir zunehmend rätselhaft.

Eine Weile schwiegen wir uns an. Dann wagte ich einen

vorsichtigen Richtungswechsel. »Roger und du, ihr sprecht euch immer aus? Ich meine, ihr führt eine offene Beziehung?«

»Offen?« Sie lachte. »Na, wenn du so willst. Wobei ›offen‹ vermutlich nicht ganz das ist, was du denkst.«

»Nein, wohl nicht«, bestätigte ich, als wäre ich im Bilde. Dabei hatte ich keine Ahnung.

»Klar sprechen wir uns aus. Wir sprechen über alles«, sagte sie, nachdem sie mich eine Weile stumm betrachtet hatte. »Das ist bei Liz und dir sicher nicht anders. Oder würdest du nicht die Karten auf den Tisch legen, wenn es etwas gäbe, was die Beziehung belasten könnte?«

»Karten auf den Tisch?« Es hörte sich an, als ginge sie davon aus, dass ich Liz betrog.

»Ihr beiden seid sehr unterschiedlich«, bemerkte sie ruhig.

»Das seid ihr auch.«

Sie sah zur Tür, augenscheinlich wartete sie auf die Ankunft von Roger und Liz. Wie sollte sie auch auf die Wahrheit kommen. Eine derart ausgeprägte Fantasie besaß nicht einmal Noemi.

»Ich habe gehört, dass es heute Nachmittag ein Gewitter geben soll. Was denkst du, wir könnten das mit dem Malen tatsächlich noch machen. Ein Bekannter von mir hat ein Atelier unten am Strand, ideal gelegen. Er hat mir angeboten, es zu benutzen. Wir vier. Es könnte Liz vielleicht versöhnen. Ich brauche noch ein paar Bilder für die nächste Ausstellung. Wir könnten was Experimentelles machen. Materialien ausprobieren …«

»Was Experimentelles. Was stellst du dir vor?«

»Das ist situations- und stimmungsabhängig.« Sie lächelte geheimnisvoll und schlug dabei ihre Beine übereinander.

»Warum hast du das gemacht? Im Fischrestaurant, meine ich«, entglitt mir eine Frage, die mir spontan in den Sinn gekommen war. »War das eine Art Anmache?«

»Was meinst du?«, gab sie sich ahnungslos.

»Du weißt schon, was ich meine. Du hast mich unter dem

Tisch angemacht.«

»Ach … das. Kleines Experiment, wenn du so willst. Ich wollte wissen, ob du darauf anspringst. Für eine Freundin habe ich mal die Treue ihres Typs getestet. Und dieser kleine Fußtest war ziemlich aufschlussreich. Er hat nur etwas heftiger reagiert als du.«

»Heftiger als ich? Woraus du was schließt?«

»Ich schließe gar nichts daraus. Ich sage lediglich, dass es interessant war. Was und ob es etwas bedeutet, wirst du selbst wissen.«

Ich sah sie an. Offensichtlich meinte sie es tatsächlich ernst. Sie fand ihre Spielchen okay.

»Entweder bist du nicht ganz dicht oder du hältst dich für besonders schlau und willst hier die Psychologin spielen.« Ich war gereizt.

Sie nippte an ihrem Kaffee, ließ mich schmoren. »Ich denke, du bist kein Fremdgänger-Typ. Du würdest vielleicht unter bestimmten Umständen, aber so richtig traust du dich nicht, und du brauchst eine gewisse Sicherheit. Die bringt dir dein Schriftstellerdasein nicht«, fügte sie hinzu. »Man kann es daher nicht wirklich Treue nennen. Eher Bequemlichkeit.«

»BITTE?!« Ich hatte gerade bitter auflachen wollen, aber es blieb mir im Hals stecken. Manchmal war Noemi mir geradezu unheimlich. Sie schien es nicht böse zu meinen und vielleicht war sie sich ihrer Wirkung nicht einmal vollständig bewusst. Doch das alles zusammen reizte mich nur noch mehr.

Meine Reaktion musste ich mir aufsparen. Roger kam zurück.

»Sie ist nicht auf eurem Zimmer«, ließ er uns schon von Weitem wissen. »Aber gestern Abend war sie da, als du von deiner nächtlichen Runde heimgekehrt bist?«

»Ich weiß es nicht. Ich habe mich im Dunkeln ins Bett gelegt. Ich wollte sie nicht wecken.«

»Wir sollten sie besser suchen«, schlug er vor.

»Ach, sie wird schon noch kommen. Du weißt doch, wie sie ist. Liz liebt es, sich in Szene zu setzen. Sie will uns nur spüren lassen, dass sie sich ungerecht behandelt fühlt.« Ich musste irgendwie Zeit gewinnen. »Ich meine, wohin soll sie schon sein?«, setzte ich noch eins drauf. »Sie wird später oben auf der Terrasse hocken, so tun, als wäre nichts gewesen. Denk nur an ihr Theater neulich am Strand.«

Roger schwieg, was nicht bedeutete, dass er genauso dachte. Liz war meine Freundin; gewissermaßen war es also *meine* Angelegenheit.

»Gut, dann gehen wir zum Strand«, beendete Noemi das Thema. »Sie ist alt genug und kann auf sich selbst aufpassen.«

Kurz darauf waren wir auch schon auf dem Weg.

Ich fühlte mich unwohl, weshalb ich kurz vorher noch eine Kopfschmerztablette eingeworfen hatte.

Noemi und Roger spazierten vor mir her, zwei turtelnde Verliebte. Ich ertappte mich dabei, wie ich versuchte, sie nicht zu beachten. Stattdessen suchte ich den Horizont nach den Vorboten des angekündigten Gewitters ab. Meine Stimmung war im Keller.

Der Vormittag am Strand gab meiner Laune dennoch eine winzige Prise neuer positiver Energie. Wir schwammen, genossen die Erfrischung im Meer. Es wurde ein relativ ausgelassener Nachmittag zu dritt.

Gegen Mittag zog sich der Himmel plötzlich zu. Das angekündigte Gewitter malte den Horizont schwarz.

»Lasst uns zum Atelier meines Bekannten gehen«, schlug Noemi spontan vor. »Es ist gar nicht weit von hier. Das schaffen wir gerade noch, bevor das Gewitter losgeht.«

»Sollen wir nicht besser zum Hotel zurückgehen und nachsehen, ob Liz zurückgekehrt ist?« Roger schaute mich an.

»Sie ist sicher dort. Und bis wir beim Hotel ankommen, sind wir klatschnass. Das mit dem Strandhaus ist doch eine super Idee.«

Noemi hatte ihren Kram bereits gepackt.

»Also gut«, gab Roger nach.

Noemi schulterte ihren Rucksack und watete mit nackten Füßen durch den Sand. Roger ging neben ihr.

Ich folgte den beiden mit etwas Abstand. Ich, der Auswuchs. Der düstere Schatten, ging es mir durch den Kopf.

Gedankenverloren beobachtete ich das Ein- und Auslaufen der Wellen. Ich sah meine Zehen in einem Gemisch aus Schlamm und blubberndem Schaum versinken.

Über uns wurde es dunkler.

Der Strand war mittlerweile fast menschenleer. Weiter oben erkannte man Kellner Stühle zusammenstellen, Markisen einrollen und Sonnenschirme zusammenklappen. Der Wind blies durch die Palmenblätter, fegte einsame Rechnungen von Tischen und wirbelte Unmengen von Sand auf.

Wir entfernten uns von der sonst so belebten Strandmeile, drangen ein in die raue Natur mit ihren gigantischen Felsen und Klippen. Der Sandstrand ging allmählich in Kies über.

Noemi schlüpfte in ihre Sandalen. Roger hatte sich seine Turnschuhe bereits übergestreift. Ich ließ die beiden ein Stück vorgehen, um mir ebenfalls die Schuhe anzuziehen.

Ein Raubvogel kreiste über uns. Die dunklen Wolken wirkten aufgewühlt. Schnell trieben sie von uns weg. Möglicherweise waren sie Überbleibsel aus der vergangenen Nacht. Bei dem Gedanken daran fühlte ich ein flaues, ungutes Gefühl im Magen.

»Dort drüben …« Noemi deutete zu einer Felswand. Unterhalb davon war eine schmale Treppe zu erkennen. Sie eilte bereits voraus. Wir folgten ihr.

Die Treppe war in Stein geschlagen und wurde mit jedem Schritt steiler. Vorsichtig arbeiteten wir uns vor, Stufe für Stufe, kämpften dabei gegen den zunehmenden Wind.

Nachdem wir uns einige Zeit an den Felswänden aufwärts getastet hatten, kamen wir irgendwann unversehrt oben an.

Unweit der Aufstiegsstelle deutete sich ein Weg an. Es

waren nur wenige Meter bis zum Strandhaus, das hinter Pappeln und einer riesigen Steineiche lag. Ein gutes Stück abseits der Klippe.

Roger hielt Noemis Hand und kämpfte gleichzeitig gegen die zunehmenden Böen. Ihre linke Hand flatterte im Wind. Ich war nahe daran, nach ihr zu greifen, wünschte mir kurz, sie zu halten ... Bis sie sie vor ihren Körper zog, um sich vor dem Wind zu schützen.

Das Haus war ein einfacher Holznatursteinbau, hier und da mit Lehm verdichtet. Die Rahmen von Fenstern und Tür bestanden aus verwittertem Holz, von rostigen Schrauben zusammengehalten. Die Farben wirkten verblichen oder bröckelten dort, wo Hitze, Wind und Rost ihnen zusetzten, was dem Häuschen jedoch nichts von seiner wild-malerischen Schönheit nahm. Eine großzügige Fensterfront bot freie Sicht aufs Meer.

»Wunderbar!« Aufrichtige Begeisterung sprudelte aus mir heraus. »Das ideale Geheimversteck.«

»Geheimversteck, so. Vor wem oder was willst du dich denn verstecken?«, fragte Noemi prompt.

»Leif hat sich an was erinnert. Früher haben wir uns immer Verstecke gesucht, um heimlich zu rauchen oder uns über Mädchen auszutauschen«, erklärte Roger und stieß mir dabei in die Seite. »Weißt du noch?«

»Klar.«

Noemi schüttelte den Kopf. »Typisch.«

Die Eingangstür bestand aus einer einfachen Holzplatte. Der Briefschlitz in der Mitte war mit Treibholz und ein paar Muschelanhängern dekoriert, die leise im Wind klimperten. Aus einer verwitterten Vase mit antik aufgemachtem Griff kramte Noemi den Schlüssel heraus und steckte ihn ins Schloss.

Drinnen hörte das Pfeifen und Peitschen des Windes schlagartig auf. Sie verriegelte die Tür hinter uns.

Der Wohnbereich war wie erwartet urig und gemütlich, dabei nicht allzu groß. Für einen Künstler aber wohl gerade ausreichend. Man konnte wenige Materialien und eine Staffelei bequem unterbringen. Die Couch am Fenster war wohl für das Modell.

»Wirklich nicht schlecht«, bemerkte ich.

Noemi zog bereits eine Kiste unter der Couch hervor. Darin kamen Aquarellfarben, Acryltuben, Pinsel und Bleistifte zum Vorschein. Auch zwei Kaffeetassen.

»Wenn ihr Kaffee wollt, es gibt leider nur zwei Tassen.«

»Das reicht schon«, erwiderte Roger.

Sie verschwand in der Kochecke; ein winziger Einbauschrank mit zwei Herdplatten, Waschbecken, Kaffeemaschine und einem Wasserkocher. Daneben ein Regal für Trockenprodukte wie Kaffee, Tee, Zucker, Milchpulver. Es reichte für unsere Zwecke.

»Warst du schon mal hier?«, wollte ich wissen.

»Nein, das ist eine Premiere.«

»Und wie verhält man sich hier bei Sturmflut? Gibt es ein Boot?«

»Wir sind nicht am Atlantik. Das ist das Mittelmeer, schon vergessen?«

Roger hockte bereits auf der Couch. »Notfalls lässt Liz uns suchen. Sie wird sich ohnehin schon Sorgen machen.«

Ich überhörte seinen Kommentar und sah zu Noemi.

Sie war mit der Kaffeemaschine beschäftigt, nahm sie auseinander und reinigte jedes Teil einzeln. Anschließend setzte sie alles wieder zusammen und füllte sie mit Wasser.

»Aber vielleicht will sie heute tatsächlich ihre Ruhe. In jedem Fall ist es schade, dass sie nicht dabei ist«, konnte Roger das Liz-Thema einfach nicht lassen.

»Ich werde sie nachträglich in mein Porträt einfügen«, entschied Noemi.

»Du willst also tatsächlich malen. Warum nicht lieber chillen?«, schlug ich vor.

»Nee, gechillt haben wir genug. Jetzt könnt ihr euch mal produktiv zeigen.«

»Produktiv sind wir doch immer.« Roger streckte die

Beine von sich. Dann sah er zu mir. »Glaub nicht, dass du sie von irgendwas abbringen kannst. Wenn sie sich was in den Kopf gesetzt hat, lässt sie ihr Ziel nicht aus den Augen.«

»So, da habt ihr was gemeinsam.« Ich lächelte in Noemis Richtung. Sie aber drehte sich weg, warf einen Blick durch den Raum. »Es muss irgendwo einen Verschlag geben, wo er seine Weine bunkert«, überlegte sie laut. Dann entdeckte sie etwas am Boden. »Dort ... Hilf mir mal, Leif. Der Teppich zu deinen Füßen. Heb das mal an.«

Ich wusste nicht gleich, worauf sie hinauswollte, kam dennoch ihrer Aufforderung nach und schlug den Teppich etwas zurück.

»Seht ihr. Ich wusste es.« Sie hatte einen Verschlag entdeckt.

Ich kniete mich hin, um die Luke zu öffnen. Tatsächlich war es das vermutete Weinversteck, aus dem wir drei jungfräuliche Weinflaschen bargen.

Der Abend war gerettet. Jetzt konnte sie alles malen, was sie wollte. Roger und ich würden es uns auf der Couch bequem machen.

Kurz darauf war Noemi mit der Vorbereitung ihrer Skizzen beschäftigt. Ich sah ihr zu, wie sie die Farbauswahl studierte, Tuben aufschraubte. Liz war weit weg, verbannt aus meinen Gedanken.

Roger blickte aus dem Fenster, studierte die Wolken.

»Lasst uns ein paar Fotos schießen«, schlug Noemi vor, positionierte bereits ihre Digitalkamera auf einem Stuhl und stellte den Selbstauslöser ein. Dann sprang sie zu uns auf die Couch, quetschte sich zwischen Roger und mich, wobei sie um jeden von uns einen Arm legte. Die Kamera blitzte ein paarmal. Noemi sprang wieder auf und programmierte sie sie neu. Wir rissen Witze, alberten herum, boten der Künstlerin eine große Auswahl an Gesichtsausdrücken und Posen.

»So, und jetzt etwas ernsthafter bitte.« Sie nahm die Kamera in die Hand, richtete sie auf Roger und mich, gab uns

Anweisungen, wie wir uns hinsetzen sollten. Anschließend betrachtete sie das Ergebnis. Dann verschwand sie wieder hinter ihrer Staffelei, zog Striche und Linien auf ihrem Blatt Papier. »Ich mache erst eine Vorskizze. Ihr dürft Farbvorschläge machen, wenn ihr wollt. Was sind eure Lieblingsfarben?«

»Grün«, sagte Roger.

Gedankenverloren betrachtete ich ihr kirschrotes Top. »Rot.«

Noemi skizzierte. Dabei drehte sie das Papier hin und her, wurde immer eifriger.

Roger und ich leerten die erste Flasche Wein, witzelten und mutmaßten über das, was sie zu Papier brachte.

»Ihr müsst ein bisschen stillsitzen«, mahnte sie.

»Noch stiller? Sollen wir uns ausziehen?«, lachte ich übermütig. Roger warf mir einen irritierten Blick zu.

Sie reagierte nicht. Ihre Hand bewegte sich weiter schnell über das Papier. »Etwas nach rechts, Leif«, überging sie meinen Kommentar, »mehr zu Roger. Ja, so. Roger, du musst zu mir schauen …« Sie betrachtete das bisher Angefertigte, überlegte.

Es überzeugte sie nicht. Sie riss das Blatt herunter, nahm ein Neues und fing von vorne an.

»Jetzt … noch mal neu«, sagte sie. »Ich möchte euch möglichst natürlich und unverstellt. Tut so, als wärt ihr in einer alltäglichen Situation. Roger, du bist auf Patientenvisite. Leif, dir ist gerade eine super Idee für ein neues Buch gekommen. Versucht euch in die jeweilige Situation zu versetzen.«

Mein Kopf war komplett leer. Durch meine Adern floss der pure Alkohol, mein Gehirn spiegelte mir nur ein einziges Gesicht: Noemis. Ich war nicht in der Lage, mich in die vorgegebene Situation zu versetzen. Wonach mir der Sinn stand, war etwas vollkommen anderes. Jede ihrer Bewegungen, die Art, wie sie den Pinsel hielt, ihr kritischer Blick auf die Skizze, all das ging mir unter die Haut. Ich war einfach nur scharf auf sie.

»Du musst auch mit aufs Bild«, hörte ich Rogers Stimme neben mir und war augenblicklich bei einer Szene, die er vermutlich nicht im Sinn hatte.

Noemi aber malte einfach konzentriert weiter. Schließlich stand er auf, nahm ihr den Stift aus der Hand.

»He, was soll das?!«, fauchte sie gespielt entrüstet.

»Gleich kriegst du ihn wieder. Erst gibts ein Gruppenfoto.« Er zog sie zu uns auf die Couch. Dabei küsste er sie. Noemi wehrte sich, worauf er sie wieder losließ.

Anschließend saß sie erneut zwischen uns; einen unendlichen Moment lang. Ich hielt sie – zusammen mit Roger – im Arm. Während sie sich erneut küssten, öffnete ich die zweite Weinflasche und füllte Rogers Glas. Er trank es komplett leer. Derweil musterte ich Noemi von der Seite, berührte heimlich ihr Haar. Roger hing auf der Couch und fing bereits an zu lallen. Er war auf einmal mein Komplize, mein Wegbereiter …

Noemi hatte den Wein noch nicht angerührt. Sie sah dabei zu, wie wir nach und nach die Kontrolle über unseren Verstand verloren. Ich nahm die Flasche, setzte sie an die Lippen und trank … Als ich die Flasche wieder absetzte, war die Welt glasig und ich wanderte durch ein nebliges Tal.

 **Tag 9**

Am Morgen erwachte ich am Boden vor der Spüle, nur mit einem dünnen Laken bedeckt. Ich war nackt.

Möglicherweise hatte Noemi mich zugedeckt. Sicher war ich mir jedoch nicht. Ich musste irgendwann eingeschlafen sein. Wann und wie? Ich erinnerte mich nicht.

Benommen richtete ich mich auf, betrachtete meine nähere Umgebung. Auf der Spüle standen drei leere Weinflaschen, eine benutzte Tasse mit angetrockneten Resten von Kaffee.

Ich fühlte mich wie nach einer Kneipentour. Oder schlimmer. Ich konnte die Lage nicht einordnen. Die letzte Szene des Abends war mir abhandengekommen. Hatte Noemi die ganze Nacht gemalt? Was war passiert, nachdem ich das neblige Tal hinter mir gelassen hatte? Der Faden war gerissen. An irgendeiner Stelle. Ich wusste nicht, wo, und war daher unfähig, ihn wieder aufzunehmen.

In meinem Kopf herrschte gespenstische Leere.

Durch die Fensterscheiben schimmerten die ersten zarten Sonnenstrahlen. Eine Weile starrte ich auf das friedliche Bild vom Strand, versuchte mit Hilfe einer kurzen Meditation die Szenen der vergangenen Nacht zu rekonstruieren. An einem bestimmten Punkt kam ich jedoch nicht weiter, versackte im Nichts.

Auf der Couch lag eine verknüllte Decke. Roger und Noemi mussten dort gelegen haben. Gerade allerdings war ich allein. Möglich, dass sie unten am Strand waren. Roger als Frühaufsteher. Oft vertrat er sich morgens schon die Beine oder joggte.

Die Staffelei, an der Noemi gestern ihrem künstlerischen Drang gefolgt war, stand noch an derselben Stelle. Ein Tuch verhüllte das Gemälde. Die Kamera fehlte.

Ich trat an die Staffelei, lüftete vorsichtig den Schleier des – wie ich vermutete – fertigen Kunstwerks.

Was darunter zum Vorschein kam, verblüffte mich auf den ersten Blick. Und das immer mehr, je länger ich darauf starrte. Meine Verblüffung ging in Unruhe über. Dabei war es nicht wirklich das Bild, das mich irgendwie verstörte. Vielmehr waren es die Gedanken, die ich daraus ableitete, meine Assoziationen. Wir waren zu dritt gewesen. Und das die ganze Nacht hindurch. Auf dem Bild jedoch waren vier Personen zu sehen. Tatsächlich vier. Neben Roger, Noemi und mir war auch Liz abgebildet. Sie hatte sie sogar recht gut getroffen. Fast noch besser als uns andere. Was grundsätzlich nicht schwer war. Liz war ganz einfach Liz. Immer. Sie konnte gar nicht irgendjemand anders sein als sie selbst. Das, was in ihr steckte, war sie zu hundert Prozent. Immer hatte sie diesen typischen Blick drauf. Ihre Mundwinkel eine Falte mit wenig Spielraum zwischen Lachen und Schmollen. Ihr etwas tollpatschiger Gang und ihre Gesten, wenn sie sprach. Wer über ein fotografisches Gedächtnis verfügte, besaß ein klares Bild von ihr.

Ich hatte für den Moment genug gesehen und durchstöberte oberflächlich den Rest. Es gab mehrere Skizzen nur von Liz. Noemi hatte einige Entwürfe gefertigt, was bedeutete, dass sie noch eine Weile gemalt haben musste. Wann hatte sie aufgehört? In der Nacht – oder erst am Morgen?

Verwirrt wandte ich mich ab, konzentrierte mich auf den letzten Moment, der mir im Gedächtnis geblieben war.

Es kam jedoch nicht viel dabei heraus. Irgendwo brach die Nacht ab und der Rest verschwand im Dunkeln.

Ich blätterte zurück und sah erneut auf das erste Bild. Sie hatte uns aufgefordert, in bestimmte Rollen zu schlüpfen … Irgendwie hatten wir nicht mitgespielt. Auf ihrem Bild wirkte Roger fast verträumt. Mich dagegen hatte sie … Ja, wie hatte sie mich gemalt? Ich empfand es als befremdlich, was ich sah. Sie hatte auch sich selbst gemalt, ich saß neben ihr, etwas entfernt von Liz, die zudem in eine andere

Richtung sah. War es Zufall oder warum schien es, als säße Noemi fast auf meinem Schoß? Rogers Hand ruhte auf ihrer Schulter. In meinem Blick lag etwas Wildes. Sah sie ein Tier in mir? Sie hatte derart viel Rot verwendet. Rot in meinen Augen, Rot an meinen Händen. Überall Rot. Eine Anspielung?

Nein, warum sollte sie. Sie wusste ja nicht, was passiert war. Was in der Nacht zuvor passiert war. Dass ich Liz in eine Falle gelockt hatte. Der Gedanke war augenblicklich wieder da, und ich vergrub mein Gesicht eine Weile in den Händen.

Hastig verhüllte ich das Bild, griff zu irgendeinem Stift und notierte eine kurze Nachricht:

Bin zurück zum Hotel. Wir sehen uns dort. Leif.

Ich nahm meine Kleidung, zog mich hastig an. Bloß weg hier, dachte ich. Das Haus war mir plötzlich zuwider.

Draußen begann bereits ein klarer Tag. Der Himmel war tiefblau und nahezu wolkenlos, er wirkte sauber, als hätte das Gewitter die vergangene Nacht einfach weggewischt.

Zügig tastete ich mich die steile Treppe entlang der Klippe hinab, nahm die Stufen wie ein Seiltänzer. Ich hoffte nur, den beiden nicht unterwegs zu begegnen.

Unten angekommen, wirkte der Strand auf den ersten Blick nahezu menschenleer. Grauweiße Möwen kreisten am Himmel. Das Meer hatte Treibholz, Plastik und Algen angespült.

Nachdem ich eine Weile gelaufen war, entdeckte ich die beiden in einiger Entfernung vor mir. Sie hockten auf einem Felsen am Ufer, waren in ein Gespräch vertieft. Sie drehten mir den Rücken zu, weshalb ich unbemerkt blieb. Ich schlug die andere Richtung ein. Ein paar hundert Meter weiter nahm die Küste eine Kurve. Ich lief so lange am Strand entlang, bis ich auf einen Trampelpfad stieß, der mich von der Küste weglotste.

Auf der linken Seite tauchte kurz darauf ein kleiner

Campingplatz auf. Rechts davon lag ein eingewachsenes Fußballfeld. Eine leere Wasserflasche lag einsam im Tor.

Ich ließ Zelte und Hütten hinter mir. Nach und nach verdichteten sich weitere Hinweise auf den nahenden Tourismus. Hotels, Restaurants … Zwanzig Minuten später stand ich auf der Via Vernazza, deren prachtvoller Mittelpunkt ohne Zweifel das Hotel Aurelia war.

»Zimmer Nummer 23. Gibt es eine Nachricht für mich?«, fragte ich an der Rezeption, worauf die junge Studentin die zugeordneten Ablagefächer inspizierte. »No, signor.«

Auf unserem Zimmer fand ich alles so vor, wie ich es verlassen hatte. In Gedanken schaffte ich Ordnung, legte das Vorhandene zusammen, um zu überblicken, welcher Teil zu Liz gehörte, welcher zu mir. Ich musste eine plötzliche Abreise vorspielen. Daher nahm ich ihren Koffer und stopfte kurzerhand alles hinein. Sommerkleider, T-Shirts, Unterwäsche, Schuhe. Anschließend ging ich ins Bad, stand eine Weile vor dem Spiegel. Ich erinnerte mich an Noemis Gemälde, versuchte nachzuvollziehen, was sie gesehen hatte. Meine Augen waren tatsächlich verquollen und rot gerändert. Ob es am Wein lag, an der Sonne oder an der kurzen Nacht – zumindest war unübersehbar, dass mir etwas zusetzte. Rot hatte etwas Verräterisches.

Ich wusch mir das Gesicht mit kaltem Wasser, trocknete mich ab und betrachtete mich erneut. Ich fühlte mich geringfügig besser, auch wenn das Rot nicht ganz verschwunden war.

Auf der Ablage ruhte Liz' kosmetische Urlaubsausstattung. Waschlotion, Shampoo, Cremes, After Sun. Fast alles, was dort lag, gehörte zu ihr. Mein Rasier- und Zahnputzzeug schob ich beiseite, nahm anschließend ihren Kulturbeutel und hielt ihn geöffnet unter die Ablage. Ich fuhr einmal mit der Hand darüber, sodass sämtliche Kosmetika in den bestickten Beutel stürzten. Anschließend zog ich den Reißverschluss zu und warf den Kulturbeutel in den Koffer.

Das Kapitel Liz war beendet. Endgültig?, fragte ich mich.

Würde es ein Nachspiel geben? Es war dieses Gefühl, das mir ständig im Nacken saß, bei allem, was mit Liz zu tun hatte. Sie verschwand nicht einfach so. Ohne eine Abreibung für mich. Dennoch war es so gekommen, nur zögerlich gestand ich es mir ein. Ein Teil von mir war deshalb erleichtert, der andere ratlos, wachsam, aufgewühlt. Aber darauf ließ ich mich nicht ein. Der Wunsch, sie loszuwerden, war schon lange da gewesen. Wenn auch nicht auf diese etwas unorthodoxe Art und Weise.

Die Geldbörse mit ihren Karten, ihrem Pass und allem anderen nahm ich an mich. Mobiltelefon und Kamera konnte ich nicht finden. Ich durchwühlte ihren Tagesrucksack, schüttete den gesamten Inhalt aufs Bett, durchstöberte die Bettlaken, den Kleiderschrank, sah hinter den Vorhängen, unter dem Tisch, im Bad nach … Nichts.

»Verdammter Mist!«, fluchte ich.

Verzweifelt ging ich erneut das Zimmer ab, inspizierte den Balkon. Als ich auch dort nicht fündig wurde, trat ich voller Wut gegen die Wand. »DU VERDAMMTES MIST-STÜCK!«, entfuhr es mir unbeherrscht. Woher kam diese plötzliche Wut? Sie platzte regelrecht aus mir heraus. Ich wollte Zerstörung; etwas oder jemanden zerstören.

Doch es nutzte nichts. Die Kamera war nicht da.

Ich bestellte ein Taxi, das kurz darauf vor dem Hotel parkte. Ich stieg mit Liz' sperrigem Koffer ein und platzierte ihn neben mir auf dem Rücksitz.

Der Taxifahrer beobachtete mich irritiert durch den Rückspiegel. Ein kleiner Mann mit Vollbart und Grübchen. »Wollen Sie den Koffer nicht hinten …?«

»Nein, das geht schon«, unterbrach ich ihn.

Roger und Noemi waren bis zu diesem Zeitpunkt noch nicht zurückgekehrt. Ich musste alles möglichst schnell erledigen.

»Kennen Sie einen Kurierdienst in Genua?«

»Da gibt es mehrere. Ich fahre Sie zum Hafen.«

»Gut.«

Während der Fahrer den Wagen auf die Straße lenkte, musterte er mich neugierig im Rückspiegel. Vielleicht verhielt ich mich sonderbar, vielleicht strahlte ich etwas wie eine geheime Verwicklung in düstere Geschäfte aus. Aber das war mir egal. Alles war mir gerade egal. Ich musste Liz' Koffer loswerden. Zum Glück war er nicht sehr schwer. Ein Aufkleber von ihrem London-Trip leuchtete mir in Rot-Blau entgegen: I ♥ GB, mit der London Bridge im Hintergrund. Ich versuchte ihn abzukratzen, was sich jedoch als ziemlich schwierig herausstellte. Er klebte so fest, als wäre er angewachsen. Also gab ich es auf.

Der Taxifahrer hatte unnötigerweise gerade wieder angefangen, mich im Rückspiegel zu beobachten.

Ich starrte zurück – bis er den Blick abwandte.

Die Hafenstadt lag keine zwanzig Minuten entfernt. Bis dahin brauchte ich einen Empfänger. Irgendeine Adresse, die möglichst am anderen Ende der Welt lag. Dort, wo niemand Fragen stellte oder auf die Idee käme, den Koffer der Polizei zu übergeben. Er brauchte sozusagen ein Never-come-back-Ticket.

Also nahm ich mein Mobiltelefon, schaltete die WLAN-Verbindung ein. Marokko, dachte ich. Oder noch besser: Zentralafrika. Vielleicht ein Waisen- oder ein Frauenhaus. Was auch immer. Ich musste Liz' Koffer dorthin schicken, wo man ihn mit offenen Armen empfangen, wo er bleiben würde.

Die Adresse eines Frauenhauses in Uganda schien mir weit genug entfernt. Ich riss eine Seite aus meinem Notizbuch, teilte sie in zwei Hälften und notierte auf einer die Adresse. Auf der anderen verfasste ich eine kurze Nachricht:

Dear Sir or Madam,
the suitcase we are sending you is the baggage of someone who forgot it on a trip. We have stored it at London airport for several days. Unfortunately we cannot keep it any longer and as the owner has not yet

returned we have to give it away. I hope that you find a use for it. Please consider this a donation.

Best regards T. C.

Ich erfand irgendein Kürzel. Es sollte niemand auf mich kommen oder darauf, dass der Koffer eigentlich von der ligurischen Küste kam.

Wir erreichten den Hafen von Genua gegen halb zwei. Der Taxifahrer setzte mich vor dem Office eines Kurierdienstes ab.

»Können Sie hier auf mich warten?«, bat ich ihn.

Er stimmte kopfnickend zu.

Dann jedoch fiel mir ein, dass es eventuell nicht klug war, wenn er mich dabei beobachten konnte, wie ich den Koffer aufgab. Ich würde ihm nur unnötig im Gedächtnis haften bleiben.

Also ging ich zum Fahrzeug zurück.

»Mir ist gerade eingefallen, dass ich noch etwas zu erledigen habe. Sie können ruhig fahren.« Ich lächelte ihm aufmunternd zu.

Der Mann wirkte genervt von meiner Unentschlossenheit, weshalb er noch einen Moment lang wartete; vielleicht überlegte ich es mir ja doch wieder anders. Oder es war die Neugier, weshalb ich seinen Blick im Nacken zu spüren meinte.

Ich näherte mich dem Eingang des Kurierdienst-Offices und drehte mich noch einmal zu ihm um.

Schließlich startete er den Motor und begann das Fahrzeug zu wenden.

Als ich durch die Eingangstür trat, erkannte ich im Spiegelbild der Glastür, wie das Taxi abfuhr.

Das Office des Kurierdienstes glich einer einfachen Lagerhalle. Es gab nur drei Schalter. Eine dunkelhäutige Frau in einem afrikanisch gemusterten Kleid und der Weste des Kurierdienstes darüber, saß hinter dem ersten Schalter. Ein junger Typ mit Rastafrisur und Kittel hinter dem zweiten und ein etwa vierzigjähriger Mann mit indischem Aussehen und Weste hinter dem letzten Schalter im Raum.

Ich stellte mich bei der Frau an. Es herrschte relativ wenig Betrieb. Der Mann vor mir hatte gerade bezahlt.

»Wohin soll das gehen?«, fragte sie in sauberem British-English.

»Uganda, in ein Frauenhaus. Ist eine Kleiderspende. Die Adresse ist hier.« Ich reichte ihr das, was ich auf dem Zettel notiert hatte, und lächelte sie zuckersüß an.

Sie lächelte zuckersüß zurück und forderte im gleichen Atemzug: »Ihren Personalausweis, bitte.«

»Ich verschicke das im Auftrag meiner Firma.«

»Sie haben keinen Personalausweis? Ich brauche einen Personalausweis«, lächelte sie nicht mehr ganz so zuckersüß.

Der Mann, der gerade vor mir dran gewesen war und noch seine Geldbörse verstaute, drehte sich zu mir.

»Eine Spende?«, fragte er interessiert.

»Der Koffer stand eine Weile nutzlos in meiner Firma herum. Keiner hat ihn abgeholt«, erklärte ich, bemüht, das Thema als möglichst belanglos abzutun. »Dann hatte jemand die Idee, den Inhalt zu spenden. Frauenklamotten, ungefähr Größe achtunddreißig, schätze ich. Daher das Frauenhaus. Vielleicht haben sie auch irgendeine dumme Wette hinter meinem Rücken abgeschlossen, ob ich ihn tatsächlich verschicken würde ... ha-ha.« Mein Lachen verstummte gleich wieder, als mir bewusst wurde, wie aufgesetzt es klingen musste. »Tja, so sind sie, die Kollegen. Aber damit werden sie nicht gerechnet haben.«

»Na, dann sehen Sie zu, dass Sie am Wetteinsatz beteiligt werden. Und beim nächsten Mal nehmen Sie Ihren Personalausweis mit.« Er zwinkerte mir zu. Für einen Touristen sprach er etwas zu flüssig Italienisch. Allerdings hatte er einen holländisch klingenden Akzent.

»Ja, ist wirklich zu dumm, dass ich ihn vergessen habe. Hab ihn wohl in der anderen Jacke steckenlassen. Die mit den Kaffeeflecken. Ein dummes Missgeschick.«

»Ärgerlich, Kaffee geht nicht gut raus.« Er schüttelte bedauernd den Kopf. »Also gut. Ich übernehme das.« Der Mann zog seinen Ausweis aus der Hemdtasche, reichte ihn der Frau hinter dem Schalter. Dabei lächelte er ihr verschwörerisch zu. Diese lächelte – jetzt wieder zuckersüß, aber auch etwas verlegen – zurück.

»Notieren Sie meine Adresse. Für einen guten Zweck will ich doch gerne einspringen.«

»Die Kosten gehen aber auf mich«, erklärte ich an die Frau gerichtet.

Sie legte den Koffer auf eine Waage, dann tippte sie die Adresse in ihren Computer und druckte anschließend einen Beleg aus, den sie mir reichte.

»Das wars«, sagte der Mann, »auf nach Uganda!«

Ich war erleichtert. Das hatte reibungsloser geklappt als erwartet. Er nickte mir noch einmal zu, bevor er durch die Tür verschwand. Ich achtete nicht weiter auf ihn. Er war mir egal.

Vor dem Gebäude pfriemelte ich meine letzte Notreserve an Zigaretten aus der Tasche. Ich brauchte etwas für die Nerven.

In Liz' Gegenwart hatte ich nie geraucht. Sie mochte es nicht, wenn ich nach Nikotin »stank« – wie sie es ausdrückte. Daher hatte ich es irgendwann vollständig aufgegeben. Jetzt aber schien mir eine Minimaldosis Nikotin angebracht.

Eine Weile wartete ich vor dem Gebäude, rauchte. Nur wenige hundert Schritte entfernt lag der Hafen, als solcher leicht identifizierbar durch die Unmengen an gestapelten Containern. Sie versperrten die Sicht auf das Meer, das dahinter lag.

Ich lehnte mich gegen ein Geländer, beobachtete eine Weile das Treiben. Ein Flugzeug über mir zog eine weiße Linie. Ein paar Meter weiter stapelte jemand Paletten mit dem Gabelstapler. Ein Mann studierte Frachtpapiere, ein anderer inspizierte die Waren.

In der entgegengesetzten Richtung, dort, wo die Gebäude lagen, rannte eine Frau ihrem eislutschenden Kind hinterher.

Es war ein unglaublich heißer Tag. Mein T-Shirt klebte auf der Haut. Dazu war es fast windstill. Selbst hier am Hafen ging nicht ein Lüftchen. Was meiner Stimmung nicht gerade Auftrieb gab.

Hastig zog ich an meiner Zigarette, warf sie anschließend auf den Boden und drückte den übriggebliebenen Stummel mit dem Schuh aus. In der Ferne hörte ich das Signal eines Schiffshorns, das die Ankunft eines Schiffes ankündigte.

Ich schlug den Weg oberhalb des Geländes ein. Kleine Grüppchen von Menschen kamen mir entgegen, Straßenhändler, Nordafrikaner. Kurz dachte ich an überfüllte Schlepperschiffe, Menschen, die vor der Küste gestrandet waren. Unsere Schicksale rückten zusammen, denn ich hatte die Spuren meiner Tat soeben dorthin geschickt, wo Menschen unter Umständen mit ihren Fluchtplänen beschäftigt waren. Vielleicht nicht in Uganda, aber in irgendeinem Nachbarland. Menschen wie ich profitierten plötzlich davon. Absurd, aber wer würde sich um einen Koffer scheren, der das Verschwinden einer Frau in Italien dokumentierte.

An der Piazza betrat ich eins der Schnellrestaurants.

Die Luft drinnen war fast noch stickiger als auf der Straße. Es roch nach Fettgebackenem. Die Wände leuchteten in Hellorange. Es gab erhöhte Tische und Barhocker, Metall und dunkles Holz mit kirschroten Kunstlederbezügen. Alles eher ungemütlich. Der Versuch, eine amerikanische Bar nachzustellen; meiner Meinung nach war er gescheitert.

Die Karte bot bescheidene Auswahl: Burger, Pizza, Cannelloni. Ich bestellte lediglich ein Bier. Ich war nicht hungrig. Meinen Hunger wollte ich mir für das gemeinsame Abendessen mit Roger und Noemi aufheben.

Ein großer, glatzköpfiger Mann servierte mir ein kühles Blondes, was ein wenig schal und außerdem nach Chlor schmeckte. An der Wand, im hinteren Drittel des

Restaurants, hockte ein junges Paar. Die beiden, vielleicht Anfang zwanzig, pressten ihre Lippen hitzig aufeinander, fühlten sich dabei offenkundig nicht durch mich gestört. Nach einer Weile lösten sie sich voneinander. Er fuhr sich mit einer groben, ausholenden Geste durchs stoppelkurze Haar. Dann erhob er sich und ging breitbeinig in Richtung Toiletten. Sie blieb allein zurück.

Nervös schlug sie die Beine übereinander, fingerte eine Zigarette aus der auf dem Tisch liegenden Schachtel. Dabei kaute sie an ihren Fingernägeln. Sie trug schwarze Hotpants und ein schulterfreies Top. Ihre schwarzen Haare waren stufig geschnitten, mit schräg ablaufendem Pony. Ihre wässrigblauen Augen fixierten das Feuerzeug zwischen ihren Fingern, das gleich mehrfach hintereinander versagte. Suchend sah sie sich im Raum um. Dabei fiel ihr Blick auf mich.

»Hast du mal Feuer?«, fragte sie auf Italienisch.

Ich zog mein Feuerzeug aus der Gesäßtasche, reichte es ihr.

»Du bist nicht von hier, was? Tourist?«

»Sieht man das? Ich bin aus Deutschland.«

»Welches Hotel?«, wollte sie wissen.

»Bist du von der Mafia? Hast du einen Fragenkatalog dabei? Ich wohne an der Küste.«

»Mafia, klar.« Sie lachte. »Finale Ligure?«

»Die Richtung stimmt«, gab ich kurz angebunden Auskunft. Ich hatte keine Lust auf irgendeine oberflächliche Unterhaltung.

»Ist cool da unten, der Strand. Aber teuer. Mein Freund ist auch von dort. Ich sag immer, lass uns doch mal an den Strand nach Ligure fahren. Seine Eltern haben Kohle. Aber er hat keinen Bock dahin zu fahren. Wegen seiner Alten. Und dann streitet er ständig mit mir, meckert an meinen Klamotten. *Das ist zu kurz. Das sieht scheiße aus*«, äffte sie ihn nach.

»Kenne ich.«

»Deine Freundin? Ist die auch so? Na ja, er kann ja auch

anders. Er kann richtig lieb sein. So richtig.« Hastig zog sie an ihrer Zigarette, wobei sie nur paffte.

»Wo ist sie denn? Deine Freundin, meine ich. Du hast doch eine?« Sie sah in Richtung Toiletten, rauchte dabei weiter.

»Wollte lieber an den Strand.«

»Na klar. Strand ist einfach cool, sag ich doch. Wenn da nicht ständig die Afros rumhängen würden. Die verkaufen ihr Billigzeug, versauen uns die Strände und nehmen uns die Jobs weg.«

Das hatte mir gerade noch gefehlt. »Ich denke, die haben andere Sorgen, als dir deinen Job wegzunehmen. Sorgen, die du und ich nicht kennen«, blockte ich das Thema ab.

»Sagst du. Glaubst du, ich hätte keine Sorgen?!«

Deine Sorgen interessieren mich einen Dreck, dachte ich. »Die werden schon nicht so schlimm sein.« Ich widmete mich meinem Bier, schüttete es einfach in mich hinein. Anschließend stellte ich das Glas betont ruppig ab, sah demonstrativ in eine andere Richtung.

»Man muss da halt auch mal durchgreifen. Da kommt der ganze Dreck aus Afrika, den wollen wir hier nicht haben. Dabei gibt es ein einfaches Mittel: Stacheldraht, fertig.«

»Bist du komplett verblödet oder tust du nur so?!«, fuhr ich sie an. Wut kochte plötzlich in mir hoch. Unbändige Wut, von der ich nicht wusste, woher sie kam. »Du meinst abschotten, Leute absaufen lassen, Frauen und Kinder. Problem gelöst. Wir zuerst und dann der Rest der Menschheit. Schwarz, weiß. Das wäre okay für dich?!«

Ich war in Rage und bemerkte nicht, dass sie mich mit großen Augen ansah, die ausdrückten, dass sie gar nicht verstand, worum es mir ging.

»Gebrauch doch einfach mal dein VERDAMMTES Hirn!«, schrie ich sie an.

Der Mann hinter dem Tresen warf mir einen kurzen irritierten Blick zu.

»Mann, beruhig dich«, flüsterte sie erschrocken.

In diesem Augenblick ging hinter uns die Tür zu den Toiletten. Ihr Freud kam zurück. Er hatte sein kurzärmeliges Hemd nicht vollständig in die Hose gestopft. Im Rambo-Schritt stolzierte er auf sie zu.

»Alles okay, Baby?«, checkte er die Lage.

»Ja, ja.« Sie wagte es nicht, mich noch einmal anzusehen. Er hatte offensichtlich nur Stimmen gehört und keine Details unserer Unterhaltung mitbekommen. Außerdem war seine Aufmerksamkeit mehr auf seinen sich im Fensterglas spiegelnden Astralkörper gerichtet als auf mich und meine kaum auffallende Anwesenheit.

Sie widmete sich wieder ihrer Zigarette, paffte hastig kleine Wölkchen in die Luft. Spontan nahm er ihr den Stummel aus der Hand, zog ausgiebig daran und reichte ihn ihr zurück. Dann legte er seine Hand wie zufällig auf ihr Hinterteil.

Ich drehte den beiden den Rücken zu, trank hastig mein Bier leer und war dankbar, dass ich mich nicht länger mit ihnen beschäftigen musste.

Vor der Tür war die Luft noch immer klebrig-schwül.

Ich lief eine Weile über die Via Venezia. Auf halber Strecke hielt ich ein Taxi an. Der Taxifahrer, ein kleiner Drahtiger mit verspiegelter Sonnenbrille, Baseball Cap und bis zum Bauchnabel geöffnetem Hemd, zeigte mir sein tadelloses Gebiss mit einem leuchtenden Goldzahn irgendwo in der Mitte, als er mich fragte: »Prego, signor?«

Ich nannte ihm mein Ziel.

Der Genueser Hafen rauschte noch einmal an mir vorbei. Das Gespräch in der Bar war aus meinem Bewusstsein verschwunden und sollte keine Spuren in meiner Erinnerung hinterlassen. Es dauerte etwas, bis wir die Stadtgrenze Genuas hinter uns ließen. Die zahlreichen Ampeln bewirkten, dass der Verkehr sich staute und wir das Hotel erst gegen fünf erreichten.

Auf meinem Zimmer angekommen, zog ich mich gleich

aus und sprang unter die Dusche. Anschließend schaffte ich etwas Ordnung.

Gegen halb sieben schloss ich die Zimmertür hinter mir und machte mich auf den Weg zur Dachterrasse, wo wir uns wie immer vor dem Abendessen verabredet hatten. Roger saß bereits an der gewohnten Stelle, schlürfte seinen Espresso.

»Wo hast du gesteckt?«, war seine erste Frage, als er mich kommen sah.

Ich hockte mich neben ihn.

»Du warst heute Morgen plötzlich verschwunden. Du hättest doch den Nachmittag mit uns verbringen können.«

»Ich hatte Kopfschmerzen«, erklärte ich. »Ich weiß nicht, wie es dir heute Morgen ging?«

»Frag nicht. Wir haben gestern zu viel gebechert.« Roger sah auf seine Hände. Er kam mir irgendwie angeschlagen vor.

»Für Noemi war es offensichtlich eine produktive Nacht«, tastete ich mich vor. Nicht zuletzt, um die Lücke in meiner Erinnerung mit irgendetwas zu füllen.

»Was ist mit Liz?«, überging er meine Bemerkung. »Ist sie wieder da? Habt ihr euch ausgesprochen?«

Er sah mich geradewegs an. Ich konnte ihm schlecht ins Gesicht lügen – tat es dann aber doch: »Sie ist abgereist.«

»Abgereist? Einfach so?«

»Ja.«

»Hat sie dir keine Nachricht hinterlassen?«

»Eine Textnachricht«, log ich. »Etwas wie: ›Ich bin dann mal weg‹ oder so. Ich habe sie gelöscht.«

»Du hast sie gelöscht? Warum? Ist es so schlimm? Will sie sich trennen?«

»Vielleicht will sie mir das damit sagen.«

»So von jetzt auf gleich? Liz, unsere Kämpferin? Ihr könnt doch nicht so auseinandergehen. Nur wegen dieses einen Tags. Da ist doch noch was zu retten.«

Nein, da war nichts mehr zu retten. Roger wollte es wohl

nicht begreifen. Aber die Details konnte ich ihm auch schlecht erklären. Sollte ich ihm sagen: Liz ist einem unbekannten Mann in die Vergangenheit gefolgt, einem Mörder?

In diesem Moment erschien Noemi. Sie trug ein schwarzes Trägerkleid und steuerte direkt auf uns zu. Ein Hauch von Exotik umschwebte sie. Ich fragte mich einen schmerzhaften Augenblick lang, wie es hatte passieren können, dass sie sich in Roger verliebte.

Dieser schien sie jedoch nicht einmal zu bemerken und redete weiter eindringlich auf mich ein, während ich heimlich zu der Frau in Schwarz schielte.

»Was ist noch zu retten?« Noemi hatte die letzten Worte unserer Unterhaltung aufgeschnappt. »Was ist mit Liz?«

»Abgereist, sagt Leif.«

Mir fiel auf, dass sie nicht die üblichen Zärtlichkeiten austauschten.

»Tatsächlich.«

»Sie hat ihm nur eine kurze Textnachricht geschrieben.«

»Das alles wegen dieses Nachmittags?«, wunderte sie sich.

»Liz ist sehr empfindlich. Manches lässt sie nicht ungestraft«, erklärte Roger.

Ich machte mir keine weiteren Gedanken über ihre Reaktion, ich wollte das Thema Liz möglichst zügig abfertigen. Gleichzeitig war mir natürlich bewusst, dass ich den beiden eine Erklärung schuldig war.

»Was genau hat sie denn geschrieben? Das würde mich schon interessieren. Schließlich betrifft es uns alle. So wie ich Liz hier kennengelernt habe, kann ich mir nicht vorstellen, dass sie einfach abreist. Da muss schon mehr vorgefallen sein.« Noemis Stimme klang fordernd. Sie war auf eine Art hartnäckig, die mir augenblicklich unangenehm war, bohrte in blutige Tiefen meines Gewissens. »Sei doch mal ehrlich, Leif, du verschweigst uns irgendwas.«

»Was sollte ich euch denn verschweigen?«

»Lass ihn doch«, beschwichtigte Roger unerwartet. »Er kann doch auch nichts dafür.«

»Sie braucht einfach mal eine Auszeit.«

»Das hat sie gesagt?« Noemi saß kerzengerade da. Wenn ich sie so sah, konnte ich mir lebhaft vorstellen, wie sie als Künstlerin verhandelte. Sie betonte nicht das, worin sich ihre Bilder in ihrer Einzigartigkeit von anderen unterschieden. Sie rechtfertigte auch nicht die Arbeit, die sie in sie gesteckt hatte. Argumente dieser Art brauchte Noemi nicht, sie forderte ganz einfach ihren Preis.

»Ja.«

»Ich dachte, sie hätte geschrieben, sie sei dann mal weg«, wunderte sich Roger.

»Ja, das meine ich doch.« Ich verstrickte mich in Widersprüchen. Das war nicht gut. Zu meiner Rettung kam die junge Kellnerin und servierte noch einen Espresso, den Roger in meine Richtung dirigierte.

Mittlerweile umhüllte eine Wolke verdächtigen Schweigens unseren Tisch. Roger zog die Stirn in Falten. Noemi sah an mir vorbei zu der untergehenden Sonne, was mir als ein noch kritischeres Statement erschien, als wenn sie mich direkt angesehen hätte.

»Wie war denn dein Tag?«, versuchte Roger einen Themenwechsel.

»Ich war in Genua, habe mir den Hafen angesehen. Und ihr wart beim Strandhaus. Habt ihr den ganzen Tag dort verbracht?«

Noemi sah aus, als wollte sie meine Fragen nicht beantworten.

»Ja, wir waren dort. Noemi hat noch gemalt. Ich habe etwas gekocht.«

»Klingt gut. Also noch mehr Bilder. Und was hast du mit den ganzen Bildern vor?«, wandte ich mich an sie. »Willst du sie verkaufen? Auch die Bilder von uns?« Vielleicht klang meine Frage etwas spitz, was ich keineswegs beabsichtigt hatte. Es war mir einfach rausgerutscht.

»Nein. Das sind Erinnerungen an unseren gemeinsamen Urlaub«, antwortete Roger an ihrer Stelle.

Sie drehte sich in meine Richtung. »Doch«, widersprach sie ihm. »Es sollte eigentlich Teil einer geplanten Ausstellung werden.«

»Eigentlich …« Ich erwartete bereits ein Wortspiel.

Sie ließ sich jedoch nicht weiter auf meine Frage ein. Nicht in Rogers Gegenwart. Ich nahm an, dass sie darüber diskutiert hatten. Vielleicht war es sogar zum Streit gekommen, was die etwas angespannte Stimmung erklären würde.

»Sie hat auch Liz gemalt«, steuerte Roger das Thema in eine andere Richtung. »Anhand eines Fotos. Sie hat sie verdammt gut getroffen. Du hast das vollendete Werk ja noch gar nicht gesehen. Soll ich es mal holen?«

Ich zuckte unentschieden mit den Schultern. Eigentlich wollte ich es lieber nicht noch einmal sehen. Andererseits fürchtete ich das Alleinsein mit Noemi.

»Ich hole es mal. Bin gleich wieder da.« Roger stand bereits.

Lass es, wollte ich erwidern, *ist nicht wichtig.* Aber er war schon auf dem Weg. Ich sah ihm nach, wie er über die Terrasse eilte.

Noemi hatte ihrer Tasche einen Lippenstift entnommen und zog sich die Lippen nach. Es war eine Geste, die auf geheimnisvolle Art Distanz schuf – und gleichzeitig genau das Gegenteil.

»War da irgendwas letzte Nacht?«, unterbrach ich sie.

»Irgendwas …« Eine Weile schien sie durch mich hindurchzusehen. Sie ließ den Lippenstift sinken. »Sag jetzt nicht, du erinnerst dich nicht?«

»Ich bedaure.«

»Was genau bedauerst du?«

»Sollte ich mich danebenbenommen haben oder irgendetwas vorgefallen sein, etwas, was dir unangenehm ist, dann tut es mir leid.«

»Vielleicht willst du dich nur nicht erinnern.« Sie verstaute ihren Lippenstift wieder in der Tasche.

»Dann hilf mir doch bitte auf die Sprünge«, forderte ich

ungeduldig, ertastete dabei meine Zigaretten in der Hosentasche, fingerte nervös eine heraus.

Grundsätzlich wollte ich nicht mehr rauchen. Lediglich im absoluten Notfall. Das hier war so ein Notfall.

»Du rauchst? Seit wann?«, wunderte sie sich.

Das Feuerzeug klickte, erzeugte eine Flamme. Ich legte es auf den Tisch zurück. Dann nahm ich einen hastigen Zug.

»Warum bist du so angespannt?«

»Bin ich das?« Ich blies den Rauch in die andere Richtung. »Du wolltest es doch wissen. Ob ich sie liebe, meine ich«, brach es aus mir heraus. »Die Antwort lautet: Nein. Ich liebe sie nicht. Es hätte sicher nicht mehr lange gedauert, und ich hätte es ihr gesagt und mich von ihr getrennt.«

»Dann ist sie dir zuvorgekommen. Ärgert dich das?«

Ich wollte sie am Arm packen, sie schütteln. Es war wie ein Reflex. Sie wich jedoch zurück, als hätte sie meinen Impuls erahnt. Sie wusste wohl, dass sie in der Lage war, jemanden zur Weißglut zu bringen.

»Liz spielt für mich keine Rolle mehr. Aber ich möchte wissen, was letzte Nacht war. Ich möchte wissen, ob da was zwischen *uns* war.« Ich gab mir alle Mühe, gelassen zu klingen, was ich natürlich nicht war. Liz spielte durchaus noch eine Rolle. Jedoch mehr für mein Gewissen als in emotionaler Hinsicht.

»So wie du das sagst, klingt es, als wäre ich dir in irgendeiner Form Rechenschaft schuldig. Schon vergessen, ich bin mit Rogers liiert. Die Freundin deines besten Freundes.«

Noemi entglitt mir immer wieder. Sie war wie ein schillernder Fisch, den man nur ansehen durfte.

»Wenn du seine Freundin bist, warum habe ich dann ständig das Gefühl, dass du gleichzeitig mit mir spielst?«

»Es ist doch kein Spiel, wenn ich dich etwas frage. Da überinterpretierst du was.« Ihre Stimme war ruhig. Ich fragte mich, ob es nicht dennoch in ihr brodelte, ob hinter der Fassade in Wahrheit nicht ein hochsensibler Mensch steckte.

»Natürlich, ich bin immer der verklärte Romanautor.

Einer, der in seiner selbsterfundenen Welt lebt und einen verzerrten Blick auf die Realität hat.«

»Das sage ich nicht.«

»Warum rückst du dann nicht mit der Sprache raus und zeigst dein wahres Gesicht, anstatt immer nur die Wahrheit anderer ergründen zu wollen?! Was ist mir deiner?«

»Tust du das denn, dein wahres Gesicht zeigen?«, fragte sie.

Jetzt gerade tat ich es. Ich konnte gar nicht anders. Die Bombe ging in diesem Moment hoch. Ich hatte nichts mehr zu verlieren. Liz war unwiederbringlich aus meinem Leben verschwunden. Zumindest hatte ich keine Ahnung, wo ich sie suchen sollte. In der Vergangenheit? Früher oder später würde jemand kommen und mir Fragen stellen.

»Ich knalle dir gerne alles an den Kopf, was du wissen willst. Du willst doch alles wissen. Ja, ich hätte es gerne gehabt mit dir. Ich finde dich interessant und sehr anziehend. Sehr. Das hat mit Liz nichts zu tun. Ich fühle mich auch nicht gut damit. Wegen Roger, und weil ich weiß, dass du mich abblitzen lassen wirst. Vielleicht hast du es bereits getan und ich erinnere mich nur nicht. Dein Porträt sagt mir, wie du über mich denkst und du nennst das, was du unter dem Tisch gemacht hast, ein Experiment, aber mal ganz ehrlich: Was soll das? Brauchst du das wirklich für deine Kunst? Ich denke, mit dir selbst als Quelle hast du Material genug, du kannst aus dir selbst schöpfen. Da gibt es sicher einiges ...«

Noemi sah mich zum ersten Mal wirklich überrascht an. Meine Worte waren eingeschlagen. Sicher nicht nachhaltig, aber doch gänzlich unerwartet. Zumindest in diesem Augenblick. Ich konnte tatsächlich für ein paar Sekunden erkennen, wie sie innerlich bebte.

Roger hatte gerade die Tür zur Terrasse geöffnet und jonglierte das sperrige Etwas unter seinem Arm vorsichtig in unsere Richtung.

Unauffällig schob sie mir etwas über den Tisch. »Ruf mich

in Mailand an. Ich werde morgen früh abreisen. Du solltest dich mit Roger aussprechen«, flüsterte sie mir noch zu, kurz bevor er unseren Tisch erreichte.

Ich starrte verwirrt auf das Kärtchen, das sie mir hingelegt hatte, und steckte es weg.

»Hier haben wir das Prachtexemplar«, hörte ich Rogers Stimme über mir.

Das Werk war mit einem Tuch bedeckt. Vorsichtig stellte er es auf den freien Stuhl und lüftete gleich darauf den Schleier. »Taaa-damm!«

Noemi beobachtete aufmerksam meine Reaktion.

»Und, was hältst du davon? Hat sie das nicht großartig hinbekommen?«

Ich starrte auf das Bild, das nicht mehr ganz so viel Misstrauen in mir auslöste. Und tatsächlich war die Überraschung weniger groß als am Morgen. Das Bild hatte sich verändert. Die Rottöne waren zu Rosa und Orange bis hin zu Lila und einem dezenten Blau verwaschen. Mein Gesicht wirkte zwar nach wie vor angespannt, jedoch auch schattiger als am Morgen. Das aber war noch nicht alles.

Das Zentrum des Bildes hatte sich geringfügig verlagert. Auf Liz. Sie thronte regelrecht vor uns, während wir anderen nur den Hintergrund zierten. Im Vergleich zu Liz wirkten sämtliche Personen auf dem Bild düster. Wollte man eine Aussage daraus ableiten, konnte man es so interpretieren: Liz war die strahlende Unschuld, hinter deren Rücken wir uns – als düstere Gestalten – verschworen.

»Interessant«, war alles, was mir dazu einfiel.

»Gefällt es dir nicht?«

Roger war ganz sicher ein hervorragender Arzt, ein Menschenkenner und jemand, der auch als Freund immer einsprang. Von Kunst aber hatte er definitiv keine Ahnung.

»Gefallen … Na, die Farben sind harmonisch und wir natürlich gut getroffen. Aber was soll das mit Liz? Ich meine, warum ist sie im Vordergrund?«

»Liz war an dem Abend nicht dabei. Noemi hat sie,

nachdem wir posiert haben, noch dazugemalt. Deshalb musste sie in den Vordergrund«, erklärte er.

Selbst technisch gesehen leuchtete mir seine Erklärung nicht ganz ein. Ich wollte es außerdem von Noemi selbst wissen, wollte hören, was sie sich dabei gedacht hatte.

»Du darfst dem Bild auch deine eigene Interpretation geben. Vielleicht sitzt sie mit dem Rücken zu uns, weil wir gegen ihren Willen über ihren Kopf hinweg entschieden haben«, stelle sie in den Raum.

Roger schwieg und zog ein verstimmtes Gesicht.

»Sie wollte den Tag nicht allein verbringen. Jetzt ist sie abgereist. Vielleicht haben wir alle dazu beigetragen«, fuhr Noemi fort.

Sie fühlte sich also schuldig.

»Hinter ihrem Rücken ist vielleicht etwas übertrieben«, mischte Roger sich ein. »Du musst Liz nicht verteidigen. Das kann sie selbst. Sie ist hervorragend darin, sich selbst zu verteidigen. Da schlägt sie uns alle. Du kennst sie zu wenig. Sie setzt ihren Kopf durch. Und wenn das mal nicht funktioniert, ist sie eingeschnappt und versucht sich ihre Aufmerksamkeit zurückzuholen«, erklärte er – an meiner Stelle. Es passte ihm nicht, dass man ihn als jemanden abstempelte, der andere hinterging.

Verärgert zog er das Tuch wieder über die Leinwand.

Noemi nahm es stillschweigend zur Kenntnis.

Die Stimmung war gekippt. Liz sei Dank. Dabei war sie lediglich in Form einer stummen Abbildung anwesend.

Die Nacht im Strandhaus lag wie ein Dämon über uns, der abwechselnd jeden Einzelnen von uns erfasste, uns zum Schweigen brachte.

Bis plötzlich – gänzlich unerwartet – der Ton eines Handys dazwischenfunkte. Lenny Kravitz' *I belong to you* sprengte die Stille.

»Leif, das ist dein Mobiltelefon.« Roger deutete auf den leeren Stuhl neben mir, wo ich es abgelegt hatte.

Ich warf einen flüchtigen Blick auf das Display. Die

angezeigte Telefonnummer sagte mir nichts.

Ahnungslos wischte ich über den Bildschirm, nahm das Gespräch an: »Ja?«

»Leif, bist du's? Hier ist Helga. Geht es euch gut? Ich höre gar nichts mehr von Liz. Schon seit zwei Tagen nicht mehr. Ich versuche die ganze Zeit, sie zu erreichen. Sie geht nicht an ihr Telefon. Ist alles in Ordnung?«

Liz' Mutter rief mich normalerweise nie an. Sie hatte meine Telefonnummer nur für Notfälle. Oder eben für den Fall, dass sie Liz nicht erreichen konnte.

Ich hasste diese dumme Angewohnheit, jeden Tag mit der Mutter telefonieren zu müssen, ihre übertriebene Fürsorge. Liz war schließlich erwachsen.

»Alles in Ordnung«, bestätigte ich, ohne mir etwas anmerken zu lassen.

»Ist sie jetzt bei dir? Kannst du sie mir mal geben?«

Schlagartig befand ich mich in einer absolut heiklen Situation. »Warte ...«, ich erhob mich vom Tisch, »einen Moment«, hielt ich sie hin. »Ich komme gleich wieder«, flüsterte ich den anderen zu und trat ein paar Schritte vom Tisch weg, näherte mich dem Geländer, von dem aus man in die Tiefe sehen konnte. Es war ein Gefühl, als täte sich nicht nur bildlich ein Abgrund vor mir auf.

»Ich kann sie gerade nicht finden«, nahm ich das Gespräch wieder auf. »Vermutlich ist sie schon vorgegangen. Wir wollten gerade zum Essen. Soll ich ihr ausrichten, dass sie sich bei dir melden soll?«

»Mach das bitte«, forderte sie in einem Ton, der durchklingen ließ, dass sie selbstverständlich davon ausging, umgehend einen Rückruf zu erhalten.

»Geht klar. Also, bis dann«, beendete ich das Gespräch. Mir war schleierhaft, wie ich sie weiter würde hinhalten können. Was Hartnäckigkeit betraf, stand Helga ihrer Tochter in nichts nach. Sie ließ nicht locker, wenn sie etwas wollte. Darüber hinaus konnte Helga mich nicht leiden, weshalb sie schon immer alles auf mich geschoben hatte.

Eine Weile starrte ich ins Leere, versuchte einen klaren Gedanken zu fassen. Natürlich hätte ich damit rechnen müssen, dass Helga die erste wäre, die nachfragte. Schlimmer noch, womöglich würde sie Amok laufen, sollte sie nicht innerhalb der nächsten zwei Stunden ein Lebenszeichen von ihrer Tochter erhalten.

Ich stand in der Pflicht, Liz zu finden und das ging nur über das Haus eines Mörders. Ich fürchtete mich vor dem, was ich dort finden – oder eben nicht finden würde. Im Prinzip wollte ich sie nicht einmal zurück.

Zum Abendessen gingen wir in unsere Lieblingspizzeria. Es sollte unser letzter Abend in dieser Konstellation werden. Noemi würde am nächsten Tag wie angekündigt abreisen. Sie hatte eine Ausstellung vorzubereiten. Roger und mir blieben noch zwei Tage.

Trotz aller schlechten Vorzeichen verlief der Abend unerwartet harmonisch. Es war der Wunsch nach einem schönen Urlaubsabschluss, der uns friedlich an einem Tisch vereinte, uns dazu inspirierte, über so banale Dinge wie Zukunftspläne, Träume, Reisen und Freunde zu reden. Völlig harmlose Themen.

Gegen neun schreckte mich Lennys *I belong to you* erneut auf. In meiner Hast hatte ich ganz vergessen, das Mobiltelefon abzustellen, was ich jetzt bitter bereute.

Ein kurzer Blick auf das Display bestätigte mir: Es war dieselbe Nummer. Helga. Ich drückte das Telefonat weg und schaltete das Handy aus. Mit dieser Entscheidung sollte die Katastrophe ihren Lauf nehmen. Womit ich definitiv hätte rechnen müssen.

Fragend sah Noemi zu mir herüber, als ich das Handy wieder wegsteckte. Ihre Antennen waren ausgefahren. Sie roch, dass etwas faul war. Aber es war mir egal. Ich hatte ihre Mailänder Nummer und konnte ihr alles Mögliche als Erklärung liefern. Später.

Meine Stimmung war dennoch im Keller.

Nach dem Essen verabschiedeten wir uns. Noemi umarmte mich, wenn auch nicht wirklich innig. Es war eher eine flüchtige Berührung. Sie war sehr darauf bedacht, mir nicht zu nahe zu kommen. Wehmütig dachte ich an den Moment zurück, als ich ihr den Rücken eingecremt hatte. Es würde keine Gelegenheit mehr geben – für mehr. Zumindest nicht hier in Ligurien. Die schönen Tage schwebten wie Seifenblasen davon. Aber was hatte ich auch erwartet? Vielleicht zu viel.

Nachdem sich die Tür von Roger und Noemis Zimmer geschlossen hatte, blieb ich allein auf dem Hotelflur zurück. Allein mit dem Elend, das plötzlich sehr konkret Stellung bezog.

Ich stand einige Zeit verloren da, wusste nicht wohin. Mein eigenes Hotelzimmer wurde zu einer Art Übergangslager. Unerträglich der Gedanke, dort ausharren und einfach abwarten zu müssen, was geschehen würde. Ich gebe zu, dass ich mich gelegentlich vor Entscheidungen drücke, ich würde mich aber nicht als grundsätzlich passiver Typ bezeichnen.

Das Licht auf der Etage ging aus. Das Notausgangsschild leuchtete von der anderen Seite. Tastend arbeitete ich mich bis zum nächsten Schalter vor. Dabei hatte ich das Ende des Flurs fast erreicht. Dort fiel mir das kleine, unscheinbare Hinweisschild auf: »Pool«. Ein Pfeil deutete nach unten.

Sicher, der Pool. Er war eine ideale Rückzugsmöglichkeit. Und um diese Zeit hielt sich dort niemand mehr auf. Niemand, außer *ihr*. Vielleicht. Immerhin war es möglich, dass ich auf Lucienne traf.

Die Platanen im Garten warfen gespenstische Schatten. Die Beleuchtung wirkte wie auf einer Zufahrt zu einem fremden, unbekannten Planeten. Wo genau hatte die Vergangenheit angefangen, fragte ich mich. Vielleicht bereits hier.

Die alte Dame war bis zu diesem Zeitpunkt nie wieder in Erscheinung getreten, sie schien wie vom Erdboden verschluckt. Wenn sie nicht im Aurelia wohnte, übernachtete sie vermutlich in einem der benachbarten Hotels.

Im warmen Licht der Solarkugeln wirkte der Pool wie eine Oase. Die Wasseroberfläche funkelte silbergrau im Mondlicht. Die Liegestühle waren nicht gestapelt und standen da, als würde man tatsächlich noch Badegäste erwarten.

Ich zog meine Schuhe aus, tauchte mit den Zehen ins Wasser. Es war angenehm warm. Eine Weile planschte ich, starrte gedankenverloren auf die Lichtreflexe, die das Mondlicht im Spiel mit dem Wasser erzeugte.

Plötzlich hörte ich etwas hinter mir. Jemand hatte die Anlage betreten.

Inmitten der nächtlichen Schatten der Palmen erschien ein Mann auf der anderen Seite. Er trug einen weißen Bademantel und blaue Badeschlappen. Beides streifte er nacheinander ab. Sein Gesicht konnte ich dabei nicht sehen, es war zu dunkel. Unter dem Bademantel, den er auf einen Liegestuhl warf, kam eine blau-rot karierte Badehose zum Vorschein. Sie schien mir etwas aus der Mode, oder auch einfach nur etwas zu eng geraten.

Ich beobachtete, wie er in den Pool stieg. Er sollte sich jedoch nicht zu offensichtlich von mir begafft fühlen, weshalb ich immer wieder kurz wegsah. Aus dem Augenwinkel entging mir derweil nicht, was er tat.

Er fing an zu schwimmen. Mit ausholenden Armbewegungen schwamm er die erste Bahn. Ich folgte seinen Zügen mit meinen Blicken, verlor mich in den gleichmäßigen Wellenbewegungen, die seine Arme und Beine beim Schwimmen erzeugten. Er erreichte das Ende des Beckens, wendete und schwamm ruhig in die entgegengesetzte Richtung zurück. Das Ganze wiederholte sich. Ich ließ ihn nicht aus den Augen, passte mich gedanklich seinem Rhythmus an.

Auf einmal jedoch hielt er inne, starrte in meine Richtung. Ich verharrte reglos und stutzte.

Der Mann hielt sich am Beckenrand fest, rieb sich das Chlorwasser aus den Augen. Dann sah er erneut zu mir. Er starrte mich regelrecht an; dabei geistesabwesend und offensichtlich, ohne etwas zu erkennen. War er kurzsichtig?

Fast peinlich berührt, wollte ich seinem leeren Blick ausweichen, tat es jedoch nicht. Etwas an ihm war mir mit einmal vertraut. Ich kannte ihn – sagen wir besser, ich *er*kannte ihn. Die breiten Schultern gehörten zu einer bärigen Gestalt, dazu die Koteletten. Er war es. Der Mann aus dieser Straße. Der Mörder. Dabei ...

Unmöglich, dachte ich. Es war, als liefe ein Film auf einer imaginären Leinwand vor mir ab. Ich befand mich an einem Ort mit ihm. Ich konnte ihn zur Rede stellen. Hier.

»Leif«, hörte ich plötzlich eine Stimme hinter mir.

Ich fuhr herum.

Lucienne. Sie trug einen Pareo über ihrem pastellorangen Badeanzug und den rosa Badeschläppchen. Das graugoldblonde Haar hatte sie unter einem Tuch verborgen. Eine Perlenkette schmückte ihr knittriges Dekolleté. Sie stolzierte auf mich zu, als wäre sie die Filmikone Grace Kelly höchstpersönlich. Alles an ihr war wie aus einer anderen Zeit. Alles – bis auf ihr Alter. Es passte nicht zu ihrer Aufmachung.

»Leif, ich habe dich schon vermisst. Wo hast du gesteckt? Wollten wir nicht einen Piccolo trinken? Mein Lieber, du hast mich versetzt«, turtelte sie.

Ich konnte den Blick nicht von ihr lassen, ich war wie hypnotisiert von ihrer Erscheinung und wie sie vor meinen Augen jünger zu werden schien.

Aus dem Hintergrund nahm ich weiterhin die Bewegungen im Wasser wahr. Der Mann hatte wieder begonnen zu schwimmen, seine Züge schienen kraftvoller zu sein und einen Moment lang wirklicher als zuvor. Lucienne hatte offensichtlich einen unsichtbaren Zeitschalter betätigt.

»Piccolo? Ja«, stammelte ich, ohne mich tatsächlich zu erinnern, dass wir derart verblieben wären. Ich starrte sie an. Zögernd, verwirrt. Sie stand an einer gespenstischen Zeitschwelle. Ein schwarzes Loch in der Gegenwart. Vielleicht aber war sie auch gar nicht hier, und ich bildete mir ihre

Präsenz nur ein.

Mittlerweile war sie neben mir, hauchte mir rechts und links einen angedeuteten Kuss auf die Wange.

»Wie geht es dir, mein Lieber?«

Sie zog mich zu den Liegestühlen, wir setzten uns auf zweien einander gegenüber. Für einen Moment hatte ich den Pool vergessen.

Lucienne zog ein silbernes Döschen aus ihrer Handtasche, nahm eines ihrer Mini-Zigarillos heraus.

Ich sah mich um, suchte nach dem Rauchverbotsschild, konnte es jedoch nirgendwo entdecken.

»Mach dir keinen Kopf. Ich kenne den Hotelbesitzer.« Sie zwinkerte mir verschwörerisch zu.

Ich war mir ziemlich sicher, dass sie log, aber ich sagte nichts. Es war ihre persönliche Wahrheit. Sie glaubte jedes Wort von dem, was sie sagte, was es gleichzeitig auch zu einer Art Wahrheit für mich machte.

»Wohnst du im Hotel nebenan? War das Aurelia ausgebucht?«

Sie nahm einen Zug von ihrem Zigarillo, paffte mit schräg stehendem Kopf nach oben.

»Ach, was weiß ich. Ich wohne, wo es mir gefällt. Was denkst du? Dieses Hotel ist ohnehin unter meinem Niveau. Der Pool ist das Beste, was es daran gibt. Nur der Pool. Es ist der einzige vernünftige Pool hier im Umkreis. Die Leute kommen doch nur deshalb hierher. Die Küche ist miserable. Da kannst du kotzen, pas la grande cuisine! Und der Service erst. Die scheren sich doch nicht darum, wer hier nachts einsteigt. Das ist ihnen egal. Sie wollen nur, dass es sich rumspricht. ›Der Pool des Aurelia ist eine Attraktion!‹ Das ist pures Marketing.« Sie lachte.

Bei ihren letzten Worten fiel er mir wieder ein, der Schwimmer. Ich starrte zum Pool, konnte es nicht fassen …

»Aber dir geht es nicht gut, mein junger Freund«, stellte sie plötzlich besorgt fest. »Du hast Probleme. Ich sehe das.«

Ich konnte nicht glauben, was ich hinter ihr sah. Der Pool

war leer. War er gegangen oder hatte ich mir seine Gegenwart nur eingebildet?

»Ist es wegen deiner Freundin? Was ist mit ihr?«

»Sie ist verschwunden«, stammelte ich, während ich noch immer auf den leeren Pool starrte.

»Oh lá lá!« Sie zog eine Braue hoch, setzte einen künstlich bestürzten Gesichtsausdruck auf. Dann nahm sie einen neuen Zug von ihrem Zigarillo. Der Rauch zog mir ins Gesicht.

»Aber wie kann sie denn verschwinden? Hast du sie überall gesucht?« Sie sprach von Liz, als hätte ich lediglich einen Schuh verlegt. »Ich glaube ja, du wolltest sie verlieren. Du hast dich in die andere verguckt. Die von deinem Freund.« Sie ließ die Asche ihres Zigarillos auf den Boden fallen. »Ich habe dich vor ihr gewarnt. Nimm dich in Acht, habe ich dir gesagt, sie spielt.«

Waren das nicht vielmehr meine Worte? Hatte ich mich nicht so ausgedrückt – dass sie spielte?

»Was meinst du?«

»Ich kenne Frauen ihres Schlags. La bohème.«

Sie wusste, dass Noemi Künstlerin war. Hatte ich es ihr gesagt?

»Roger und sie kennen sich noch nicht lange. Sie haben sich auf einer Ausstellung kennengelernt. Vor ein paar Monaten.«

Es gefiel mir durchaus, mit Lucienne über Noemi zu reden. Bei ihr konnte ich mich aussprechen, ohne irgendetwas befürchten zu müssen. Sie würde wieder verschwinden. Außerdem würde sie vermutlich nach kurzer Zeit vergessen, was sie gehört hatte. Ihre Erinnerungen kamen und gingen, das vermittelte mir jedenfalls ihr Verhalten.

Lucienne spielte mit ihrer Perlenkette, was ihr ein paar Jahrzehnte schenkte. Die altmodische Badekappe fehlte. Ihre Brüste, die heute nahezu spitz zuliefen, wirkten gestrafft.

»Auch als Künstlerin muss man von etwas leben. Ein

schönes Leben führen in erster Linie die, die es sich leisten können«, behauptete ich.

Sie ließ ihre Perlenkette los, spitzte die Lippen. »Du bist Schriftsteller, stimmts?«

Erneut war ich überrascht. Das zumindest hatte ich ihr gegenüber ganz sicher nicht erwähnt.

»Hast du eines meiner Bücher gelesen?« Es war durchaus möglich, dass sie *La vie en vert et bleu* kannte. Der Titel war in Frankreich erschienen. Ich hatte ihn in Paris veröffentlicht, kurz nach Rogers Einsatz im Sudan. Unter Pseudonym.

»Kriegsschauplätze. Du magst Kriegsschauplätze.«

»Mein Freund arbeitet gelegentlich für Ärzte ohne Grenzen. Freiwilligeneinsätze. Er erzählt mir immer wieder davon.«

»Aha«, gab sie sich interessiert, legte dabei einen Zeigefinger an die Lippen. Dann senkte sie den Blick, kramte etwas aus ihrer Handtasche. Ein Notizbuch.

»Ich schreibe alles auf«, erklärte sie. »Sachen, die ich höre, die man mir erzählt. Ich möchte nichts vergessen. Die Zeit ist zu schnell geworden. Sie läuft mir davon.«

Die alte Dame sah in die Ferne, an mir vorbei. Ein Hauch von Schwermut lag auf ihrem Gesicht. Vielleicht befand sich Trauer darin, Verträumtheit. Oder auch ganz einfach nur Gleichgültigkeit. Sie hatte einen Großteil ihres Lebens hinter sich, und doch wirkte sie so, als läge vieles noch vor ihr. Sie lebte von und mit der Vergangenheit. Doch was wusste sie von mir?

»Du verarbeitest den Tod deines Mannes?«, spekulierte ich und erinnerte mich, dass sie ihn in unserem ersten Gespräch erwähnte.

»Mein Mann? Oh ja, er ist mein Mann. Er ist es. Und er ist irgendwo dort ...«, antwortete sie, »sein Dämon. Der stirbt nicht. Niemals.« Ihr Blick schweifte zum Pool, der vergessen hinter uns ruhte. »Es ist ein großer Zufall, wenn man dem Menschen begegnet. Dem Menschen, der ...«

Ich wusste nicht, was sie sagen wollte. Sie wusste es

offensichtlich selbst nicht.

Abrupt erhob sie sich von ihrem Liegestuhl, deutete an, gehen zu wollen. Ich hatte den Drang, sie festzuhalten. Ich musste ihr noch etwas erzählen.

»Lass uns einen Piccolo trinken gehen«, forderte ich sie auf. Dann jedoch erinnerte ich mich, dass Gio sie möglicherweise vor die Tür setzen würde. Sie war unerlaubt hier, hatte sich unbefugterweise Zugang zum Pool verschafft.

»Oder möchtest du schwimmen?«, fragte ich.

»Schwimmen, aber ja«, sagte sie nur und löste augenblicklich ihren Pareo. Der Lichteinfall spielte mit meiner Wahrnehmung. Erneut kam sie mir verwandelt vor. War sie jung? War sie alt? Sie war irgendwas dazwischen.

»Liz ist in einer anderen Zeit verschwunden. Sie wurde entführt«, sagte ich plötzlich. »Ich konnte alles beobachten. Und der Typ ist ein Mörder«, stammelte ich, plötzlich wieder ganz bei der Szene, die ich erlebt hatte.

Sie hatte mir den Rücken zugewandt und wollte gerade zum Becken gehen, doch bei meinen Worten drehte sie sich um. »Was sagst du?«

»Ein Mörder. Und das Verrückte dabei ist, er war eben noch hier. Er ist tatsächlich hier geschwommen, in diesem Becken, verstehst du?!« Ich deutete in ihre Richtung.

Scheinbar gelassen nahm sie meine Mitteilung auf. »Bist du zur Polizei gegangen?«

»Zur Polizei? Nein.«

»Warum nicht?«

»Es hätte keinen Sinn, wenn ich zur Polizei ginge, sie würden mir nicht glauben und mich am Ende noch selbst verdächtigen.«

»Warum, wenn du nichts damit zu tun hast. Oder brauchst du ein Alibi? Ich tauge nicht für ein Alibi.«

Wie kam sie darauf, dass ich ein Alibi brauchte? Glaubte sie, ich wäre tatsächlich schuldig? Traute sie mir zu, dass ich Liz etwas antat?

»Du bist kein Mörder, mein Lieber«, schloss sie sich

meinen Gedanken an. Dabei klang eine Selbstverständlichkeit mit, als würden wir uns bereits ein halbes Leben lang kennen.

»Nein, natürlich nicht!«

»Was befürchtest du dann?«

»Der Mann kam aus einer anderen Zeit.«

»Aus einer anderen Zeit?« Sie schüttelte den Kopf und fing kurz darauf an, schallend zu lachen. Ihr Lachen klang jedoch nicht allzu echt in meinen Ohren.

»Ich habe nach dem Grundstück gesucht und es nicht mehr gefunden. Das Haus existiert nicht. Nicht mehr.«

»Das ist Quatsch. Du hast dich in der Straße geirrt.«

»Nein! Ich habe das Gebäude auf einer älteren Aufnahme entdeckt. Es ist ein paar Jahrzehnte her, dass es dort in der Straße so ausgesehen hat.«

»Ach was, alles Blödsinn.« Sie wirkte plötzlich angekratzt, geradezu aggressiv. »Hör mal, mon ange«, sprach sie plötzlich wie mit einem Kind mit mir. *Mein Engel.* »Ich muss bald gehen. Lass mich bitte noch allein eine kurze Runde schwimmen. Bist du so lieb? Beim nächsten Mal holen wir das mit dem Piccolo nach. Ja? Schlaf gut, mein Lieber.«

Mit diesen Worten ließ sie mich einfach stehen. Ich sah ihr fassungslos nach, wie sie zur anderen Seite des Pools ging und anschließend ins Wasser stieg.

Der Drang, ihr zu folgen, war groß. Ich widerstand jedoch. Aus irgendeinem Grund resignierte ich, drehte mich weg und setzte mich wieder auf den Liegestuhl. Eine Weile starrte ich vor mich hin, auf meine Füße ... ins Leere.

Lucienne hatte mich auflaufen lassen. Dabei war ich mir sicher gewesen, dass sie meine Geschichte interessieren würde.

Mein Blick saugte sich an dem Pfeiler fest, der unmittelbar vor mir stand. Dort hing es, das Rauchen-verboten-Schild. Merkwürdig, dass es mir eben nicht aufgefallen war. Sie musste unmittelbar davor gesessen haben. Was war nur los? Etwas stimmte nicht mit meiner Wahrnehmung.

Ich machte mich auf den Rückweg, schlenderte über den Kiesweg zurück, beachtete den zurückgelassenen Pool nicht weiter.

Der Wind spielte mit den Zweigen der Platanen. Das Restaurant im Hintergrund war fast leer. Tatsächlich hatten wir bisher nur ein einziges Mal dort gegessen. Das Hotel Aurelia war in allem top, aber das Essen – da musste ich Lucienne rechtgeben – schmeckte nicht. Pool und Dachterrasse waren dagegen Anziehungspunkte. Wobei die alte Dame Letztere vermutlich nicht kannte. Die Dachterrasse war erst diesen Sommer eröffnet worden.

Als ich das Ende des Kieswegs fast erreicht hatte, drehte ich mich noch einmal um und sah zurück. Bis hierher war mir niemand entgegengekommen. Aus der Ferne wirkte auch der Pool auf einmal verlassen. Ein Nebelschleier lag über dem Wasser. Lucienne war nur noch ein ferner, sehr undeutlicher Schatten.

Langsam ging ich weiter.

Gio war noch in der Bar beschäftigt und würde den Pool bis zum Morgen nicht mehr beachten. Auch die ungestapelten Liegestühle sollten über Nacht dort stehenbleiben. Vermutlich. Die alte Dame hatte allen Grund, sich hier frei zu fühlen.

Über mir schimmerte das helle Mondlicht durch kleine Wolkenkleckse, die wie Schäfchen an seiner kugeligen Form vorbeidrängten.

Auf halber Strecke blieb ich erneut stehen. Vielleicht könnte ich doch noch ein paar Worte mit der alten Dame wechseln, ging es mir plötzlich durch den Kopf. Wer weiß, wann ich sie das nächste Mal treffen würde.

Kurzentschlossen änderte ich meine Richtung, ging zurück.

Als ich den Pool erreichte, war dieser – überraschenderweise – leer. Lucienne schien bereits gegangen zu sein.

Das aber war noch nicht alles …

Einen Moment lang zweifelte ich, ob ich richtig sah, ich

starrte etwa auf die Mitte des Beckens. Was war das? Etwas befand sich dort an der Wasseroberfläche. Sie hatte etwas hinterlassen. Ich war verwirrt, glaubte meinen Augen nicht zu trauen. Was zum Teufel …

Was dort schwamm, glich einer Qualle. Tatsächlich, eine Qualle. Und es war nicht irgendeine. Kein harmloses, glibberiges Ding. Es war – wie ich augenblicklich anhand des bläulichen Schimmers und der Gasblase erkannte – eine Portugiesische Galeere. Eine äußerst giftige Quallenart. Quallen dieses Typs hinterlassen sehr schmerzhafte Stiche. Ich erinnerte mich an Rogers Exkurs über Quallen; warme Strömungen bedingten derzeit, dass sie sich verbreiteten. Allerdings im Meer. Hier aber – in einem Hotelpool – hatten sie nichts zu suchen, und dieses Exemplar konnte auch nur hierhergelangt sein, weil jemand sie ausgesetzt hatte – böswillig ausgesetzt. Wenn man unter Wasser mit ihren meterlangen Tentakeln in Berührung kam, verursachte das rote Striemen auf der Haut. Bei Allergikern konnte das Gift sogar mit einem tödlichen allergischen Schock enden.

Ich sah mich um, suchte nach Lucienne, fragte mich, warum sie das tat – denn zweifellos war sie die Übeltäterin. Erst kürzlich hatte mir Gio von einer Qualle im Pool berichtet. Sie tat es nicht zum ersten Mal.

Ich drehte um.

Als ich kurz darauf die Bar betrat, räumte er gerade die letzten Gläser ab.

»Ciao, Leif!«, begrüßte er mich.

»Das musst du dir ansehen.« Ich deutete ihm, mir möglichst umgehend zu folgen.

»Was denn?«

»Eine Portugiesische Galeere im Hotelpool.«

»Eine … was?« Er wischte sich mit dem Unterarm über die Stirn, sah mich mit einem Blick an, der alles andere als Begeisterung ausdrückte. »Diavolo«, fluchte er, »dieses Weib! Die macht mich noch komplett wahnsinnig. Da denkst du, es handelt sich um eine senile Alte, und dann verzapft sie ständig was Neues. Es ist unfassbar!«

»Kennst du sie?«

»Nicht persönlich. Sie verbreitet abenteuerliche Geschichten. Aber vergiss es. Ich werde gleich nachsehen. Wir müssen das Wasser ablassen und den Pool reinigen. Was für ein Ärger. Wenn ich sie hier noch mal erwische, rufe ich die Polizei. Ist mir ganz egal, auch wenn sie an Altersdemenz leidet.« Aufgebracht hetzte er bereits los, an mir vorbei.

Ich sah ihm nach, wie er in einer Besenkammer verschwand, anschließend ausgerüstet mit Eimer und Kescher wieder herauskam und wütend Richtung Pool stapfte.

Der Abend war gelaufen.

Benommen hockte ich mich an die Bar.

Mein Kopf fühlte sich schwer an, angefüllt mit lauter wirrem Zeug. Nach und nach gab ich dennoch meinem inneren Verlangen nach Ruhe nach, nahm die Müdigkeit an, die mich allmählich zu überwältigen drohte.

Schlaftrunken rutschte ich irgendwann von meinem Hocker herunter, verließ die Bar und trottete über den Gang zu meinem Zimmer.

Der Höhepunkt meines Ligurien-Albtraums aber war noch nicht erreicht, wie ich am nächsten Tag erfahren sollte.

🌴 Tag 10

Der Tag begann wie jeder andere der neun vorangegangenen Tage: sonnig. Ich erwachte in einem vereinsamten Doppelbett. Daran, dass Liz nicht da war, hatte ich mich fast schon gewöhnt.

Gegen neun machte ich mich auf den Weg zu unserem üblichen Frühstücks-Treffpunkt.

Noemi war, wie bereits angekündigt, abgereist, sie wollte den frühen Zug nach Mailand nehmen. Ich sollte also nur auf Roger treffen. Dieser ließ jedoch, was gar nicht seine Art war, auf sich warten.

Gegen halb zehn wurde ich unruhig. Sollte ich nachsehen oder ihn doch besser auf dem Handy anklingeln? Möglicherweise stand er noch unter der Dusche. Das Mobiltelefon nahm er oft mit ins Bad. Er war immer auf den Notfall vorbereitet. Seitdem er für Ärzte-ohne-Grenzen arbeitete, hatte er sich dieser Gewohnheit verpflichtet.

Es klingelte zweimal. Dann schaltete sich die Mobilbox ein.

Erneut wurde ich unruhig, entschied jedoch, ihm noch ein paar Minuten zu geben. Währenddessen versuchte ich mich abzulenken, indem ich zum Nachbartisch sah. Ein Pärchen mit zwei Teenagern saß dort. Der Junge hörte Musik über Kopfhörer, das Mädchen schaute sich Fotos auf einem Tablet an. Die beiden Erwachsenen starrten etwas verschlafen durch die Gegend. Sie erinnerte mich an eine frühere strenge Lehrerin. Sie mussten gerade erst angekommen sein. Der Mann, in meinen Augen ein unscheinbarer Typ, war mit dem Nachfalten der Servietten beschäftigt. Als er fertig war, schweifte sein Blick an mir vorbei zur Tür – und blieb dort hängen.

Ich fühlte mich animiert, seinem Blick zu folgen.

Gio stand im Türrahmen. Neben ihm ein anderer Mann, mittelgroß, dünn, wirres aschblondes Haar. Etwas an seiner Haltung und der Art, wie er dort stand, sagte mir, dass ich ihn von irgendwoher kannte. Ich kam jedoch nicht darauf, woher.

Eine Weile unterhielten sich die beiden. Worüber sie redeten, war natürlich aus der Ferne nicht zu verstehen, nur ihre Blicke gingen gelegentlich in meine Richtung. Vielleicht täuschte ich mich, aber es sah aus, als deutete Gio plötzlich zu mir.

Jetzt hatte der fremde Mann sich in Bewegung gesetzt und es dauerte nicht lange, bis er an meinen Tisch trat.

»Signor Piel?«

»Ja?«

Anhand seiner Stimme und aus der Nähe betrachtet, kam er mir augenblicklich noch bekannter vor. Der Groschen fiel, als er sich vorstellte und ich seine Stimme etwas länger hörte. »Mein Name ist Joey Vandergroot«, sagte er, »Commissario Vandergroot aus Genua.« Dabei zückte er seine Dienstmarke.

Tatsächlich hatte er etwas von einem Commissario. Schon dort am Hafen war mir dieser Gedanke gekommen …

Er war es tatsächlich. Der Typ aus meiner Begegnung beim Kurierdienst.

»Wir hatten bereits das Vergnügen. Sie erinnern sich?«

»Ach, was für ein Zufall!« Ich tat so, als wäre es mir völlig entfallen, und setzte ein dazu passendes Unschuldslächeln auf. Dabei war mir klar, dass seine Anwesenheit möglicherweise nichts Gutes zu verheißen hatte.

»Signor Piel, darf ich Sie kurz bitten, mit mir zu kommen?«, forderte er mich prompt auf.

»Sicher. Was gibt es denn?«

»Sie werden es gleich erfahren.«

Vandergroot ging bereits vor. Ich folgte ihm.

Die Familie am Nebentisch verfolgte interessiert, was hier vor sich ging. Die Blicke aus vier Augenpaaren klebten mir im Nacken.

In der Lobby deutete Vandergroot mir, irgendwo Platz zu nehmen. Er wollte kein Aufsehen erregen.

»Signor, ich habe eine äußerst schlechte Nachricht für Sie. Ihr Freund, Dr. Roger Starenberg, wurde heute Morgen tot aufgefunden.«

»Wie … Wie bitte?!«, stammelte ich. »Was soll das für ein Scherz sein?«

Seine Miene blieb bitterernst.

»Nein … Nein! Völlig ausgeschlossen!« Natürlich glaubte ich kein Wort von dem, was ich gerade hörte. Nicht eine Sekunde wollte ich mir Rogers Tod vorstellen. Was dieser Vandergroot mir soeben weismachen wollte, klang derart absurd, dass ich es als Wahrheit augenblicklich ausschloss.

»Seine Freundin hat heute früh gegen sechs Uhr ausgecheckt. Er hat sie noch zum Taxi begleitet. Der Rezeptionist meinte, ihn anschließend Richtung Pool gehen gesehen zu haben. Ganz sicher war er sich jedoch nicht, denn er hat gerade telefoniert. Außerdem war das Poolwasser ausgelassen, wegen eines nächtlichen Zwischenfalls. Er muss also direkt zurück auf sein Zimmer gegangen sein. Und dort hat ihm jemand aufgelauert – der Mörder. Der Tod trat ungefähr gegen sieben Uhr früh ein. So viel können wir bisher sagen.«

»NEIN!!«, wiederholte ich nur. »Das kann einfach nicht sein. Das ist unmöglich. Roger war gestern noch … Sie müssen ihn verwechseln. Kann ich ihn sehen? Ich meine, die Leiche muss doch identifiziert werden.«

Vandergroot blieb zunächst stumm wie ein Fisch. Schließlich stimmte er zu. »Selbstverständlich. Kommen Sie.«

Erneut folgte ich ihm. Der Commissario eilte in einem Tempo voraus, das es mir schwermachte, mitzuhalten.

»Wie ist … ich meine, wie ist es passiert? *Was* ist passiert? Wer soll denn …?« Ich war nicht in der Lage, irgendeine vollständige Frage zu formulieren, geschweige denn meinen Verstand einzusetzen. Ich stand unter Schock.

174

»Rein äußerlich sieht es so aus, als wurde er mit oder von etwas erschlagen. Es gibt Verletzungen, die möglicherweise aber auch älteren Datums sind. Der Gerichtsmediziner muss das noch klären.«

Vor der Tür zu Rogers Zimmer schien bislang niemand postiert. Auf den ersten Blick sah es nicht einmal nach einem Tatort aus.

Ich folgte dem Commissario ins Zimmer.

Wenige Schritte vom Bett entfernt lag ein lebloser Körper am Boden. Ein Leichentuch bedeckte ihn. Vandergroot beugte sich darüber, zog das Leichentuch etwas zurück. Dann trat er zur Seite, damit ich einen Blick auf den Toten werfen konnte.

Was ich dort sah, löste eine Mischung aus Überraschung, Zweifel und Schrecken in mir aus. Gepaart mit unendlicher Erleichterung.

»Das ist nicht Roger«, sagte ich sofort.

Vandergroot verschränkte die Arme und musterte mich kopfschüttelnd. »Natürlich ist das Dr. Roger Starenberg. Das hier ist sein Zimmer. Er trägt einen Bademantel. Dort drüben liegen seine Sachen. Oder wollen Sie behaupten, das seien nicht seine Sachen?«

Ich sah zu seinen persönlichen Dingen. Vor dem Sessel lehnte Noemis Gemälde. Es war noch immer mit dem Tuch bedeckt.

»Doch. Sicher sind das seine Sachen. Das hier ist sein Zimmer. Hier wohnt er.« Ich forschte in den wenigen Spuren, die hier zu sehen waren, nach einer Erklärung. Irgendetwas, das mir zum Verständnis half.

Vandergroot beobachtete mich aufmerksam von der Seite.

Ich kniete mich neben die Leiche, starrte dem Toten direkt in die Augen. Sein lebloser Blick ging zur Decke, er war vollkommen ausdruckslos. Ich erkannte die Augenbrauen wieder, die Koteletten, die Mimikfalten, die sich in der Starre des Todes etwas gelöst hatten.

»Mein Gott«, stammelte ich. »Das kann doch nicht ... das

ist unmöglich.«

»Sie kennen den Toten?« Vandergroot nahm mich augenblicklich in die Mangel. Es war sein Job, einen Täter zu überführen. Und für den Moment war seine Auswahl an Verdächtigen nicht allzu groß.

Ich starrte weiter auf die Leiche, noch immer unschlüssig, ob das, was ich sah, wirklich stimmte; ob es nicht einen Fehler in meiner Wahrnehmung gab. Es war zu absurd.

Der Tote war kein Geringerer als der Mörder aus der anderen Zeit. Der Mann im Pool, der bärige Typ.

Tattrig näherte sich meine Hand seinem Gesicht. Ich wollte ihn anfassen und erwartete gleichzeitig, dass es unmöglich wäre, dass er sich vorher in Luft auflösen würde. Es war verrückt!

»Lassen Sie das!«, griff Vandergroot sofort ein. »Fassen Sie die Leiche nicht an. Sie muss in die Gerichtsmedizin, zur Obduktion und zur Spurensicherung.«

Ich zog meine Hand wieder weg. »Es ist ganz sicher nicht Roger«, blieb ich bei meiner Aussage. Auch wenn man aus der Distanz bei einem flüchtigen Blick eine sehr entfernte Ähnlichkeit feststellen konnte. Irgendwie. »Das Gesicht, die Frisur. Roger hat blaue Augen. Dieser Mann nicht. Schauen Sie sich doch nur die Frisur an, ziemlich altmodisch. Nein, das ist er nicht. Der ist auch schon etwas älter. Außerdem kenne ich den Mann. Ich habe ihn gestern noch im Hotelpool gesehen.«

»Im Hotelpool. Dann hat er sich wohl im Zimmer geirrt und wurde zum Opfer, weil Ihr Freund ihn für einen Eindringling hielt. Ich meine, was macht er sonst hier? Wo ist Ihr Freund?«

Vandergroot kombinierte übereifrig. Er kannte Situationen wie diese, wie gemacht für die schnelle Konfrontation.

»Roger ist doch kein Mörder, auf keinen Fall! Ich habe keine Ahnung, wo er steckt. Wir waren zum Frühstück verabredet. Er hat seine Freundin nach Genua gebracht. Vielleicht war er noch joggen. Vielleicht war irgendwas unterwegs. Er ist Arzt, er arbeitet für Ärzte-ohne-Grenzen. Manchmal springt er ganz spontan ein. Krisen fragen nicht nach, wann es einem passt. Er rettet Menschenleben. Warum sollte er jemanden ermorden.«

»Das haben wir so weit schon rekonstruieren können. Rein moralisch betrachtet, scheidet er daher natürlich aus. Auf den ersten Blick«, überlegte der Commissario laut. »Aber man sollte immer zweimal hinsehen, die Perspektive wechseln, die Details studieren. Was stimmt hier nicht?« Der Commissario hatte einen Zeigefinger an die Lippen gelegt. Seine Stirn lag in Falten. Zahlreiche Rillen auf – für italienische Verhältnisse – ungewöhnlich blasser Haut. Er war vermutlich nur wenig älter als ich.

Natürlich gab ich ihm recht. Er sprach mir sozusagen aus der Seele, etwas stimmte hier nicht. Oder deutlicher ausgedrückt: Rein gar nichts stimmte hier.

Vandergroot beugte sich über den leblosen Körper. »Folglich kennen Sie den Mann vom Pool?«, kam er auf meine Bemerkung zurück.

»Ja. Gestern Abend habe ich ihn dort gesehen.«

»Aber da gab es doch diesen Vorfall mit der Qualle.«

»Es war kurz davor.«

»Kurz davor.«

»Er ist geschwommen. Ich habe ihn nicht weiter beachtet, kann Ihnen auch nicht genau sagen, wann er gegangen ist. Irgendwann war er nicht mehr da.« Ich unterschlug absichtlich meine Zusammenkunft mit Lucienne. Vielleicht, um mir keinen Ärger mit Gio einzuhandeln.

»Dann hat er die Qualle …?«

»Nein.«

»Nein? Das wissen Sie bestimmt?«

»Nein. Ich meine, er hätte sie doch irgendwie transportieren müssen. Er trug nur Bademantel und Badeschlappen. Und er wäre wohl kaum mit der Qualle in den Pool gestiegen.«

»Ist er nur geschwommen oder hat er sich eventuell mit

jemandem getroffen? Giovanni Tiarello erzählte mir von einer verwirrten älteren Dame.«

Ich überlegte. Waren die beiden verabredet gewesen, Lucienne und er?

»Nein, er war allein«, entschied ich mich für eine Lüge. Mit seiner hitzigen Fragerei drängte Vandergroot mich zu schnellen Antworten, das war gefährlich.

»Ich habe den Mann mal in der Altstadt gesehen«, lenkte ich das Thema blauäugig in eine andere Richtung, biss mir jedoch gleich auf die Lippe. Verflucht, das war naiv. Doch der Weg war jetzt eingeschlagen. Ich musste ihn irgendwie fortsetzen. »Ich erinnere mich nur an ihn, weil er gerade sein Fahrzeug wusch. Das war so ein Oldie«, dachte ich mir spontan irgendetwas aus.

»Marke oder Fabrikat?«

»Keine Ahnung. Ich habe nur kurz hingesehen.«

»Verstehe.« Vandergroots »Verstehe« war eine Floskel. Er machte sich seinen eigenen Reim aus dem, was er hörte.

»Wenn ich aber weiter darüber nachdenke«, ließ ich mich dazu verleiten, die Geschichte weiterzuspinnen, »kam er mir etwas merkwürdig vor. Ich meine, diese Gründlichkeit, mit der er sein Auto wusch.«

»Ein Oldie? Da wäre ich auch etwas gründlicher. Oder meinen Sie, er hätte eine Leiche darin entsorgt?«, führte er meinen Gedanken zu Ende. »Vor Ihren Augen. In aller Öffentlichkeit.«

Vandergroot schien sich über mich lustig zu machen. »Eine Leiche mit einer Leiche im Keller? Statistisch gesehen nicht einmal abwegig. Opfer sind ja sehr oft keine Unschuldslämmer. Er könnte natürlich was ausgefressen haben, weshalb man ihm an den Kragen wollte.«

»Statistisch gesehen.« Nervös drehte ich meine Hände in den Hosentaschen. Vielleicht wäre es doch besser gewesen, einfach die Klappe zu halten. Aus polizeipsychologischer Sicht hatte ich mich möglicherweise auffällig verhalten. Was im Kern dieser Auffälligkeit steckte, entging mir jedoch.

Vermutlich war es schon allein meine Körpersprache.

»Ich würde gerne Ihre Personalien aufnehmen lassen«, entschied er. »Gehen Sie bitte zu meinem Kollegen vorn an der Rezeption. Und halten Sie sich zu unserer Verfügung. Sie sollten Ligurien in den nächsten achtundvierzig Stunden nicht verlassen. Ich werde Sie auf dem Laufenden halten.«

»Geht klar.« Ich schluckte.

Vandergroot reichte mir seine Karte. Dabei flatterte ihm eine querstehende Strähne ins Gesicht, was ihm offenbar gelegen kam, denn so konnte er mich heimlich weiterstudieren, ohne dass ich seine Augen sah.

Der Commissario wollte sich gerade abwenden, als ihm noch eine Frage einfiel und er sich erneut zu mir drehte: »Sagen Sie mir noch, wo genau das in der Altstadt war? Ich meine, den Straßennamen wissen Sie doch noch?«

»Ich werde Ihrem Kollegen die Daten geben.«

»In Ordnung.« Er ging ohne ein weiteres Wort, nur mit einer flüchtigen Abschiedsgeste.

Vandergroot traute mir nicht, das spürte ich. Und ich ahnte, dass er in der Lage wäre, mir das Leben zur Hölle zu machen.

An der Rezeption traf ich auf besagten Beamten. Ein junger Typ. Schwarzhaarig, groß, etwa Ende zwanzig, mit sehr lebhaftem Blick. Eifrig war er gerade damit beschäftigt, die Fragen der Leute zu beantworten, ihre Neugier zu zähmen. Obwohl man sich sehr um Diskretion bemühte, war den Hotelgästen die Polizeipräsenz natürlich nicht entgangen. Der junge Beamte agierte umsichtig, mit viel Geduld und einer Portion schlagfertigem Humor. Kleine Witzchen und Wortspielereien sicherten ihm uneingeschränkte Aufmerksamkeit.

»Ihr Kollege wollte, dass Sie meine Daten aufnehmen«, sprach ich ihn an. »Ich bin mit Dr. Starenberg befreundet. Leif Piel.«

»Signor Piel. Sie stehen schon auf meiner Liste. Tomaso«, stellte er sich vor und reichte mir die Hand. »Kommen Sie, lassen Sie uns in die Lobby gehen. Hier ist einfach zu viel Trubel.« Er bedeutete mir, vorzugehen.

»Un momento, signora, ich bin gleich wieder für Sie da. Nur für Sie«, flirtete er mit einer älteren Dame im pastellrosa Kleid. Die Worte des jungen Polizisten schmeichelten ihr. Ihre faltigen braunen Ärmchen waren kaum dicker als meine Handgelenke.

In der Lobby kramte er ein Notizbuch heraus. »Ich hoffe, Sie finden das nicht altmodisch, aber ich habe immer noch gerne einen Stift in der Hand. Es fühlt sich einfach besser an, als auf Tasten zu drücken.«

»Verstehe ich durchaus.«

»Wo haben Sie übrigens so gut Italienisch gelernt?«, wollte er wissen, als wir saßen.

»Ich war und bin oft in Italien, schon als Kind. Meine Agentin in Paris ist außerdem gebürtige Italienerin.«

»Ich habe schon gehört, Sie sind Schriftsteller. Spannender Beruf. Fast so spannend wie meiner – ha-ha! Kann man denn mal was von Ihnen lesen?«

Ich nannte ihm ein paar Titel, die er sich ebenso sorgfältig in sein Notizbuch notierte wie alles andere: meinen Namen, meine Adresse und die Personalausweisnummer. Als Letztes notierte er sich auch noch die Adresse, die ich Vandergroot zugesagt hatte.

»Oh, das ist ja gleich hier um die Ecke«, fiel ihm dazu ein. »Na, dann war er vermutlich einer dieser heimlichen Schwimmer. Selbst die Anwohner haben hier ja ein Faible für den Pool des Aurelia.«

Tomaso wusste also Bescheid.

»Ich hoffe nicht, dass ihn ausgerechnet ein heimlicher Badeausflug das Leben gekostet hat.« Er zwinkerte. »Nein, sagen Sie nichts. Ich weiß, über Tote scherzt man nicht. Aber ich habe mir sagen lassen, dass man hier schon so einiges ausprobiert hat, um das Problem in den Griff zu bekommen. Das wäre mal was für einen Roman, oder? Ein Thema für Sie? In dem Fall haben Sie Glück; Sie gehören zu denen, die den herrlichen Pool jederzeit benutzen dürfen, ganz legal als Hotelgast.« Er klopfte mir auf die Schulter, als verdiente ich dafür seine Anerkennung.

»Jetzt gerade scheint mein Glück etwas getrübt.«

»Lassen Sie sich nicht von einem Mörder den Urlaub vermiesen. Dafür sind wir ja da.«

Tomasos heitere Art und sein Lachen klangen noch nach, als ich später wieder zu meinem Zimmer schlenderte. Mit ihm hatte man ganz offensichtlich den richtigen Mann im Spiel. Sein Humor lenkte die Leute ab, verhinderte, dass Panik ausbrach. Mit seiner Gelassenheit schien er außerdem ganz das Gegenstück zu dem verbissenen, hageren Vandergroot. Mit Tomaso an der Front konnte dieser in aller Ruhe die Hinweise studieren, Puzzleteile neu zusammensetzen, Zeugen probeweise in die Enge treiben. Zeugen wie mich.

Während ich weiterging, überlegte ich kurz, Roger auf dem Mobiltelefon anzurufen, verwarf den Gedanken jedoch, weil ich fürchtete, Helga gleich wieder an der Strippe zu haben. Ich wollte gar nicht wissen, wie oft sie versucht hatte, mich zu erreichen.

Auf dem Gang zu den Zimmern fühlte ich mich einen Moment lang verfolgt. Wenn auch nur von den Schatten und Stimmen aus meinen Gedanken. Es war wie in einem schlechten Film. Und noch etwas schlechter.

Das Zimmer, das meinem gegenüberlag, war noch immer unversiegelt, die Tür angelehnt. Die Polizei hatte ihre Arbeit nicht besonders gründlich erledigt, was ich gleich ausnutzte. Wie im Vorbeigehen ließ ich mich mit der Schulter gegen die Tür kippen und schlich hinein.

Im Zimmer roch es nach Desinfektionsmittel. Jemand hatte bereits mit Chemikalien gegen den Leichengeruch gekämpft. Die Stelle, an der der Mann gelegen hatte, war am Boden nachgezeichnet. Im Hintergrund stand das Fenster sperrangelweit offen, als wäre der Tote gerade hindurch geflüchtet. Weg von hier, zurück in die Zeit, aus der er gekommen war.

Aber natürlich hatte man die Leiche lediglich abtranspor-
tiert. Es war mir nicht vergönnt, einen weiteren Blick auf sie
zu werfen. Die beiden Beamten hatten alle Hände voll zu
tun, Fragen zu stellen. *Kennen Sie diesen Mann? Haben Sie etwas
gesehen? Ist Ihnen irgendeine Unregelmäßigkeit aufgefallen? Bei ihm
oder bei dem anderen – dem Typ aus dem Zimmer gegenüber, seinem
Freund? Können Sie über ihn etwas sagen? Hat er sich irgendwie
merkwürdig verhalten? …*

Ich fragte mich, ob Vandergroot mich wirklich ins Spiel
bringen würde; ob er nicht längst begriffen hatte, dass etwas
mit mir nicht stimmte, und nur vorsichtig war, solange es
keine Beweise gegen mich gab.

Was Roger betraf – der verschwand nicht einfach so. Es
musste einen triftigen Grund geben. Vielleicht war er doch
spontan mit Noemi nach Mailand gefahren. Ich erinnerte
mich, dass die Stimmung zwischen den beiden leicht gedrückt gewesen war, und Roger hasste es, wenn Dinge nicht
geklärt wurden. Wenn man ohne ein versöhnendes Wort
auseinanderging. Es war auch schon vorgekommen, dass er
Hals über Kopf in ein Krisengebiet abberufen worden war
und in so einem Fall konnte er nicht berechnen, wann und
ob sie sich überhaupt wiedersehen würden. Je nachdem, wo
er landete, war sein Job durchaus gefährlich.

Gedankenverloren sah ich mich eine Weile um. Für Noemis Porträt hatte sich offensichtlich noch niemand interessiert. Es war ihnen folglich entgangen, dass die abgebildete
Szene durchaus Aufschlüsse bot.

Ich riss das Tuch herunter…

Wir kamen zum Vorschein, zwei Paare. Eine Szene, die im
Prinzip nicht nach Urlaub aussah. Vielmehr hatte Noemi
unsere Gesichter mitten im Leben erwischt. Roger, der das
Trauma der Kriegsbilder in seinem Kopf (scheinbar) souve-
rän in den Alltag integrierte; Noemi, die exzentrische, in
Wahrheit jedoch hochemotionale Künstlerin. Ich, der vermeintlich neurotische Schriftsteller, der ewig Suchende – ein

potenzieller Mörder? Wenn ich auch nicht selbst Hand angelegt hatte, konnte ich mich doch der Verantwortung nicht entziehen. Ferner gab es unser Opfer, Liz, die – so ihre eigene Interpretation – gänzlich Unschuldige. Die Hintergangene. Die um ihr Lebensglück Betrogene.

So sehr mich Noemis künstlerische Fähigkeiten auch überzeugten, in Liz hatte sie sich geirrt. Aber das war nur mein Urteil.

Helga kam mir in den Sinn, ihr Wirken würde für alles, was jetzt in Zusammenhang mit Liz' Verschwinden folgte, nicht zu unterschätzen sein. Die Mutter meiner verschwundenen Freundin würde nur noch ein Ziel verfolgen, sollte sie von meinen Machenschaften erfahren: mich beseitigen. Daher musste ich vorsorgen und alle Spuren, die irgendwie zu mir führen könnten, vernichten.

Noemis Bild war so eine Spur.

Ich deckte es wieder ab, klemmte mir beides, Bild und Tuch, unter den Arm und verließ damit das Zimmer.

In meinem eigenen Zimmer angekommen, schob ich das Gemälde unters Bett. Ich musste zunächst den Tag überbrücken. In der Nacht würde ich versuchen, es ungesehen wegzuschaffen; dann, wenn Tomaso und Vandergroot abgezogen wären. Wohin, würde ich mir noch überlegen.

Kurzentschlossen packte ich meine Badesachen und machte mich auf den Weg zum Strand. Alles andere verschob ich auf später. Was ich im Moment brauchte, war Zeit. Zeit und etwas Ablenkung, um in Ruhe über meine nächsten Schritte nachdenken zu können.

Etwa eine halbe Stunde später hockte ich auf meiner Strandmatte, blinzelte in die Sonne. Zwei junge Italienerinnen räkelten sich wenige Meter von mir entfernt unter einem Sonnenschirm. Es tat verdammt gut, sich zumindest in indirekter Gesellschaft zu wissen, dem Elend meiner verworrenen Geschichte kurzzeitig zu entkommen. Emotional war ich stark angegriffen, meine innere Verfassung wurde zunehmend gefährlich fragil, womit ich zu Kurzschluss-handlungen neigte. Es gab außerdem noch ein heikles Thema, das früher oder später zur Sprache kommen könnte – dann, wenn es Vandergroot wieder einfiele und er mich ins Kreuzverhör nehmen würde. Der Koffer. Liz' Koffer.

Noch aber war es nicht so weit. Und ich realisierte auch noch nicht, wie die Tollwut mich bereits heimlich infiziert hatte und ich langsam zu einem bissigen Risiko wurde …

»Ciao«, riss mich eine weibliche Stimme aus meinen Gedanken.

Eine der beiden Italienerinnen stand vor mir. Sie trug einen türkisfarbenen Bikini, der bereits unterbewusst meine Aufmerksamkeit erregt hatte. Ihre glasklaren grünen Augen flirteten mich neugierig an. Vielleicht war sie meine Rettung.

»Ciao«, grüßte ich zurück.

»Bist du allein hier?«

»Zurzeit, ja.«

»Magst du mit uns einen Eiskaffee trinken gehen?« Sie deutete zu ihrer Freundin, die in unsere Richtung blinzelte.

»Wir wollen nicht den ganzen Tag nur am Strand abhängen und dachten, du hättest vielleicht Lust. Das Café ist grad dort drüben.«

Mein Blick folgte der Richtung, in die sie deutete. Ich kannte das Café, ich war bereits ein paarmal mit Roger und den anderen dort gewesen.

»Warum nicht«, überlegte ich. »Jetzt gleich?«

»Jetzt gleich. Ich bin übrigens Nellie. Und das ist Pat, Patricia.« Die Angesprochene, eine sommersprossige Rothaarige mit dunklen Augen, winkte mir zu.

»Leif.«

Ich verbrachte fast zwei Stunden mit den beiden Frauen im Café. Dann kehrten wir zurück an den Strand. Der Himmel hatte sich etwas zugezogen, und ich musste plötzlich an Noemi denken, an unsere Nacht zu dritt, oben im Strandhaus.

An das Zucken der Blitze und das vom Wind aufgewühlte Meer – an das, was mir entgangen war. Und ich musste an Roger denken, den ich dringend erreichen musste, um mit ihm zu reden – über all das hier.

Ich ließ mich dennoch überreden, mit den beiden ins Kino zu gehen. Alles, was mich davon abhielt, zu früh ins Hotel zurückzukehren, kam mir gelegen. Nach dem Kino gingen wir in ein Restaurant, aßen hausgemachte Tortellini und tranken viel ligurischen Wein.

Gegen neun schließlich schien es mir spät genug. Ich beendete den Abend und verabschiedete mich von den beiden.

Pat schlug vor: »Besuch uns doch mal in Rapallo. Wir würden uns freuen!« Nellie stimmte dem lächelnd zu und notierte mir die Adresse.

»Ich melde mich«, versprach ich, und hatte bereits das Gefühl, dass diese Einladung wie gerufen kam.

Auf dem Weg zurück zum Hotel hatte mich die Gegenwart augenblicklich wieder. Ich hetzte das letzte Stück wie ein Verfolgter, kramte im Gehen bereits das Mobiltelefon aus meiner Tasche und wollte gerade Rogers Nummer wählen, da überlegte ich es mir kurzfristig anders und ließ mir zunächst die verpassten Anrufe anzeigen. Wie erwartet waren es einige. Außerdem eine aufgezeichnete Sprachnachricht. Absenderin war in allen Fällen Helga.

Ich ignorierte die verpassten Anrufe, hörte mir lediglich die Sprachnachricht an: »Hallo, ich bins noch mal, Helga. Warum, verflucht, kann ich nicht mit meiner Tochter sprechen?! Ich weiß wirklich nicht, was bei euch los ist und ich bin sehr beunruhigt. Darum buche ich jetzt einen Flug. Spätestens Montag sehen wir uns. Bis dann.«

Montag … Das war heute.

Da sie sich seitdem nicht mehr gemeldet hatte, musste sie tatsächlich einen Flug gebucht haben. War sie bereits im Hotel? Wenn ja, konnte ich mich auf was gefasst machen. Sie würde mir bald über den Weg laufen, und diesen Moment zu verhindern, würde schwierig werden.

Ich wollte gerade doch noch Rogers Nummer wählen, als mir der Eingang einer Kurznachricht angezeigt wurde. Sie kam von einer unbekannten Nummer. Ich öffnete sie und las:

Ruf mich bitte unter dieser Nummer an. Dann erkläre ich dir alles. Roger.

Ich überlegte, beobachtete den Hoteleingang. Die Polizei schien nicht mehr dort zu sein. Ein paar Hotelgäste, zurechtgemacht für den Abend, warteten auf ein Taxi.

Ich sah auf die Uhr. Es war halb neun. Was wollte er mir erklären? Wusste er doch irgendwas über den Toten?

Ich wählte die angegebene Nummer. Es klingelte ein paarmal. Niemand hob ab.

Beunruhigt zog ich Noemis Visitenkärtchen aus meiner Geldbörse, spielte eine Weile damit. Sollte ich sie anrufen? Ich wollte sie nicht unnötig beunruhigen, sollte sie von all dem noch nichts wissen. Andererseits konnte ich sie auch nicht im Ungewissen lassen. Daher rief ich sie an.

»Shaw«, meldete sie sich mit ihrem britischen Nachnamen.

»Noemi, Gott sei Dank erreiche ich dich.« Meine Stimme stolperte plötzlich. »Wie geht es dir? Weißt du etwas – ich meine, hast du mit Roger gesprochen? Ich habe eine Kurznachricht von ihm bekommen, erreiche ihn aber nicht persönlich.«

Sie reagierte scheinbar ruhig. »Hallo, Leif. Ja, mir geht es gut. Und ja, ich weiß Bescheid, wenn du den Toten in unserem Zimmer meinst. Ich habe Roger auch noch nicht erreicht. Der Commissario hat sich bei mir gemeldet und sich nach Roger erkundigt. Wir hatten uns am Bahnhof in Genua verabschiedet. Möglicherweise wurde er wegen eines Notfalls angerufen. Er war auf Standby und hatte seine Sachen für einen möglichen Einsatz in einem der Schließfächer am Flughafen deponiert. Schon zwei Tage zuvor hatten sie ihn angefunkt und nachgefragt, ob er im Notfall einspringen könnte. Einer der Ärzte ist ausgefallen. Sie waren sehr knapp besetzt – im Jemen.«

»Er war also auf Abruf.«

»Ja. Er hat es euch gegenüber nicht erwähnt, weil er euch nicht den Urlaub verderben wollte.«

Ich war überrascht, dass sie es so locker nahm. Roger war normalerweise kein Mensch, der sich einfach davonstahl, ohne ein Wort. In dem Fall aber standen die Dinge natürlich anders.

»Ich hätte diese Möglichkeit auch in Erwägung gezogen, aber ... Jemand vom Hotelpersonal meinte, ihn noch Richtung Pool gehen gesehen zu haben.«

»Na, der wird sich geirrt haben.«

»Also gut.« Ich beschloss, mich damit abzufinden. »Gibst du mir ein Zeichen, sobald du etwas von ihm hörst? Ich werde es auch weiter versuchen.«

»In Ordnung.«

»Ich bin vorläufig noch hier in Ligurien. Dieser Commissario hat mir achtundvierzig Stunden Anwesenheitspflicht verordnet. Wegen des Toten. Vielleicht kann ich in irgendeiner Form zur Aufklärung beitragen.«

Am anderen Ende der Leitung war es still.

»Noemi?«, fragte ich, »bist du noch da?«

»Ich habe keine Ahnung, was das mit dieser Leiche ist. Und warum lag sie in unserem Zimmer? Ich dachte erst – mein Gott, dieser Vandergroot hat mir einen gehörigen Schrecken eingejagt. Als er dann aber sagte, du hättest ihn identifiziert ...«

»Natürlich war das nicht Roger. Das wusste ich sofort. Der Typ macht seine Arbeit nicht richtig. Gerüchte in die Welt zu setzen, bevor man überhaupt was überprüft hat, ist unprofessionell.«

»Offensichtlich.« Sie schien auf einmal aufrichtig besorgt. »Warum bin ich nur abgereist. Dieser Urlaub, was ist nur schiefgelaufen? Was haben wir falsch gemacht, dass alles in diesem Chaos endet?«

»Wir haben nichts falsch gemacht. Wir waren die, die wir immer sind.« Vielleicht waren wir es etwas zu sehr, dachte ich. »Mach dir keine Gedanken. Mir geht es gut«, fügte ich hinzu. »Ich meine … ich …« Ich rang mit mir. Sie hatte mich überhaupt nicht gefragt, wie es mir ging, und ich wünschte mir, dass sie sich mit mir beschäftigte, was sie vermutlich aber nicht tat. »Ich wollte nur wissen, ob du gut angekommen bist«, suchte ich nach Worten. »Ich wollte nur deine Stimme hören. Ich …«

»Lass mal, Leif, bitte. Es ist gerade ungünstig. Lass uns ein anderes Mal telefonieren, ja?« Sie hatte plötzlich wieder diese frostige Distanz in der Stimme. »Wenn du willst, komm auf dem Rückweg hier vorbei. Dann reden wir, einverstanden? Also, pass auf dich auf.«

Sie hatte das Gespräch bereits beendet.

Erneut fühlte ich mich von ihr abgewiesen, fast geohrfeigt. Sie hatte diese Macht über mich, mein Elend von jetzt auf gleich zu verzehnfachen.

Dabei war Noemi die Freundin meines besten Freundes. Roger liebte sie. Und sie liebte ihn. Vermutlich. Ich war eifersüchtig. Und gleichzeitig besorgt. Besorgt, vor allem um Roger. Es gab keine Logik in meinem Gefühlsleben. Und als wäre die Situation nicht schon vertrackt genug, klingelte auch noch mein Mobiltelefon, zeigte mir jene verhasste Nummer. Helgas Nummer.

Ich ließ es klingeln, ohne das Gespräch entgegenzunehmen. Ich wollte nicht wissen, ob sie bereits in der Hotellobby saß. Es hätte mich überfordert.

Ich warf das Mobiltelefon in meinen Rucksack, den ich am Boden abgestellt hatte und ging ein paar Schritte hin und her, was mich nur noch rasender und verzweifelter machte. Wütend trat ich mit dem Fuß gegen den Rucksack. Ich konnte das Lodern nicht länger zurückhalten. Der Tiger in mir wollte ausbrechen, raus ins raue Gelände.

Ein paar Meter von mir entfernt parkte ein Taxi. Eine

junge Familie mit drei Kindern stieg aus. Die Kinder zankten, als sie das Hotel betraten.

Ich beruhigte mich wieder, griff zu meinem Rucksack und folgte den anderen Touristen ins Hotel.

In der Lobby herrschte wenig Betrieb. Die meisten Hotelgäste waren beim Abendessen. Ich hatte einen günstigen Zeitpunkt erwischt. Wenn Helga tatsächlich schon angekommen war, saß sie vermutlich auch irgendwo beim Abendessen. Oder Vandergroot hatte sie gleich mit aufs Polizeirevier geschleppt, damit man sich dort in Ruhe unterhalten könnte.

Also ging ich zügig auf mein Zimmer. Dort allerdings wartete eine kleine Überraschung auf mich.

Ich hatte die Tür gerade mit der Magnetkarte geöffnet, als ich ihn bereits entdeckte: Liz' Koffer! Er stand da, als wäre er nie in Afrika gewesen. Was ganz offensichtlich auch der Fall war. Eine Notiz klebte am Griff:

Darüber sollten wir sprechen. Vandergroot.

Darunter hatte er seine Telefonnummer notiert.

Ich zog den Zettel ab und stopfte ihn mir in die Hosentasche. Anschließend ergriff ich den Koffer, schob ihn spontan unters Bett. Meine Hände waren schweißnass. Ich fühlte, wie mein Verstand allmählich schäumte. Ich war nur noch zu schnell aufeinander folgenden Handlungen fähig.

Als Nächstes betrat ich das Bad, drehte den Wasserhahn auf und hielt mein Gesicht darunter, wusch mir auch die Hände. Erneut war ich mir selbst ausgeliefert; mein Spiegelbild war dasselbe wie immer. Rein äußerlich sah man mir nichts an. Ich musste die nächsten achtundvierzig Stunden irgendwie überstehen. So viel Zeit hatte Vandergroot mir gegeben. Danach wäre ich womöglich frei. Aber was war das, Freiheit? Jetzt, wo ich wusste, dass die Vergangenheit mir im Nacken saß. Dass sie sich mir willkürlich in den Weg stellen konnte. Jederzeit. Überall. Ob meine eigene oder eine fremde.

Vielleicht wäre es hilfreich gewesen, Lucienne zu finden. Sie war der Ursprung des ganzen Übels, schien mir. Ich musste sie finden.

Also machte ich mich auf den Weg.

Ich schloss die Zimmertür hinter mir und hastete – vielmehr stolperte ich – den Gang entlang. An der Abzweigung zur Rezeption kam es mir in den Sinn, nachzufragen, ob man dort etwas von dem Koffer wusste. Ob Vandergroot selbst mein Zimmer betreten hatte oder ihn nur dort hatte abgeben lassen, damit das Zimmermädchen ihn bei mir deponierte.

Sollte er aber tatsächlich selbst auf meinem Zimmer gewesen sein, hatte er den Moment zweifellos genutzt, um in meinen Sachen zu schnüffeln. Vielleicht hatte er sogar heimlich Fingerabdrücke genommen. Ich musste mit allem rechnen.

»Buonasera, signor Piel«, begrüßte mich Empfangschef Vittorio.

»Buonasera, Vittorio. Wissen Sie, ob jemand etwas für mich an der Rezeption abgegeben hat, eventuell einen Koffer?«, gab ich mich ahnungslos.

»Un momento, signor Piel, ich werde nachschauen.« Vittorio sah zuerst auf seinen Bildschirm. Als er dort offensichtlich keinen Eintrag fand, stöberte er in dem Fach, das meinem Zimmer zugeordnet war. Er fand jedoch auch dort nichts außer Rechnungen und ein paar Broschüren zu regionalen Veranstaltungen, die er mir hinlegte.

»Tut mir leid, signor Piel, keine Notiz zu einem Koffer. Vermissen Sie einen Koffer?«

»Nein, ist schon in Ordnung. Es ist nur …« Ich überlegte. Ich hatte Liz noch nicht einmal ausgecheckt. Offiziell wohnte sie nach wie vor mit mir in einem Zimmer. Niemand im Hotel konnte wissen, dass sie nicht mehr da war. Vielleicht war es notwendig, sie auszuchecken. Allein für den

Fall, dass Helga hier aufkreuzte.

»Es ist so, dass meine Freundin etwas überstürzt abgereist ist. Wir hatten Streit und sie hat vermutlich nicht ausgecheckt.«

»Oh lá lá, Sie haben fremd geflirtet? Na, das haben die Frauen gar nicht gern.« Er schüttelte den Kopf, zwinkerte dabei.

»Nein, das haben sie nicht gern. Aber jetzt ist sie weg, und eigentlich hatte sie den Koffer mitgenommen. Er steht aber wieder oben auf dem Zimmer. Ich wollte nur sichergehen, dass … hmn. Hat denn jemand nach ihr gefragt? Sie war so zerstreut, als sie abgereist ist. Völlig neben sich. Ich vermute, jemand hat den Koffer gefunden und dann nach oben gebracht.«

»Ach, jetzt verstehe ich«, räumte Vittorio ein, der anfänglich meinen Ausführungen nicht ganz hatte folgen können. »Nein. Nein, nicht dass ich wüsste. Es kann höchstens sein, dass das Zimmermädchen … Warten Sie, signor Piel, ich werde sie anrufen.«

Er griff bereits zum Hörer, wählte eine Nummer.

»Greta? Vito hier. Sag mal, weißt du was von einem Koffer? Ein Koffer, den jemand auf signor Piels Zimmer gestellt hat? Hat jemand was bei dir abgegeben?«

Er wartete auf ihre Antwort, hörte geduldig zu. Greta hatte offenbar einiges zu erzählen. Vittorio nickte immer wieder und bestätigte: »Aha, verstehe.« Leider hörte ich nicht, was es war, das er verstand, und das stimmte mich zunehmend ungeduldig. Am liebsten hätte ich ihn gebeten, das Telefonat zu beenden.

Als könnte er Gedanken lesen, verabschiedet er sich abrupt mit einem kurzen »Grazie, ciao, bella« von Greta.

»Sie hat keinen Koffer gefunden, sagt sie. Aber dieser Commissario Vande… Sie wissen.«

»Vandergroot«, ergänzte ich.

»Genau. Er bat sie kurz, Ihr Zimmer aufzuschließen. Er hatte wohl einen Koffer dabei, sagt Greta. Angeblich war das Ihrer. Er wollte ihn abstellen. Sie hat sich noch gewundert, was er so lange auf Ihrem Zimmer machte. Sie war im Bad, hat die Handtücher gewechselt und das Waschbecken geputzt.«

»Und die ganze Zeit war er dabei?«

»Na ja, so hörte es sich an. Angeblich hat er eine Notiz für Sie geschrieben, sagt sie.«

»Eine Notiz?« Reflexartig steckte ich meine Hand in die Hosentasche, prüfte, ob der Zettel noch da war, zog ihn aber nicht heraus.

»Na, dann ist der Zettel vielleicht runtergefallen. Oder ich habe ihn übersehen. Aber jetzt ist die Sache klar, ich meine, ich weiß Bescheid. Er hat den Koffer gefunden. Ich bin ja froh, dass alles in Ordnung ist.« Verlegen kratzte ich mir die Stirn.

»Wir haben hier die strikte Anweisung, einsam herumstehende Koffer erst einmal der Polizei zu melden. Wegen der Terrorgefahr.«

»Verständlich. Ich werde meine Freundin anrufen. Sie wird erleichtert sein.«

»Dann soll ich sie also schon auschecken?«, fragte er.

Geistesabwesend schweifte mein Blick Richtung Lobby und anschließend über den Gang in die andere Richtung.

»Signore?«, hakte er nach.

»Ja ... aber ja, bitte.«

Kurz darauf schlenderte ich Richtung Pool.

Ich fühlte mich mehr als unbehaglich. Die Lügen wuchsen mir allmählich über den Kopf. Meine Erklärungen waren immer nur für den Moment präpariert. Sie taugten nichts auf die Dauer, denn langfristig musste ich immer wieder neue erfinden. Meine Fantasie würde irgendwann einen üblen Absturz erleiden.

Außerdem hatte ich Vandergroot ganz offensichtlich unterschätzt. Er verdächtigte mich nicht erst seit dem Auftauchen der mysteriösen Leiche und Rogers Verschwinden.

Nein. Er hatte mich bereits bei unserer allerersten Begegnung im Visier gehabt, hatte mein Verhalten interpretiert und aufgrund eines Verdachts den Koffer eingezogen. Möglicherweise war es reine Berufskrankheit. Ich musste jedoch davon ausgehen, dass ihn die eine Frage bewegte, auf die er noch keine schlüssige Antwort gefunden hatte: Weshalb verschickt jemand einen Koffer mit Frauenklamotten nach Uganda?

Wenn Vandergroot jetzt auch noch von Vittorio erführe, dass ich Liz hatte auschecken lassen; wenn er außerdem – das Horrorszenario schlechthin – einer hysterischen Helga direkt in die Arme liefe ... Es wäre der perfekte Overkill.

Ich hatte nicht viele Optionen. Wenn ich Lucienne nicht am Pool träfe, blieb mir nur eins: Ich musste weg. Und das schnellstens!

Bereits von Weitem erkannte ich, dass der Pool im Dornröschenschlaf lag. Weder erfreute er sich der Präsenz irgendeines Schwimmers noch der Gegenwart einer alten Dame.

Spontan entschied ich mich zur Umkehr, drehte auf halbem Weg und hastete zurück. Unterwegs kam mir eine Idee. Es gab jetzt nur einen Ort, an dem ich mich sicher verstecken konnte. Ein mittlerweile unbewohnter Ort in der Vergangenheit. Das Haus des bärigen Typen müsste noch immer für mich erreichbar sein. Möglicherweise nur für mich. Und denjenigen, der mir heimlich folgte, weshalb ich auf der Hut sein musste, dass Vandergroot mir nicht heimlich an den Fersen klebte.

Bis dahin aber sollte noch ein gutes Stück vor mir liegen. Denn es kam zu einem völlig unerwarteten Zwischenfall.

Als ich die Höhe der Rezeption erreichte, blieb ich gezwungenermaßen abrupt stehen.

Ich hörte Helgas Stimme. Sie hatte fast denselben Tonfall wie ihre Tochter. Allein wie sie ihre Frage formulierte: »Signor, I need your help URGENTLY! I need to talk to my daughter! She lives here with her boyfriend. Her name is

Liz.«

Helga sprach natürlich kein Wort Italienisch. Liz übrigens auch nicht, was vielleicht ein weiterer Grund dafür war, dass sie mir in Bezug auf Noemi misstraut hatte. Mit ihr konnte ich Italienisch sprechen.

Ich mied also die Rezeption. Auch die nähere Umgebung. Stattdessen wählte ich auf direktem Weg das Treppenhaus. Das Aurelia hatte keinen Fahrstuhl, weshalb ich wie ein Sprinter die Stufen erklomm. Mein Herz raste, ich sah plötzlich rot. Ein Zusammentreffen mit Helga wäre das sichere Ende.

Noch bevor ich die Zimmertür erreichte, hörte ich das Telefon dahinter klingeln. Vittorio versuchte mich zu erreichen.

Als ich das Zimmer betrat, hatte das Klingeln gerade aufgehört.

Jetzt zählte jede Sekunde. Sollte es Vittorio nicht gelingen, Helga zu vertrösten, konnte sie mir auf meinem Weg nach draußen direkt in die Arme laufen. Das musste ich mit allen mir zur Verfügung stehenden Mitteln verhindern. Ich durfte keine Zeit verlieren.

Hastig zog ich das Gemälde und Liz' Koffer unter dem Bett hervor. In meiner Eile riss ich das bemalte Leinentuch vom Rahmen, rollte den Stoff ein und verstaute alles im Koffer. Den Rahmen brach ich in der Mitte durch. Glücklicherweise war er nicht sehr stabil und gab gleich nach. Um keine Spuren zu hinterlassen, vergrub ich auch die Einzelteile des Rahmens in Liz' Koffer. Anschließend verließ ich zügig mit dem Koffer unter dem Arm das Zimmer.

Auf dem Gang war es plötzlich dunkel, als hätte jemand absichtlich das Licht ausgeschaltet. Normalerweise ging es automatisch an, doch jetzt funktionierte es nicht. Oder jemand hielt die Hand auf den Sensor. Das Schicksal war auf meiner Seite, was mir fast trügerisch erschien.

Ich schaffte es zügiger als erwartet bis zum Treppenhaus. Die Stufen zogen sich dennoch endlos in die Länge. Bei jeder Kurve erwartete ich Helgas Erscheinen.

Die böse Überraschung blieb jedoch aus. Vorerst.

Ich glaubte mich bereits in Sicherheit und befand mich auf halbem Weg zum Pool. Für alle Fälle mied ich den Eingang an der Rezeption und beschloss, über das rückwärtige Gelände das Hotelgrundstück zu verlassen. Über den Geheimzugang der heimlichen Schwimmer.

Die Lichter und Stimmen aus dem Restaurant lagen bereits hinter mir, auch ein Teil des Gartens, die Platanen. Ich erkannte gerade die ersten Liegestühle. Unter meinen Schuhen knirschte der Kies.

Plötzlich entdeckte ich weiter vorn, bei einem der Liegestühle, einen Schatten. Lucienne? Ich ging weiter, optimistisch, dass es so war, wie ich dachte.

Tatsächlich war es eine Frau, die sich dort umsah. Es war jedoch nicht Lucienne. Zu spät erkannte ich, wer es war: Helga!

Aber sie hatte mich bereits entdeckt.

»Leif!« Sie schoss auf mich zu.

»He-h-elga.« Mir wurde fast schwindelig.

»Mein Gott, bin ich froh dich zu sehen. Ich habe versucht, dich zu erreichen. Wo in aller Welt hast du gesteckt?! Wie ich gerade erfahren habe, hat Liz ausgecheckt. Sie ist ABGEREIST! Das musst du mir erklären. Ich bitte dich. Was ist passiert? Erklär es mir. Habt ihr gestritten? Geht sie deshalb nicht ans Telefon? Ich mache mir Sorgen um mein Kind. Darum habe ich gleich einen Flug gebucht. Im Hotel war nichts mehr frei, aber ich wohne gleich nebenan.«

Natürlich bemerkte sie das überzogene Maß ihrer Fürsorge nicht. Genauso wenig bemerkte sie das Grauen, das in meinem Blick lag, den konsternierten, stummen Schrei, der ungehört aus meinem Mund schoss. Sie begriff nichts.

»Also gut. Dann komm.« Sie fasste sich, ordnete flüchtig ihr Haar und zwang sich augenscheinlich dazu, ruhig zu bleiben. »Lass uns erst mal einen Moment hinsetzen.« Sie zog mich ungefragt mit sich. Liz' sperriger Koffer an meiner

Seite war ihr noch nicht ins Auge gesprungen, so sehr war sie mit ihrem inneren Aufruhr beschäftigt. Und natürlich hatte ich ihn so weit wie möglich von ihr abgeschirmt. Jetzt aber musste ich ihn abstellen.

Ich schob ihn etwas hinter einen der beiden Liegestühle, die sie als Sitzplatz gewählt hatte, und setzte mich unmittelbar davor.

»Jetzt erzähl mal. Ich warte.« Sie redete plötzlich mit mir wie mit einem Dreizehnjährigen, der gerade den ersten pubertären Schub hatte. »Worüber habt ihr denn so sehr gestritten, dass sie die Flucht ergriffen hat? Ich meine, ich weiß ja, wie Liz ist. Manchmal hat sie ihr Temperament nicht im Griff. Aber ihr müsst um Himmels Willen miteinander reden. Es kann doch nicht sein, dass sie jetzt allein durch Ligurien schlurft und ich meine Tochter nicht erreiche.«

In dieser Aussage lag der klassische Helga-Unterton. Sie gab sich alle Mühe, ihr Nervenkostüm aufrechtzuerhalten, aber im Grunde genommen hätte sie mir am liebsten ungeschönt entgegengeschmettert: *Wie konntest du mein armes Kind einfach so völlig sich selbst überlassen?!*

Wie gesagt, Helga tickte ähnlich wie ihre Tochter. Ein Vorwurf war nicht gleich als solcher zu identifizieren. Da ich jedoch sowohl Tochter als auch Mutter lange genug kannte …

»Helga, es ist nicht, wie du denkst«, fing ich an.

Sie hörte mir gar nicht zu. Ihr Blick schweifte suchend umher. Plötzlich verharrte er an einer Stelle. Ihre Pupillen weiteten sich. Sie hatte ihn doch noch entdeckt. Liz' Koffer.

»Was ist denn *das*?!«, fasste sie ihr Erstaunen in Worte. Ihr Zeigefinger deutete dorthin, wo hinter meinem Rücken das mäßig sperrige Teil zum Vorschein kam. »Das ist doch Liz' …« Sie überlegte, zog ihren Zeigefinger wieder zurück. Dabei formten sich ein paar unschöne Falten auf ihrer Stirn.

»Was ist hier los, Leif?« Der Ton ihrer Stimme hatte sich deutlich verändert, schrillte ein paar Oktaven höher. »Was ist denn DAS?! Was machst *du* mit Liz' Koffer?!«

»Wie gesagt, lass es mich erklären«, versuchte ich es erneut. Aber gegen Helgas Willen war kein Kraut gewachsen. Sie stand bereits auf und näherte sich dem Koffer, jedes meiner Worte und alle verzweifelten Gesten ignorierend.

»Das ist eindeutig Liz' Koffer!« Jetzt hatte sie sich festgebissen, weshalb jeder weitere Erklärungsversuch wirkungslos blieb. Ich war hoffnungslos verloren.

»Was ist mit dem Koffer?«, beharrte sie. »Lass ihn mich ansehen. Ich will jetzt wissen, was mit meiner Tochter ist.«

»Helga, bitte.«

»Das ist der Koffer meiner Tochter!! Was hast du damit vor? Gib ihn mir oder ich rufe die Polizei und lasse eine Vermisstenanzeige aufgeben!«

»Da sind doch nur ihre Klamotten drin. Du wirst Liz kaum in ihrem Koffer finden. Sie hat ihn stehenlassen. Ich ...«

»Komm mir nicht mit irgendwelchen scheinheiligen Erklärungen. Du hast sie betrogen! Ich weiß es genau. Sie ist abgehauen und jetzt willst du auch noch ihren Koffer entsorgen. Gib mir sofort den Koffer!«

Das war es, was ich befürchtet hatte. Helga war nicht zu bremsen. Wie eine Furie versteifte sie sich auf das, was in ihren Augen eine Kampfansage wert war. Die Situation wurde immer verfahrener, und wollte ich Helga von dem Koffer wegbekommen, brauchte ich einen Löwenbändiger.

»LEIF! Gib mir den KOFFER!«

»Schrei nicht so. Es sind Liz' persönliche Sachen. Ich wollte das nicht wegwerfen. Ich wollte ...«

»Erzähl mir keine Märchen. Ich habe dir noch nie über den Weg getraut. Liz hat mir ja nicht geglaubt, aber ich hatte schon immer so ein Gefühl, dass mit dir was nicht stimmt. Wenn man als Autor ständig seinen Namen ändert – wozu soll das gut sein?! Ich wusste, dass du irgendwas Krummes laufen hast. Ich wusste es ganz genau. Ich habe nur ein Buch von dir gelesen. Und das hat mir gereicht!«

»Du hast ein Buch von mir gelesen? Und jetzt glaubst du,

mir in die Seele blicken zu können? Du meinst mich zu kennen, nur aufgrund irgendeines Buchs, das du gelesen hast?!«

»Nicht irgendein Buch – ich habe ein Buch von DIR gelesen. DU hast es geschrieben. Du hast über DICH geschrieben!«

»Woher willst du das wissen? Hast du mich zu dem Inhalt befragt? Bist du danach zu mir gekommen und wolltest wissen, ob das Buch etwas mit mir zu tun hat? Ob das darin vielleicht meine eigene Geschichte ist?«

»Das brauchte ich nicht. Deine Schuld hat aus jeder Zeile gesprochen!« Sie bäumte sich vor mir auf. Ihre Augen funkelten. Das aschgraublonde Haar stand etwas ab und ihre weiße Sommerbluse ließ sie plötzlich wie ein Gespenst wirken.

»So, aber jetzt lassen wir diesen Quatsch und du gibst mir SOFORT Liz' Koffer!«

»Nein!«, entgegnete ich bestimmt.

»Wie bitte? Du verweigerst mir das Eigentum meiner Tochter?!«

»Richtig, es ist das Eigentum deiner Tochter. Es sind ihre persönlichen Sachen, und sie gehen dich NICHTS an. Gar nichts!«

»Sie gehen mich sehr wohl etwas an, weil meine Tochter verschwunden ist.«

»Woher willst du das wissen?«

»Ich habe seit mehr als achtundvierzig Stunden nichts von ihr gehört. Sie nimmt ihr Mobiltelefon nicht ab, sie ist abgereist. Das sind einige Gründe für mich, um anzunehmen, dass etwas vorgefallen ist. Dass es Liz womöglich nicht gut geht.«

»Und wenn sie ganz einfach nicht mit dir sprechen will? Wenn sie nur einmal ihre Ruhe haben will?«

»Dann würde sie mich das wissen lassen. Sie würde sich nicht einfach so stillschweigend von der Außenwelt abkapseln, ohne eine Nachricht.«

Natürlich wusste ich, dass Helga recht hatte. Und mit

jedem ihrer Worte verschärfte sich meine Lage. Ich kam hier nicht raus.

In meiner Verzweiflung vollzog ich eine Handlung, die sich meiner Kontrolle kurzzeitig entzog. Ich griff nach dem Koffer, holte aus und feuerte ihn im hohen Bogen in den Pool.

Helga sah mich mit großen Augen an – sprachlos. Dann tat sie das, was jemand tat, der unter keinen Umständen bereit war, aufzugeben; der kämpfte bis zum bitteren Ende, weil es um etwas Existenzielles ging: das Wohl des einzigen Kindes. Sie sprang in den Pool!

Eine Weile beobachtete ich fassungslos das Schauspiel.

Zeit zum Überlegen aber blieb mir nicht. Daher sprang ich hinterher.

Helga gelang es kaum, den Koffer auch nur einen Zentimeter hochzuhieven, und bei dem Versuch ging sie immer wieder unter. Der Koffer würde nach und nach an Gewicht zulegen, sollte es irgendwo eine undichte Stelle geben, die zuließ, dass er sich mit Wasser vollsog. Sie würde es also kaum schaffen, wenn ich ihr nicht half. Davon aber war ich weit entfernt.

Die Chance offenbarte sich mir plötzlich. So grotesk sie sich auch darstellte, ich wusste, dass der Moment günstig war. So günstig, wie er es kein zweites Mal sein würde. Helga japste und schnappte nach Luft. Dann tauchte sie wieder unter. Sie strampelte und strauchelte unter Wasser, riss mit aller Kraft an Liz' Koffer, bekam ihn jedoch – wie gesagt – kaum auf eine nennenswerte Höhe. Ihre Aufregung war einfach zu groß. Dazu ihr unkoordiniertes Gezappel unter Wasser und die ungünstige Voraussetzung, dass sie alles andere als eine gute Schwimmerin war.

Mir wird noch immer schlecht, wenn ich darüber nachdenke, wenn ich mich an den Moment zurückerinnere …

Was ich in dieser Situation tat, war das brutale Gegenteil von aktiver Hilfeleistung: Ich schwamm auf Helga zu, holte mit der rechten Hand aus und drückte ihren Kopf unter

Wasser. Ich spekulierte darauf, dass ihr Gezappel sie bereits eines Großteils ihrer Kräfte beraubt hatte, dass es ein schnelles Ende nehmen würde. Ich handelte also berechnend. Und gleichzeitig tat ich es nicht, denn mein Verstand musste einen Moment lang komplett ausgesetzt haben.

Tatsächlich führte meine Handlung zu einem grausamen Unterwasserkampf. Helga zerrte und schlug wie wild um sich, sofern das unter Wasser möglich war. Sie wehrte sich mit allen ihr zur Verfügung stehenden Mitteln. Letztlich jedoch zwecklos.

Irgendwann begriff ich, was ich hier tat. Der Verstand kam zurück, als ihr Gezappel aufhörte. Schlagartig. Meine Hände gaben sie zitternd frei, worauf ihr lebloser Körper langsam von mir schwebte. Er blieb an der Wasseroberfläche. Ihre weiße Bluse hatte sich aufgebläht wie eine Blase. Ihr aschgraublondes Haar bildete einen kleinen Teppich. Es sah aus, als triebe eine tote Ratte im Wasser.

Ich stieg aus dem Pool, betrachtete vom Beckenrand das, was ich angerichtet hatte, halb zweifelnd. Mein Gott, was war mit mir los? Was tat ich hier?! Ich hatte meine Schwiegermutter in spe umgebracht, hatte sie eiskalt ertränkt.

Mit aller Kraft zog ich den Koffer aus dem Wasser, schob ihn über den Beckenrand und kletterte aus dem Pool.

Es kostete mich einige Anstrengung, die mich umgebende Realität als solche zu akzeptieren. Es war ein einziger unbeschreiblicher Albtraum, und ich distanzierte mich augenblicklich von meiner Tat, die ich einfach nicht realisieren wollte. Welcher Regisseur hatte mich für dieses Horrorstück eingesetzt?

Ich drehte der Szene den Rücken. Nicht nachdenken, nur nicht nachdenken. Ich hatte keine Zeit für Verzögerungen, welcher Art auch immer. Zügig streifte ich meine nassen Klamotten ab, wrang sie kurz aus. Dann öffnete ich den Koffer, versicherte mich, dass der Inhalt nicht groß gelitten hatte. Etwas Wasser war ins Innere gedrungen, jedoch nicht viel. Ich kramte eines von Liz' Schlabbershirts heraus und streifte es mir über. Dazu eine dunkelblaue Baumwollhose mit Gummizug. Meine nassen Klamotten stopfte ich in eine Plastiktüte, die ich ebenfalls Liz' Koffer entnahm – sie hatte ihre Muscheln darin gesammelt. Anschließend verschloss ich alles wieder und hastete los.

Der Pfad hinter dem Pool führte durch einen Abschnitt des Gartens, der weitaus weniger gepflegt war als der vordere Teil. Urwüchsig und kaum gebändigt wanderte das Unkraut über Steinplatten, die irgendwann einmal eine Art Weg markiert haben mussten. Weiter hinten wuchsen Wildkräuter, Binsengräser und ungebändigter Lavendel. Ich orientierte mich an den Steinplatten, hangelte mich wie ein Einbeiniger von einer zur nächsten. Irgendwann stand ich vor einem Loch im Zaun. Selbiges war nur durch ein Brett, das lose davor lehnte, gestopft worden. Ich entfernte es, zwängte zuerst den Koffer durch den freigewordenen Spalt, dann schlüpfte ich selbst hindurch. Zu meiner Überraschung fand ich mich in einer Umgebung wieder, die mir sehr bekannt vorkam. Es war schier unglaublich, aber ich erkannte die Straße als diejenige, in der mein Siebzigerjahre-Haus stand. Das also hatte Tomaso gemeint, als er sagte: Das ist ja gleich hier um die Ecke. Tatsächlich hatte ich nie berücksichtigt, dass ich mich bei meinen nächtlichen Spaziergängen im Kreis bewegt haben musste. Der Haupteingang des Hotels lag in der Via Vernazza, während der geheime Zugang der ungebetenen Schwimmer und das dort angrenzende Grundstück zu einer anderen Straße führten.

Umso besser, dachte ich. Mir blieb keine Zeit, mich länger als erforderlich mit der Kartografie meines Urlaubsortes zu beschäftigen. Ich musste schnell zu dem Haus gelangen, in dem ich mich sicher glaubte.

Da ich die Straße diesmal aus der entgegengesetzten Richtung betrat, kürzte mir das den Weg ab. Bereits nach wenigen Schritten stieß ich auf das Haus. Es lag an der nächsten Ecke, nur wenige Schritte trennten mich von den Palmen vor dem Grundstück. Jetzt leuchtete mir ein, weshalb der

Mann das Aurelia für sein nächtliches Schwimmvergnügen gewählt hatte. Es lag denkbar günstig. Die Straßenlaterne beleuchtete die Zufahrt zum Haus. Der Garten hinter dem Zaun lag im Dunkeln. Zumindest schien dies von Weitem so.

Ich ging bis zur Pforte, überblickte von dort prüfend das Grundstück. Dabei entdeckte ich, dass der erste Eindruck getäuscht hatte. Irgendwo im Haus brannte ein schwaches Licht. Das Fahrzeug stand abfahrbereit im Hof. Ein hellblauer Citroën, ein echtes Retro-Stück. Der Ami 8 war bekannt aus französischen Filmen der frühen Siebziger mit der typisch länglichen Form der Karosserie und dem im stumpfen Winkel ablaufenden Dach. Baujahr? Um 1975 vielleicht. Fahrzeuge dieses Typs wurden bis in die späten Siebzigerjahre hergestellt. Ich befand mich also tatsächlich in den wilden Siebzigern.

Als ich das Grundstück betrat, erwartete ich nicht, hier noch jemanden anzutreffen, trotz des Lichts. Der Besitzer war tot. Seine Leiche hatte, warum auch immer, im Hotelzimmer von Roger und Noemi gelegen. Möglich, dass ihm dort jemand aufgelauert hatte. Ob derjenige auch aus der Vergangenheit kam …

Mittlerweile hatte ich die Haustür erreicht, sie war nur angelehnt. Er hatte das Haus verlassen, vermutlich für den kurzen Schwimmausflug. Nur war er von diesem – wie gesagt – nicht zurückgekehrt. Haus und Garten lagen unschuldig da.

Ich stellte den Koffer im Flur ab. Dabei sah ich mich um. Das Licht kam aus dem Raum, den ich bereits kannte, aus der Küche. Die Küchentür gab ein leises Quietschen von sich, als ich sie bewegte.

Kurz darauf stand ich mitten im Raum.

Bisher hatte ich alles hier immer nur von außen gesehen und aus der Ferne den Charme des Vergangenen bewundert. Jetzt aber, als ich mich plötzlich mitten darin befand und die Zeit auf alle meine Sinne wirkte, war die Wirkung eine andere. Der Raum roch muffig. Eine Mischung aus abgestandenem Bier und Wäsche, die über Tage feucht gelagert worden war. Die Farben wirkten matt und wenig anziehend. Ebenso die Einrichtung. Ungemütlich war es, kein Ort, an dem man sich auf Anhieb wohlfühlte.

Ich verspürte nicht unbedingt das Bedürfnis, weiter in die Intimsphäre eines Unbekannten einzudringen, doch im Moment hatte ich keine andere Option. Im Aurelia schwamm eine weibliche Leiche im Pool – und der Mörder war ich. Ich konnte nicht zurück. Zumindest vorerst nicht. Die Vergangenheit war gerade das sicherste Versteck.

Ich fing an, in den Regalen und Schubladen zu wühlen auf der Suche nach Hinweisen aus dem Leben dieser Person, die auf einmal derart schicksalhaft mit mir verbunden war.

Meine Hände hatten wie automatisch bereits die zwei Schubladen des Küchenschranks geöffnet. Jetzt zog ich sie vollständig heraus, stellte sie auf den Küchentisch und hockte mich davor. Eine Weile starrte ich stumpf auf das, was vor mir lag.

Die erste Schublade war angefüllt mit Briefen. Geöffnete ebenso wie ungeöffnete. Die zweite enthielt Medikamente. Darunter Schlafmittel, Hustensaft, Antidepressiva.

Ich ging systematisch vor und richtete meine Aufmerksamkeit auf den Inhalt der ersten Schublade. Die mit den Briefen. Ich nahm gleich den ersten vom Stapel und betrachtete kurz den Umschlag. Der Stempel wies das Datum 26.8.1973 aus, weit vor meiner Geburt. Als Empfänger wurde ein gewisser Angelo Ogetti benannt. Der oder die Absenderin kürzte seinen oder ihren Namen mit L. D. ab. Darunter war eine Adresse in Fontaines-sur-Saône, Frankreich notiert.

Ich faltete den Brief auf und fing aufmerksam an, den Inhalt, der in holprigem Italienisch verfasst war, zu lesen:

Cher Angelo,
verzeih mir mein miserables Italienisch, aber jetzt, wo »diese« Nacht

hinter uns liegt, kann ich nicht länger nur warten, bis du dich meldest. Ich muss dir schreiben. Glaube nicht, dass ich ungeduldig bin, dass ich eine Frau bin, die nicht abwarten kann und sich gerne erobern lässt. Natürlich bin ich so eine Frau. Aber vielleicht magst du es auch, wenn man den direkten Weg wählt. Kein langes Drumherumreden. Es liegen einige Kilometer zwischen uns. Aber was spielt das für eine Rolle, wir sind frei. Wir leben in einer Zeit, in der alles möglich ist. Die Revolution der Geschlechter, la révolution sexuelle! Bon, daher schreibe ich dir völlig unverstellt, was ich denke. Ich möchte dich bald wiedersehen, Angelo. Du hast etwas in mir geweckt, was ich so noch nicht kannte, eine neue, aufregende Seite an mir. Und ich möchte gar nicht mehr aufhören, dich zu spüren, in deinen kraftvollen Armen zu schmelzen, wie schon einmal. Ich wünsche mir von ganzem Herzen, dass es dir genauso geht und dass wir uns bald wiedersehen. Lass nicht zu viel Zeit verstreichen. Schreib mir!

Es küsst und umarmt dich,
Lucie

Lucie. Ich wusste augenblicklich, wer Lucie war. Es konnte gar nicht anders sein. Lucie war Lucienne. Also doch. Die Adresse in Frankreich, alles passte. Und sie wollte eine Amour fou. Offensichtlich.

Der Brief klang, als hinge sie einer Liebesnacht mit Angelo nach. Angelo Ogetti. Jetzt kannte ich endlich seinen Namen. Er war der bärige Typ, der Schwimmer, der Mörder und – die mysteriöse Leiche.

Ich griff nach dem nächsten Umschlag, zog den Brief heraus. Dieselbe Handschrift, wieder Lucie … Lucienne. Ich überflog die Zeilen, die inhaltlich in etwa mit dem Vorangegangenen übereinstimmten. Ich arbeitete mich durch den Stapel. Brief für Brief. Lucie wurde mit jedem Mal zudringlicher. Fast bettelte sie um seine Aufmerksamkeit, provozierte, versuchte ihn zu einem intimen Wortwechsel anzuregen. Offenbar jedoch vergeblich. Nie enthielten ihre Briefe irgendeinen Hinweis darauf, dass er geantwortet hätte.

Dann aber stieß ich auf folgende Zeilen:

Cher Angelo,
ich habe mich unendlich gefreut, von dir zu lesen. Wie schön, dass es
dir gut geht und du dich in deiner Arbeit gefunden hast. Das ist
merveilleux! Du bist verlobt, schreibst du. Sie ist ein Flüchtling aus
Algerien. Es ist ein bisschen merkwürdig für mich, etwas zu lesen, das
du bisher nicht erwähnt hast. Bis jetzt nicht. Dass du mich all die
Briefe hast schreiben lassen, ohne ein Wort des Widerstands deiner-
seits. Du hättest mich aufklären müssen. Du schreibst, sie war in un-
serer Nacht in Algerien bei ihren Eltern. Vielleicht ist eure Beziehung
in der Krise? Vielleicht möchtest du dich trennen? Ich weiß es nicht.
Ich kann nur hoffen, dass diese Frau dich nicht ausnutzt, dass sie nicht
nur eine billige Bleibe bei dir sucht. Dafür solltest du dir zu schade
sein, mein Lieber. Du wirst auch schon gehört haben, was man sich
über Flüchtlinge erzählt. Sie haben schlechte Angewohnheiten, neigen
zu Unehrlichkeit. Manche sind sogar zu Schlimmerem fähig. Du
weißt, wie die Gesetze in diesen Ländern sind. Ganz zu schweigen von
der Moral der arabischen Länder. Aber du wirst es dir sicher gut über-
legt haben. Vielleicht ist sie anders. Und natürlich wünsche ich dir
alles Glück. Unsere Freundschaft sollte dir dennoch etwas wert sein.
Wirf nicht weg, was uns in dieser Nacht so tief verbunden hat. Es
gibt Dinge, die kommen und gehen. Wirklich tiefe Verbundenheit
aber, Seelenverwandtschaft, die bleibt. Natürlich liegt auch eine gewisse
räumliche Distanz zwischen uns. Möglich, dass dir unsere Brieffreund-
schaft zu wenig erscheint. Wir denken immer, es ist noch Zeit für ein
Wiedersehen. Wir werden schon irgendwann wieder zusammenkom-
men. Aber oft bleibt keine Zeit. Wir sind nicht unsterblich. Es kann
jeden von uns erwischen – jeden Tag. Vielleicht bringe ich diesen Brief
zur Post und werde auf dem Rückweg überfahren. Vielleicht wären
wir jetzt glücklich vereint, wenn du mich statt ihrer getroffen hättest.
Ich glaube, unser Schicksal ist oft ein verzwicktes Spiel des Zufalls.
Manchmal hängt ein ganzes Leben an einem einzigen Moment. Ich
glaube, es hatte einen Grund, warum wir uns getroffen haben. Glaubst
du nicht auch? Denke mal drüber nach …
Auf jeden Fall sollst du wissen, dass du in mir, immer und zu jeder

Zeit, eine treue Freundin und Seelenverwandte hast.

Es grüßt dich in ewiger Verbundenheit,
Lucie

Ich steckte den Brief wieder in den Umschlag, holte Luft, um in Gedanken der Frau zu begegnen, die vor meinem inneren Auge wirkte. Allein ihr »Mein Lieber« schaffte es, dass sich mir die Nackenhaare aufstellten. Lucienne war nicht nur alterslos, sie war auch noch penetrant, aufdringlich. Besessen von einem Urlaubsflirt. Ich malte mir aus, wie Angelo Ogetti ihr unmissverständlich klargemacht hatte, es würde nichts mit ihnen werden. Vielleicht hatte er ihr sogar gedroht, was sie jedoch einfach ignorierte. Sie verfolgte ihr Ziel unerschrocken weiter, diskriminierte sogar ungeniert seine Verlobte. Ein weiterer Stapel von Briefen bezeugte ihren fanatischen Willen.

Viele Briefe waren ungeöffnet und lediglich abgelegt. Vielleicht hatte er sie noch irgendwann lesen wollen, denn er hatte sie immerhin aufbewahrt. Ich musste unverzüglich an Liz denken. An die Nacht, in der sie Ogetti mutwillig ins Haus gefolgt war. Vielleicht hatte er sie für Lucie gehalten. Lucienne in jungen Jahren, eine Stalkerin. Was derweil mit Liz passiert war …

Ich ließ die Schubladen stehen und hetzte, plötzlich von einem neuen Gedanken besessen, aus der Küche. Auf dem Flur stieß ich versehentlich gegen Liz' Koffer, der daraufhin aufsprang. Ein paar ihrer Kleidungsstücke flatterten heraus, landeten auf den schäbigen Holzdielen. Ich ignorierte es, stieg darüber hinweg.

Die Abendluft war noch immer angenehm warm. Ein Moment wie gemacht für eine kurze Abkühlung im Pool. Eine spontane Schwimmeinlage im benachbarten Vier-Sterne-Hotel Aurelia. So musste Ogetti gedacht haben.

An der Außenwand des Hauses starrte ich auf die schwächelnde Laterne. Sie bot deutlich zu wenig Licht.

Ich testete, ob die Fahrertür des im Hof geparkten Ami 8 geöffnet war. Tatsächlich war sie es. Und nicht nur das: Der Zündschlüssel steckte. Angelo hatte noch etwas vorgehabt. Er war auf dem Sprung zu einer Verabredung gewesen und hatte sich eventuell ganz spontan noch fürs Schwimmen entschieden. Warum? Vielleicht war Lucienne seine Verabredung gewesen. Er hatte sie zur Rede stellen wollen. Mittlerweile war selbst die skurrilste Variante aller möglichen Realitäten nicht mehr abwegig.

Ich warf mich auf den Fahrersitz, drehte den Zündschlüssel ein wenig und schaltete das Scheinwerferlicht ein. Mit einem Mal wurde es hell im Hof.

Ich stieg wieder aus. Das Fahrzeug war in einem erstaunlich guten Zustand. Im Vorbeigehen strich ich über die wie frisch poliert glänzende Motorhaube. Dann drehte ich mich zum Garten, trat an die Stelle, an der Angelo die Leiche seiner Frau begraben hatte. An einem Pfosten lehnte ein Spaten. Ich griff danach, fing an zu graben. Seit meinem letzten Versuch, mich von der Realität des Erlebten zu überzeugen, hatte er das Grab wieder zugeschaufelt. Die Erde war noch locker und ließ sich leicht bewegen. Es bedurfte keiner großen körperlichen Anstrengung. Ich grub eine Weile, bis ich auf Widerstand stieß. Sofort kniete ich mich hin, erledigte den Rest mit bloßen Händen.

Es war ihr Körper. Sie war noch da. Es schien, als würde sie schlafen. Unbegreiflicherweise haftete nicht einmal Leichengeruch an ihr. Sie wirkte wie aus Wachs, als könnte ihr die Erde nichts anhaben. Mehr noch: Sie würde jeden Augenblick die Augen aufschlagen und mir Fragen stellen. Fragen wie: *Warum bist du nicht eingesprungen und hast ihn aufgehalten? Warum hast du einfach nur zugesehen?*

Natürlich geschah nichts dergleichen. Die Tote stand gewissermaßen im schaurigen Schatten der anderen. Der Lebenden, einer Stalkerin, die mit ihrer Beharrlichkeit nahezu an Liz erinnerte.

Es gab jedoch nur eine Tote. Und je länger und tiefer ich

dieser in die Augen sah und versuchte, das Mysterium des Todes darin zu ergründen, desto mehr erwachte diese letzte Szene wieder zum Leben: Liz, die Ogetti nichtsahnend gefolgt war. Es erwischte mich relativ unvorbereitet, löste eine plötzlich heftige Regung in mir aus. Trauer. Wut.

Die Tote starrte derweil mit leicht geöffnetem Mund an mir vorbei. Ein amüsierter Zug lag um ihre Lippen. Möglicherweise lachte sie über mich. *Jetzt heulst du. Wie erbärmlich. Jetzt, nachdem du dieses Chaos angerichtet hast. Du hättest doch einfach mit ihr reden können …*

Eine schmale dunkle Hand lugte aus der Erde. Sie trug einen Ring am Finger, der etwas hochgerutscht war. Ein goldener Ring mit einem winzigen Brillanten.

Was hatte Lucienne mit all dem hier zu tun? Hatte sie die Frau am Ende auf dem Gewissen? Oder den Tod von Angelo Ogetti?

Ich starrte noch immer auf die eingefrorene Mimik der Toten. Ihre glatte Haut. Niemals würde sie faltig oder knittrig werden. Wie Lucienne.

Bei diesem Bild wanderte ich gedanklich zu meiner Vergangenheit. Ich musste an Liz auf dem Abi-Ball denken. Sie hatte mit Roger getanzt und mir dabei zugelächelt. Vielleicht war es purer Zufall gewesen und sie hatte sich gar nichts dabei gedacht. Ich aber hatte den Moment eingefangen, ihn festgehalten und verewigt. Ich bilde mir ein, dass ich mich verliebte. In genau diesem Augenblick. Dabei frage ich mich jetzt, ob ich mich wirklich in Liz verliebte – oder nur in einen Moment. Einen magischen Moment.

Wie ferngesteuert schob ich meine Arme unter die Leiche, hob ihren Körper hoch. Sie war federleicht, als wäre sie ein Engel.

Mein Blick fiel auf das Fahrzeug. Vielleicht konnte ich sie an einem anderen Ort als diesem hier begraben. Wenn ich sie von hier wegbrachte und mit in die andere Zeit nähme, würde man sie dort finden. Ihr Körper wäre nicht verloren oder unter einem Gebäude vergraben. Es gäbe außerdem einen Beweis für das, was ich gesehen hatte.

Der Kofferraum des Ami 8 war unverschlossen. Ich betätigte den Hebel. Mit einem Klick sprang er auf. Ein hellblauer Bademantel kam darin zum Vorschein. Er sah ein bisschen aus wie der von Lucienne. Daneben lagen eine karierte Stofftasche und ein paar leere Bierdosen. Während ich mit einer Hand etwas Platz schaffte, hing der leblose Körper der Frau über meiner Schulter. Vorsichtig legte ich sie auf den Bademantel, deckte sie mit den hervorstehenden Enden etwas zu, so als müsste ich sie vor Kälte oder sonstigen Empfindungen schützen. Anschließend verschloss ich den Kofferraum wieder.

Ich setzte mich auf den Fahrersitz, legte die Hände ans Steuerrad und überlegte. Unschlüssig folgte mein Blick der Lichtspur, die das Scheinwerferlicht über das Grundstück warf. Mein Kopf war leer. Ähnlich verhielt es sich mit meinem Entscheidungswillen. Ich steckte irgendwo fest, wusste nicht, was der nächste Schritt wäre. Wenn ich jetzt mit dem Fahrzeug flüchtete, wäre letztlich völlig offen, wo ich landete. Vergangenheit? Gegenwart? Beides schien mir – ausgehend von meiner derzeitigen Situation – fatal.

Der Gedanke, der mich letztlich am Starten des Motors hinderte, galt Roger. Ich musste sicher sein, dass es ihm gut ging; dass ich mit (noch) einer Kurzschlusshandlung nicht letztlich auch ihn ins Chaos stürzte, weil es sonst niemanden mehr geben würde, der die Situation irgendwie erklären könnte.

Also stellte ich das Scheinwerferlicht ab und stieg wieder aus.

Ich schlenderte zurück zum Haus.

Im Flur, knapp hinter der Eingangstür, stolperte ich erneut über Liz' Koffer. Ich schob ihn mit dem Fuß beiseite, hielt es jedoch nicht für nötig, ihn aufzuheben. Ich fühlte mich unbeobachtet. Vandergroot würde es nicht schaffen, mir bis in die Vergangenheit zu folgen. Meine Spur sollte am Zaun enden.

Bevor ich erneut die Küche betrat, trieb mich die Neugier auf die anderen Zimmer ins obere Geschoß. Eine Wendeltreppe führte nach oben. Ich stieg sie hoch.

Oben angekommen, suchte ich nach einem Lichtschalter. Die Deckenlampe war ein waschechtes Siebzigerjahre-Designerstück. Das bekannte Ufo-Modell von Luigi Colani. Ein plattes Ei aus orangefarbenem Kunststoff mit sechs ebenfalls eiförmigen transparenten Fenstern. Diese warfen kleine Ufos ab. Raumschiff Enterprise mit Mr. Spock in seinem pyjamaähnlichen blauen Oberteil spukten unsichtbar über die Wände.

Es gab drei Zimmer, wobei eins davon das Bad sein musste.

Ich stieß gegen die nur angelehnte Tür mir gegenüber. Dahinter kam ein muffig riechendes Schlafzimmer zum Vorschein. Die Tapete war bunt, mit psychedelischen Mustern, das Bett ungemacht, auf der einen Seite türmte sich ein Berg Wäsche. Auf der anderen lagen eine zerknüllte Bettdecke und ein Kissen mit verwaschenem Floralmuster. Vor dem Bett vegetierte ein ausgefranster hellblauer Flokati. Dem Kleiderschrank fehlte die rechte Schranktür. Die Kleiderstange war an einer Seite heruntergerutscht, sodass sämtliche daran hängenden Kleidungsstücke in eine Ecke gequetscht wurden. Das aber störte offensichtlich niemanden. Es gab keine für Ordnung sorgende Hand im Haus. Zwar boten sich auf der Fensterbank Putzmittel und Lappen zum schnellen Zugreifen an – diese aber mussten erst von einer Staubschicht befreit werden.

Ich drehte dem Raum den Rücken zu, trat wieder auf den Flur hinaus. Die nächste Tür führte ins Bad. Im Vergleich zum Schlafzimmer herrschte hier einigermaßen Ordnung. Wenn auch der achteckige Spiegel mit vergoldetem Holzrahmen ebenfalls von einer hauchfeinen Staubschicht überzogen war. Der Großteil der Handtücher war ordentlich gestapelt. Seife, Shampoo, Deo, Zahnputz- und Rasierzeug standen   nebeneinander   auf   einem   grasgrünen

Kunststoffablageschränkchen. Er brauchte nicht viel.

Das letzte Zimmer war nicht mehr als eine Abstellkammer. Alte Möbel, Farbeimer, Tapeten- und Teppichreste befanden sich darin. Vielleicht war es irgendwann einmal für ein Kind gedacht gewesen. Dieses Kind aber gab es nicht. Ebenso wenig Spuren der Frau, die hier mit ihm gelebt hatte. Ihre Kleidung, Schuhe, Wäsche, Badartikel, Parfüm. Er hatte vermutlich kurzerhand alles entsorgt. Der Mann lebte ein Einsiedlerdasein. Die Schwimmrunden im Hotelpool mussten sein persönliches Highlight gewesen sein.

Und Liz? Ich verdrängte den Gedanken an sie. Ich hatte nicht wirklich erwartet, sie hier anzutreffen. Es wäre einem Logikfehler gleichgekommen. Was er mit ihr angestellt hatte, konnte niemand rekonstruieren. Zumindest nicht solange sein mysteriöser Tod nicht aufgeklärt wurde. Und dieser sollte vermutlich nie aufgeklärt werden.

Ich schaltete das Licht wieder aus, trat den Rückweg über die Wendeltreppe an.

Als ich unten ankam, empfand ich eine plötzliche innere Unruhe.

Da war noch was. Ich hatte das Gefühl, noch nicht alles gesehen zu haben. Ogettis größtes Geheimnis war weiterhin unentdeckt.

In der Küche standen die beiden Schubladen wie zuvor auf dem Tisch. Ich setzte mich davor, starrte eine Weile auf die Häufchen von Briefen, die ich durchstöbert hatte. Ich konnte mich nicht dazu aufraffen, mich weiter mit dem Inhalt der Schubladen zu beschäftigen. Mein Blick schweifte immer wieder unruhig ab, wanderte über fleckige Stellen an den Wänden. Über die schäbigen altrosafarbenen Fliesen über der Küchenzeile. Über die Wanduhr, deren Zeiger unfähig waren, sich zu bewegen. Über Kochbücher auf der Fensterbank und Spinnenweben in den Ecken darunter.

Da war etwas, ich spürte es intuitiv, nur wusste ich nicht, was es war, fühlte lediglich, dass es hier war. Hier, in der Küche … etwas.

Ich öffnete ein paar Schranktüren, stöberte in den Regalfächern und hinter den Gardinen. Vor dem Kühlschrank blieb ich stehen, überlegte eine Weile. Lebensmittel waren verderblich. Wenn ich dem Kühlschrank etwas entnähme und es mit in die Gegenwart entführte – was würde damit passieren?

Die Wissenschaft konnte diese Fragen nicht beantworten. Ich aber stand hier, an der Schwelle, das unfassbarste, irrationalste Mysterium aller Mysterien zu enträtseln.

Tatsächlich?

Schwungvoll riss ich die Kühlschranktür auf, ließ sie jedoch – noch innerhalb meiner Bewegung – starr vor Schreck wieder los. Die Bewegung hatte sich verselbstständigt. Die Tür setzte den eingeschlagenen Weg allein fort, bis ein, in den Siebzigerjahren gebauter, Mechanismus sie an einer Stelle stoppte. Jetzt stand sie komplett offen und präsentierte mir ungeniert ihr Innenleben.

Hätte ich mir vorher genau überlegt, was – mal abgesehen von verderblichen Lebensmitteln – das Wahrscheinlichste gewesen wäre, was ich hier vermutete, hätte es mir irgendwie in den Sinn kommen können. Mit etwas Fantasie. Aber Fantasie allein reichte für das, was sich mir jetzt darbot, nicht aus. Es war durch und durch skurril.

Mit weit aufgerissenen Augen starrte ich auf das, was weit davon entfernt war, essbar zu sein.

Quallen! Abgefüllt in Gläsern. Quallen unterschiedlicher Gattungen und Farben. Seltene und ungiftige Medusen. Sowie das komplette Gegenteil: hochgiftige Exemplare.

Aber was wusste ich schon von Quallen? Nicht viel mehr als das, was ich von Roger erfahren hatte. Es waren die Gläserbeschriftungen, die mir ihre Namen und die Wirkungen der jeweiligen Nesselgifte verrieten. Hinter den lebenden Arten abgestellt, gab es noch weitere Gläschen. Darin konservierte Ogetti die nächste Stufe seiner Meeresbeute. Pures Nesselgift. Ich nahm eines der Gläser heraus, betrachtete eine Weile den glitschigen Inhalt, die offensichtlich auf

Höchstdosierung hindeutende Farbe.

Das also war es. Der Stoff, aus dem Angelos Quallenträume waren und mit denen er hier experimentierte. Das Nesselgift der giftigsten Medusen. Auch die lebensgefährliche Seewespe war darunter, wie ich beim Lesen der Gläserbeschriftung feststellte. Die Seewespe gilt als eine der giftigsten Meeresbewohner überhaupt. Ihr Gift reicht aus, um 250 Menschen damit zu töten. So deklarierte es auch der Aufkleber auf dem Glas.

Als ich mich von dem ersten Schrecken erholt hatte, stellte ich das Glas schnell wieder ab und schloss die Kühlschranktür.

Das also war es, was ihn zum Sonderling machte. Sein widerwärtiges Hobby. Es musste auch der Grund gewesen sein, weshalb die Beschimpfungen seiner Frau in jener Nacht derart ausfallend geworden waren. Angelo Ogetti, der bärige Typ; der Mann mit den Pranken – an denen sie wie eine zweite Haut klebten: Spuren von Nesselgift.

Das war das eine. Zum anderen begriff ich jetzt, woher Lucienne ihre Exemplare bezog. Sie bediente sich hier. Hier, an Angelos gekühlten Vorräten. Eine Qualle pro Pool. Eine Dosis Nesselgift dazu.

So oder so ähnlich. Sie wusste nicht, was sie tat. Oder eben exakt das Gegenteil. Sie wusste ganz genau, was sie tat. Es war ein Rachefeldzug. Sie wollte ihn vernichten. Für das, was er ihr angetan hatte; dass er sie nicht geliebt hatte; dafür, dass sie sich jetzt – aufgrund ihrer Demenz – ewig an ihn erinnern musste. Während sie alles andere vergaß. Es war wie ein Fluch.

Ich öffnete den Kühlschrank erneut. Einige Gläser waren bereits leer. Das Vorhandene sollte dennoch für eine Weile reichen. Eventuell wäre sie gar in der Lage, einen kompletten Urlaubsort zu vergiften. Jetzt aber …

Jetzt war er tot. Angelo Ogetti war tot. Vielleicht würde es aufhören. Ebenso wie meine Zeitreisen. Es war möglicherweise das erste und letzte Mal, dass ich Angelo Ogettis Haus betrat. Ich hatte es gerade noch geschafft, hinter sein Geheimnis zu kommen, das ansonsten unentdeckt in die Vergangenheit entschwunden wäre …

Ich wandte mich vom Kühlschrank ab, sah in die andere Richtung.

Neben dem Fenster stand ein Weinregal. Ich schob den karierten Vorhang etwas beiseite, griff wahllos nach irgendeiner Flasche. Ein französischer Rotwein. Jahrgang '72.

Egal in welchem Jahr ich mich befand, das Aroma des Weines konnte nur besser werden. Wann käme ich noch einmal in den Genuss, eine derartige Rarität genießen zu können.

Ich fischte einen Korkenzieher aus dem Korb unter dem Weinregal, entfernte mit einem Plobb den Korken, wischte mit dem Ärmel über die Flaschenöffnung.

Der Wein war tatsächlich das, was ich erhofft hatte: hervorragend!

Ich langte nach der Schublade auf dem Tisch, zog sie über die Tischkante und ließ sie vorsichtig vor mir auf den Boden sinken. Ich nahm ein weiteres Häuflein Briefe heraus und legte sie auf meinen Knien ab. Anschließend gönnte ich mir noch einen Schluck Wein.

Ich öffnete gleich den ersten Umschlag, zog das Papier darin heraus – und fing an zu lesen. Ich las und trank abwechselnd. Ich trank, bis die Buchstaben allmählich vor meinen Augen verschwammen …

Tag 11

Ich erinnere mich nicht sicher daran, wer oder was mich weckte. Ob es der schrille Klingelton von Vandergroots Mobiltelefon war oder die Stimme des Mannes, der unaufhörlich in mein Ohr plapperte. »Signor, Sie können hier nicht schlafen ... bitte. Das ist ein öffentliches Gebäude. Signor, hören Sie.«

Ich bewegte meinen Kopf, der, wäre er nicht auf meinem Arm eingeschlafen, einen harten Aufprall erlitten hätte. Die Nacht spuckte mich aus, schüttelte mich ab wie ein Hund das Bad in der Pfütze.

Ich saß keinesfalls mehr in Angelos Küche, auch nicht auf löchrigen Holzdielen, nein. Ich lag auf kühlen, hochmodernen Marmorfliesen. Ein Untergrund, der mir irgendwie bekannt vorkam. Meine Umgebung hatte sich verändert. Ohne selbst dabei geistig anwesend gewesen zu sein, war das 21. Jahrhundert zu mir zurückgekehrt.

»Signor Piel«, hörte ich jetzt auch die andere Stimme aus dem Hintergrund. Vandergroots Stimme. Ich richtete mich so weit auf, dass ich saß, rieb mir den Schlaf aus den Augen. »Können Sie mir *das* erklären?«

Ich folgte der Richtung, in die sein ausgestreckter Zeigefinger deutete.

»Hmn. Was?« Ich war noch immer nicht wieder ganz auf der Höhe. Mein Nacken schmerzte. Ich hatte nicht unbedingt bequem gelegen.

»Wo wollten Sie denn mit dem Koffer hin?«, fragte er, zu schnell für mich und mein noch träges Denkvermögen.

Jetzt erst landete mein Blick an der Stelle, die er offensichtlich meinte. Dort lag Liz' geöffneter Koffer. Ein rotes T-Shirt und ein pastellgelber Rock waren herausgerutscht und sorgten für einen erfrischenden Farbakzent auf den modisch blassen Fliesen. Wenn auch Vandergroot diesen Eindruck vermutlich nicht teilte. Die Szene musste ihm vielmehr vermitteln, eine turbulente und nicht ganz nachvollziehbare Nacht läge hinter mir.

Ich richtete mich benommen auf, stützte mich an der Wand ab, um nicht dem Taumel zu erliegen, der mich dabei erfasste. Die Perspektive war jetzt eine andere, und ich registrierte allmählich, wo ich war.

Die Aufnahme an der Wand stach mir unmittelbar ins Auge.

Der Mann, der eben noch in mein Ohr geplappert hatte, war hinter mich getreten. Ich drehte mich zu ihm um, damit er nicht länger mit mir wie mit einem Phantom sprach.

Mein Gegenüber war etwas um die fünfzig, schmal, dunkles kurzgeschnittenes Haar, graumeliert, und eine moderne Hornbrille. Er trug einen weißen Kittel, wie ihn Ärzte tragen. Die Hände in den Kitteltaschen.

»Dr. Uttorino«, stellte er sich vor.

»Leif Piel.«

»Wie gesagt, wir können nicht ganz nachvollziehen, wie Sie hier eingedrungen sind«, funkte Vandergroot ungefragt dazwischen.

»Ich ... eingedrungen? Keine Ahnung. Das ist ein Versehen, ich meine ... vielleicht. Aber Sie sind doch der – der sich mit Quallen beschäftigt«, wandte ich mich an Uttorino.

Dieser rutschte mit seinen Händen noch etwas tiefer in die Kitteltaschen, zog es vor, mich noch eine Weile stumm zu mustern.

»Bitte. Es tut mir wirklich leid.«

Uttorinos Körperhaltung lockerte sich. Ein kurzes Zucken ging durch seine Mimik.

»Sie kennen meinen Freund Roger. Dr. Starenberg. Er war hier bei Ihnen. Wir sind befreundet.«

Der Mediziner sah von mir zu Vandergroot. Dieser zuckte kurz mit den Schultern, was wohl bedeuten sollte, dass er mir zuhören sollte.

»Dr. Starenberg? Ja. Der war hier. Ich leite eine kleine Forschungseinheit zum Thema Erreger aus dem Meer«, erklärte er zögerlich, noch immer reserviert. Dabei richtete er seine Brille. »Und was hat das mit Ihrer Anwesenheit hier zu tun? Ich nehme an, Sie haben schon mitbekommen, dass das kein Hotel ist und Ihr Freund nicht hier übernachtet hat.«

»Ja … ja, klar. Vielleicht bin ich eingeschlafen, habe die Zeit vergessen. Keine Ahnung. Etwas war in dieser Straße. Ich habs vergessen.«

Vandergroot wirkte genervt. Er hielt mich und meine Ich-erinnere-mich-nicht-Masche sicher für billig oder überheblich. »Dr. Starenberg musste zu einem plötzlichen Einsatz in den Jemen«, erklärte er daher schnell, kam somit jeder weiteren Rechtfertigung meinerseits zuvor.

»In den Jemen? Sie haben also mit ihm gesprochen?« Ich war überrascht, dass er offensichtlich schon besser informiert war als ich.

»Wir haben bei der Einsatzorganisation nachgefragt. Tomaso hat einen Kontakt im Internet recherchiert. Dann haben wir dort angerufen. Er musste für zwei ausgefallene Kollegen einspringen. Unvorhergesehenermaßen. Passiert. Genüsslich in der Sonne entspannen – schwierig, wenn man weiß, dass am anderen Ende der Welt Menschen sterben und man sie retten könnte. Er hat seine Freundin nach Genua begleitet. Danach ist er direkt zum Flughafen gefahren. Ticket war schon gebucht. Arztkoffer im Schließfach deponiert. So flott geht das heute. Da sind wir hier hintendran.«

Ich bildete es mir vermutlich ein, aber der unterschwellig spöttische Ton des Commissarios irritierte mich. Wollte er mir etwas durch die Blume sagen?

Was Roger betraf, hätte ich nach dieser Information beruhigt sein sollen. Noemi hatte mit ihrer Vermutung richtig gelegen. Aus irgendeinem Grund aber war ich es nicht, denn damit stand ich tatsächlich ab sofort alleine da. Alleine im Urlaub, in einer derart verfahrenen Situation, mit einem Toten aus einer anderen Zeit. Das war etwas völlig anderes als ein individueller Tag. Es gab niemanden mehr, mit dem ich mich am Abend hätte austauschen können.

Und doch erinnerte mich diese Situation an Liz. Ich konnte nicht anders, als zumindest für einen Augenblick nachfühlen, was an diesen letzten Tagen in ihr gebrodelt haben musste – auch wenn die Umstände natürlich völlig andere gewesen waren und sie es maßlos übertrieben hatte.

»Ihr Freund scheidet somit als Täter aus. Er hat ein Alibi. Aber kommen wir mal zu Ihnen. Können Sie mir …« Das Klingeln seines Mobiltelefons unterbrach Vandergroot mitten im Satz. Mir brach der Schweiß aus, denn ich musste unweigerlich an Helga denken.

»Ja, Tomaso, was gibts denn?«, brummte er genervt in den Hörer. Das Genervte verschwand jedoch sofort wieder aus seiner Stimme, nur die vertikale Stirnfalte blieb. Ob die Nachricht positiv oder besorgniserregend war, hätte ich dennoch nicht sagen können. Ich war von meinen eigenen Gedanken umzingelt, hörte in Gedanken schon Handschellen klicken.

»Ist gut, ich komme«, beendete Vandergroot das Gespräch.

»Und Sie, signor Piel«, kam er auf mich zurück. »Ich erwarte Sie heute Nachmittag. Es gibt da noch ein Thema: Wir müssen über diese Sache mit Ihrer Freundin sprechen«, setzte er mich unmissverständlich darüber in Kenntnis, dass er im Bilde war. »Ihr Verschwinden. Gegen drei heute Nachmittag in der Via Varese numero 5, commissariato di polizia. Bitte betrachten Sie meine Aufforderung als verbindlich und kommen Sie dieser nach. Denn sollten Sie nicht zu besagtem Termin erscheinen, muss ich Sie hochoffiziell vorladen, und das wird weniger angenehm.«

Seine Brauen senkten sich verdächtig zur Mitte, was seinem Gesicht die nötige Portion Strenge verlieh, um damit sanften Druck auf mich auszuüben. »Und das hier …« Er deutete auf die am Boden verstreuten Klamotten. »Das sieht mir nach einem ziemlichen Aussetzer aus. Aber das müssen Sie nicht mir erklären.« Er warf einen flüchtigen Blick zu Uttorino.

Keine Verhaftung. Lediglich eine kleine Verwarnung. Das war weniger, als ich erwartet hatte. Erleichtert zu sein stand mir aber definitiv nicht zu. War die Leiche etwa noch nicht gefunden worden? Das kam mir sehr unwahrscheinlich vor.

Nach kurzem Schulterklopfen mit Uttorino war Vandergroot von der Bildfläche verschwunden. Der übrig Gebliebene musterte mich noch immer skeptisch von der Seite. Schließlich gab er sich einen Ruck und knüpfte an das Gehörte an. »So, Ihre Freundin ist verschwunden? Das braucht man im Urlaub natürlich nicht.« Er versuchte, eine Verbindung zu meiner offensichtlichen geistigen Verwirrung herzustellen. Die wirkliche Ursache konnte er natürlich nicht erahnen.

»Mögen Sie einen Espresso?«, bot er mir an.

Wir gingen in sein Büro, das nur zwei Türen weiter lag. Ein heller Raum mit Blick in den Garten. Ich sah blühende Sträucher, Sonnenblumen und Lavendel – und dachte daran, dass genau hier die Leiche von Angelos Frau schlummerte. Geschlummert hatte. Verflucht! Ich hatte sie in den Kofferraum des Ami 8 verfrachtet. Und dort … Ich boxte mir gegen die Stirn. Was für ein Vollidiot ich war. Ich hatte tatsächlich meine Chance vertan!

»Diese Räume hier sind ganz neu«, hörte ich Uttorinos Stimme irgendwo im Raum. »Das Gebäude wurde komplett erweitert und modernisiert.

Ich drehte mich um. Er trat mit zwei Espresso-Tässchen auf mich zu, reichte mir eins davon. »Es gefällt Ihnen hier, stimmts? Worin liegt die Faszination?«

»Ach, Faszination … na ja. Ich meine, es ist natürlich ein auffälliges Gebäude, hübsch.«

Er rührte lächelnd in seinem Tässchen, deutete mir, mich zu setzen.

Der Stuhl, in den ich augenblicklich sank, war ergonomisch geformt und sehr bequem. Unaufdringliches Design.

Wie geschaffen für lange intensive Gespräche.

»Ich praktiziere nur zu rund fünfzig Prozent als Arzt. Dabei nehme ich überwiegend Privatpatienten und Sozialfälle an. Erstere für das Geld, da bin ich ehrlich. Letztere, um Menschen eine kostenlose Versorgung zu ermöglichen, denjenigen, die es sich nicht leisten können. Unsere Gesellschaft produziert hier Überfluss, da Not. Wir sind es gewohnt, dem Zahler den Vortritt zu lassen. Dabei haben wir doch mal gelernt, dass Frauen und Kinder zuerst gerettet werden müssen. Meine Luxuspatienten haben Übergewicht, Bluthochdruck, Stoffwechselstörungen und gegen Fettleibigkeit gibt es ein einfaches Mittel: Bewegung. Die kostet nicht mal was. Aber Sie glauben nicht, wie viele Schönheitschirurgen hier jährlich zugelassen werden. Das Geschäft boomt. Es wird modelliert, bis das Ergebnis optimal ist. Nur, optimal, das versichere ich Ihnen, gibt es nicht. Und zur gleichen Zeit sterben anderswo Menschen an banalen Infektionskrankheiten.«

»Ja, das ist verrückt«, stimmte ich ihm zu.

»Die restliche Zeit verbringe ich mit der Forschung. Dr. Starenberg und ich haben uns in Mailand kennengelernt.« Er setzte sein Tässchen an die Lippen.

»Haben Sie schon immer hier praktiziert? Ich meine, hier in diesem Gebäude?«, fragte ich.

»Nein. Ich habe das Haus vor vier Jahren gekauft und renovieren lassen. Es stand lange leer. Niemand wollte es. Können Sie sich das vorstellen? Die Leute im Ort mochten das Haus nicht.«

»Weshalb?« Das interessierte mich.

»Hausnummer siebzehn. Die Siebzehn ist in Italien eine Unglückszahl. Wissen Sie warum?«

»Nein.«

»Ich werde es Ihnen erklären: Wenn man die Zahl 17 als römische Zahl schreibt, ist darin ein X, ein V und zweimal II – also: XVII. Wenn Sie jetzt die Reihenfolge der Buchstaben verändern, kann man es auch ›VIXI‹ lesen, was so viel bedeutet wie: Ich habe gelebt, oder eben: Ich bin tot.«

»Ach …« Ich sah ihn mit offenem Mund an.

»Sie sind nicht abergläubisch. Oder doch?«

»Ich? Nein.«

Interessiert registrierte er meine Reaktion. Dabei nippte er still an seinem Espresso. »Sagen Sie«, fuhr er fort. »Sie sind nicht zufällig der Autor? Dr. Starenberg erzählte mir, er sei mit einem befreundeten Paar unterwegs. Ein Romanautor und seine Verlobte.« Liz und ich waren nicht verlobt. Trotzdem hatte sich die Bezeichnung »Verlobte« eingebürgert.

»Sie haben Ihren Freund in einem Ihrer Romane verewigt, hat er mir erzählt.«

»Das hat er Ihnen erzählt? Es bot sich an, darüber zu schreiben. Aber es war nur ein kleiner Teil der Geschichte.«

»Worum geht es?«

»Das Buch heißt *Das Leben in Grün und Blau. La vie en vert et bleu.* Es geht um einen Mann, der seinen Schwiegersohn krankenhausreif schlug, weil der seine Tochter verlassen wollte. Er wollte nicht, dass sie litt oder vereinsamte. Roger hatte den jungen Kerl wieder zusammengeflickt. Der Fall landete vor Gericht. Ich habe daraus eine skurrile Geschichte gesponnen, sie mit einer anderen verknüpft.«

»Klingt interessant. Tragisch, was das andere betrifft. Aber solche Fälle gibt es, sie sind mir auch bekannt. Das Leben schreibt manchmal die unglaublichsten Geschichten.«

Ich nickte stumm, verkniff es mir, etwas zu erwidern.

»Erzählen Sie mir lieber etwas über dieses Haus. Es interessiert mich.«

»Tatsächlich?« Uttorino lachte. »Na gut. Außer der Unglückszahl hat es noch andere düstere Geheimnisse. Es wird zwar viel erzählt und auch vieles verformt oder hinzugedichtet, aber wenn man lange genug nachhakt, kommt man stückchenweise an die Einzelteile der Wahrheit – wobei sie auch dann immer noch vage bleibt. So viel aber habe ich herausgefunden: Das Vorgängerhaus wurde abgerissen, weil man sich seines Besitzers – eines angeblichen Mörders –

entledigen wollte.«

»Wie bitte?!«

»Sie haben richtig gehört, eines Mörders. Angeblich hatte er seine Frau auf dem Gewissen und sie auf dem Grundstück verscharrt. Muss in den Siebzigerjahren gewesen sein. Olmetti hieß er. Oder Ogetti? Ja, Ogetti ... glaube ich. Er hat hier im Ort im Labor gearbeitet und mit Quallen experimentiert. Verrückte Geschichte. Er muss etwas absonderlich gewesen sein. Seine Welt war das Meer. Die Tiefsee und das Gebiet kurz davor. Quallen, wie gesagt. Er war mit einer Nordafrikanerin verheiratet, und die Leute mochten hier keine Fremden. Damals nicht. Heute ... na ja, darum streiten wir ja gerade. Irgendwann war sie plötzlich verschwunden. Von jetzt auf gleich wurde sie nicht mehr gesehen. Sie verschwand in einer Nacht.«

»Am Strand? Sie verschwand am Strand?«

»Am Strand, wie kommen Sie darauf? Aber gut möglich. Dazu gab es mehrere Varianten. Was wirklich passiert ist, kann niemand so genau sagen, dafür hätte man die Szene beobachten müssen, und in jener Nacht hat niemand etwas gesehen. Das zumindest behaupten alle, die etwas darüber wussten. Ogetti hat sich nach und nach immer mehr zurückgezogen, wurde merkwürdig, noch merkwürdiger, als er ohnehin schon war. Die Leute haben ihn dennoch gemocht, weil er freundlich und hilfsbereit war. Man wollte in ihm keinen Mörder sehen. Dass die fremde Frau plötzlich weg war, kam allen ganz gelegen. Den Rest wollte man nicht so genau wissen. Irgendwann aber muss das alles ihn so sehr belastet haben, dass er es nicht länger für sich behalten konnte. Er lehnte sich gegen die Ignoranz der Leute auf. An einem Tag im Sommer gab es dann kein Halten mehr und er hat gebeichtet, mitten auf der Piazza. In aller Öffentlichkeit. Er habe seine Frau ermordet. Sicher war es ein Akt der Befreiung. Die Bewohner gingen beschämt an ihm vorbei. Eine groteske Szene. Er hoffte wohl, dass man nachfragte: Warum hast du das getan? Er wollte nichts mehr, als sich von den seit Jahren quälenden Gedanken befreien. Die Leute aber straften ihn mit Ignoranz. Schließlich wollten sie ihn loswerden und suchten nach einem Weg ihr Vorhaben in die Tat umzusetzen. Ein Bauunternehmer sollte zu diesem Zweck das Haus erwerben, es abreißen und ein Mehrfamilienhaus dorthin setzen. Er machte Ogetti zunächst ein Angebot. Der lehnte jedoch ab. Ogettis Anwesenheit fiel mittlerweile zur Last. Er war das personifizierte schlechte Gewissen, musste weg. Egal wie. Er und sein Haus waren pures Gift.«

»Nach der Leiche auf seinem Grundstück hat niemand gesucht?«

»Keinesfalls! Stellen Sie sich vor, man hätte tatsächlich eine Leiche gefunden. Jemand wäre gekommen und hätte Fragen gestellt. Unangenehme Fragen, denn es war ja nicht so, dass niemand das Verschwinden der Frau bemerkt hätte. Es kursierte eine Vielzahl an Gerüchten, wie er sie umgebracht hatte, damit hätte ein ganzes Dorf sich der indirekten Mitwisserschaft schuldig gemacht. Man hatte jahrelang einen Mörder gedeckt ... Mit Hilfe der Baubehörde kamen dann diverse Klagen zustande. Das Gebäude erfülle die Auflagen nicht, sei einsturzgefährdet und stelle wegen des überhängenden Daches eine Gefahr für Fußgänger dar. Ogetti interessierte das alles nicht. Auch nicht, als man ihm ein Ultimatum stellte, das Haus zugunsten einer Entschädigung aufzugeben und außerhalb des Dorfes ein Grundstück zu beziehen. Innerhalb einer Woche sollte er räumen. Aber er blieb.«

»Und dann?« Ich ahnte, worauf es hinauslief.

»Was dann passierte, klingt wahrlich nach Schauergeschichte. Bis man mir das anvertraut hat ... das hat gedauert. Der Abrissservice war für den Nachmittag bestellt. Innerhalb weniger Stunden sollte das Haus dem Erdboden gleichgemacht werden. Niemand teilte der Firma derweil mit, dass Ogetti noch im Haus war. Die Mannschaft, die außerhalb des Gebäudes den Abriss koordinierte, war angeblich involviert. Stellen Sie sich das vor. Man hat ihn mitsamt seines Hauses ...«

»... plattgemacht?«, ergänzte ich.

»So kann man sagen. Aber wie gesagt, das gibt niemand hier zu. Ich habe mir meinen eigenen Reim daraus gemacht. Sie wissen, wie es mit Geschichten dieser Art ist. Manches möchten wir lieber ungeschehen machen. Denn ... die Vergangenheit könnte einen einholen.«

»Die Vergangenheit«, murmelte ich vor mich hin.

Uttorino setzte sein leeres Espressotässchen auf die Untertasse und anschließend auf den Tisch.

»Wie auch immer. Das ist eine unglaubliche Geschichte«, stellte ich fest.

»Wie gemacht für einen Roman.«

Ich überging seinen Kommentar. »Mal was anderes«, leitete ich einen Themenwechsel ein. »Für die Älteren unter ihnen, die, die irgendwann an Demenz erkranken, wird es nur noch diese Vergangenheit geben. Sie werden es nicht vergessen.«

»Ein Lehrstück?« Er schien amüsiert. »Könnte man so sehen.«

»Demenz ist ja noch nicht vollständig erforscht, richtig?«, blieb ich beim Thema. »Forschen Sie auch mit Nesselgiften in diese Richtung?«, kam mir eine spontane Idee. »Wissen Sie, ob sie eventuell auf den Geist wirken?«

Uttorino schien etwas verwirrt über meinen abrupten Themenwechsel. »Demenz ... Ja, da gibt es noch einige Lücken in der Forschung. Die Natur lässt sich nicht überall entschlüsseln. Wie zum Beispiel beim Thema Tod. Oder nehmen wir die Tiefsee, die uns wohl ewig ein Rätsel bleiben wird, weil wir dort nie bis zum Meeresgrund vordringen werden. Aber, um zu Ihrer Frage zurückzukommen, Nesselgift als Mittel zur Auffrischung für den Geist? Das wäre mir neu.« Er lachte. »Wenn, dann wäre das ein Thema für die Neurologie oder die Psychopathologie. Nesselgifte aber wirken neurotoxisch, auf das Nervensystem. Die Folgen eines Stichs sind unter anderem Lähmungserscheinungen. Die Tiere setzen die Nervengifte zur Verteidigung ein. Das bedeutet für ihre Opfer Krämpfe, zum Beispiel in den Herzmuskelzellen, unkontrollierte Kontraktionen. Im schlimmsten Fall kann es zu Herzversagen oder dem kompletten Ausfall des Herz-Kreislaufsystems führen. Wir erforschen die Wirkung von Nesselgiften für den Einsatz bei Herzmuskelinsuffizienz.«

Ich war seinen Erklärungen nur zum Teil gefolgt. »Es ist also nicht …« Ich brach meinen Satz ab. Einen Moment lang war ich versucht gewesen, dem Doktor von den Gegebenheiten im Ogetti-Haus zu berichten, verkniff es mir jedoch im letzten Augenblick.

»Ja …? Ihnen liegt noch eine Frage auf der Zunge.« Er faltete die Hände in der Hoffnung, weiter fachsimpeln zu dürfen. Er mochte das Thema.

»Nein. Das wars.«

Meine Begegnungen der besonderen Art musste ich ihm verschweigen. Wohl oder übel. Abgesehen davon, könnte er das Gespräch augenblicklich beenden, mich vor die Tür setzen oder umgehend Vandergroot ausliefern. Die hagere Spürnase würde ohnehin bald meine Verfolgung aufnehmen. Helgas Leichte konnte nicht ewig unentdeckt im Pool schwimmen. Es sah alles andere als rosig für mich aus.

»Danke für Ihre Geduld, dass ich hier … Ich bin vielleicht etwas durch den Wind wegen meiner Verlobten.« Ich deutete zu den in der Ferne immer noch am Boden verstreuten Klamotten. »Ich werde das mal aufsammeln und dann losziehen. Danke auch für den Kaffee. Er ist wirklich vorzüglich.«

Nachdem ich Liz' Klamotten wieder im Koffer verstaut und diesen geschlossen hatte, ging ich ein letztes Mal zu Uttorino um mich zu verabschieden.

Der Doktor musterte mich – und den Koffer in meiner Hand. »Sie wollen also tatsächlich los? So plötzlich? Kann ich denn noch was für Sie tun? Soll ich Ihnen ein Taxi rufen?«, bot er sich an.

»Sehr gern«, stimmte ich zu.

Wenige Minuten später verabschiedeten wir uns vor der Haustür. Das bestellte Taxi stand bereits da. Ich stieg ein und machte Uttorino, der noch in der Tür verweilte, ein letztes Zeichen zum Dank.

Ich ließ alles andere hinter mir. Ganz weit hinter mir.

Vorerst war ich mit einem blauen Auge davongekommen. Ich hatte es nicht unbedingt verdient, und die Frage, wie lange das Schicksal mir noch Rückendeckung geben würde, saß mir im Nacken. Wann würde der Moment kommen, in dem ich alles verlor? Ich ahnte, dass ich auf dem besten Weg dorthin war.

Die Straße nach Rapallo führte an der Küste entlang. Wir fuhren oberhalb der Felsen, vorbei an Portofino, dem wohl legendärsten und pittoreskesten Badeort an der Ligurischen Küste. Der Tag war strahlend gelb. Möwen kreisten wie Raubvögel über uns. Ich konzentrierte mich auf das, was vor uns lag: der flirrende Asphalt einer kurvigen Straße, die mal beklemmend eng wurde, mal einen schwindelerregenden Fußtritt hinter dem Randstein in die steile Tiefe stürzte. Das Meer war aufgewühlt und lechzte nach einem Opfer. Weshalb ich zur Ablenkung anfing Tunnel zu zählen.

Die Fahrt verlief jedoch reibungslos, und das Taxi setzte mich gegen Mittag bei der Adresse ab, die Nellie mir notiert hatte.

Das Appartement der beiden lag in der Nähe des Pharmazeutischen Instituts. Sie teilten sich eine WG. Pat bereitete ihre Doktorarbeit vor und hatte gerade eine Affäre mit ihrem Dozenten beendet. Nellie war Altenpflegerin und frisch von ihrem Freund getrennt. Sie waren also frei. Frei für was auch immer.

An der Tür empfing mich unter zwei Namensschildern ein steinerner Engelskopf auf Muscheln gebettet in einem roten Blumentopf. Eine ebenfalls mit Muscheln dekorierte

Schnur verband die beiden Namensschilder. Ich drückte auf die Klingel, wartete ab, was geschah.

»Leif?«, empfing mich Nellie überrascht in der Tür. Zu Dreiviertel-Leggins und einem schulterfreien Top trug sie Wollsocken. »Das ist ja eine Überraschung.«

Sie sah von mir zu dem Koffer an meiner Seite. Schließlich erschien ein Lächeln auf ihrem Gesicht. Sie umarmte mich.

»Pat, schau mal, wer hier ist!«, rief sie über ihre Schulter in Richtung Flur.

Im Hintergrund hörte ich Geräusche. Das Wasser lief, Teller klapperten. Jemand spülte Geschirr. Pat hatte Nellie offensichtlich nicht gehört.

»Komm herein«, bat sie mich, noch immer lächelnd, und trat einen Schritt zur Seite. Ich hob Liz' Koffer durch die geöffnete Tür, stellte ihn im Flur ab.

»Tut mir leid, dass ich euch so überfalle.«

»Oh, das macht nichts«, entgegnete sie. »Wir haben gerade gegessen. Hast du Hunger? Es gibt noch ein paar überbackene Auberginen.«

»Auberginen, klingt gut. Aber bitte keine Umstände.«

Als Nellie mit mir in die Küche trat, stand Pat gerade an der Spüle. Sie hatte ihre roten Haare zu einem Knoten gedreht, trug ein ausgeleiertes T-Shirt und Hotpants.

»Oh … unerwarteter Besuch. Hallo, Leif.«

Ihr Blick streifte ebenfalls den Koffer. Ich wusste nicht, was die beiden dachten, ahnte aber, dass der Anblick des Koffers zu Missverständnissen führen könnte. Sie mussten befürchten, ich wollte mich für längere Zeit bei ihnen einquartieren. »Tut mir leid, dass ich euch so überfalle. Ich suche etwas für eine Nacht. Nur eine Nacht, nicht länger.«

»Setz dich erst einmal«, entschied Pat mit ihrer ruhigen Stimme. »Du kannst hier übernachten. Eine Nacht, mehrere Nächte. Kein Problem. Wir freuen uns über Besuch.«

»Komm.« Bevor ich mich setzen konnte, zog Nellie mich bereits mit sich. Sie führte mich über einen Korridor ins Gästezimmer. Ein heller Raum mit gelb gestrichenen

Wänden, einer Ausziehcouch, grünen Ikearegalen und einem Teppich mit südamerikanischem Muster. »Nett.«

»Hier kannst du dich ausbreiten. Fühl dich ganz wie zu Hause.«

Nellie war bereits wieder durch die Tür verschwunden, als ich mich umdrehte.

»Leif!«, hörte ich sie aus Richtung Küche rufen.

Pat hatte die Küche aufgeräumt. Das gespülte Geschirr stand auf der Ablage. In der Pfanne auf dem Herd schlummerten noch drei einsame Auberginenscheiben.

»Du kannst gleich essen.« Kurz darauf brutzelte es bereits. Der Geruch nach überbackenem Parmesan stieg mir angenehm in die Nase.

Ich hockte mich zu Nellie an den Tisch, die mich nicht aus den Augen ließ. Ich fühlte mich jedoch zu keinem großen Wortgeplänkel fähig, ließ alles auf mich zukommen und war dankbar, für einen Moment meiner absurden Reise entkommen zu sein.

Pat servierte mir gebratene Auberginenscheiben und setzte sich mit an den Tisch. »Buon appetito!«

Der Rest des Nachmittags und des beginnenden Abends vergingen mit dem lebhaften Geplapper der beiden, lustigen Alltagsgeschichten, Anekdoten von der Arbeit und Pats Professor. Ich musste die meiste Zeit nur zuhören, was mir aber nicht durchgehend gelang. Zwischendrin schweifte ich immer wieder gedanklich ab, kämpfte mit aufkommender Müdigkeit.

Gegen elf verabschiedete ich mich und tappte zu dem für mich hergerichteten Gästezimmer. Der lockere, ungezwungene Abend hatte gutgetan, mehr aber hätte es nicht sein dürfen. Ich war nicht ich in meiner üblichen Verfassung, fühlte mich mir selbst entfremdet – als hätte man mir ein neues, unbekanntes Ich übergestülpt, mit dem ich noch nicht umzugehen wusste. Menschen, die in dieser Situation etwas von mir erwarteten, konnte ich nur enttäuschen. Ich war nicht in der Lage, mir zu vergegenwärtigen, was in meinem Leben gerade noch Bedeutung hatte. Etwas geschah mit mir. Etwas, was ich lange nicht an die Oberfläche hatte dringen lassen. Möglicherweise zu lange.

Das Zimmer war angefüllt von den Schatten der Möbel. Ich hörte Pat im Bad. Nellie hockte noch ein paar Minuten vor dem Fernseher, zappte durch die Kanäle. Dann wurde es still.

Das Bett war frisch bezogen und duftete nach Zitrone. Ein kleiner Stapel frisch gewaschener Handtücher lag auf dem Waschbeckenrand. Sie gaben sich alle Mühe – für mich.

Und doch fehlte etwas.

In Gedanken durchsuchte ich den Raum nach dem, was hinter mir lag. Die Bilder unseres Urlaubs. Ich starrte an die Zimmerdecke und dachte an Noemi. Ich wusste noch immer nicht, was in dieser Nacht am Strandhaus passiert war. War das Tier in mir ausgebrochen; jenes, das sich auch auf Helga gestürzt hatte?

Wieder dachte ich zurück an unsere Jugend. Daran, wie ich einmal zu Schulzeiten bei Liz übernachtet hatte. Es war kurz nach dieser Tanzszene mit Roger gewesen. Wir gingen bereits miteinander. An besagtem Abend hatten wir uns einen Horrorfilm angesehen. Im Anschluss daran schlug ich vor, zur Aufheiterung einen Erotikfilm zu schauen. Liz ließ sich überreden. Wir waren neugierig. Wir waren fünfzehn und ihre Eltern an diesem Abend nicht zu Hause. Ich erinnerte mich daran, wie wir versteinert auf das starrten, was auf der Mattscheibe vor sich ging. Andere hätten vermutlich gekichert oder sonst wie teenagermäßig reagiert.

Wenn ich weiter über diesen Moment nachdenke, war unsere Reaktion vermutlich vollkommen normal. Es gab auch danach noch ähnlich befangene Momente, die ich nicht als unangenehm empfand, im Gegenteil. Liz aber versuchte jedes Mal krampfhaft, das Schweigen zu brechen, womit das Ganze letztlich entzaubert wurde.

Mittlerweile war es still um mich herum. Die beiden mussten ins Bett gegangen sein. Auch die Schatten der Möbel waren eins mit der Dunkelheit geworden. Blasse Lichtstreifen fielen noch durch die Lamellen der Klappfensterläden, zogen feine Streifen an den Wänden. Der Anblick machte mich allmählich schläfrig und ich nickte kurz darauf ein.

Irgendwann aber war ich plötzlich wieder hellwach.

Was war das?

Jemand hatte mein Zimmer betreten. Heimlich und nahezu lautlos. Die Tür stand einen Spalt breit auf. Etwas Licht drang herein.

Ich bemerkte sie erst, als sie mich berührte. Ihre Finger streiften meine nackten Zehen. Ihr Haar kitzelte meine Haut. Sie zog das dünne Bettlaken etwas beiseite und von mir herunter. Ich bewegte mich nicht, wusste instinktiv, was sie vorhatte. An den Umrissen und der Art, wie sie vorging, erkannte ich, dass es Nellie war.

Vielleicht hätte ich mir Pat an ihrer Stelle gewünscht, aber das war nicht wirklich wichtig. Mir war alles recht, was mich davor bewahrte, in einen möglichen Albtraum zurückzukehren, der mir im Schlaf auflauerte. Lucienne in einem Pool voller Quallen. Es gab Besseres für meine Fantasie. Und Nellie war auf halbem Weg dorthin. Ihre schmale Hand hatte bereits das letzte Stückchen Stoff an mir erreicht. Ich stellte ihr keinerlei Hürden in den Weg, ließ sie machen. Ich übergab mich bis zu einem gewissen Grad ihrer Fantasie. In der Dunkelheit erkannte ich ihre Gesichtszüge nur schemenhaft. Sie war wie ein Geist, der sich nahezu unbemerkt auf mich legte. Erst als sie anfing, mich zu massieren, wurde sie mit ihrer nackten Gegenwart real. Vielleicht erhoffte sie sich, dass ich sie mit Küssen bedeckte, sie zärtlich umarmte …

Danach aber war mir nicht. Ich wollte keine langen umständlichen Wege einschlagen, um ans Ziel zu kommen. Also packte ich Nellie, zog sie brutal zu mir. Sie trug tatsächlich nicht mehr als ein knappes Höschen. Ich war in Sorge, dass Pat geweckt würde, daher bediente ich mich auf direktem Weg. Ich drückte sie auf den Bauch, zog ihr

Höschen herunter und presste ihre Arme auf den Rücken ...

Eine Weile trieb ich es mit ihr, als wäre es ein Solostück. Nellie lag nur da, sagte kein Wort. Ich hatte ihre Absichten gründlich durchkreuzt. Sie kam nicht wirklich zum Zug. Es war unterkühlt, emotionslos. Das gebe ich zu. Und es dauerte nicht lange, bis ich sie, befriedigt und erschöpft, wieder freigab. Was sie empfand, war mir egal. Ob sie es doch irgendwie genossen oder einfach nur die Zähne zusammengebissen hatte ... Du hast es doch gewollt, dachte ich nur.

Ich hörte, wie sie sich neben mir aus dem Bett wand. Halb benommen, kriechend, als wäre sie übel zugerichtet worden. Sie bog ihren Oberkörper, tastete nach ihrem Höschen, das irgendwo auf dem Boden lag, und tappte eher orientierungslos in der Dunkelheit zur Tür, schlüpfte hindurch und zog sie anschließend leise hinter sich zu.

Erneut war es komplett dunkel und die Nacht endlich an dem Punkt angelangt, an dem mein Innerstes vollständig ausgehöhlt und erschöpft war.

Die Leere, die jetzt zurückblieb, war tatsächlich das, was ich für meinen Schlaf gebraucht hatte.

🌴 Tag 12

Pat hatte einen frühen Termin bei ihrem Professor in Genua und bot mir an, mich im Auto mitzunehmen. Dankbar willigte ich ein. Auch war ich froh, dass Nellie bereits aus dem Haus war und wir uns nach unserem missglückten One-Night-Stand nicht noch einmal begegnen mussten.

Der ligurische Himmel war wie tiefblaue Tinte. Dazu die Farbe von Pats leuchtend rotem Haar. Ihre Mähne flatterte im Fahrtwind. Sie war ansteckend gut gelaunt und schaffte es mit ihrer Stimmung, meine Nachwehen von der Nacht in Windeseile zu vertreiben.

Als wir den Busbahnhof erreichten, umarmten wir uns zum Abschied. »Vielleicht sieht man sich wieder«, schlug ich vor.

»Vielleicht.« Sie zwinkerte. Dann fuhr sie ab. Ich blieb zurück, bemerkte jedoch, dass sie mir noch eine Weile im Rückspiegel nachsah.

Ich ließ mein Gepäck, inklusive Liz' Koffer, in einem Schließfach am Bahnhof und machte mich gleich auf den Weg zur nächsten Bushaltestelle.

Der zunehmende Verkehr Richtung Innenstadt verstopfte bereits die Straßen, staute sich vor den Ampeln. Am Strand erkannte ich die ersten Jogger. Neben mir an der Bushaltestelle hockte eine Frau mit Hund. Zwei Schüler spielten mit ihren Handys.

Der Bus rollte an und ich stieg nach ihnen ein.

Während wir durch Genua fuhren, spukte mir ein Gedanke durch den Kopf: Ob es nicht besser wäre, mich ganz einfach zu stellen? Ich würde vom Hotel aus Vandergroot anrufen. Es machte doch keinen Sinn, weiter wegzulaufen. Ich war müde und ausgelaugt. Die Nacht mit Nellie hatte einen bitteren Nachgeschmack hinterlassen.

Ich zog mein Mobiltelefon heraus, durchstöberte meine Geldbörse. Schließlich fand ich Noemis Kärtchen und wählte ihre Nummer.

»Ja?«, meldete sie sich, als hätte sie meinen Anruf bereits erwartet.

»Ich bins, Leif.«

»Ja, das hab ich gesehen.« Demnach hatte sie meine Nummer eingespeichert.

»Wie geht es dir?«

»Gut, aber du musst dich kurzfassen. Ich habe gerade nicht viel Zeit für Smalltalk, bin unterwegs zu einem Termin.«

»Ich wollte nur hören, ob Roger sich gemeldet hat. Wie ich gehört habe, ist er im Jemen.«

»Wer hat dir das erzählt?«

»Vandergroot. Er hat Roger als Verdächtigen ausgeschlossen.«

»Super! Danke auch, Leif, dass du dich so rührend kümmerst, was *das* betrifft.«

Ich war verwirrt. Zum wiederholten Male verwirrt durch ihre Reaktion. War sie wütend auf mich?

»Noemi, jetzt lass doch bitte mal diese Spielchen«, wurde ich fordernd. »Ich mache mir Sorgen um Roger. Sag mir doch bitte, ob er sich auch bei dir gemeldet hat, ob alles okay ist.«

Auf einmal war es still am anderen Ende der Leitung. Etwas lag im Argen. Ich hatte es schlichtweg überhört.

»Ja ... tut mir leid. Es ist vielleicht gerade etwas viel. Roger ist plötzlich im Jemen, eine Leiche in unserem Zimmer ... Ich komme einfach nicht so schnell mit«, gestand sie schließlich.

»Du glaubst doch nicht, ich hätte was damit zu tun?«

»Das habe ich nicht gesagt. Aber vielleicht hast du ja irgendeine Erklärung?«

»Hmn, möglicherweise. Aber ich kann es dir nicht am Telefon erklären. Können wir uns sehen?«

»Willst du nach Mailand kommen?«, fragte sie zu meiner Überraschung. »Wann?«

Ich musste plötzlich daran denken, dass meine Zukunft durchaus ungewiss war. Dass ich, aufgrund meiner Anwesenheitspflicht und meiner gerade getroffenen Entscheidung, mich möglicherweise zu stellen, gar keine derartige Zusage treffen konnte.

»Heute Abend«, entschied ich dennoch. Ich handelte einfach. Über die Tatsache meiner vermeintlich begrenzten Möglichkeiten hinweg. Vielleicht tat ich es, weil es mir wichtig war, Noemi allein zu treffen. Wichtiger als alles andere.

»Also gut. Du hast meine Adresse.«

»Ich nehme gegen vier den Trenitalia nach Mailand.«

»Ok. Dann sehen wir uns heute Abend. Ich hole dich ab.«

Etwa eine halbe Stunde später stand ich in der Via Varese numero 5 vor dem commissariato di polizia. Die Adresse, die Vandergroot mir genannt hatte, lag etwas außerhalb von Genua. Ich war zu allem bereit, bliebe mir nur die Möglichkeit, Noemi noch einmal zu sehen.

Nachdem ich mich bis zum Zimmer von Commissario Joey Vandergroot – so wies das Namensschild seinen vollständigen Namen aus – durchgefragt hatte, empfing mich dort Tomaso. »Signor Piel!«, begrüßte er mich.

»Ich möchte mit dem Commissario sprechen.«

Tomaso bedeutete mir, mich zu setzen.

»Er wird gleich da sein, ist nur mal kurz um die Ecke. Gehts Ihnen gut? Sie waren mit Vandergroot verabredet. Wir haben hier auf Sie gewartet. Sie sind nicht gekommen«, stellte er fest, ohne dabei jedoch allzu streng zu wirken.

»Ich war verhindert. Aber jetzt bin ich ja da.«

Tomaso setzte sich mir gegenüber und betrachtete mich eine Weile nachdenklich. »Was machen die Bücher?«, fragte er irgendwann etwas möglichst Belangloses. »Haben Sie schon eine neue Story im Kopf?«

»Es gibt immer irgendeine Story.« Das wollte er sicher

hören.

»Und worum geht es in Ihrer neuen Story?«

Ich war gar nicht in Laune, über meine Bücher zu sprechen, spielte aber dennoch mit. »Es geht um einen Mann.«

»Einen Mann, aha, somit haben wir schon mal einen Protagonisten. Ein Mann allein? Und die Handlung?«

»Der Mann kommt aus einer anderen Zeit. Und er ist ein Mörder.«

»Ha! Wow, das ist allerdings was. Wen hat er umgebracht?«

»Die eigene Frau. Man hat ihn nur nie überführen können. Deshalb lockt ein Zeitreisender ihn in die Gegenwart, um ihn dort zu stellen. Unglücklicherweise aber wird er dort zum Opfer. Eine senile, leicht verwirrte alte Dame vergiftet ihn.«

Tomaso schien irritiert. Vermutlich konnte er meiner Story nicht ganz folgen.

»Erklären Sie das mit dem Mord noch mal, das habe ich nicht ganz verstanden. Und *wie* und *wann* passiert *was?* Ich meine, in welcher Zeit?«

»Die erste Tat liegt ein paar Jahrzehnte zurück. Die Leiche hat er in seinem Garten vergraben. Um die Tat zu vertuschen und weil die Hausnummer siebzehn in Italien Unglück bringt, wurde das Haus abgerissen. Man hat gehofft, den Mörder in den Trümmern zu begraben. Er entkam jedoch. Irgendwie. An diesem Punkt bin ich noch nicht ganz schlüssig, überlege noch, wie es weitergeht.«

Tomaso kratzte sich am Kinn, fixierte dabei eine Stelle am Ende des Tisches. »Diese Geschichte kommt mir bekannt vor. Woher haben Sie das? Das ist nicht von Ihnen.«

Die Tür wurde geräuschvoll geöffnet. Commissario Vandergroot trat hindurch. Er wirkte gewohnt düster und derb, wie schon die letzten Male. Das strohig aschblonde Haar stand etwas ab, als hätte er gerade einen Kampf mit dem Fön ausgetragen – welchen der Fön offensichtlich für sich entschieden hatte. Die Augenränder bezeugten schlaflose Stunden oder als hätte er Nächte lang zu tief ins Glas geschaut. Ähnlich abgekämpft war auch seine Kleidung. Ein ausgebleichtes Jeanshemd zu knittrigem schwarzgrauem Denim. Dazu ausgelatschte schwarze Turnschuhe. Bei seinem Eintreten hatte ich mich erhoben, worauf sein Blick augenblicklich nach mir schnappte, als wäre ich der personifizierte Albtraum, der ihn durch die Nacht gejagt hatte.

»PIEL!! Ich fasse es nicht!«, stieß er aus, alles andere als herzlich. »Dass Sie sich noch hierher trauen. Ich war kurz davor, Sie zur Fahndung auszuschreiben.«

»Dann bin ich dem also zuvorgekommen.«

Tomaso überließ dem Commissario seinen Stuhl und rückte einen weiter.

»Sie haben also etwas zu sagen. Ich bin ganz Ohr.«

»Ich habe es soeben schon auf Umwegen Ihrem Kollegen anvertraut.«

Vandergroot warf Tomaso einen fragenden Blick zu. Dieser erwiderte den Blick mit Schulterzucken.

»Na, dann macht es Ihnen vielleicht nichts aus, jetzt alles noch einmal vorzutragen. Quasi ohne Umwege, für uns beide.«

»Ich möchte ein Geständnis ablegen.«

Tomaso, der gerade seine Arme hatte verschränken wollen, ließ sie überrascht sinken.

Vandergroot reagierte gewohnt unerschrocken und überzogen gelassen. *Lass ihn nur ins offene Messer rennen*, interpretierte ich seine Miene.

Dabei war ich auf einmal unsicher, ob sich das, was ich hier beichten wollte, wirklich mit dem deckte, was die beiden über mich wussten. Aber der Weg war nun einmal eingeschlagen.

»Ich habe sie beide auf dem Gewissen«, gestand ich.

»Wen meinen Sie denn mit ›sie beide‹?«, preschte Tomaso vor. Vandergroot mahnte seinen Kollegen verärgert mit einer Geste, sich zurückzuhalten.

»Helga und Liz. Mutter und Tochter.«

Vandergroot zog die Stirn in Falten, rieb sich anschließend

mit zwei Fingern darüber. Nun konnte auch er nicht anders als nachhaken: »Worum bitte geht es hier?«

»Die Leiche im Pool ist Helga Feester. Wir hatten eine Meinungsverschiedenheit und … es war nicht direkt ein Unfall.«

»Signor Piel!«, unterbrach Vandergroot mich. Sein Ton wurde dabei noch etwas schärfer als gerade noch.

Er wusste es bereits, dachte ich.

Es war jedoch anders. Völlig anders.

»Hören Sie auf mit dem Gestammel. Gut, Sie hatten eine Meinungsverschiedenheit mit dieser Frau, ihrer Schwiegermutter – oder wer auch immer sie ist. Was diese Dame von sich gibt, klingt in unseren Ohren schon seltsam genug, aber dass Sie jetzt hier einen Mord gestehen! Wofür halten Sie uns? Für Clowns?! Für zwei gelangweilte Polizisten, die sich hervorragend als Spielfiguren in einem halbdurchgegorenen Krimi eignen?«

Ich sah von Vandergroot zu Tomaso, verstand nicht, warum man mir hier ganz offensichtlich nicht richtig zuhörte.

»Haben Sie ihre Leiche denn nicht gefunden?«

»Leiche?! Wir haben eine MÄNNLICHE Leiche! Signora Feester hatte einen Schwächeanfall im Pool. Das sagt zumindest der Hotelbesitzer, der sie reanimieren konnte. Mund-zu-Mund-Beatmung. Allerdings schien sie danach etwas verwirrt, weshalb er die Ambulanz verständigt hat. Sie wird noch im Krankenhaus beobachtet.«

Ich war sprachlos und zog es vor, meine Sprachlosigkeit noch eine Weile andauern zu lassen. Gio hatte sie also gerettet.

»Gut, befassen wir uns nicht länger mit dieser etwas haarsträubenden Geschichte. Wir haben keine Zeit, uns mit Ihren persönlichen Problemen zu beschäftigen. Kehren wir zu den Fakten zurück. Wir haben einen Mord zu klären. Eine männliche Leiche, etwa um die vierzig. Oder auch älter. Ein Mann, der niemandem hier im Aurelia bekannt ist und der offensichtlich auch kein Hotelgast war.«

»Nicht ganz«, fuhr Tomaso auf einmal dazwischen.

»Wie bitte?« Vandergroot drehte sich zu seinem Kollegen.

»Was soll das heißen ›nicht ganz‹?!«

»Als ich die Leute im Hotel befragte, nannte mir irgendwer dort an der Rezeption einen Namen.«

»Einen Namen? Was für einen Namen? Und wer? Wer nannte dir einen Namen?«, motzte er seinen Kollegen an. »Und damit kommst du jetzt?!«

»Ich hatte noch keine Zeit, alle Informationen so schnell zusammenzutragen. Die Leute waren ziemlich aufgewühlt, haben alle durcheinandergeredet. Ich musste sie erst einmal beruhigen. Wie gesagt hat irgendjemand von denen diesen Namen erwähnt, und ich … na ja, ich habe ihn mir einfach nur gemerkt. Besser gesagt, erst im Nachhinein kam er mir wieder in den Sinn. Jetzt habe ich natürlich den Namen des Zeugen nicht.« Tomaso war das Ganze sichtlich peinlich. Er erwartete bereits Vandergroots Schelte.

Diesem stand der Ärger deutlich ins Gesicht geschrieben. »Kein Gesicht, nichts? Soll heißen, du weißt nicht mal, ob Männlein oder Weiblein?«

»Vielleicht war es eine Frau. Da waren insgesamt mehr Frauen als Männer, die auf mich eingeredet haben. Ich bin mir aber nicht sicher.«

»Du bist dir nicht sicher. Und immer die Frauen. Die wissen schon, wie sie dich einwickeln. Aber gut. Jetzt lass mal den Namen hören, der dir so plötzlich wieder in den Sinn kam.«

»Angelo Ogetti.«

Ich hatte es geahnt. Tomaso war weitaus pfiffiger, als man dachte.

»Und ich habe bereits ein bisschen weiter recherchiert. Den Namen gab es tatsächlich. Er hat bis zu Beginn der Achtzigerjahre hier in der Altstadt gelebt. Sein Haus wurde wegen angeblicher Baumängel abgerissen. Seitdem ist er wie vom Erdboden verschluckt. Angeblich wurde für ihn ein Grundstück reserviert, als Entschädigung dafür, dass man sein Haus abriss. Die Übernahme des Grundstücks hat er jedoch nie quittiert. Die Beschreibungen des Mannes und auch ein Foto, das ich im Internet gefunden habe, könnten tatsächlich zu unserer Leiche passen. Er sieht ihm wie aus dem Gesicht geschnitten ähnlich. Es stimmt alles. Bis auf ...«

»Ich kann rechnen. Unsere Leiche ist zu jung.«

»Oder er kommt geradewegs aus einer anderen Zeit«, plapperte ich in das Gespräch hinein.

Der Commissario drehte sich zu mir. Mit Raubtierblick sah er mich an.

»Scherz«, bemerkte ich augenzwinkernd. »Ich habe nur irgendwo gehört, dass jemand Quallen an der Küste gesammelt hat. Seltene Quallen. In den Siebzigern.«

»Schön. Und was hat das jetzt damit zu tun? Unterbrechen Sie bitte nicht.«

»Quallen, richtig«, fuhr Tomaso fort. »Er hat für ein Pharmaunternehmen verschiedene Quallenarten hier an der Küste gesammelt und sie so präpariert, dass man damit forschen konnte«, bestätigte Tomaso, noch bevor der Commissario mich weiter in die Mangel nehmen konnte. »Angelo Ogetti wäre heute 78 Jahre alt. Unser Mann aber ist bedeutend jünger.«

Vandergroots Ärger wich kurzfristig der Aufmerksamkeit, die jetzt ganz auf Tomaso gerichtet war.

Dann aber verdüsterte sich sein Blick wieder. »Und wann hättest du mich über die Resultate deiner Recherchen in Kenntnis gesetzt?«

»Jetzt. Ich habe die Fakten gerade erst so weit zusammenbekommen, kurz bevor signor Piel hier auftauchte.«

Vandergroot rieb sich erneut über die Stirn. »Gut, darauf kommen wir dann noch mal zurück. Aber was ist das jetzt mit Ihnen?«, wandte er sich wieder an mich. »Was wissen Sie davon? Ich nehme an, Ihre Ausführungen hätten irgendwann in eine ähnliche Richtung geführt. Dann sprechen Sie sich nur aus. Aber bitte kommen Sie auf den Punkt. Weniger interessiert mich die sonderbare Verbindung zu Ihrer vermeintlichen Schwiegermutter, die sich offensichtlich nicht ganz im Klaren ist, ob sie nun eine Tochter vermisst oder nicht.«

Erneut war ich überrascht von Vandergroots Aussage. Warum sollte Helga plötzlich nicht mehr nach Liz suchen?

»Also, was ist jetzt, Piel? Ich warte auf Ihre Antwort.« Vandergroot hatte sich wieder vollständig mir zugewandt.

»Warum haben Sie den Koffer meiner Freundin an sich genommen?«, fragte ich anstelle einer Antwort auf seine Frage.

Genervt fuhr er sich durchs ohnehin schon wirre Haar. Ich brachte ihn aus dem Konzept. Wider Erwarten schraubte er jedoch seine Ungeduld etwas herunter. »Sie wollten ihre Klamotten nach Afrika verschiffen. Eine äußerst ungewöhnliche – zugegeben – nicht ganz unoriginelle Aktion. Ich war nicht sicher, ob mehr dahintersteckte als das, was Sie dort behaupteten … Ich gebe Ihr Bla-Bla hier nicht wieder, aber Sie müssen zugeben, es klang etwas wirr und …« Er holte Luft, verkniff sich das, was er noch sagen wollte. »Ich habe den Koffer vorsichtshalber aus dem Verkehr gezogen. Allerdings bin ich, was den Inhalt betrifft, tatsächlich nur auf Frauenklamotten gestoßen. Vermutlich die Ihrer angeblich vermissten … oder doch nicht vermissten Freundin. Wie auch immer. Wenn es ein dummer Scherz war, ich weiß nicht, ob meine Frau das so spaßig fände, wenn ich ihre Klamotten nach Fernost oder in die Sahara verschiffen lassen würde. Aber gut, der Koffer ist noch da, und selbst wenn es als kleiner Racheakt angedacht war, es ist alles da und Sie können sich friedlich einigen. Sofern Ihre Freundin das auch will. Aber vermutlich wissen Sie es besser, ob dem so ist oder ob Sie sich nicht doch in irgendeiner Form einvernehmlich getrennt haben.«

Vandergroot redete, als wollte er das Thema im Galopp hinter sich lassen. Betonungen ließ er weg, um dem Ganzen den Eindruck von – wenn überhaupt unnötiger – Länge zu verleihen.

»Schön, dass Ihnen daran liegt; dass Sie sich um alles kümmern, selbst um das, was offensichtlich nur vertane Zeit ist.« Natürlich provozierten meine Worte.

Vandergroot fletschte – seinem Raubtierblick zufolge – zumindest in Gedanken die Zähne. Das Blut stieg ihm ins Gesicht, wo ich doch fast davon ausgegangen war, er hätte keins, so fahl und käsig wie sein Erscheinungsbild war. Sein »Bitte kommen Sie auf den Punkt« lag ihm offensichtlich schon wieder auf der Zunge.

Tomaso griff an dieser Stelle unerwartet ein: »Wegen des Koffers ist es so: Gerade was den Genueser Hafen betrifft, müssen wir uns zurzeit doppelt absichern. Wir haben die Flüchtlingsströme. Unsere Aufmerksamkeit ist hauptsächlich auf dieses Thema gerichtet. Das nutzen die aus, die derweil Drogen und andere Schmuggelware an uns vorbei schleusen. Wir haben nicht genug …«

»Schluss jetzt mit dem unnötigen Geplapper über Nebensächlichkeiten!«, fuhr Vandergroot dazwischen. »Ogetti ist das Thema. Was wissen Sie über ihn?«

Ich sah von Tomaso zu Vandergroot.

»Tomaso hat Ihnen doch gerade schon ein paar Dinge über den Toten mitgeteilt«, schloss ich mich den Aussagen des anderen an.

»Genau da waren wir stehengeblieben. Und ich hörte Sie überraschenderweise an einer Stelle etwas hinzufügen. Also, mal raus damit!«

Vandergroot verstand es bestens, jede Nettigkeit zu unterdrücken. Seine Außenwirkung war absolut sympathiefrei.

»Sie kennen diese Geschichte offensichtlich nicht. Ein Mann, der lebendig in seinem Haus begraben wurde. Klingelt es da nicht?«

»Was sollte da klingeln?! Lassen Sie den Quatsch, Piel. Ihre Schriftstellerfantasien sind hier nicht das Thema.«

»Es gab einen mysteriösen Mordfall in den Siebzigerjahren. Angelo Ogetti hat seine Frau getötet …« Ich erzählte die Geschichte zum wiederholten Male, wobei auch Tomaso aufmerksam zuhörte. Die von ihm in Erfahrung gebrachte Version hatte ein paar wichtige Details nicht enthalten. Jene Details, die vermutlich nur lückenhaft dokumentiert worden waren oder die man aus Akten hatte verschwinden lassen. Uttorinos Version war mir recht glaubhaft erschienen.

Tomaso hörte aufmerksam zu. »Was für eine Geschichte. Unfassbar! Nur ...«, überlegte Tomaso laut, nachdem ich fertig war, »es könnte ja auch sein, dass Ogetti damals gar nicht unter den Trümmern lag. Die Leute dachten, sie hätten ihn lebendig begraben. In Wirklichkeit aber hat er überlebt. Bis jetzt.«

»Und ist dabei keinen Tag gealtert. Ein biologisches Wunder. Im Normalfall würde ich vom Gegenteil ausgehen. Ärger dieses Ausmaßes macht alt«, donnerte Vandergroot.

»Zeitreisen«, lieferte ich ihm ein neues Stichwort. Das war ein Risiko. Aber ich musste es zumindest erwähnen.

»Wollen Sie mich jetzt komplett hochnehmen?!« Der Commissario sah aus, als wollte er mir im nächsten Augenblick an die Gurgel. »Bleiben wir doch bitteschön ernst.«

»Laut Einstein sind Zeitreisen ja möglich«, ging Tomaso völlig unerwartet auf das Thema ein, »Reisen in die Zukunft.«

»Ja, aber nicht in die Vergangenheit«, korrigierte ich.

»Aber wenn Sie unseren Mann meinen, dann ist der doch in die Zukunft gereist«, erwiderte Tomaso, der offensichtlich Spaß an Spekulationen dieser Art hatte.

Das alles war durch und durch abstrus. Dafür brauchte es mehr als ein Quäntchen Fantasie oder Einsteins Relativitätstheorie. Für Vandergroot war es definitiv zu viel.

Tomaso ließ sich jedoch nicht einschüchtern. »Vielleicht ist der Mann auch nur eine Art Doppelgänger. Jemand im Hotel, der von der damaligen Geschichte wusste, könnte in dem Opfer Ogetti erkannt haben. Wie wir von signor Piel gehört haben, ging er ja gelegentlich zum Schwimmen ins Aurelia«, kehrte Tomaso, unter dem kritischen Blick seines

Kollegen, zu einer weniger phantastischen Rekonstruktion des Tathergangs zurück.

»Blödsinn! Alles Mist, was ich hier höre«, unterbrach Vandergroot. »Wovon wollen Sie eigentlich ablenken, Piel? Ihr Freund hat ein Alibi. Sie haben keins. Unter den Hotelgästen gibt es, außer Ihnen, sonst keinen auch nur annähernd Verdächtigen. Wir haben hier ein ganz reales Opfer. Somit brauchen wir einen mindestens ebenso realen Täter. Möglichst einen mit einem nachvollziehbaren Motiv. Bitte keine Fiktion. Die bringt uns nicht weiter.« Vandergroot hatte die Arme verschränkt, seine Mimik war verhärtet. Die gerade eingeschlagene Richtung war für ihn völlig inakzeptabel, was ich schon irgendwie nachvollziehen konnte, denn im Prinzip war sie das für mich auch.

»Jetzt lass dich doch mal einen Moment lang darauf ein«, redete Tomaso ihm zu, »lass es Fiktion sein, egal – aber stell dir vor, es wäre so, wie er sagt. Vielleicht ist er nicht zum ersten Mal heimlich ins Hotel eingedrungen. Vielleicht hat er das damals schon gemacht, ist nachts zum Schwimmen dorthin gegangen. Seit Jahrzehnten passiert das ja offensichtlich immer wieder. Die Leute brechen nachts ins Aurelia ein, um heimlich den Hotelpool zu benutzen, das erzählt auch Giovanni Tiarello, es ist sozusagen Tradition.«

»Die Leiche lag nicht im Pool«, unterbrach ihn Vandergroot, »sondern auf Dr. Starenbergs Zimmer. Dann wollte unser Mörder aus der Vergangenheit ihm wohl die Freundin ausspannen, diese attraktive Künstlerin, von der hier alle reden. Sicher. Bietet sich an. Und ist bestimmt reizvoller als irgendeine Hippiefrau aus den Siebzigern auf LSD-Trip. Ich wollte das auch schon immer mal, nur andersrum. Eine Frau aus der Zeit der Jahrhundertwende kennenlernen. Am besten meine Ururgroßmutter. Sie war ein echtes Kaliber, habe ich mir sagen lassen.«

»Noemi war schon abgereist«, ignorierte ich Vandergroots Bemerkung.

»Dann ist sie vielleicht auch durch die Zeit gereist.« Der

Commissario gestikulierte und verdrehte dabei die Augen, »Herrgott, das war ein Witz. Zeitreisen!«

»Vielleicht war es ähnlich«, verfolgte Tomaso seinen Ansatz unbeirrt weiter. »Es könnte vor Jahren etwas in diesem Zimmer passiert sein. Etwas, was zugleich der eigentliche Grund dafür ist, weshalb er in der Zeit reist – wenn wir jetzt mal annehmen, Zeitreisen wären möglich. Er hat etwas in dem Zimmer gesucht.«

»TOMASO!!«, fuhr Vandergroot ihn an.

Tomaso hatte es drauf. Er war mein Mann, dachte ich. Zumindest einmal waren Lucienne und Angelo sich begegnet, hatten diese eine Nacht miteinander verbracht. Möglicherweise hatte ihre damalige Begegnung im Aurelia stattgefunden, in Roger und Noemis Zimmer.

»Also bis dahin. Jetzt aber drehen wir schnell mal wieder um, kehren zurück in die Gegenwart und lassen die Spinnereien hinter uns. Signor Piel, es gibt vorerst keine weiteren Fragen. Halten Sie sich aber bitte zur Verfügung. Das ist eine polizeiliche Anordnung«, betonte er. »Wir ermitteln in einem Mordfall und Sie sind ein wichtiger Zeuge. Haben Sie das verstanden?«

»Ja, natürlich.«

Einerseits war ich erleichtert. Andererseits fühlte ich mich unbefriedigt. Irgendwas war mit meinem Geständnis schiefgelaufen. Statt einer Klärung waren nur neue Ungereimtheiten hinzugekommen.

Helga hatte meinen Angriff tatsächlich überlebt. Und nicht nur das, sie hatte gegenüber Vandergroot alles revidiert. Liz' Verschwinden, den Grund ihrer Anwesenheit in Ligurien. Was konnte das bedeuten? Sicher nichts Gutes. Möglicherweise würde sie jetzt erst richtig anfangen, mir das Leben zur Hölle zu machen.

Als ich im Hotel ankam, traf ich an der Rezeption auf den Hotelbesitzer. Gio studierte die Buchungen und machte sich Notizen dazu. Er trug eine eckige schwarze Brille. Sein Haar war ordentlich nach hinten gegelt und betonte seine Geheimratsecken. Er sah aus, wie die moderne Variante eines Al Capone – ohne Hut und mit Zigarette, statt Zigarre.

»Ciao, Gio.«

Er nahm seine Brille ab, sah mir entgegen. »Ciao, Leif. Gut, dass ich dich sehe. Es geht um euer Zimmer. Du musst leider auschecken. Ich vermute, dass du es noch länger brauchen könntest, wegen der Ermittlungen, aber wir sind ausgebucht.«

»Das ist kein Problem. Für heute Nacht habe ich eine Unterkunft. Danach werden wir sehen.«

»Die Polizei wird voraussichtlich heute Mittag die Erlaubnis erteilen, das Zimmer von deinem Freund zu räumen. Würdest du den Rest seiner Sachen an dich nehmen? Ich meine, solange er nicht anwesend ist. Ich weiß sonst nicht, was ich damit machen soll. Ich könnte das ganze Gepäck maximal eine Woche aufbewahren. Dann aber müsste ich es weggeben. Unsere Gäste brauchen den Platz, und ich kann nicht garantieren, dass bei längerer Lagerung nicht etwas zu Schaden käme. Wir können nur stapeln.«

»Kein Problem. Ich nehme seine Sachen heute Nachmittag mit, für seine Freundin.«

»Gut.«

»Noch eine Frage.«

»Ja?« Er setzte sich die Brille wieder auf die Nase, nahm einen Zug von seiner Zigarette.

»Ist Signora Feester noch im Krankenhaus oder hat sie irgendeine Nachricht hinterlassen?«

»Nein. Sie hat im Lido gewohnt. Wenn, dann müsstest du dort nachfragen. Du wirst es nicht glauben«, er lehnte sich vor und flüsterte jetzt, »als die Polizei sie zu dem Vorfall befragte, hatte sie plötzlich den Namen ihrer Tochter vergessen. Und das, wo sie doch hier so einen Wirbel ihretwegen veranstaltet hat. Ich nehme an, sie hat sich mittlerweile bei dir gemeldet?«

»Wer?«, fragte ich, verwirrt durch seine Bemerkung.

»Deine Freundin Liz.«

»Ja, ja, alles halb so wild.«

»Ich wusste es doch. Frauen.« Er zwinkerte mir zu. »Aber wie heißt es so schön, der Apfel fällt nicht weit vom Stamm. Mutter und Tochter sind wohl gerne für eine Überraschung gut. Da hatte sie doch die fixe Idee nach ihrer Rettung, der ganze Pool wäre voller Quallen.«

»Helga hat Quallen gesehen. Quallen?«

»Ja. Vermutlich ist ihr die Geschichte hier im Hotel zu Ohren gekommen, und sie hat noch ein bisschen eigene Fantasie mit draufgepackt. Tatsächlich haben wir ja derzeit genug von den Viechern an den Küsten.«

»Sie ist Allergikerin, soweit ich weiß«, reimte ich mir irgendwas zusammen.

»Na, dann eben eine Phobie. Egal. Soll ich dir was verraten, mein Freund? Seit dem Vorfall vor ein paar Tagen, die Qualle im Pool, du erinnerst dich? Seit diesem Vorfall schlafe ich schlecht. Ich sehe sie schon im Schlaf. Das Becken ist voller Quallen. Ständig. Sie muss *meine* Albträume gemeint haben. Es ist doch auch nicht normal, dass wir hier ständig diese Invasionen erleben. Ist das der Klimawandel oder …? Dazu auch noch die Leiche. Zu anderen Zeiten hätte man sein Hotel danach dichtmachen können. Aber heutzutage – die Leute zieht das an. Das Außergewöhnliche. Das Skurrile. Die wollen doch was Besonderes geboten bekommen. Ein stinknormaler Urlaub mit langweiligem Null-acht-fünfzehn-Programm? Ist heute nicht mehr gefragt. Da braucht es schon das gewisse Extra.«

Ich schmunzelte über Gios Ausführungen. »Mal was anderes: Wurde der Pool heute schon gereinigt?«

»Der Pool? Nein, dazu bin ich noch nicht gekommen. Die Putzfrau ist ausgefallen, hat sich gestern Nachmittag krankgemeldet. Vermutlich auch Albträume. Ich habe so einiges am Hals, sage ich dir. Hast du was verloren?«

»Meinen Verlobungsring«, log ich. Liz und ich waren nicht einmal verlobt. Trotzdem hatte sich die Bezeichnung

»Verlobte« eingebürgert.

»Ich bin mit allem etwas im Rückstand. Aber schau ruhig nach. Ich bereite derweil deinen Check-out vor.«

Ich machte mich auf den Weg zum Pool, um dort nach möglichen Spuren zu suchen. Unterwegs gingen mir Helgas Anwandlungen durch den Kopf. Sollte sie tatsächlich durch den Unterwasserkampf irgendwie zu Schaden gekommen sein? Sie hatte schon mal einen Aussetzer gehabt. Ich erinnerte mich, dass sie bei einem Fußballspiel im Nauroder Stadion einmal einen Ball an den Kopf bekommen hatte. Ein Fußballturnier von Philip, dem Sohn von Liz' Cousine Thea. Anschließend hatte sie sich nicht erinnern können, was passiert war. Hatte sie auch jetzt vergessen, dass ich sie unter Wasser gedrückt hatte?

Es war pure Spekulation. Rechnen musste ich dennoch mit allem. Helga war ein echtes Miststück. Und selbst wenn sie mich schonte, war es sicher nur Kalkül.

Die Wasseroberfläche schimmerte im flirrenden Licht der Vormittagssonne, als ich die Poollandschaft betrat. Die Liegestühle standen noch da wie am Abend zuvor. Auf den ersten Blick erweckte es tatsächlich den Anschein, als hätte fast niemand mehr nach uns im Pool gebadet. Was nicht ganz unrealistisch war. Es war perfektes Strandwetter. Nicht zu kühl, nicht zu drückend. Die Leute gingen in der Regel in den frühen Abendstunden an den Pool, kurz vor dem Essen.

Ich suchte Becken und Beckenrand nach Hinweisen meiner Tat ab, fand jedoch nichts, was auf eine Auseinandersetzung hindeutete – auf den ersten Blick.

Schließlich zog ich mich komplett aus und sprang ins Wasser, um alles aus unmittelbarer Nähe zu inspizieren. Abwechselnd tauchte ich in jede der vier Ecken, tastete eine Weile den Boden ab. Ergebnislos tauchte ich wieder auf, kletterte aus dem Becken.

Eine Weile hockte ich da, ließ mich von der Sonne

trocknen. Dann zog ich mich wieder an.

Ich verließ den Poolbereich über den hinteren Teil des Grundstücks, den Pfad der heimlichen Schwimmer. Unterwegs fielen mir Schuhabdrücke auf. Vielleicht waren sie von mir, vielleicht von jemand anderem. Liz' Koffer hatte eine winzige Schleifspur hinterlassen.

Mein Blick fiel auf das Loch im Zaun und von dort auf die Straße im Hintergrund. Das grelle Sonnenlicht blendete. Dabei war mir kurz so, als stünde dort ein Fahrzeug. An der Ecke, auf der anderen Straßenseite. Der hellblaue Ami 8 aus Ogettis Einfahrt. Ich rieb mir die Augen, starrte weiter an die Stelle, während sich das, was ich sah oder zu sehen glaubte, vor meinen Augen auflöste.

Als ich zurück zur Rezeption kam, hatte Gio bereits meinen Check-out vorbereitet. Ich bezahlte die Rechnung mit Kreditkarte und hinterließ ihm – nicht zuletzt für den Commissario – eine Adresse, Noemis Adresse. Somit wusste er, wo ich mich aufhielt. Mailand lag nur eineinhalb Stunden entfernt, und der Commissario konnte schlecht von mir verlangen, dass ich mich weiter an einem überbuchten Urlaubsort aufhielt. Vielleicht hätte ich mir eine Bleibe in Genua suchen sollen. Aber das konnte ich immer noch. Ich plante derzeit nur für den Moment, für die nächste Nacht. Nicht weiter.

Die Zugfahrt von Genua nach Mailand verlief ohne Zwischenfälle. Der Zug war nicht ganz ausgebucht und ich genoss den Leerlauf, den ich beim Aus-dem-Fenster-Starren empfand. Meine Gedanken spielten mit den schnell vorbeiziehenden Landschaften, streiften Bäume, Äste oder wirbelten über ein einsames Feld. Es brachte mir etwas meiner Leichtigkeit zurück.

Am Bahnsteig wartete Noemi bereits auf mich. Rogers Tasche trug ich unter dem Arm. Meine eigenen Sachen hatte ich auf das Wesentliche reduziert und den Rest in einem Schließfach in Genua deponiert, zusammen mit Liz' Koffer.

Noemi wirkte im ersten Augenblick verändert, als ich sie auf mich zugehen sah. Dabei hatten wir uns nur knapp drei Tage nicht gesehen. In dieser kurzen Zeit schien sie mir dennoch schmaler geworden zu sein. Dazu blass, weniger leuchtend als noch im Urlaub. Der Alltag war zurück. Außerdem hatte sie offensichtlich wenig geschlafen. Die Haare trug sie am Hinterkopf verknotet. Ein paar Strähnen hingen ihr ins Gesicht, das gänzlich ungeschminkt schien.

»Hattest du eine gute Fahrt?«, fragte sie, nachdem wir uns kurz umarmt und sie mir eine der Taschen abgenommen hatte. Wir bahnten uns einen Weg nach draußen, vorbei an Gruppen von Menschen, die hastig zu ihren Zügen eilten oder die wie ich gerade angekommen waren.

»Wenn man mal davon absieht, dass meine Reise zurzeit kein wirkliches Ziel hat, ja.«

»Musst du nicht zu deiner Arbeit zurück nach Deutschland?«, fragte sie.

»Ich bin Schriftsteller. Ich habe keine geregelten Arbeitszeiten wie andere. Keinen festen Arbeitsplatz. Es gibt nur einen ungefähren Zeitplan, wann ich etwas abzuliefern habe. Sollte ich den nicht einhalten können, gibt es immer noch das Argument der Schreibblockade. Und zurzeit gibt es einen triftigen Grund, nicht zu schreiben.«

»Befangenheit?«

»Nein. Meine Lektorin ist gerade an einem Übersetzungsvertrag dran. Spanien, Italien. Sie hält große Stücke auf mich und möchte die Märkte erobern.«

»*Sie*. Hört sich an, als wäre dir das egal.«

»Mein Job ist nicht die Vermarktung. Mein Job ist es, zu schreiben.«

»Du bist ein merkwürdiger Typ, Leif«, stellte sie fest und schüttelte im Gehen den Kopf. Ich verstand nicht, was sie meinte.

Am Taxistand stiegen wir in eines der dort wartenden Taxis. Noemi erklärte dem Fahrer, wo es lang ging. Es gab ein paar Baustellen in unmittelbarer Nähe ihrer Wohnung, weshalb er einen kleinen Umweg fahren sollte.

Während sie den Fahrer durch das Chaos von Einbahn-straßen und Baustellen lotste, beobachtete ich sie von der Rückbank aus.

Ich war fasziniert von ihrer Wandelbarkeit. Von der extra-vaganten Künstlerin, die ich aus Ligurien kannte, hatte sie sich in eine ganz normale junge Frau, Typ Studentin, ver-wandelt, ohne Lippenstift und hohe Schuhe. Ohne Spiel-chen. Sie war eine andere. Dabei mit derselben Stimme und Gestik, mit der sie mich am Strand gebeten hatte, ihr den Rücken einzucremen. Kurz dachte ich auch an Liz, während ich sie ansah. Liz im Urlaub, Liz im Alltag. Nie war sie eine andere. In Liz steckte nur die Eine. Noemi aber war viele.

Noemis Wohnung lag im ersten Stock eines Altbau-Mehrfa-milienhauses. Sie war, anders als die von Pat und Nellie, nicht sonderlich groß. Dafür lag sie zentral, mit hellen Räu-men – dank großer Fenster. Noemi hatte Erdtöne als Wand-farben gewählt. Zimt und Safran im Wohnzimmer. Der Ein-richtungsstil war minimalistisch mit einem Hauch von In-dien. Eine riesige Couch mit bestickten Kissen und ein run-der Teakholztisch stellten die einzigen Möbelstücke dar. Dazu ein safrangelber Wollteppich.

Sie bot mir ihre Couch als Schlafplatz an. Bettwäsche hatte sie bereits vorbereitet. Dann setzten wir uns auf ihren Bal-kon, einen Erker, getragen von zwei kreideweißen barocken Halbsäulen. Auf einem italienischen Marmortischchen ser-vierte sie mir zum Kaffee eine Karaffe Wasser, Oliven und ein kleines Schälchen Amarettini. Salzig und Süß. Der Blick aus der Höhe mündete unmittelbar in die lebhafte Mailän-der Altstadt.

»Was ist mit Roger?«, fragte ich, nachdem wir lautlos an unserem Kaffee geschlürft hatten und ich eine Weile das Gewimmel in den Gassen unter uns verfolgt hatte. »Geht es ihm gut dort im Jemen?«

»Soweit man das so nennen kann. Er will sich heute

250

Nachmittag telefonisch bei der Polizei in Genua melden. Das hat er mir versprochen.«

»Das wird nur eine Routinebefragung.«

»Natürlich.« Sie streifte mich mit einem strengen Blick. Auch wenn sie mir eine Nacht Asyl gewährte, spürte ich, dass eine unsichtbare Wand zwischen uns stand. Ich war für sie keineswegs mehr der interessante Schriftsteller, der ausdrucksstarke Typ, der ich noch vor einer Woche gewesen war. Vielleicht war ich es auch nie wirklich gewesen, sondern in Wahrheit lediglich die bedeutungslose Spielfigur. Nahm sie mich nur auf, weil Roger sie darum gebeten hatte? Die Vorstellung frustrierte mich. Die Kühle in ihrem Blick, ihre distanzierte Körperhaltung. Alles. Noemi war eine Frau, die einen von jetzt auf gleich fallen ließ, wenn man sich nicht so verhielt, wie es ihrer Vorstellung entsprach. Wenn man durchs Raster fiel oder ganz einfach Eigenschaften zeigte, die ihr unangenehm waren. So empfand ich ihr Verhalten. Dabei tappte ich weiterhin im Dunkeln, was der Auslöser dafür gewesen, womit ich ihr unangenehm aufgefallen war. Ich entsann mich nicht, ihr einen konkreten Anlass gegeben zu haben. Vielleicht hatte sie mein Geständnis als Liebeserklärung gedeutet und hielt mich für besessen. Besessen von ihr.

»Was ist mit dir?«, unterbrach sie meine Gedanken. »Du bist doch schon befragt worden. Weißt du was über den Toten? Warum hält der Commissario dich fest?«

»Vandergroot hat da etwas angedeutet? Nein. Woher sollte ich was wissen. Ich war von der Leiche im Hotel genauso überrascht wie ihr. Mehr noch, ich war ja als einziger überhaupt noch anwesend.«

Während sie eine Olive auf ihr Holzstäbchen pickte, musterte sie mich von der Seite. Ich verfolgte den Weg der kleinen pikanten Frucht, die für Sekunden in den Genuss kam, zwischen ihre wunderbaren Lippen gebettet zu werden.

»Was war da in Ligurien? Erklär mal, Leif. Alles. Warum ist Liz plötzlich wie vom Erdboden verschluckt?«

»Das habe ich doch schon erklärt. Sie ist abgereist. Sie war sauer wegen dieses einen Tags. Deswegen haben wir gestritten. Du hast doch mitbekommen, dass sie mich ständig mit ihrer Eifersucht verfolgt hat. Dieser Tag, an dem ich mich quasi legal ihrer Kontrolle entziehen konnte, war für sie die Hölle.«

»Jetzt übertreib nicht. Du bist auch nicht unbedingt auf sie eingegangen oder hast ihr mal zugehört. Du hast sie mit deiner Art noch angestachelt, so zu reagieren. Und ich kann mir nicht vorstellen, dass sie einfach so abreist. Das passt irgendwie nicht zu ihr. Ich hatte den Eindruck, sie fühle sich bereits unwohl, wenn sie alleine ein Taxi besteigen müsste.«

Sie legte ihr Holzstäbchen ab, bedachte mich mit einem zweifelnden Blick. »Hör mal auf mit deinen Lügengeschichten. Was du von dir gibst, klingt alles nicht sehr glaubhaft.«

»Ich habe keine andere Wahrheit für dich.«

Sie zog die Stirn in Falten. »Soll ich Liz anrufen? Wollen wir wetten, dass sie nicht zu Hause ist?«

»Bitte. Ich habe nur ihre Handynummer nicht im Kopf.« Bedauernd zuckte ich mit den Schultern. »Die war eingespeichert. Ich habe sie gelöscht nach unserem Streit. Nachdem sie abgezogen ist. Ich hatte keine Lust darauf, mich anschließend noch von ihr terrorisieren zu lassen.«

»Blödsinn. Du hast sie nicht gelöscht. Und wenn, ich habe sie auch. Sie hat sie mir gegeben.«

Zugegeben, es war eine ziemlich dämliche Ausrede. »Dann ruf sie doch an.«

»Ich habe sie bereits angerufen. Und das nicht nur einmal. Ich habe sie ein halbes Dutzend Mal angerufen. Auf ihrem Handy, zu Hause auf dem Festnetz. Das erste Mal habe ich sie, kurz nachdem du behauptet hast, sie sei abgereist, versucht zu erreichen. Willst du das Ergebnis meiner Telefonate wissen? Nein? Du kennst es bereits.«

Ich sah über die Balkonbrüstung in die Tiefe, wünschte mir kurz den Anblick des Meers zurück. Das Rauschen der Wellen, des Windes, die Klippen.

»Also gut«, gab ich mich geschlagen. Dabei hatte ich noch keinen Plan, wie es weitergehen sollte, was ich ihr als Nächstes erzählen könnte. Die Situation war verfahren.

»Liz ist verschwunden.« Ich sah sie nicht an, während mir die Worte unkontrolliert über die Lippen glitten.

»Verschwunden?« Noemi drehte sich zur Seite. »Verschwunden«, wiederholte sie zweifelnd. »Was ist das jetzt wieder?!«

»Na, die Wahrheit. Die wolltest du doch hören.«

»Die Wahrheit, Leif. Das ist hier kein verflixtes Scheißspiel oder irgendeine Story. Wo ist Liz?«

Ich überlegte. Nein, die tatsächliche Wahrheit war um einiges komplexer. Sie ließ sich nicht in drei Worten erklären. In den Worten meiner verworrenen Realität, wie sie es wohl gedeutet hätte. Ich wollte nicht, dass sie mich vor die Tür setzte. Ich war noch nicht fertig mit ihr. Da gab es noch etwas. Und nicht nur das; ich wollte – darüber hinaus – noch immer bei ihr landen. Ich wollte es mehr denn je, und kurioserweise sah ich mich diesem Ziel unverhofft wieder näher rücken.

»Und wenn es so ist, sie also verschwunden ist, warum bist du dann nicht zur Polizei gegangen?«

»Weshalb sollte ich? Die Polizei geht bei so was von einem Streit aus. Und so war es ja auch. Sie war total schräg drauf nach diesem Tag. Für mich ist es nichts Neues, wenn Liz sich so aufführt. Ich kenne das. Ich kenne sie seit x Jahren. Ihre Mutter ist auch so ein Kaliber. Wir haben nicht gerade das beste Verhältnis.«

»Ich verstehe dich nicht. Ich verstehe deine Gleichgültigkeit nicht«, erwiderte sie.

»Ich verstehe nicht, weshalb du einen derartigen Wirbel wegen Liz veranstaltest.«

»Wir haben fast zwei Wochen dort unten miteinander verbracht. Sollte sie mir egal sein? Ich mag sie.«

Ihren letzten Satz versuchte ich zu überhören. Ich wollte nicht länger über Liz reden, und erst recht nicht wollte ich hören, wie Noemi sie am Ende noch als ihre Freundin bezeichnete. Das schien mir doch etwas weit hergeholt.

»Dann magst du sie eben. Fantastisch.«

»Das war jetzt keine Liebeserklärung der anderen Art. Ich bin mit Roger liiert, auch wenn wir gerade auf Distanz sind, gezwungenermaßen auf Distanz. Ich finde, du solltest dich ernsthaft um die Angelegenheit mit Liz kümmern. Man wirft doch einen Menschen nicht einfach so weg.«

Hatte ich selbiges nicht gerade noch über sie gedacht? Fühlte ich mich nicht von ihr weggeworfen? Alles wegen Liz. Wegen Roger … »Ich werfe Liz nicht weg. Das würde ich nie tun«, konterte ich.

»Da ist diese gewisse Arroganz, die euch Schriftstellern immer anhaftet. Du bist ja deine eigene Marke. Ein bisschen selbstverliebt; das gehört zur Vermarktung, stimmts?« Etwas verschleierte ihren Blick. Ich meinte, nicht wirklich zu ihr durchzudringen. Dennoch hing ich an ihren Lippen, an denen dieser salzige Schimmer haftete, mit dem Geschmack von Olive. Ich hasste sie nicht für das, was sie über mich dachte. Ich konnte sie einfach nicht hassen. Im Prinzip war es ihr Solostück, das sie mir hier an den Kopf klatschte. Sie wollte die Auseinandersetzung, und dass es möglicherweise ans Eingemachte ging. Ich wusste nur nicht, welches Ergebnis sie sich davon erhoffte.

»Du kennst dich aus. Das ist auch dein Thema, Vermarktung. Ganz ehrlich, ich hasse dieses Thema. Alles, was sich um die Öffentlichkeit dreht. Ich weiß nicht, wie ich mit Kritik umgehen würde. Vermutlich sehr schlecht. Darum lese ich sie nicht. Warum ich überhaupt schreibe, was und unter welchen Bedingungen … das kannst du nicht wissen.« Ich ließ mich nicht einfach in eine Schublade stecken, die sie für mich vorgesehen hatte. »Lassen wir doch mal dieses Thema über mich. Oder über Liz. Reden wir mal über dich.« Ich sah ihr unmittelbar in die Augen.

Noemi kontrollierte sich. »Es geht hier nicht um mich. Ich spiele lediglich eine Nebenrolle. Und was Liz betrifft —

vielleicht ist es dir ganz recht, dass sie verschwunden ist. Im Prinzip wolltest du sie loswerden. Du warst nur zu feige, mit ihr Schluss zu machen.«

»Gut, dann ist es halt so«, erwiderte ich. »Ich wollte sie loswerden. Ich bin der Scheißkerl, der seine Freundin verraten hat. Einverstanden. Du sagst, es gehe nicht um dich. Ich nehme nicht an, dass dahinter versteckte Bescheidenheit steckt. Wenn du eben über mich als Schriftsteller gesprochen hast, könntest du auch dich selbst gemeint haben – als Künstlerin. Allein, dass du ständig den Moralapostel spielst. Du gibst überall deinen Senf oder deine Meinung dazu. Kleines Spielchen? Überleg mal. Erinnere dich. Ich meine, was war das im Strandhaus? Warum rückst du denn nicht mit der Sprache raus, machst ständig ein Geheimnis aus allem? Und warum dieses bescheuerte Bild, für das wir posieren sollten? Du wolltest doch, dass ich mich an dich ranschmeiße. Damit du mit dem Finger auf mich zeigen kannst. Ich bin doch nicht derjenige, der hier auf der Suche nach einer Story ist. Das bist du selbst. Vielleicht willst du mich ja gegen Roger ausspielen. Damit du dabei herausfinden kannst, wie weit er für dich gehen würde. Das Normale ist dir offensichtlich nicht genug. Lieber extrem. Sorry, wenn ich so denke – aber ich weiß nicht, was ich sonst denken soll. Warum bin ich hier? Was willst du von mir? Reine Nächstenliebe? Eher nicht.«

Eine Weile herrschte Schweigen.

»Okay. Der Punkt geht an dich«, gestand sie mir zu. »Und das Bild – sag jetzt nicht, du hattest keinen Spaß, dich von mir malen zu lassen.« Sie richtete sich etwas auf. Das Zucken um ihre Augen sagte mir, dass sie zögerte. Sie war sich ihrer Sache nicht mehr ganz so sicher. »Gut. Es bringt auch irgendwie nichts, wenn wir uns jetzt gegenseitig alles Mögliche an den Kopf werfen«, räumte sie ein. »Fakt ist, dass dieser Urlaub ziemlich in die Hose gegangen ist.« Sie schlug offensichtlich eine andere Richtung ein.

»Roger und ich hatten Streit an diesem Tag. Er wollte nicht

mit zum Strandhaus. Er fand die ganze Idee blöd. Und er war in Sorge wegen Liz. Ich habe ihn überredet. Später hat sich seine Laune von selbst wieder gebessert. Und ich denke, vor allem wegen dir. Du warst ja auch dabei. Wir haben Wein getrunken, ich habe euch gemalt ...« Sie hatte sich etwas bequemer hingesetzt, ihre Knie angezogen und sah an mir vorbei. »Ja, vielleicht ist es so, wie du sagst. Ich experimentiere gern. Ich frage mich oft, wie jemand reagieren könnte oder wie weit Menschen gehen würden. Möglich, dass das nicht richtig ist. Vielleicht sieht es nach außen hin wie ein Spielchen aus, aber ...« Sie sprach den Satz nicht zu Ende. Ihre Hand lag auf dem Tisch. Ganz nah bei meiner. Ich verspürte auf einmal den prickelnden Drang, sie zu berühren. Es war diese Seite an ihr, ihre Fähigkeit zu hemmungsloser Offenheit, die ich trotz all ihrer zwiespältigen Anwandlungen ungeheuer mochte.

»Spielchen«, setzte sie nach einer Weile dort wieder an, wo sie aufgehört hatte. »Manchmal endet es natürlich anders, als ich es erwartet hätte. Dann komme ich nicht so ohne Weiteres da wieder raus. Es ist ein gewisses Risiko. Aber ich kann nicht anders. Ich mache es trotzdem wieder.«

»Was willst du damit sagen?« Ich war verwirrt. »Was war im Strandhaus?«

Sie zog ihre Hand weg, umfasste mit beiden Händen den Unterteller ihrer Kaffeetasse. »Im Strandhaus. Es war der Wein. Ihr habt gebechert bis zum Umfallen. Ich erinnere mich, dass Roger auf die Toilette ging, weil ihm schon schlecht wurde. Wir waren eine Weile allein, du und ich.« Sie sah auf ihre Hände. »Du hattest noch nicht ganz so viel getrunken wie er, warst noch klar – dachte ich. Dann aber hattest du dich nicht mehr im Griff, wurdest aufdringlich. Du hast ...«

»STOP!« Was wurde das jetzt? Was war sie im Begriff, mir anzuhängen? »Spinnst du?!«, fuhr ich sie an. »Sag jetzt nicht, ich hätte dich bedrängt – oder gar mehr ...?! Das ist gelogen. Das erfindest du.« Hielt ich mich wirklich für den unfehlbaren Gutmenschen? Nein, ich war weit entfernt davon. Dennoch – ich wollte ihr ganz einfach nicht glauben. »Warum sollte ich das erfinden? Du wolltest wissen, wie es war. Ich erzähle es dir. Sorry, wenn dir die Realität nicht passt, aber so wars.« Sie funkelte mich mit ihren kaffeebraunen Augen an. »Du hast Rogers Abwesenheit dafür genutzt, dich an mich ranzuschmeißen. Du sagtest, du wüsstest schon, was ich wolle, und du würdest mir genau das geben. Ich habe dich stehenlassen. Du bist hinter mir her, hast mich vollgetextet: ›Noemi, hör doch mal, das mit Liz und mir ist vorbei; das hat nie gepasst.‹ Ich sagte: ›Lass das, Leif. Hör auf.‹ Aber du hast nicht aufgehört. Dann hast du mich bedrängt ... Ich habe dich weggestoßen, mit dem Ergebnis, dass du dir einfach genommen hast, was du wolltest.« Sie ließ den Ausgang der Szene offen.

»Nein. Das kannst du mir nicht anhängen! Das ...« Die Poolszene mit Helga schwebte mir vor Augen, die Nacht bei Pat und Nellie ...

Etwas lief aus dem Ruder. Ich war derjenige. Mit hochrotem Kopf saß ich da. Mein Puls raste. »Hör auf, ich bin doch kein Vergewaltiger. So eine Lüge kannst du nicht in die Welt setzen. Das ist unfassbar! Wenn du das behauptest ...«

»Was dann?«

Ich versuchte mich zu beruhigen. Auch wenn ich sie für ihre Behauptung hasste, liebte ich sie gleichzeitig. Und dafür hasste ich mich. Ich hasste mich dafür, dass ich hinter Rogers Freundin her war. Ebenso dafür, dass ich mich von Lucienne in ihre eigene verkorkste Lebensgeschichte hatte verwickeln lassen. Ja, ich hasste mich für mein Fehlverhalten, meine Versäumnisse. Dafür, dass ich auf Menschen reinfiel; dass ich mich gar von ihnen abhängig machte und mich in Lügen verstrickte. Am meisten aber hasste ich mich dafür, dass ich Noemi, trotz all dieser Erkenntnisse, noch immer wollte. Daher überlegte ich fieberhaft, versuchte mich zu erinnern. Sollte ihre Geschichte frei erfunden sein, musste ich mich fragen: Warum tat sie das? Warum wollte sie mich auf diese Art bluten sehen?

Ich war unfähig, etwas zu erwidern, fühlte mich wie ein rohes Ei in ihren Händen.

»Es ist auch egal, was passiert ist. Ich sehe nur, dass Roger sich oft für dich verantwortlich fühlt. Er entschuldigt dich. Das kann nicht sein. Du bist alt genug«, sagte sie. »Merkst du nicht, dass du dich manchmal nicht unter Kontrolle hast? Ich reagiere mich beim Malen ab, wenn ich mich mal über etwas oder jemanden ärgere. Ist das bei dir nicht so, wenn du schreibst? Du bist ein Stimmungsmensch. Oder ist das alles nur wegen Liz?«

»Noemi, bitte. Denk bitte nicht, ich wäre ein Vergewaltiger.« Ich konnte das Thema noch nicht lassen. »Du weißt, dass das nicht stimmt.« Ich versuchte möglichst ruhig zu klingen.

Sie tat, als hätte sie mich nicht gehört. Dann griff sie wortlos zu den leeren Kaffeetassen und ging damit in die Wohnung.

Zum Abendessen hatte sie zwei Freunde eingeladen. Victor und Steve, ebenfalls Künstler, die gerade einen einjährigen Südostasien-Trip hinter sich hatten. Dank der Gegenwart der beiden war das Vorangegangene bald vergessen. Die Stimmung lockerte auf, und wider Erwarten wurde es ein kurzweiliger Abend. Auch Noemi schien wie verwandelt, als hätte unser Gespräch vom Nachmittag niemals stattgefunden.

Nachdem die beiden sich verabschiedet hatten und Noemi im Bad verschwunden war, schlief ich schon bald auf ihrem Sofa ein.

Am Morgen weckten mich die ersten Strahlen der Mailänder Sonne. Kurz darauf zog mir der Geruch von frisch aufgebrühtem Kaffee in die Nase.

Noemi war gerade in der Küche, als ich dazustieß.

»Gut geschlafen?«, fragte sie und drückte mir im

Vorbeigehen eine Kaffeetasse in die Hand.

»Schon«, bestätigte ich. »Und du? Wann sind die beiden gegangen?«

»Ich glaube, es war halb drei.«

»Halb drei. Mein Gott …«

Sie trug Jeans und eine bunte ärmellose Bluse. Ihre halblangen welligen Haare trug sie offen.

»Also sag, was hast du jetzt vor?«, fragte sie, während sie Spiegeleier in der Pfanne briet.

»Ich muss zurück nach Ligurien. Vandergroot wünscht sich meine Anwesenheit. Soll ich dich auf dem Laufenden halten?«

»Kannst du machen. Ich werde es aber wohl ohnehin von Roger erfahren.«

»Wohnt er denn jetzt bei dir?«, tastete ich mich vorsichtig heran. Natürlich interessierte mich der aktuelle Stand ihrer Beziehung. Waren sie überhaupt noch ein Paar?

»Er hat noch einen Job in Wiesbaden. Das geht nicht gleich so ohne weiteres.«

»Schon klar. Das braucht Planung. Ich meine nur. Du hast hier deine Freiheiten. Roger ist sehr besitzergreifend, eifersüchtig.«

»Findest du das eine schlechte Eigenschaft?«

»Eifersucht? Nein. Nein, natürlich nicht«, stammelte ich. Zu meiner Überraschung lächelte sie.

»Bist du nie eifersüchtig?«, fragte sie dann.

»Doch, natürlich. Manchmal sogar sehr.«

Ich weiß nicht, ob sie mir zuhörte, ob sie wirklich registrierte, was ich sagte.

Ich dagegen verfolgte jede Geste ihrerseits, jedes Wort. Oder auch nur, wenn ihr eine Strähne ins Gesicht fiel. Ich hing an ihren Lippen, als würde das letzte verfügbare Tröpfchen Glück daran hängen. Die Zeit rannte mir davon. Der Wunsch, sie in die Arme zu nehmen und zu küssen, beherrschte mich an diesem Morgen derart. In ihrer Nähe meinte ich regelrecht den Verstand zu verlieren. Es mochte daran liegen, dass sie in fast allem das komplette Gegenteil von Liz war.

»Der Tote in unserem Hotelzimmer ist eventuell Opfer einer tragischen Liebesgeschichte, hat mir Commissario Vandergroot heute Morgen übermittelt. Er hat mich gefragt, was ich darüber wüsste. Ob ich den Mann schon mal gesehen hätte.«

»Vandergroot. Er hat dich angerufen?«

Sie nickte, während sie die Pfanne von der Herdplatte nahm.

»Und?«

»Woher sollte ich ihn kennen. Der Commissario hat mich gefragt, ob er mich gestalkt hätte.« Sie starrte eine Weile auf die Spiegeleier. Dann sah sie mich an.

Wie elektrisiert erwiderte ich ihren Blick, machte mir dabei gleichzeitig das Fatale ihrer Aussage bewusst.

Sie sah wieder auf die Pfanne, schaltete die Herdplatte ab, schüttelte dabei den Kopf. Dann lachte sie. Es war ein gänzlich unbekümmertes Lachen. Eins, das absolut nichts mit mir zu tun hatte.

Ich weiß nicht, warum ich so unfassbar erleichtert war. Vielleicht war es gut gewesen, dass wir uns gestern ausgesprochen hatten.

»Dieser Vandergroot scheint mir auch ein ziemlich schräger Vogel zu sein. Woher kommt der Name? Aus Holland?«

»Vandergroot ist Belgier, soweit ich weiß, Flame.«

»Aus Flandern. Antwerpen vielleicht.«

»Was weiß ich.«

»Wenn ich es nicht besser wüsste, würde ich fast auf die Idee kommen, die ganze Story stamme aus deiner Feder. Inklusive dieser Gestalt des Commissario.«

»Stehe ich als Schriftsteller eigentlich immer unter Generalverdacht?«

»Und wenn …« Sie lachte, »damit musst du leben.«

»Verdammter Mist!«, regte ich mich auf. »Warum nimmst du mich eigentlich nicht ernst?! Die Schreiberei ist nicht mehr als ein verschissener Job. Wir müssen alle Geld verdienen. Würdest du dich derart über mich lustig machen, wenn ich bei Ärzte-ohne-Grenzen wäre?!«

»Ich mache mich nicht über dich lustig«, beschwichtigte sie. »Und wenn mal so ein Spruch kommt, glaubst du, das geht mir nicht so? ›Du brauchst ja nur Farben mischen und Kleckse aufs Papier malen. So einen Job möchte ich auch mal haben ...‹ Wie oft höre ich solche Sprüche. Stell dich nicht an. Das gehört dazu. Und ein gutes Image will gepflegt sein.« Sie griff zum Baguette und schnitt ein paar Scheiben davon ab, beschmierte diese mit Butter und verteilte die Scheiben auf zwei Teller.

Nach einer Weile fing ich an ihr zu helfen, griff zu der Pfanne mit den Spiegeleiern. Dabei berührte ich, nicht ganz zufällig ihren Arm.

»Lass mal, Leif«, sagte sie leise, aber bestimmt. Dabei rückte sie etwas von mir ab. Sie nahm mir die Pfanne ab, ließ die Spiegeleier auf die Teller rutschen.

»Das Bild war übrigens eine Art Übung für einen Wettbewerb«, sagte sie. »Preise sind für uns Künstler genauso existenziell wie Verkäufe. Aber das wirst du wissen. Das Wettbewerbsthema ist: Identität im digitalen Zeitalter.«

»Aha, eine Visionärin also. Das passt.«

»Verstehe ich nicht. Warum sollte das passen? Ich habe keine Vision. Ich bin ein Gegenwartsmensch, ich lebe einfach irgendwie – im Moment. Ohne festes Ziel.«

»Du denkst, eine Vision ist eher was für Spinner?«, forschte ich. Dabei rückte ich, ohne mir dessen bewusst zu sein, näher an sie heran. Mein Arm berührte ihren, was sie tatsächlich zuließ. Ich spürte die Wärme ihrer Haut.

Dann aber trat sie, mit den zwei Tellern in ihren Händen, abrupt einen Schritt zur Seite, drehte sich etwas weg.

»Kapiers doch endlich, Leif«, schlug sie mir offen ins Gesicht, »ich liebe ihn.«

Das wollte ich nicht hören. Natürlich wollte ich das nicht hören. Ich wollte etwas anderes hören. Oder besser noch, ich wollte gar nichts hören. Ich wollte, dass sie still war.

Wie ferngesteuert näherten sich meine Hände ihrem Gesicht. Ich musste es einfach tun. Sie sollte es nur einmal zulassen, ein einziges Mal. Ich nahm ihr Gesicht in meine Hände – und küsste sie. Ich küsste sie auf den Mund. Tatsächlich berührten meine Lippen ihren Mund. Sie ließ es zu. Ein Gefühl wie auf Samt gebettet streichelte meinen Körper. Ich trat in ein Land körperlicher Erfüllung. Erlösung. Eins sein mit ihr. Ich schwebte, fühlte mich wie im Rausch. Ich spürte ihre Lippen, die sich unter dem sanften Druck unserer Berührung erwärmten. Ich war verflucht. Sie war der Fluch, der auf mir lastete. Wegen ihr verlor ich die Kontrolle, verrannte mich in der Vorstellung, dass ich nichts und niemanden mehr wollte als sie. Es war der vollkommene Moment. Es hätte der vollkommene Moment sein können ...

Vollkommenheit ist eine Seifenblase. Man bewundert sie, dann zerplatzt sie. Das Gefühl ist ein Reisender, der sich nicht aufhalten lässt. Was mich gerade noch überwältigt, lässt mich im nächsten Moment schon hart aufschlagen.

Und genau so war es.

Das Klirren von Porzellan schloss sich meinen Gedanken an. Noemi hatte die Teller in ihren Händen fallen lassen.

»Was bildest du dir ein?«, fuhr sie mich an. »Du bist ja übergeschnappt. Du nimmst überhaupt keine Rücksicht auf die Gefühle anderer. Roger ist dein bester Freund!«

Das war alles, was sie dazu zu sagen hatte. Natürlich war ich vor den Kopf gestoßen, und natürlich hatte sie mit dem, was Roger betraf, vollkommen recht. Es war egoistisch, einfältig vielleicht sogar. Dennoch war ich wütend, weil sie diesen ganz und gar besonderen Moment – warum auch immer – zerstörte.

»Du bist pervers«, verfiel sie wieder in ihre alte Strategie. »Vermutlich hast du uns alle getäuscht. Du bist komplett unberechenbar, egoistisch, ein Blender! Du opferst leichtfertig deine besten Freunde, zuerst Liz und jetzt auch

Roger.«

Ich versuchte vergeblich, ihr Gesicht noch einmal zu halten. Meine Hände rutschten immer wieder ab, landeten schließlich auf ihrem Hals. Instinktiv und dabei eigentlich völlig unbeabsichtigt. Ich fühlte noch einmal ihre Lippen, ihre warme Haut – und meine Verzweiflung darüber, dass es lediglich Wunschdenken war. Mein Wunsch, der sich mit einem Schlag meilenweit von der Realität entfernte.

Meine Finger krallten sich an ihr fest, drückten sich in ihren Hals. Langsam und mit unerwarteter Kraft. Mit all meiner verzweifelten, hungrigen Energie. Ich wollte dieses falsche Ich aus ihr herauswürgen, ich wollte, dass sie still war. Noemis Gesicht lief langsam rot an. Sie zappelte, kämpfte, bäumte sich auf. Aber natürlich war ich stärker. Sie hatte keine Chance gegen mich. Ich drückte zu wie ein Wahnsinniger. Allmählich wich die Farbe aus ihrem Gesicht – und das umso mehr, je länger ich zudrückte. Sie sollte leiden für das, was sie mit mir tat; dass sie einfach nicht aufhörte, mich zu quälen.

🌴 Tag 13 und 14

Vandergroot empfing mich am Bahnhof in Genua. Begleitet von einer Eskorte aus vier Männern. Sie legten einen Schritt zu, als sie mich entdeckten. Vier Uniformierte, die mich im Zweifelsfall überwältigt hätten. Dafür gab es jedoch keinen Grund. Ich war müde. Meine Flucht machte einfach keinen Sinn, ritt mich nur weiter rein. Und ich wollte nicht länger wegrennen. Wenn es Liz noch gegeben hätte, wenn sie nicht in einer anderen Zeit verschwunden wäre, dann hätte sie vermutlich müde gelächelt, dazu ihr glasiger Blick und die Worte: *Warum, Leif? Warum?! Wir hätten glücklich sein können.*

Vandergroot folgte den Männern. In schwarzen Jeans und zerbeulter Wildlederjacke. Dazu das typisch zerzauste Haar. Er sah aus, als hätte er die ganze Woche nicht geschlafen.

Ich hielt ihnen meine Hände entgegen, damit man mir Handschellen anlegte.

Vandergroot würdigte mich lediglich eines missbilligenden Blickes. Er verabscheute mich; möglicherweise verabscheute ich mich aber auch selbst. Allerdings fehlte dem Commissario für das alles noch immer ein zusammenhängendes Bild, daher reduzierte er seine Ansprache auf diesen Satz: »Sie stehen unter Arrest, signor Piel.« Womit er einem längeren Wortwechsel aus dem Weg ging und ich mich unmittelbar von besagter Eskorte umringt sah, die seiner indirekten Aufforderung augenblicklich Taten folgen ließ.

Am folgenden Tag, nach meiner allerersten Nacht in einer Zelle, fand ich mich auf dem commissariato di polizia bei Genua wieder. Man setzte mich in ein Verhörzimmer. Es war jedoch nicht Vandergroot, der auf dem Stuhl mir gegenüber Platz nahm, sondern Tomaso, worüber ich im ersten Augenblick erleichtert war. Meine Erleichterung wich jedoch schnell der Ernüchterung, denn man klärte mich nur in kleinen Häppchen auf.

»Signor Piel«, fing Tomaso an, nachdem er sich hingesetzt und seine Unterlagen auf dem Tisch ausgebreitet hatte. »Wer hätte gedacht, dass wir uns unter diesen Umständen wiedersehen.« Verlegen verschob er seine Akte, ohne sie aufzuschlagen. »Aber manchmal kommt es doch anders als man denkt.« Es war ihm unangenehm, dieses Verhör führen zu müssen, das war ihm anzusehen. Ich kannte den Grund nicht, weshalb er an Vandergroots Stelle einsprang.

»Der Mord lässt leider noch immer einige Fragen und Ungereimtheiten offen«, rückte er schließlich mit der Sprache heraus. »Damit sind wir noch nicht durch. Der Gerichtsmediziner hat ein paar Merkwürdigkeiten festgestellt, weshalb ...«, nervös strich er sich über die Stirn, »weshalb Sie als Mörder vermutlich ausscheiden. Ebenso Ihr Freund, Dr. Starenberg, der allen Berechnungen zufolge zu besagtem Zeitpunkt bereits tatsächlich abgereist war.«

Roger war also doch noch eine Zeit lang verdächtigt worden.

»Das Opfer, dessen wahre Identität wir noch nicht ermitteln konnten, ist vergiftet worden. Durch eine nicht zuzuordnende Substanz. So weit zu eins der Zwischenresultate. Kommen wir nun zu dem weitaus merkwürdigeren Teil. Der Mann war einerseits nicht alt genug, um wirklich einen Bezug zu diesem alten Fall herzustellen, andererseits führen die Spuren an und in seinem Körper genau in diese Richtung. Er hat Medikamente zu sich genommen, die mittlerweile nicht mehr hergestellt werden, und es gibt an seinem Körper Spuren der Umgebung, in der er sich aufgehalten haben muss. Spuren von Bauschutt. Möglicherweise große Mengen. Darin enthalten sind Stoffe, wie sie in der Bausubstanz älterer Häuser vorkommen. Größere Mengen von Staubresten haben wir auch in seiner Lunge gefunden. Ursprung unbekannt. Wie hört sich das für Sie an?«

»Verrückt.« Gespenstisch, dachte ich. Mir stockte der Atem. Fast lief es mir kalt den Rücken herunter. Ob Tomaso in der Lage wäre, mir zumindest den Ansatz einer Erklärung zu liefern?

»Ogetti wurde damals durch ein einstürzendes Gebäude getötet. Eine Leiche hat man nie gefunden. Wenn wir das Puzzle jetzt neu zusammensetzen, ergibt sich ein Bild. Ein Bild, das keinesfalls stimmen kann. Und doch ist es alles, was wir haben.« Tomaso schüttelte den Kopf, als bezweifelte er seine eigenen Worte. »Glauben Sie mir, signor Piel, wir hatten noch keinen derartigen Fall. Etwas so Skurriles ist uns noch nicht untergekommen. Aber wir gehen mal davon aus, dass, fände sich noch irgendeine halbwegs glaubwürdige Erklärung, es doch … Ja, dann … hmn. Dann müssten wir wohl davon ausgehen, dass es doch irgendwie mit Ihnen zu tun hat.«

Natürlich. Niemand hatte sich derart viele Aussetzer erlaubt wie ich. Ich war der Schlüssel für jede Ungereimtheit in diesem schier unmöglichen Fall. Ich.

»Warum ich?«, fragte ich.

»Sie haben zwei Menschen angegriffen. Was mit Ihrer Verlobten ist, muss in Ihrem Land geklärt werden, da haben wir keinerlei Befugnisse. Auch wenn es möglicherweise auf einen Vorfall hier in Ligurien zurückgeht. Problem ist dabei auch, dass Ihre Schwiegermutter nichts davon wissen will. Womit wir gleich beim nächsten Thema wären. Helga Feester. Nach dem Angriff durch Sie – ganz offensichtlich haben Sie sie länger unter Wasser gedrückt – hat sie einen kurzen Herzstillstand erlitten. So konnte man das im Krankenhaus rekonstruieren. Das Gehirn wurde über einen bestimmten Zeitraum nicht ausreichend mit Sauerstoff versorgt. Folge ist ihr derzeitiger Zustand geistiger Verwirrung. Wie weit sie wieder genesen wird, hängt noch in der Schwebe. Sie sollten für sie beten, denn es wird Ihr Strafmaß beeinflussen. Weiter haben wir den Koffer von Liz Feester in einem Schließfach am Bahnhof in Genua sichergestellt.

Wir gehen davon aus, dass Sie ihn dort deponiert hatten. Das zumindest übermittelte uns eine etwas verwackelte Kameraaufzeichnung. Eine handgreifliche Auseinandersetzung gab es auch mit der Freundin Ihres Freundes. Das alles – also, es kann selbstverständlich auch völlig harmlos sein. Aber ...« Er räusperte sich. Es war ihm offensichtlich unangenehm, mir gegenüber diese Verdachtsäußerungen von sich zu geben. »Signor Piel, ich frage Sie, ist der Streit mit Ihrer Freundin Liz eventuell ähnlich eskaliert? Haben Sie die Beherrschung verloren? Kommen Sie, verschaffen Sie sich Erleichterung.«

»Ich habe ihr nichts getan«, versicherte ich und blieb dabei erstaunlich gefasst. »Wir hatten ganz einfach Differenzen. Ich denke, das kommt in jeder Beziehung vor.«

»Ja.« Tomaso schien zu überlegen. »Ja, natürlich.«

»Sie ist ganz weggerannt nach dem Streit. Einfach nur weggerannt.« Mein Blick ging ins Leere.

»Sicher. Ich verstehe. Das machen Frauen. Wenn sie nicht ihren Willen bekommen, nörgeln sie gern herum. Und wenn das noch nichts nützt, greifen sie auch mal zu drastischeren Mitteln und suchen einfach das Weite.«

»Männer machen das übrigens auch«, fügte ich überflüssigerweise hinzu.

Er stimmte mir kopfnickend zu. Tomaso war mir gegenüber überraschend milde gestimmt. Anders als Vandergroot. Dem schien alles recht zu sein, was mich hinter Gitter brachte. Doch der Commissario war gerade nicht hier. Und der junge Beamte vor mir repräsentierte ganz das Gegenteil von ihm, er war nicht von derselben Düsternis beseelt. Sein Herumdrucksen offenbarte mir die simple Tatsache, dass er mich mochte. Was ihm die Sache offensichtlich erschwerte. Außerdem war er ratlos. Vielleicht erwartete er von mir – dem vermeintlich genialen Wortkünstler –, dass ich vor allem mit meiner Fantasie aushelfen könnte. Er wollte noch mehr von der Story hören, an der ich gerade feilte.

»Also, kurz gesagt ...« Tomaso legte eine Atempause ein,

nachdem ich eine Weile Löcher in die Luft gestarrt hatte, »wir haben nichts. Wir haben nur Sie. Sie waren im Haus von signor dottore Uttorino, am ehemaligen Ogetti-Standort. Sie haben Liz Feester vor drei Tagen auschecken lassen. Sie haben versucht, den Koffer Ihrer Freundin nach Uganda zu verschiffen. Sie ignorierten signor Vandergroots Anweisungen, sich zur Verfügung zu halten – und das wiederholte Male.« Er versuchte seiner Stimme Strenge zu verleihen. »Mal ganz abgesehen von den bereits genannten Anklagepunkten, signor Piel, sagen Sie mir: Was von all dem macht Sie nicht verdächtig?«

Ich starrte weiter ins Leere, dachte an Noemi und den verpatzten Kuss. An all die Scherben, die ich nach diesem Urlaub zurückließ.

»Nichts«, antwortete ich und untersagte mir jede weitere sentimentale Anwandlung. »Nichts. Weil alles, was Sie aufgezählt haben, mich disqualifiziert.« Ich sah Tomaso in die Augen. *Renn nicht weg, Leif*, forderte Liz von mir, ich hörte ihre Stimme. Ich würde sie noch eine Weile hören.

»Also gut.« Er richtete sich etwas auf, als wollte er jetzt das Urteil verlesen. Mir mitteilen, dass ich mich auf irgendeinen Anwalt berufen könne, der mir gebieten würde, von meinem Recht Gebrauch zu machen. Aber ich glaubte nicht, dass ich diesen nötig hatte. Möglicherweise hatte Lucienne mir das alles eingebrockt. Eine demente Alte. Niemand jedoch würde sie auf eine Anklagebank setzen; was auch immer sie in ihrer Jugend verzapft hatte.

»Unsere Ergebnisse werden weiter analysiert. Sie werden die Details dann erfahren«, fuhr Tomaso fort, »wenn wir so weit sind. Was Sie betrifft, signor Piel, Sie dürfen vorerst ausreisen. Sie werden einem psychologischen Gutachter in Deutschland überwiesen. Danach ... ja, also ... dann sehen wir weiter.«

Tomaso wusste nicht, wie er es mir beibringen sollte. Er haderte mit seiner Aufgabe. Das persönliche Urteil, das er über mich gefällt hatte, stimmte nicht mit dem überein, was man in der Akte dokumentierte, die noch immer ungeöffnet auf dem Tisch lag. Er wusste, wie der Wortlaut darin war. Er wusste es, ohne es ablesen zu müssen. Tomaso aber folgte dem eigenen Instinkt, seinem Bauchgefühl.

»Sie werden erfahren, wie es weitergeht, sobald das psychologische Gutachten erstellt wurde.«

Damit war unser Gespräch beendet.

Der junge Beamte nahm die Akte unter den Arm und reichte mir die Hand. »Wie auch immer das Verfahren ausgehen wird, signor Piel, und wenn sich herausstellen sollte, dass Sie etwas … Ich bin sicher, Sie bereuen es aufrichtig. Ich hoffe es für Sie. Es lebt sich nicht gut mit der Schuld – welcher Art auch immer.«

Die Akte Angelo Ogetti

Aus dem Archiv der Genueser Polizei

— Aktennotiz vom 26.4.1981, Commissario Vittorio Baldini. Folgendes Dokument wurde unter den Trümmern des Ogetti-Hauses sichergestellt; es handelt sich offensichtlich um einen Brief, den er zu seiner Entlastung geschrieben hatte:

Ligurien, 9. April 1981. Ich, Angelo Ogetti, gestehe:

Ich wars. Ich habe Farida umgebracht. Im Sommer 1978. Jetzt wisst ihrs. Wir hatten Streit. Es ist meine Schuld. Farida war nicht die, zu der IHR sie machen wolltet. Sie war nicht so eine wie diese andere. Die, mit der ich sie betrogen habe. Ein Wochenende davor war das, als Farida bei ihren Eltern war. So eine Bardot. Französin. Kurzes Kleid, Stiefel bis zum Hals. Die nimmst du mit, hab ich in meinem Frust gedacht. Dabei habe ich sie immer gehasst, die Hippies mit ihren langen schmierigen Haaren. Sie hat mich irgendwo angequatscht. An der Piazza haben wir was gegessen. Patty Pravo jammerte gerade ihr »Pazza idea«. Sie war so eine wie die Pravo, wilde Mähne, spitze Titten. Dann hat sie mir ihre Drogen angeboten. Hasch, Marihuana. Du kannst alles haben, hat sie gesagt. Klar, wollte ich. Ich war ein hirnloser Vollidiot, der bei jedem Paar französischer Titten zulangt.
Im Bett war sie spitze. Das wollt ihr doch hören. Dass ich es ihr ordentlich besorgt habe, PEACE, DRUGS und freie Liebe. Aber das wars auch schon. Ende der Geschichte. Farida war nicht so, die war anders. Würdig war sie, ging mit Klamotten ins Meer. Gebetet hat sie und immer geputzt. Ich hätte nicht gedacht, dass sie so durchdrehen könnte. Sie hat fiese Sachen zu mir gesagt. Scheiße, tat das weh! Ich wollte doch nur, dass sie aufhört.
Aber jetzt habt ihr mich bald vernichtet. Alles wird plattgemacht, im wahrsten Sinne des Wortes. Morgen nehmt ihr euch mein Haus vor. Aber macht nur! Ihr werdet schon sehen, was ihr davon habt. Ihr werdet euch noch wundern …

Hier endete die Seite.

– Aktennotiz vom 12.4.1981, Commissario Vittorio Baldini. Folgender Artikel erschien heute im Corriere Liguria:

Am Morgen des 10.4.1981 wurde das Haus in der Via Angeli No. 17 endgültig abgerissen. Die Baumängel machten die Angelegenheit dringend. Entgegen der Gerüchte, die noch kurz zuvor kursierten, der Hausbesitzer Angelo Ogetti habe sich noch im Gebäude befunden, fand man keine Leiche in den Trümmern. Eine anschließende Untersuchungskommission, die über mehrere Stunden das Gelände weiträumig absuchte, konnte das Gerücht nicht bestätigen. Es wird davon ausgegangen, dass Ogetti das Land, welches ihm zur Entschädigung angeboten wurde, mittlerweile bezogen hat. Der Investor des auf dem Ogetti-Grundstück geplanten Bauvorhabens hat sich zu den Vermutungen nicht weiter geäußert. Es sei alles nach Plan gelaufen. Der Hausbesitzer sei rechtzeitig und vor allem mehrfach auf den Abrisstermin hingewiesen worden. Sollte sich dennoch jemand im Haus befunden haben, sei dies als hochgradig fahrlässig einzustufen. Möglicherweise könne man dann von einer beabsichtigten Selbsttötung auszugehen. Ogetti hatte sich bis zum Schluss geweigert, das marode und für den zunehmenden Fremdenverkehr eine Gefahr darstellende, überhängende Gebäude den Stadtplanern zu überlassen. Die polizeilichen Ermittlungen werden voraussichtlich bis Ende der Woche abgeschlossen sein. Leitender Ermittler ist Commissario Baldini, der erst seit kurzem im Amt ist.

– Aktennotiz vom 8.6.1981, Commissario Vittorio Baldini:
Das ehemalige Ogetti-Grundstück erhält die Hausnummer 18. Ogetti gilt bis dato als verschwunden.

- Aktennotiz vom 21.7.1981, Commissario Vittorio Baldini:

Bürgermeister Mario Caldera will die Ermittlungen im Fall Ogetti wieder aufnehmen. Ungeklärt ist ferner das Verschwinden seiner Frau Farida Ogetti, mit bürgerlichem Namen Farida Eluhadi, die im Januar 1977 als Flüchtling nach Italien kam. Farida Ogetti verschwand in der Nacht vom 16. auf den 17. Juli 1978. Ogetti stand im Verdacht, sie ermordet zu haben. Die Ermittlungen wurden damals mangels Beweisen eingestellt. Eine Leiche wurde bislang nicht gefunden.

- Aktennotiz vom 12.8.1981, Commissario Carlo Valabere

Der Fall Ogetti wird nicht weiter verfolgt. Einstellung der Ermittlungen gem. Absprache mit Bürgermeister Guiseppe Erredi (seit dieser Woche im Amt).

- Aktennotiz vom 21.7.2018, Commissario Joey Vandergroot:

Wiederaufnahme des Falls Ogetti.

Das Gutachten

Seit meiner Rückkehr nach Wiesbaden regnete es. Die Regentropfen zerliefen in verschiedenen Grautönen auf der Fensterscheibe, verwischten die ebenso graue Landschaft hinter dem Mann am Schreibtisch.

Professor Riege hatte gerade eine Frage formuliert und wartete auf meine Antwort. Ich starrte an ihm vorbei zum Fenster hinaus, auf das Dach des Nachbarhauses. Es war eines wie das von Riege. Altbau mit Garten. Ein Mehrfamilienhaus, allerdings nicht ganz so luxuriös, was daran lag, dass er seins als Eigentum bezeichnete und vermutlich Unsummen für Renovierungsarbeiten in dieses gesteckt hatte.

Luxus bietet dem Menschen die Möglichkeit, Zeit einfach nur totzuschlagen. Professor Hartmut Riege war so ein Zeittotschlägertyp. Seine Altbauvilla lag am Neroberg. Goldgelbe Zimmerwände, Samtgardinen und Stuck. Natürlich Stuck. Sein breiter Schreibtisch beherbergte ein aufgeklapptes Notebook und eine Lampe, die Licht in verschiedenen tageszeitlichen Nuancen erzeugte.

Der Psychiater war in den frühen Fünfzigern, schlank, grauhaarig. Gepflegter Vollbart, leicht gebräunt, mit moderner Hornbrille. Ein Mann mit Familie. Eine hübsche junge Frau, eine süße fünfjährige Tochter. Dazu die anstudierte soziale Verantwortung, die er unter anderem an mir ausübte.

Meine Mutter hatte darauf bestanden, dass man mich an ihn überwies. Dafür hatte sie ihre Kontakte spielen lassen. Weshalb ich jetzt hier saß, anstatt hinter den fahlen, fensterlosen Mauern des Büros eines amtlichen Psychiaters.

Ich hatte die Frage, die er mir soeben gestellt hatte, fast schon wieder vergessen.

Rieges Handflächen waren wie zum indischen Gebet geformt und bewegten sich langsam in die Horizontale.

»Sind Sie noch bei mir, Herr Piel?«, fasste er seiner gestellten Frage nach. Seine gleichmäßig sonore Stimme plätscherte wie ein sanftes Wasserspiel durch den Raum.

»Was war da los, in Ihrer Kindheit?«

Die Kindheit. Psychologen setzen grundsätzlich dort an. Die Kindheit liegt ausreichend weit entfernt, und es beruhigt im Prinzip immer, zu wissen, dass nicht nur die eigene verhunzt war.

»Sie schreiben in Ihrem Buch *La vie en vert et bleu* davon, richtig? Das ist *Ihre* Kindheit. Vert et bleu, grün und blau, wurden Sie geschlagen? Wer hat Sie geschlagen?«

Ich sah noch immer aus dem Fenster, an ihm vorbei. Er war nur ein Schatten, eine leere Hülle. Er wusste nichts.

»Sie wechseln Ihre Identitäten als Schriftsteller, Ihr Pseudonym. Sie wollen nicht erkannt werden. Aber ...« Er überlegte. »Wer Ihren Stil kennt, der erkennt Sie doch auch in Ihrem Werk. Haben Sie darüber schon einmal nachgedacht?«

Er legte die Handflächen auf den Tisch. Langsam, eine nach der anderen.

»Das ist nicht der Punkt.« Ich riss meinen starren Blick von der Fensterscheibe los, zwang mich dazu, etwas von meiner ablehnenden Haltung aufzulösen, auch wenn ich ihm, nach wie vor, nicht in die Augen sehen wollte.

»Nicht? Was dann?« Er wartete. »Sie nehmen sich vielleicht eine Chance. Die Chance, mit Ihrem Werk und Ihrem Namen ein erfolgreicher, anerkannter Schriftsteller zu werden. Ihre Kritiker zumindest haben Ihr Potenzial schon erkannt. Warum stehen Sie nicht zu dem, wer und was Sie sind?«

»Da gibt es nichts, worauf ich stolz sein könnte«, entfuhr es mir.

»Sie spielen auf Ihren Urlaub in Ligurien an.«

»Unter anderem.«

Er fummelte eine Akte aus seinem Stapel, klappte sie auf und zog ein paar lose Zettel heraus. Einer davon in einer Klarsichtfolie. Offensichtlich ein Brief oder etwas in der Art. Die anderen Papiere enthielten jeweils eine kurze mit

Schreibmaschine beschriebene Notiz. Die letzte Seite war ein Computerausdruck aktuellen Datums.

»Das sind die Aktennotizen der Genueser Polizei zum ungeklärten Mordfall Ogetti, damals und heute. Es ist nur ein kleiner Teil aus der Ermittlungsakte. Lesen Sie es ruhig, wenn Sie möchten.« Er schob mir alles hin.

Ich las der Reihe nach. Ogettis aufgeschriebenes Geständnis und die anderen Dokumente.

Während ich las, hatte Riege genug Zeit, mich zu beobachten, meine Reaktionen zu analysieren. War ich überrascht? Erregt? Was verriet ihm meine Körpersprache?

»Dieser Brief, dieses Geständnis ist alles? Da fehlt doch was.«

Riege zuckte mit den Schultern.

»Was ist mit dem Rest der Akte?«, fragte ich.

»Das kann ich Ihnen nicht sagen. Möglich, dass der Akte Dokumente entnommen wurden. Näheres dazu habe ich nicht. Das ist Sache der italienischen Polizei. Ich bin kein Ermittler, ich bin Psychiater, und Sie sind hier bei mir, weil die Genueser Polizei einen Antrag für dieses Gutachten gestellt hat. Ich werde also Informationen, die für den Fall relevant sind, alle Besonderheiten, die Sie betreffen, dokumentieren. Was Ihre persönlichen Daten betrifft, sind Sie durch die ärztliche Schweigepflicht geschützt – was bedeutet: Ich werde in Absprache mit Ihnen entscheiden, wie viel von dem, was Sie mir hier anvertrauen, über diesen Tisch hinauswandert. Wenn Sie mir also Details aus Ihrer Kindheit erzählen, bleibt das unbedingt unter uns.«

»Aber Sinn und Zweck eines psychologischen Gutachtens ist es, doch die Zurechnungsfähigkeit einer Person festzustellen. Oder irre ich mich da?«

»Doch, hmn … doch, doch.« Er richtete seine erneut zum indischen Gebet geformten Hände auf, stupste mit den Fingerspitzen gegen seine Nase. Offenbar ein Zeichen dafür, dass er nachdachte.

»Lassen Sie es mich erklären«, fing er an. »Es ist so, dass

278

der Mordfall in Ligurien ... Also wie ich das dem übersetzten Bericht entnommen habe, ist die Faktenlage mehr als ... unklar. Um nicht zu sagen, es ist alles sehr speziell. Man geht davon aus, dass in diesem Fall – in Ihrem Fall – ein alter Fall Einfluss leistet. Ein Toter, der nicht unmittelbar durch Sie ... der aber doch irgendwie mit Ihnen in Verbindung steht. Ein Toter, der ... hmn.« Wieder räusperte er sich.

Es war widersprüchlich, was er von sich gab. Riege hatte den Ausführungen in der Akte offensichtlich nicht richtig folgen können, was natürlich auch an der Übersetzung liegen konnte. Irgendwo musste sich in seinen Augen ein Fehler eingeschlichen haben. Oder der Fall mochte ihm, so wie er sich ihm darstellte, unvollständig dokumentiert oder grundsätzlich mangelhaft recherchiert erscheinen; minderwertig, nicht seiner Fachkompetenz würdig. Vielleicht vertrat er auch die Auffassung, es handele sich um einen Witz, einen billigen Urlaubsscherz, den sich Patient Piel – also ich – erlaubt hatte. Die Leiche aus dem Hotelzimmer hätte ich irgendwie präpariert, auf dem Friedhof ausgebuddelt oder etwas in der Art. Schriftsteller kamen gelegentlich auf die abstrusesten Ideen. War es das, was er dachte?

»Ich hatte so einen Fall noch nicht«, entschuldigte er sich und krempelte die Ärmel seines Wollpullis etwas hoch. »Menschen glauben manchmal, dass zwei Herzen in ihrer Brust schlagen, die zweier unterschiedlicher Personen.«

»Sie reden von Schizophrenie. Ich bin nicht schizophren.«

Er stützte die Ellenbogen wieder auf den Tisch, fuhr sich kurz über den stoppelkurzen Bart. »Gut, es gibt auch Menschen, die ganzheitlich eine esoterische Linie fahren, wenn Sie so wollen. Sagen wir, irgendetwas verbindet Sie mit Angelo Ogetti. Sie stehen ihm auf eine spezielle Art und Weise nahe. Spirituell. Oder eben ...« Er überlegte, ob er es aussprechen sollte, rang sich aber schließlich dazu durch. »Vielleicht stehen Sie ihm ja tatsächlich nahe.«

»Ich habe die Mutter meiner Freundin fast ertränkt – kaltblütig ertränkt. Es ist nicht sicher, ob sie jemals wieder zu

Verstand kommen wird. Sie ist verwirrt und hat sogar vergessen, dass sie eine Tochter hat.«

»Kaltblütig«, wiederholte er nur. »Möchten Sie mir von Ihrer Freundin erzählen? Warum gehen Sie davon aus, sie sei Ihnen weggelaufen?« Seine Mimik war entspannt. Freundlich aufmunternd sah Riege mich an, wartete geduldig auf meine Reaktion. Dabei schob er mir ein Glas Wasser zu, das er, nachdem ich es zügig geleert hatte, sofort wieder füllte.

»Ich habe keine Ahnung, wo sie ist. Ich weiß nicht, ob sie wirklich verschwunden ist oder auch tot, ausgelöscht. Ich weiß es einfach nicht«, entschied ich mich spontan für eine der Wahrheit möglichst nahekommende Variante. »Ich hatte eine Art Vision von der Vergangenheit. Ich habe Ogetti dabei beobachtet, wie er seine Frau ermordete. Ich ...«

»Oder sprechen wir lieber von Noemi«, unterbrach er mich. Dabei zeigte sein Blick Strenge. Meine Fantasien interessierten ihn nicht – oder sie langweilten ihn schlichtweg. Geschichten dieser Art hatte er schon zu oft gehört.

»Noemi«, wiederholte ich perplex und gleichzeitig verärgert, weil er so dreist war, mich zu unterbrechen. Nein, ich wollte ihm nicht von Noemi erzählen. Das war meine Sache.

»Wie war das mit Noemi? Erzählen Sie mir von ihr.«

»Um sie geht es nicht. Sie ist Rogers Freundin. Ich hatte nicht viel mit ihr zu tun.«

»Warum haben Sie sie dann gewürgt? Wollten Sie sie umbringen?«

»Nein. Auf keinen Fall.«

Er meinte vermutlich, ins Schwarze getroffen zu haben. Dennoch wartete er ab. Wir hatten Zeit. Zumindest sah er nicht auf die Uhr oder wirkte irgendwie gehetzt.

»Sie hat mich manchmal etwas gereizt. Ich meine, kennen Sie das nicht? Da ist eine Frau, die Sie nicht haben können, und sie spielt damit, mit ihrer Attraktivität.«

»Sie fanden sie attraktiv und sie hat bestimmte Sehnsüchte in Ihnen geweckt?«

Ich betrachtete den Deckel seines Notebooks. Ein

Dinosaurierbild klebte darauf. Sicher ein Aufkleber seiner Tochter.

»Wissen Sie, ich habe mir das nicht eingebildet.«

»Was haben Sie sich nicht eingebildet?«

»Das alles. Wir haben uns geküsst. Sie wollte es. Sie hat meinen Kuss erwidert.«

»Aber vielleicht denken Sie das nur, weil sie es sich wünschen.«

»Nein. Und kommen Sie mir nicht mit …« Ich raufte mir durchs Haar, führte den Satz nicht zu Ende. »Jeder hat Fantasien oder stellt sich irgendetwas vor. Jeder träumt von Dingen. Dafür muss man nicht einmal Schriftsteller sein. Das haben wir in unserer Kindheit gelernt.«

»Sie haben sich das aus Ihrer Kindheit bewahrt?«

»Im Gegenteil. Ich habe mir nichts bewahrt. Meine Kindheit ist tot. Ich bin hier – jetzt. Nichts anderes.« Ich war auf einmal hoch erregt. »Merken Sie nicht, dass Sie mich gerade in eine Schublade stecken? Ich bin nicht, was Sie denken. Ich bin kein Schriftsteller. Ich bins nicht! Ich bin KEIN Schriftsteller!«

Jetzt war es raus. Endlich.

»Bitte?«

»Sie haben das richtig verstanden. Ich bin nicht einmal Künstler. Nichts von dem, was in meinen Romanen steht, ist wirklich von mir.«

»Sie meinen, Sie haben die Geschichten anderer Leute aufgeschrieben?«

»Noch weniger als das. Ich habe das alles nicht einmal selbst geschrieben.«

Der Psychiater verstand noch immer nicht, worauf ich hinauswollte. »Sie haben einen Ghostwriter?«

»Von mir aus, geben Sie dem irgendeinen Namen. Es ändert aber nichts.«

Riege richtete seine Brille. Es war ein Zeichen. Er hoffte darauf, dass dies die Quelle war. Die Quelle, von der aus der Bach entsprang, der irgendwo zu einem reißenden Strom geworden war.

»Roger, Liz und ich sind zusammen zur Schule gegangen. Wir hingen oft zusammen rum«, fing ich an zu erzählen.

Riege lehnte sich zurück, streckte seine Arme aus, wobei er seine Hände unter dem Tisch hielt.

»Mit vierzehn ging Liz mit Roger. Wenig später dann mit mir. Es war ein Hin und Her. Um echte Gefühle ging es dabei nicht, wir waren Kinder. Teenager. Wir haben uns darin gemessen, bei wem sie länger blieb – bei Roger oder bei mir. Er und ich sind sehr unterschiedlich. Roger war schon immer ehrgeizig, wollte damals bereits Arzt werden, was er dann auch geworden ist. Ich war nie wirklich zielstrebig. Aber eine schwierige Kindheit? Nein. Mein Vater war Lehrer. Er starb, als ich Anfang zwanzig war, ein Autounfall. Aber auch das hat kein Trauma hinterlassen, falls Sie sich jetzt darauf stürzen wollen. Das ist das Leben. Er hat Deutsch und Italienisch unterrichtet. Daher spreche ich die Sprache ziemlich flüssig. Wir waren früher jedes Jahr in Ligurien. Ich wurde auch nie geschlagen. Grün und Blau, das ist eine andere Geschichte, und es ist nicht meine eigene. Aber davon erzähle ich Ihnen gleich. In der Schule war ich wenig selbstbewusst. Später dann habe ich mich mit meinen Fremdsprachenkenntnissen und etwas Gitarre spielen hervorgetan. Das kam bei ein paar Mädchen ganz gut an.

Liz konnte ganz hervorragend die Schwachpunkte anderer aufzuspüren. Insbesondere Rogers und meine. Ab und zu hat sie versucht, uns gegeneinander auszuspielen. Immer dann, wenn sie meinte, zu wenig Aufmerksamkeit zu bekommen. Sie genoss es, wenn ihretwegen gestritten wurde. Es war aber nie ein wirklicher Streit. Es war eher ein Spielchen. Kräftemessen unter Jugendlichen. So was. Unsere Freundschaft hält einiges aus. Liz blieb natürlich auch nicht die Nummer eins, es gab noch andere Mädchen und viele unserer Themen langweilten sie. Vielleicht war das die Basis für den Deal, der in einer Nacht zustande kam, die ich weiß Gott wie oft verflucht habe. Es war in England. Unsere letzte Kursfahrt vor dem Abitur. Wir waren abends in einem Pub, haben dort gefeiert. Liz ging etwas früher, weil sie noch am Strand entlang spazieren wollte. Später im Hostel war sie immer noch nicht von ihrem Strandspaziergang zurück. Roger und ich fingen an, uns Sorgen zu machen. Von den anderen glaubte keiner, dass Liz etwas passiert sein könnte. Sie war dafür bekannt, dass sie es gerne mal übertrieb. Weil Roger durch eine Sportverletzung etwas humpelte, zog ich alleine los, um sie zu suchen. Nach kurzer Zeit fand ich sie dann auch allein am Strand. Sie war nicht einmal überrascht, dass ich plötzlich dort auftauchte. Das war typisch Liz. Es hätte ja tatsächlich etwas passiert sein können. Wir blieben noch eine Weile dort, redeten. Ich versuchte ihr zu vermitteln, dass sie sich unmöglich benahm. Es interessierte sie nicht. Soweit ich mich erinnere, wechselte sie irgendwann das Thema. Das machte sie meistens so, wenn ihr etwas lästig wurde. Wir redeten über uns, unsere Zukunftspläne, über das, was nach dem Abitur käme. Roger hatte bereits seinen Medizinstudienplatz. Ich war für Germanistik eingeschrieben. Liz jobbte damals schon in einer Buchhandlung und wollte nebenbei Betriebswirtschaft studieren. In diesem Moment am Strand erzählte sie mir von einer genialen Idee, die ihr gekommen wäre. Es ging um eine Stammkundin aus der Buchhandlung. Eine alte Dame, die erst kürzlich gestorben war. Liz hatte ihr fast wöchentlich einen Stapel Bücher ins Haus geliefert. Bei einem dieser letzten Male habe sie ihr die Manuskripte ihres verstorbenen Mannes gezeigt. Es seien ganze Berge von Papier gewesen, sagte sie. Der Mann habe unsagbar viel geschrieben. Kurzgeschichten, Romane. Alles unveröffentlicht. Er habe nie veröffentlichen wollen. Sie ahnen, was ich Ihnen jetzt erzählen werde, worauf es hinauslief.«

Riege zog die Stirn in Falten.

»Viele seiner Manuskripte waren durcheinandergekommen, als ich sie das erste Mal in die Hand nahm«, fuhr ich fort. »Das war, kurz nachdem ich mein Germanistikstudium bereits im ersten Semester an den Nagel gehängt hatte. Aber um noch einmal zu dem Moment am Strand zurückzukommen: In dieser Nacht schlug Liz mir besagten Deal vor. Sie hatte den Moment dafür exakt abgepasst. Wir hatten geknutscht und uns anschließend geliebt, am Strand. Ich ließ mich mitreißen von der Atmosphäre, von ihren Ideen, ihrer Begeisterungsfähigkeit. Das konnte sie, jemanden mit ihrer Begeisterung anstecken. Natürlich hatte sie mich schnell. Die Idee klang ungeheuer spannend und ich biss sehr schnell an. Später rang sie mir das Versprechen ab, dass, sollten wir diese Sache mit den Manuskriptveröffentlichungen gemeinsam durchziehen, wir ein Team wären: ich als Autor, sie als meine Lektorin. Ein verschworenes Team sozusagen. Wir mussten zusammenbleiben, denn niemand sonst wusste von den Manuskripten. Wenn es herauskäme oder wenn ich mich von ihr trennen sollte, was ich damals nicht vorhatte, konnte alles passieren. Es war ein Risiko. Liz war das Risiko. Sie konnte mich als falschen Autor auffliegen lassen, denn sie war die Lektorin. Sie hatte mich in gewisser Weise in der Hand. Und ich hätte ihr zugetraut, dass sie im Fall meiner Untreue eiskalt behauptet hätte, nichts von dem gefälschten Ursprung der Texte gewusst zu haben. Sie hätte die Wahrheit irgendwie verdreht. Liz war mit allen Wassern gewaschen. Fragen Sie mich nicht, wie ich so kurzsichtig sein konnte, mich darauf einzulassen.«

»Gab es denn niemanden, der Rechte an den Texten hätte einfordern können? Einen Erben? Kinder, Verwandte oder zumindest Freunde, die Ansprüche hätten erheben können?«

»Nein. Ich meine, ich weiß es natürlich nicht sicher. Wenn, hätte zuerst irgendwer ermittelt werden müssen. Eine entfernte Tante in Amerika, ein Großcousin – was weiß ich. Laut Liz gab es aber niemanden. Und ich habe auch nicht weiter geforscht. Ich war neugierig darauf, was passieren würde. Autoren gibt es wie Sand am Meer und der Erfolg eines Buchs ist die Ausnahme.

Am Anfang hätte ich mir nie träumen lassen, dass ich aus der Nummer einmal nicht mehr herauskommen würde. Ich habe es etwas zu locker gesehen. Und dann ... Bereits mit der ersten Veröffentlichung lief es überraschend gut. Nicht bombastisch, aber doch wirklich so gut, dass ich davon leben konnte. Ich habe die Texte abgetippt, Liz hat anschließend noch einmal korrekturgelesen. Abends, allein in der Buchhandlung. Sie hatte dort genug Zeit, um nebenbei zu arbeiten. Die Vermarktung übernahm eine Agentur, die Liz kurzfristig eingeschaltet hatte, und sie bekam aus dem Erlös der Buchverkäufe eine Provision. Vieles lief bereits, bevor ich überhaupt darüber nachdenken konnte. Unsere Beziehung wurde derweil immer schwieriger. Ein paarmal stand ich bereits kurz davor, mich von ihr zu trennen. Irgendwann hat sie es dann tatsächlich ausgesprochen, nach einem äußerst heftigen Streit: Sie würde mich auffliegen lassen. Da brach mit einem Schlag die Realität über mich herein. Die Situation, in der ich steckte. Das konnte ich nicht riskieren. Ich glaube, in diesem Augenblick wurde mir erst richtig bewusst, dass ich meine Freiheit zugunsten meiner Existenz verkauft hatte. Ich war der Schriftsteller, der ich so nicht sein wollte, der auf ewig an Liz Gefesselte. Aber natürlich war ich selbst schuld daran.«

»Warum haben Sie nicht ganz einfach Ihre eigenen Geschichten geschrieben? Sie haben doch ein Semester Germanistik studiert. Einen Hang zum geschriebenen Wort müssen Sie doch haben. Oder scheuen Sie das Risiko?«

Ich zögerte. »Die Überlegung war da. Ich meine, ich habe mal experimentiert und ein Manuskript etwas abgewandelt. Liz wusste nichts davon. Sie wollte kein Risiko. Ich aber wollte es wissen. Ich habe etwas aufgeschrieben, was Roger mir erzählt hat. Eines seiner Erlebnisse bei Ärzte-ohne-Grenzen. Roger weiß natürlich nichts von Liz und meinem Deal. Das hätte er mir sofort ausgeredet. Er denkt, die Geschichten wären tatsächlich von mir. Aber zurück. Wie gesagt, habe ich eine seiner Storys aufgeschrieben. Es hat dem

Titel nicht geschadet. *Vert et bleu.* Grün und Blau, das ist eine von Rogers Patientengeschichten. Er war erst nicht begeistert. Der Hauptteil stammt aus einem Manuskript des Toten.«

»Warum wagen Sie nicht mehr? Schreiben Sie Ihre eigenen Geschichten, trauen Sie sich!«

Mein Blick schweifte erneut zum Fenster. Ich verfolgte, wie die Wolken sich in Zeitlupe auseinander bewegten. Das Blau dazwischen wurde allmählich mehr.

»Mal sehen …«

Professor Riege stand auf und ging zum Fenster. Eine Weile blieb er dort stehen, sah hinaus. Ich konnte unterdessen unser Gespräch, meine Worte und Gedanken verdauen.

Nach einer Weile drehte er sich wieder zu mir. »Also gut«, sagte er schließlich.

Der Psychiater hatte jetzt sein Material. Es gab eine Art Zwischenergebnis, auf dem er aufbauen konnte.

Wir würden unsere Unterhaltung fortführen. Als Nächstes sollte ich ihm von unserem Urlaub in Ligurien berichten. Die zehn Tage, die für uns alle eine Veränderung bewirkt hatten. Riege musste anschließend entscheiden, wann er mich wieder nach Italien schickte. Es war seine Verantwortung, was er in das Gutachten schrieb. Er hatte mich und meine Zukunft in der Hand.

 **Tag 42**

Ein paar Wochen später reiste ich für die Verhandlung wieder nach Genua. Wir waren alle eingeladen. Roger, Noemi und ich. Doch nur ich sollte als Zeuge aussagen. Rieges Gutachten musste dabei eine Rolle gespielt haben … oder auch nicht.

Zu meiner grenzenlosen Überraschung hatten sich Roger und Noemi kurzfristig getrennt. Nach Rogers Rückkehr aus dem Jemen sei angeblich alles anders gewesen, so seine Worte. Man habe nicht mehr zueinander gefunden. Ich wollte lieber nicht wissen, ob er mich mit dieser Erklärung lediglich abspeiste oder nicht in Wahrheit Noemi diejenige gewesen war. Ich wollte nicht darüber nachdenken müssen.

An diesem Tag goss es in Strömen. Roger und ich standen vor der Tür des Gerichtsgebäudes, unter dem überdachten Eingang, als wir Noemi in Begleitung einer Freundin aus dem Taxi steigen sahen.

Die Begrüßung war eher kühl, was mich augenblicklich in das bekannte Gefühl versetzte. Dennoch wechselte sie ein paar Worte mit Roger, schien jedoch darauf bedacht, einen gewissen Abstand zu mir zu halten. In diesem Moment verachtete ich mich mehr denn je für meinen Aussetzer in Mailand, empfand schmerzhaft jene Beklemmung, nicht mit ihr reden zu können – oder auch nicht zu dürfen, weil sie mich mit stummen Signalen abwehrte.

Ich blieb ihr also fern.

Drinnen, unmittelbar vor der Tür zum Gerichtssaal, beobachtete ich sie heimlich, wie sie ein Telefonat auf ihrem Mobiltelefon entgegennahm, dem Anrufer eine Weile zuhörte und anschließend irgendetwas antwortete. Sie wirkte sehr selbstbewusst und ich konnte nicht anders, als immer wieder verstohlen zu ihr hinüber zu sehen. Dabei vergaß ich fast den Grund unserer Anwesenheit.

Bis *sie* vorgeführt wurde. Lucienne. Lucienne Dulac, meine Urlaubsbekanntschaft. Sie war es tatsächlich! Ich war vollkommen von der Rolle, als ich sie sah.

Sie erschien in Begleitung zweier Polizeibeamter. Eine schmächtige alte Dame zwischen zwei Bulldoggen. Der Moment sollte sich in meiner Erinnerung einbrennen. Lucienne wurde zum Zentrum des Augenblicks, durch den die ganze Wahrheit eine neue Gestalt erhielt, sich das manifestierte, was auf ewig rätselhaft bleiben würde. Wahrheit ist etwas Relatives. Man sieht immer nur einen kleinen Teil davon. Die komplette Wahrheit werden wir nie erfahren.

Aber zurück zu dem Moment ihres Erscheinens. Sie trug Trenchcoat und ein Paar helle Turnschuhe, die aussahen, als hätte sie sie erst kurz vor der Verhandlung gekauft, weil man sie mit ihren rosa Schläppchen nicht hatte eintreten lassen wollen. Ihr Haar klebte an ihrem kleinen Kopf, als käme sie gerade aus dem Pool oder hätte nur kurz zuvor ihre Hippie-Blümchenbadekappe abgestreift. Alles an ihr war wie aus einer anderen Zeit. Was vermutlich aber nur ich so sah. Alle anderen erlebten eine alte Dame, durchnässt vom Regen, die auf ein Minimum ihrer Existenz geschrumpft war. An dieser Stelle kann man darüber diskutieren, ob es Sinn ergibt, Menschen zu verurteilen, die ihr Leben bereits gelebt haben, und die in eben diesem längst das Strafmaß erfahren haben, das man jetzt in Form eines Gerichtsurteils noch einmal über sie verhängen würde. Lucienne hatte jemanden umgebracht; einen perfiden Plan umgesetzt, über den ich gleich mehr erfahren sollte.

Während Roger und Noemi auf den Besucherrängen Platz nahmen, wartete ich noch eine Weile vor der Tür.

Schließlich rief man mich herein.

Ich spüre sie noch, die Stille, die um mich herum herrschte, als ich den Saal betrat. Ich fühlte die Blicke, die augenblicklich auf mich gerichtet waren. Die Neugier darin. Insbesondere aber fiel sie mir ins Auge. Lucienne.

Sie saß zwischen den beiden Bulldoggen. Auch wenn sie in diesem Augenblick kaum mehr als ein Würmchen zu sein schien, war sie in für mich unübersehbar.

Diese Wahrnehmung aber war offenbar einseitig. Die alte Dame starrte stumpf an mir vorbei. Sie kannte oder *er*kannte mich nicht. Selbst als mein Name erstmalig fiel, zeigte sie keinerlei Reaktion.

»Signor Piel, bitte«, wies mir die Richterin, eine grauhaarige, etwa fünfzigjährige Frau mit Kurzhaarschnitt, meinen Platz zu. Ich setzte mich auf den Stuhl, der für die Zeugenbefragung vorgesehen war.

Als Nächstes forderte sie von mir, mich an die Wahrheit zu halten, nichts als die Wahrheit, und das zu beschwören.

Ich schwor.

Dann trat einer der beiden Anwälte für die Befragung vor. Ein kleiner Dicker mit Vollbart und Glatze. Seine Bewegungen und Gesten wirkten gut einstudiert, routiniert, gleichzeitig jedoch durchaus auch berechnend.

»Signor Piel«, fing er mit seiner Befragung an. »Sie waren am 21. Juli 2017 Gast im Hotel Aurelia an der Ligurischen Küste. Insgesamt für rund zwei Wochen. Zusammen mit Ihrer Freundin Liz und einem befreundeten Paar. Ein Urlaub, der schlagartig von einem Ereignis unterbrochen wurde. Als Sie am Morgen besagten Tages den Frühstücksraum betraten, fiel Ihnen zunächst auf, dass Ihr Freund, Dr. Roger Starenberg, nicht anwesend war. Bis zu diesem Zeitpunkt haben Sie jedoch, außer seinem Fehlen und der bereits erfolgten Abreise seiner Freundin Noemi, nichts Ungewöhnliches erwartet oder bemerkt. So war es doch, richtig?«

»Richtig«, antwortete ich, zögerte aber bereits an dieser Stelle.

»Kurz darauf trat ein unbekannter Mann an Ihren Tisch, signor Commissario Vandergroot. In der Lobby unterrichtete er sie über den Todesfall und dass es sich bei dem Toten eventuell um Dr. Starenberg handele, da die Leiche auf dem

Zimmer Ihres Freundes gefunden wurde. Das ist ebenfalls richtig?«

»Er sagte es *ist* Roger.«

»Gut. Sie standen also unter Schock und antworteten sofort: ›Nein, nein, das kann nicht sein.‹ Woraufhin Sie selbst vorschlugen, den Toten zu identifizieren, was dann auch erfolgte – mit der Erkenntnis, dass es sich *nicht* um Ihren Freund handelte, sondern um einen unbekannten Mann.«

Der Anwalt legte eine kurze Pause ein. Ich war nicht sicher, ob ich noch einmal die Richtigkeit seiner Aussage bestätigen sollte oder doch besser schweigen und abwarten. Ich entschied mich für das Zweite.

»Auf dem Kommissariat sagten Sie später aus«, fuhr er schließlich fort, »Sie hätten den Mann schon einmal gesehen. Er habe gerade sein Fahrzeug gewaschen, einen Oldtimer, in der Altstadt. An die Marke erinnerten Sie sich nicht. Ist das richtig?«

»Wofür ist das wichtig?«, erwiderte ich seine Frage mit einer Gegenfrage.

»Antworten Sie bitte nur mit Ja oder Nein. Ist es richtig, dass Sie sich nicht an die Marke erinnern?«

Ich zögerte. »Ja, ist richtig.«

»Unser Opfer aber stammt nicht von dort. Er konnte also gar nicht *seinen* Wagen dort gewaschen haben. Schon gar nicht einen Oldtimer, denn er besitzt keinen Oldtimer. Kann es also nicht viel eher sein, dass Sie ihn verwechselten? Dass Sie ihn vielleicht woanders gesehen hatten. Zum Beispiel beim Flanieren in der Altstadt? Mit seiner Frau.« Er drehte sich zu Lucienne, was ich in diesem Augenblick ganz und gar nicht verstand. Ich war verwirrt.

»Sie haben auf dem Kommissariat mitbekommen, dass es einige Probleme bereitete, die Identität des Toten zu ermitteln. Die Spekulationen reichten bis in die Vergangenheit, zu einem lange abgeschlossenen Fall. Besagter Verdächtiger war Angelo Ogetti. Ein Mann, der in den Achtzigerjahren offensichtlich unter den Trümmern seines Hauses begraben wurde, dessen Leiche man aber nie gefunden hat. Ein möglicher Zusammenhang, dachten Sie.«

Im Publikum wurde es etwas unruhig. Ich war verunsichert. Hilfesuchend ging mein Blick in Rogers Richtung, der diesen, ohne dabei die Miene zu verziehen, erwiderte. *Lass dich nicht einschüchtern*, signalisierte er mir.

»Gut, die beiden Beamten ließen sich offensichtlich eine Weile von Ihren Ideen inspirieren. Sie sind Schriftsteller, richtig?«

Die Unruhe im Publikum verwandelte sich jetzt in unterdrücktes Kichern.

Etwas in mir verkrampfte sich. Ich blieb jedoch ruhig, gab mir alle Mühe, weil Rogers Blick es mir weiterhin suggerierte.

»Ich gehe mal davon aus, dass Ihre Fantasie ein bisschen mit Ihnen durchgegangen ist. Und so gesehen bringen Sie offensichtlich gewisse Qualitäten mit, wenn Sie es mit Ihren Fantasien gar schaffen, zwei Beamte von ihrer Arbeit abzuhalten.«

Das Lachen im Publikum wurde deutlicher.

Der Anwalt schlug eine Richtung ein, die mir zunehmend suspekt wurde. Er fragte nicht einmal mehr nach, ob es so war. Er behauptete einfach etwas.

»Sagen wir, Sie haben den Mann also tatsächlich gesehen. Zusammen mit seiner Frau Lucienne, unserer Angeklagten. Lucienne und Hugo Dulac verbrachten etwa zur gleichen Zeit wie Sie und Ihre Freunde ihren Urlaub an der Ligurischen Küste. Sie waren allerdings im Nachbarhotel, im Lido, untergebracht.« Wieder legte der Anwalt eine kurze Pause ein, näherte sich dabei meinem Platz.

»Es ist tatsächlich richtig, dass Angelo Ogetti und Lucienne – damals noch Lucienne Douxelles – in den Siebzigerjahren, während des Urlaubs von Madame Douxelles, eine kurze Affäre unterhielten. Es ist ferner so, dass sie dieser Affäre sehr lange nachtrauerte. Dem Mann, der bereits verheiratet war, den sie nicht haben konnte – weshalb sie jahrelang nach seinem Abbild suchte. Sozusagen einem Doppelgänger von Angelo Ogetti. Diesen fand sie schließlich in Hugo Dulac. Rund 20 Jahre später, 1993. Hugo Dulac war gerade dreißig. Also etwas jünger als Ogetti zum Zeitpunkt ihrer damaligen Affäre. Lucienne heiratete diesen mehr als fünfzehn Jahre jüngeren Mann, den sie anschließend zu dem machte, den sie eigentlich wollte: Angelo Ogetti. Die Frisur, der Kleidungsstil, alles. Er wurde zum perfekten Ebenbild seines heimlichen Nebenbuhlers. Äußerlich. Allerdings nicht innerlich. Hugo war ihr zu soft, weshalb sie irgendwann damit anfing, ihm heimlich Medikamente zu verabreichen. Medikamente, um in ihm jene derben Charaktereigenschaften von Ogetti zu erzeugen. Medikamente, die sie sich schließlich sogar illegal im Internet beschaffte.«

Der Anwalt strich sich beim Reden über den Bart. Seine Miene wurde betont nachdenklich.

»Dann aber erhielt Lucienne Dulac unerwartet eine niederschmetternde Diagnose: Demenz. Sie erfuhr, dass ihre Zeit ab sofort rückwärts laufen, ihr möglicherweise die Erinnerungen nehmen würde. Aber sie wollte doch unbedingt noch einmal an diesen Ort zurück. Noch einmal nach Ligurien. Dorthin, wo sie und Angelo sich kennengelernt hatten. Sie wollte wissen, ob ihre Liebe sich mit Hugo, anstelle von Angelo in jenes lebenslang erhoffte Liebesglück – was es bis dahin offensichtlich doch nicht ganz gewesen war – verwandeln ließe. Als sie dann aber zufällig im Gespräch mit einem Hotelangestellten im Lido erfuhr, dass Ogetti damals, vor Jahren, aller Wahrscheinlichkeit nach in den Trümmern seines Hauses gestorben war, brach für sie eine Welt zusammen. Sie erlitt einen regelrechten Schock. Dieser wiederum löste einen Schub ihrer Krankheit aus, die sie mit einem Mal in eine unzurechnungsfähige Frau verwandelte. Und in dieser Situation, signor Piel, traf Lucienne Dulac auf Sie.«

Im Saal war es mucksmäuschenstill. Die Zuschauer lauschten gebannt den Worten des Anwalts. Ich sah zu

Lucienne, die schräg an der Tür vorbeistarrte, ins Blaue. Als hätte sie nichts, aber auch rein gar nichts von dem, was hier vor sich ging, mitbekommen. Luciennes Krankheit hatte einen Schub erlitten? War dieser Schub meine Zeitreise? Es war absurd. Natürlich war es absurd.

»Aber was erzähle ich hier. Sie wussten von dieser Geschichte, signor Piel. Sie kannten sie bereits. Sie wussten, dass Angelo Ogetti seine Frau getötet hatte.«

Ein Raunen ging durch den Raum. Was wurde hier gespielt, fragte ich mich. Welche Seite vertrat dieser Anwalt eigentlich?

»Einspruch!«, hörte ich plötzlich von der anderen Seite. Der zweite eingesetzte Staatsdiener hatte sich bis jetzt zurückgehalten. Gerade erst bekam ich mit, dass es ihn überhaupt gab. »Ihre Ausführungen führen den Zeugen in die Irre. Es geht hier um keinen vergangenen Mordfall.«

Der Sprechende stand auf der gegenüberliegenden Seite. Er war groß, schlank und deutlich jünger als der andere. Er wirkte elegant, dabei aber nicht ganz so erfahren. Möglicherweise war er auch weniger verschlagen als sein Kontrahent.

Die Richterin stimmte dem Einspruch zu: »Konzentrieren Sie sich bitte auf die wesentlichen Fragen. Der Zeuge ist hier nicht der Angeklagte.«

Der Anwalt ließ sich jedoch noch nicht von seinem Kurs abbringen.

»Ich frage mich, *von wem* signor Piel davon wusste«, richtete er sich kurz an das Publikum, das mittlerweile voll und ganz auf seiner Seite war. Jeder wollte wissen, wie es weiterging. Er inszenierte sich.

»Hatte er es von der Angeklagten oder aus einer anderen Quelle?« Es war eine Art rhetorische Frage. Bevor es jedoch zu einem neuen Einwand des anderen Anwalts kommen konnte, wandte er sich schnell wieder an mich: »Sie wussten es von Lucienne Dulac. Sie haben sie am Hotelpool getroffen, wo sie an jenem Abend heimlich ihre Schwimmrunden drehte. Dort lernten Sie sich kennen. In der Hotelbar erzählte sie Ihnen dann ihre Geschichte.«

Widerstand regte sich in mir.

»Sie sagte Ihnen auch, mehr oder weniger durch die Blume, was mit ihrem Mann sei. Dass sie seiner auf ihre Art überdrüssig sei.«

»Das stimmt nicht!«, widersprach ich. »Ich wusste nicht einmal, dass sie mit ihrem Mann dort war, in Ligurien. Ich traf sie immer nur ...«, ich zögerte, »... allein. Sie sagte, er sei ... tot.«

Der Anwalt hatte die Arme verschränkt. Ich war in die Falle getappt.

»Richtig, Sie dachten, er sei tot. Er sollte ja auch tot sein. Das haben Sie nicht herausgehört? So, wie Sie dachten, der Mann, der seinen Oldtimer wusch, sei unsere Leiche, dachten Sie, der Ehemann sei tot. Sie haben einer verwirrten alten Dame jedes Wort geglaubt?«

»Nein. Was soll ...«, begehrte ich auf.

»Überlegen Sie noch mal, signor Piel. Signora Dulac hat Sie in ihre persönliche Geschichte eingeweiht. Und Sie fingen sofort an, mehr über signor Ogetti in Erfahrung zu bringen. Sofort. Jetzt kann man natürlich darüber spekulieren, zu welchem Zweck. Waren Sie auf der Suche nach einer Story? Wie laufen Ihre Titel? Einfach nur okay oder eher mäßig – wie ich sagen würde. Haben Sie die alte Dame eventuell dahingehend manipuliert und dazu verleitet, ihren Mann zu töten? War das Ihr Plan, um einmal eine *echte* Story aufzuschreiben? Etwas, womit Sie ganz sicher Kasse machen würden?«

Ich war entsetzt. Dabei klang das »echt« unangenehm doppeldeutig. Mir dröhnte der Kopf von dem, was er sagte. Seine Worte, die mich im Bruchteil von Sekunden vernichteten. So wie ich Liz vernichtet hatte, als ich sie einfach *dorthin* hatte gehen lassen. Der Anwalt benutzte mich, wollte mich opfern – für die Freiheit einer dementen alten Dame, für eine Mörderin.

»Ihre Fingerabdrücke, signor Piel, wurden an einer Flasche präparierten Nesselgifts gefunden. Es war also Ihr Plan, meiner Mandantin die Waffe für ihren Mord in die Hände zu spielen, zu dem sie allein gar nicht fähig gewesen wäre, weil sie unter Demenz litt.«

»Waaas …?!«

»Einspruch!«, unterbrach mich die erlösende Stimme der Gegenseite. Es war ganz und gar ungeheuerlich.

»Haben Sie Beweise für das, was Sie da behaupten?«

Der Anwalt ging zu seinem Platz zurück, zog ein Dokument aus seiner Aktentasche und reichte es dem anderen Anwalt. Auch die Richterin wollte einen kurzen Blick darauf werfen.

Ich wusste nicht, wie mir geschah, was hier gerade passierte. Woher er besagten Beweis haben sollte. Ich erinnerte mich an meine Nacht in Ogettis Haus, an meine Entdeckung im Kühlschrank. Hatte ich etwas angefasst?

Unruhe brach im Gerichtssaal aus. Sowohl im Publikum als auch unter den Geschworenen, bei Letzteren war es allerdings nur ein kurzes Tuscheln. Der Anwalt hatte seine Beweise bis hierhin unter Verschluss gehalten, um den Moment seiner Darstellung voll und ganz auszukosten. Die Richterin hielt ihre Hand in die Höhe, bat damit um Ruhe. Dann rief sie die beiden Kollegen zu einer kurzen Besprechung zu sich.

Ich hatte das Gefühl, die Erde drehte sich unter meinen Füßen, ich sackte im nächsten Moment weg. Hin- und hergerissen zwischen Vergangenheit und Gegenwart, Wahrheit und Lüge, wusste ich nicht mehr, wo ich stand. Woher jemand Beweise aus der Vergangenheit beschafft haben sollte. Wenn überhaupt, dann konnte sie nur Lucienne selbst beschafft haben. Was bedeutete, in dieser anderen Zeit war sie vollkommen klar, wusste ganz genau, was sie tat und warum. Sie hatte mir eine Falle gestellt.

Die beiden Rechtsvertreter traten wieder in den Saal. »Keine weiteren Fragen«, verkündete der befragende

Anwalt im Gehen und setzte sich an seinen Platz.

Ich glaube, es waren die schaurigsten Minuten oder Sekunden des Ausharrens, die ich jemals erlebt habe. Was würde passieren? Was war mein Schicksal? Und was würde als Nächstes noch zur Sprache kommen, wofür ich mich nicht rechtfertigen konnte? Die Stille kroch mir über den Nacken, in die Kehle, brachte mein Blut zum Stocken. Ich glaubte, mein Herzschlag setzte für einen Moment aus. Es war wie der Augenblick, als ich Helga unter Wasser drückte, sie um ihr Leben zappeln ließ. Ich sah zu Noemi, fühlte ihre warme Haut zwischen meinen Händen. Ihr Herz, das nie aufgehört hatte zu schlagen. Ich sah über die Ränge des Gerichtssaals hinaus, in eine fiktive Richtung. Dorthin, wohin ich Noemis emotionales Doppel gesetzt hatte. Sie war heimlich dort, nicht wirklich körperlich präsent – und sie hatte Tränen in den Augen, bildete ich mir ein. Verflucht, warum weinte sie? Sie weinte doch nicht meinetwegen …

Die Verhandlung war beendet. Besser gesagt, verkündete die Richterin im nächsten Augenblick, dass man sich auf eine Vertagung geeinigt habe.

Für die zweite Verhandlung durfte ich von meinem Recht Gebrauch machen und mir einen Anwalt nehmen. Bisher hatte ich diesen nicht nötig gehabt. Jetzt aber, wo sich meine Rechtslage geändert hatte, musste sich jemand meiner annehmen.

🌴 Tag 44

Wie ging es aus? Wurde ich tatsächlich als Verbrecher abgestempelt und verkümmerte im Gefängnis? Oder gab das Leben mir noch eine Chance? Konnte ich meine Fehler noch einmal korrigieren; wenn auch nicht in der Vergangenheit, sondern ganz real in der Gegenwart?

Die Waffe, die mir schließlich den Hals rettete, hieß Emilio Calzo. Ich weiß nicht, wo man diesen äußerst wortgewandten, hochmotivierten und intelligenten Menschen so schnell aufgetrieben hatte. Er war Anfang vierzig, Familienvater, kam aus Mailand – und etwas sagte mir, dass Noemi ihre Finger im Spiel hatte.

Ich erspare mir die Details dieser zweiten Verhandlung, bei der ich kaum noch in der Lage war, den Vorgängen im Gerichtssaal bei vollem Bewusstsein zu folgen. Ich begab mich ganz in die Hände des mich vertretenden Anwalts, wozu mir Roger vor der Verhandlung dringend geraten hatte. Noemi näherte sich mir so weit, dass sie sogar kurz meine Hand drückte, bevor ich den Gerichtssaal betrat. Mit diesem Gefühl in mir konnte ich ohnehin nichts und niemanden mehr zur Kenntnis nehmen. Calzo hatte das Wort.

Und dann …

Was soll ich über den Ausgang berichten?

Ich kam tatsächlich mit einem blauen Auge davon. Die Anklage: Anstiftung zum Mord, reduzierte sich auf »verantwortungsloses Handeln als nicht unmittelbar beabsichtigte Anstiftung zum Mord«, aufgrund der mehr als lückenhaften Beweislage. Wofür ich sechs Monate auf Bewährung bekam; zusammen mit der körperlichen Attacke auf Helga (Noemi hatte ihre Anzeige zurückgezogen), für die ich zusätzlich ein Schmerzensgeld zu entrichten hatte. Das Schmerzensgeld deckte den Reha-Aufwand, der für ihre Wiederherstellung erforderlich war. Falls sie überhaupt jemals wieder vollständig genesen würde.

Mit geschickter Nachverhandlung und dem Argument, dass keinerlei Gefahr von mir ausgehe – Rieges Gutachten dokumentierte das – gelang es Calzo schließlich noch, die Haftstrafe zu Gunsten eines Arbeitseinsatzes auszusetzen. Dieser erfolgte in Deutschland. Im Anschluss daran verpflichtete ich mich zu einer Therapie. Einer Therapie, die schließlich in meine ersten wirklichen Schreibversuche mündete.

🌴 Zwei Jahre später

Es ist mein erster Urlaub nach der Entlassung. Ein merkwürdiges Gefühl, wieder hier zu sein. Hier, in Ligurien. Auf der Dachterrasse des Aurelia zu sitzen; genau hier, wo wir damals in Harmonie schwelgten. Anfänglich. Weit weg ist der Moment. Und dabei gleichzeitig nah wie nie. Ich sehe Liz um die Ecke biegen. In ihren Leggins, mit dem hellblauen Hemd. Ich sehe mich noch, wie mein kritischer Blick ihre Figur taxiert; wie ich innerlich abschätzend über ihre leicht speckigen Hüften urteile.

Es ist wieder Ende Juli. Ich habe die Suite gewählt, weil das Hotel bereits fast ausgebucht ist. Gio hat mir einen Freundschaftspreis angeboten. Vielleicht aus reiner Neugier, um den neuen Menschen kennenzulernen, der aus mir geworden ist.

Ich habe es tatsächlich nicht lassen können, zumal es im Prinzip auch meine einzige Option gewesen ist: Ich habe die Ogetti-Story aufgeschrieben und unter meinem Namen veröffentlicht: Leif Piel. Mit einer Widmung für einen unbekannten Autor, der mir über Jahre ein geregeltes Einkommen gesichert hat.

Pat, mit der ich seit Kurzem liiert bin, hat mich dazu ermutigt, es trotz – oder gerade wegen – der ganzen Vorbehalte zu tun. Anfang des Monats werde ich eine Wohnung in Genua beziehen. In zwei oder drei Monaten nach ihrem Uniabschluss wird sie zu mir ziehen. Mal sehen, wie es mit uns laufen wird. Ich bin für alles offen, wenn es sich auch ein bisschen anfühlt, als wäre sie lediglich ein Ersatz.

Roger war noch einmal im Jemen. Diesmal hat sein Einsatz fast ein ganzes Jahr gedauert. Im Moment richtet er sich eine Praxis in Wiesbaden ein. Unsere Freundschaft ist – nach wie vor – ein festes Band. Noemi war eine harte Probe.

Für uns beide. Sie war es und sie ist es noch. Vor knapp zwei Wochen erst haben wir die letzten Überbleibsel zu diesem Kapitel bereinigt. In einem dreistündigen Gespräch. Ich kann mich nicht erinnern, dass wir jemals derart lange über eine Frau geredet hätten. Noemi war dieses Gespräch wert. Es gab einiges, was ich dadurch noch über sie erfahren habe. Aber das ist Stoff für ein weiteres Buch. Schauen wir mal …

Seit knapp einem Jahr hat Roger eine neue Beziehung. Sie heißt Serafina, ist Spanierin und eine Kollegin.

Helga besuche ich regelmäßig. Allein, weil ich ihren Krankheitszustand im Auge behalten muss. Aber nicht nur deshalb. Es ist mein schlechtes Gewissen.

Bei meinem letzten Besuch lag eine Postkarte aus Buenos Aires auf ihrem Küchentisch. Ohne Absender. Nur ein einziger Satz stand auf der Karte: »Es geht mir gut.« Helga war völlig aus dem Häuschen, als ich sie danach fragte. Sie fing an, wie eine Verrückte in ihrer Wohnung auf- und abzulaufen. Dabei stammelte sie immer wieder vor sich hin: »Da-ha-as ist. Da-ha-as ist. DAAAS … Lllll.« Weiter kam sie nicht. Nachdem sie gerade so den Anfangsbuchstaben des Namens ihrer Tochter herausgebracht hatte, hockte sie sich stumm auf einen Stuhl, starrte aus dem Fenster und war, bis ich wieder ging, nicht mehr ansprechbar. Vielleicht war sie kurz davor, sich zu erinnern.

Letztlich glaube ich, dass irgendein höherer Sinn hinter unserer Geschichte steckt. Einzelne Teile von ihr, so grausam sich die Folgen hier auch lesen mögen, sollte ich wohl als persönliches Lehrstück verbuchen. Wenn ich jedoch bei diesem Gedanken ankomme, schiebe ich ihn jedes Mal von mir und erkläre mir: Ich war lediglich Reisebegleiter, im vollen Besitz meiner geistigen Fähigkeiten. Irgendwann könnte es mir wie Lucienne gehen. Auch ein Teil meiner Erinnerungen könnte sich auflösen – was ist schon für die Ewigkeit? Wenn das passierte, wäre es ganz sicher zu spät, vermeintliche Fehler zu korrigieren.

Fehler aber gehören dazu. Sie sind menschlich.

Ich bin mir ziemlich sicher, dass Lucienne nach ihrer damaligen Begegnung mit Angelo tatsächlich nie *wirklich* geheiratet hat. Denn für sie gab es nur den einen, Angelo Ogetti.

Was uns vier betrifft, haben wir durch diese Geschichte vielleicht irgendetwas über uns selbst herausfinden sollen. Zumindest mich hat der Urlaub an eine persönliche Grenze geführt.

EPILOG

»Zeitreisen. An so einen Mist haben Sie doch nicht wirklich geglaubt.« Vandergroot schüttelt den Kopf. »Sie haben uns ganz schön verwirrt, Piel. Oder sind Sie tatsächlich noch immer dieser Meinung?«

Er pfriemelt ein Päckchen Zigaretten aus seiner Hemdtasche, streicht sein wie immer zerzaustes Haar etwas nach hinten.

»Welcher Meinung?« Ich halte ihm das Feuerzeug hin, warte, bis er die Zigarette in Position gebracht hat. Dann drücke ich auf den Mechanismus, der die Flamme erzeugt.

»Sie wissen schon, was ich meine.« Seine Stirn liegt in Falten. Noch immer hat er diesen Blick drauf, wenn er mich ansieht. Eine Mischung aus wildem Aktionismus und Bissigkeit.

Die Nacht ist angenehm lau.

Er sei zufällig vorbeigekommen, hat er behauptet, als er mich auf der Terrasse des Aurelia aufgegabelt und sich ungefragt zu mir an den Tisch gesetzt hat. In dem Moment wusste ich nicht, wie ich ihn hätte abwimmeln sollen. Im Prinzip geht keinerlei Gefahr mehr von ihm aus. Ich bin ein freier Mann. Er wird mir meine Freiheit nicht streitig machen.

»Wir haben hier alle Zeit der Welt«, behauptet er, derweil er den Rauch seiner Zigarette Richtung Himmel bläst. »Es gibt keinen einzigen Zeugen.«

Die Terrasse ist tatsächlich leer. Wir sind der klägliche Rest des Abends.

»Bräuchten wir ihn denn, einen Zeugen?«, frage ich.

»Es ist nie zu spät für ein ordentliches Geständnis.« Der Rauch seiner Zigarette zieht feine Wellenlinien in Richtung Nachthimmel. Der Fuchs in ihm lauert auf meine Reaktion.

Ich sehe es in seinen Augen. Sie spiegeln mir den inneren Zwiespalt wieder, in dem er sich – mehr denn je – befindet.

»Ich weiß nicht, ob Sie es gelesen haben. Damals. Es war kurz nach ihrer Verhaftung. Lucienne Dulac.«

Vandergroot hat es nicht lassen können. Er konnte diesen Fall nicht einfach ablegen, ohne dass die Einzelheiten tatsächlich detailgetreu in seiner Akte vermerkt wären. Nahezu zwanghaft verfolgt er die lückenlose Gründlichkeit polizeilicher Ermittlung.

»Zufällig fiel mir das in die Hände.«

Es ist ein Köder, ich weiß es. Ich kenne Vandergroots Zufälle.

»Man hat sie damals bereits am Flughafen Charles de Gaulle in Paris für eine Stunde in Gewahrsam genommen. Etwa drei Wochen vor ihrer Verhaftung. Mit einem Glasgefäß voller Quallen.«

»Tatsächlich? Skurril«, gebe ich mich unbeeindruckt.

»Sie hat eine Schalterangestellte in der Ankunftshalle verschreckt und fast vergiftet. Ein unbekanntes, hochgiftiges Exemplar. Die Frau musste ins Krankenhaus eingeliefert werden und fiel dort noch am selben Tag ins Koma. Vor dem Flughafengebäude wurde außerdem ein älteres Modell eines Citroëns gesichtet. Ein uralter, hellblauer Ami 8. Er stand im Halteverbot. Der Besitzer konnte nicht ermittelt werden. Nur so viel: Das Fahrzeug kam aus Italien. Im Kofferraum fand man ein Skelett. Vermutlich weiblich.«

Ich sehe Lucienne wieder vor mir, mit ihrer bunt beblümten Badekappe, ihrem Körper in dem pastellorangen Badeanzug. Dazu ihre rosa Schläppchen.

»Sachen gibts«, entfährt es mir.

»Das nur so nebenbei. Wie gesagt, ich werde da noch mal ansetzen. Derzeit könnte man es als kleine Anekdote bezeichnen. Das hier ...« Vandergroot zieht ein Papier aus seiner Hemdtasche, faltet es auf. Ein Zeitungsartikel aus Le Parisien. Ich werfe nur einen flüchtigen Blick darauf.

»Aus dem Ressort Vermischtes/Kulturelles. Beitrag eines

unbekannten Verfassers«, lese ich laut. »Ich schreibe nicht für Le Parisien. Ich bin Autor, nicht Journalist.«

Der Commissario steckt das Papier wieder weg. »Gut, lassen wir das.«

Seine Körperhaltung entspannt sich. »Aber jetzt erzählen Sie mal. Wir sind hier ja unter uns. Sie können frei sprechen, eins nach dem anderen. Darüber, was wirklich passiert ist.«

Meine Gedanken schweifen über die Terrassenbrüstung in die Ferne. Irgendwo dort draußen ist das Meer. Ganz weit dort draußen tobt es wild und unbändig, kämpft einsam mit sich selbst. Wenn die Wellen zurückschäumen und an die Küste klatschen, weist nur der raue Fels sie ab.

»Also gut«, entscheide ich.

Der Wind verschluckt das leise Piepsen, mit dem Vandergroot heimlich die Aufnahmetaste seines Mobiltelefons aktiviert.